你是我迷路时远处的那盏灯，
你是我孤单时枕边的一个吻。
你是我远离你时永远的回程票，
你是我靠近你时开着的一扇门。

我爱我家·珍存集

②

梁左 等著

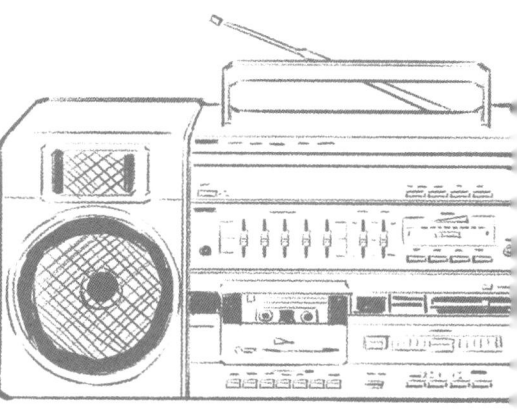

长江出版传媒 长江文艺出版社

北京长江新世纪文化传媒有限公司
www.cjxinshiji.com
出品

目　录

第 41 集　从头再来（上）　　　　　001
第 42 集　从头再来（下）　　　　　012
第 43 集　请让你来帮助我（上）　　022
第 44 集　请让你来帮助我（下）　　033
第 45 集　大侦探　　　　　　　　　043
第 46 集　生活之友　　　　　　　　053
第 47 集　远走高飞（上）　　　　　062
第 48 集　远走高飞（下）　　　　　072
第 49 集　恩怨（上）　　　　　　　081
第 50 集　恩怨（下）　　　　　　　092
第 51 集　儿女正当好年华（上）　　111
第 52 集　儿女正当好年华（下）　　123
第 53 集　爱情导师　　　　　　　　134
第 54 集　但行好事　　　　　　　　145
第 55 集　让你欢喜让你忧　　　　　155
第 56 集　重塑自我　　　　　　　　167
第 57 集　失落的记忆（上）　　　　176
第 58 集　失落的记忆（下）　　　　189
第 59 集　希望在人间（上）　　　　197
第 60 集　希望在人间（下）　　　　207

第61集	村里有个姑娘叫小芳（上）	226
第62集	村里有个姑娘叫小芳（下）	238
第63集	捉鬼记（上）	249
第64集	捉鬼记（下）	260
第65集	姑妈从大洋彼岸来（上）	269
第66集	姑妈从大洋彼岸来（下）	281
第67集	罪与罚	292
第68集	心病	303
第69集	独立宣言（上）	314
第70集	独立宣言（下）	325
第71集	一仆二主	344
第72集	合家欢	354
第73集	聚散两依依（上）	366
第74集	聚散两依依（下）	377
第75集	剧组到我家	388
第76集	冲冠一怒为红颜	397
第77集	妈妈只生我一个（上）	407
第78集	妈妈只生我一个（下）	418
第79集	享受孤独	430
第80集	老有所为	442

第41集　从头再来（上）

编　　剧：吴　彤　梁　欢

客座明星：蔡　明　何　冰

〔日，傅家客厅。

〔小张独自投入地玩游戏机。燕红暗上，四处观察，确认没有其他人。

燕红　哟……

小张　（吓得丢开游戏机）啊！

燕红　小张你玩儿得不错呀！

小张　燕红姐！我刚玩儿……我这就做饭去！（拿起拖布欲下）

燕红　玩儿吧玩儿吧！瞧把你吓那样儿，我又不是他们家人……对了，就是他们家人也不能让你光干活儿不娱乐呀！（压低声音）过来——我听说你跟他们家闹别扭了？

小张　莫提啰，都是我的错……

燕红　没那事儿！说出大天来，咱们劳动人民就没有不对的时候！逼急了还许咱农民起义呢，谁敢说个不字儿？

小张　对，说得就是！（坐）

燕红　坐这儿，姐姐我启发启发你！

小张　哎！听凭姐姐启发。

燕红　我这么冷眼瞧着，你是个挺聪明的姑娘……

小张　（得意）有时候我也觉得比你们一般人强！

燕红　对！……哎，没我啊！比他们——比他们一般人强！

小张　对！比他们一般人强——跟你差不多……

燕红　差远了差远了！你不过就是一保姆！

小张　（自卑地）还是一个犯过错误的保姆……

燕红　是啊，保姆不犯错误也就那么回事儿，你再犯了错误，就更没前途啦！我劝你还是重打鼓另想辙——我给你找一好去处？

小张　找一个更能发挥我才干的地方？

燕红　对呀！（起身，绘声绘色地）在那里，花儿幸福地开放，鸟儿自由地歌唱，别有天地非人间，不是天堂胜天堂！走吧走吧……

〔小张在怂恿下如被催眠一般向外走。

燕红　妹妹你大胆地往前走……

小张　往前走……（回头）我走到哪儿去啊？

燕红　（把小张的头转过去）一直往前走，不要往两边儿看！直奔我们咖啡屋……给我当服务员去！（推小张往外走）

小张　（挣开）说了半天怎么还是服务员啊？莫非我这辈子就干不了别的啦？

燕红　唉呀，这服务员跟服务员不一样，姐姐我多给你……

小张　给得再多不也是服务员嘛？志新哥说了：（向往地）等过两天他当了真的总经理，就提拔我给他当真的秘书。秘书啊——我们家祖祖辈辈还没有当过秘书的哪！

〔志新暗上。

燕红　这样吧，我提拔你当我的公关小姐，怎么样？（坐在沙发扶手上）

小张　啊？（看到志新）

燕红　唉呀，你精神集中！小姐——你们家祖祖辈辈出过小姐么？

志新　（大喝）好哇郑燕红！

〔吓得燕红掉凳。

志新　趁我不在家，胆敢来策反我的女秘书！你找我拿你呢吧？

〔小张为志新递烟。

燕红　（端坐）歇菜吧！拿谁呀你？我是看小张窝在你这儿屈才！

志新　窝到你那儿就不屈才么？你那儿不就是个厕所改的咖啡屋么？每天拢共仨客人——还有俩是吃蹭儿的，美什么美呀……

〔小张狂笑，扭头见燕红，急忙收敛，给燕红敬烟，被拒。

志新　小张儿，过来！我告诉你：哥哥眼下正攒着一大活儿，营业执照说话就下来。兹一开张，铁赚！到时候你给我当秘书，你就等着光宗耀祖吧！

小张　哎！

燕红　小张儿，甭理他！当他的秘书，纯粹给你祖宗丢人哪……过来过来！告诉你：姐姐我也正憋着一大宝呢，过户手续马上就办。兹要一开张，板儿火！到时候我封你个公关小姐，你祖宗地下有灵得偷着乐一礼拜！

小张　哎！……我祖宗怎么就这么没见过世面呀？想当年我们家还是做过富农的呢！

志新　没错儿！小张，甭理她！板儿火？她能火哪儿去呀？知道现如今全世界什么最火么？旅游业！（起身，向燕红）你哥哥我这回办的就是旅游业！

燕红　嘿，巧了！（起身，向志新）你姐姐我这回办的也是旅游业！

志新　你要跟人学可就没劲了。

燕红　还指不定谁跟谁学呢！

志新　我那是旅游业加娱乐业。我那旅游景点离城不远交通便利，还有909路公共汽车直达！

燕红　909算什么呀？我那儿的直达车，是909路！……（发觉不对劲）

志新　你跟谁联系的？

燕红　我……你先说！

志新/燕红　（发觉不对，慌忙往外冲，差点撞倒小张）坏了！弄一块儿去了！……（下）

小张　两个病人！

〔日，龙潭山庄办公室。

〔房间陈设破旧，生着炉子，一侧横着几条板凳，另一侧摆着沙发茶几。胡三坐在办公桌上打电话狂聊。

胡三　（向电话）……哎！我是胡总！啊，没错儿……嗐，还什么银河公司啊？早他妈垮了！就我头半年整的这个"龙潭山庄"——这也是几个农民股东一块儿胡诌的——眼瞅着也办不下去了……说什么哪哥们儿？当然就找了你一个呀！那是！咱哥儿俩谁跟谁呀？什么关系呀……

志新　（画外音）三儿！三儿！

〔志新着军大衣推门闯上。

胡三　（向电话）哎，我说——等会儿啊……（挂）

志新　我问你，你龙潭山庄这一个姑娘到底许了几个婆家？

胡三　说什么呢？当然就你一个！咱哥儿俩谁跟谁呀？

燕红　（上）谁跟谁？我跟你！怎么着，三儿？怎么回事儿，说说吧……

胡三　（醒悟）哎哟喂！我混蛋，我王八蛋！我不是东西，我没长人脑子，我长一猪脑子——我怎么就忘了你们俩是老同学，住他妈一个院儿了呢！

（懊悔不已）

燕红　都是老同学——就和谁呀？

志新　当然是我呀！那年在冰场跟人打架，为你我挨过一板儿砖！你还记得吧？

〔胡三连连鞠躬。

·004·

第41集　从头再来（上）

燕红　（拉过胡三）三儿，初中咱俩可是同桌儿，每回考试都是我帮你打小抄儿？

胡三　对对对……那哪回我也没及过格呀！

志新　废话！你抄她的能及格吗？她整个中学最高分儿是59分！你上学时候给她递纸条儿那事儿，你媳妇还不知道呢吧？你要是那什么……我可敢揭发……

燕红　别人揭发还不如本主儿交代——你媳妇儿在哪儿工作来着？（走向电话）

胡三　（急拦）哎！燕红，燕红！算了算了……

志新　听说你媳妇都有了，这孩子要是没爹可够呛！

燕红　这孩子要是没娘就更可怜了！（唱）"小白菜儿啊，地里黄啊，还没生下来就没了娘啊……"

胡三　别……别唱了！

志新　说吧：你到底是跟谁走？

燕红　说吧：到底将就谁？

胡三　这这……这你们二位我谁也惹不起呀！哎哎……你们两位，（向志新鞠躬）您，就是我小爷爷！（向燕红鞠躬）您就是我小奶奶！就我一个人儿是他妈小孙子！这还不成吗？

志新　不成！你少跟我这儿装孙子！你就说这山庄到底盘给谁！

燕红　说吧！

胡三　……哎？这么办！二位不都是管理人才么？

志新/燕红　那没错儿！……那是！

胡三　明儿个，我把股东集中一下，二位公平竞争——谁抄着算谁的，怎么样？

志新/燕红　成啊！……我是人才我怕谁呀！……（互指对方）你学我干嘛？……你怎么跟我学呀？……

〔日，龙潭山庄办公室。

〔十几个男女农民股东在屋里七嘴八舌聊天。胡三上。

胡三　安静了！安静了！……

〔胡三拍手示意，众股东终于安静下来。

胡三　安静了啊！咱们现在开会！女士们，先生们，同志们，朋友们！首先，我把咱们上一段的工作情况总结一下……

农民大叔　打住打住！回回都这套，你属话匣子的？（众人附和）情况俺们也知道，报上天天总结，用你呀？你就把山庄的情况总结一下吧！自打把钱交给你，屁嘛儿没见着，光开会玩儿了！

〔众股东乱吵。

农民大婶　（起身向众人）哎哎……别吵！说句正事儿：咱们这买卖什么时候落听啊？还和不和啊？！（众人附和）

胡三　股东乡亲们！股东乡亲们！听我说……大舅大妈、叔叔婶婶们，咱们龙潭山庄，是吧——管理不善、光赔不赚……

农民大哥：是你混蛋！（众人哄笑）

胡三　股东乡亲们！巫婆灵不灵啊，全看会请神！我从城里头给大家请来了高人来了！

大叔　打住打住！回回都说请高人，今儿一个，明儿一个，黄鼠狼下耗子——一个不如一个！（众人附和）

大婶　老换听，哪儿能和牌呀！（众人附和）

胡三　股东老爷们！股东老爷们！以前咱们是一个一个地请——不灵！这回，咱们俩俩地来——听宽点儿，好和！

〔胡三转身开门，行礼。燕红上，向众人微笑致意，志新跟上，热情与股东们握手问好。

胡三　（向众股东）各位，各位！这二位是我们目前北京城里头最……最火的企业管理家！（向二人）是吧？

第41集　从头再来（上）

志新/燕红　（愣）啊？……（点头）啊！啊！

胡三　让我先给请咱们这儿来了！（独自卖力鼓掌）

志新　（起身）大家好，我姓贾，贾志新。

燕红　（起身）大家好，我姓郑，郑燕红。

　　〔众股东小声议论。

志新　来这儿之前，我对山庄的情况有过一些了解。

燕红　来这儿以后，我对龙潭的现况做了一下分析。

志新　如果由我来经营，不是吹牛，龙潭经济当年扭亏为盈！

燕红　一旦我来管理，不是夸口，山庄收入三年翻两番儿！

　　〔有股东叫好。

志新　（向燕红）你怎么老跟着我呀？盯张儿哪？（向股东）要我说，乡亲们，胡先生经营半年，虽然没和牌，可也没放铳啊，咱就让他平安下庄吧。

众股东　（大喊）下庄下庄！……

志新　咱们龙潭物华天宝、人杰地灵，如果再换上我这么一位手壮的，保证咱是回回自摸，把把开扛！要和咱就和大的！

大婶　看这小哥儿年纪轻轻的，说出话来还蛮在行啊！

　　〔志新上前与之握手。

大叔　他打麻将在行，谁知道他管山庄在不在行啊？

志新　在行不在行的，我说说，你听听：上任以后，我准备先在山前起一风味餐厅，从饮食业入手，再在山后盖一镭射歌厅，靠娱乐业挣钱。然后把山庄现有设备重新装修一遍！照老地主刘文彩他们家那么弄——我是大红灯笼高高挂，大红头绳扎起来！女招待就用咱们村儿的土妞儿，一水儿的大红肚兜兜儿，出来进去的全给我冒充大丫鬟！她们是又管斟酒、又管倒茶、又陪唱歌儿、又陪说话……

燕红　哼，这比"三陪"还多一陪呢！你这样哪儿是山庄啊？整个儿一妓院哪！

扫什么黄啊？扫你就得了！

志新　我我，我不是那意思啊！我这是整体规划……

大叔　（喜）哎，我看这行！

〔众股东吵成一团。

胡三　安静！安静……

燕红　先甭管成不成，贾先生，我代表广大股东问一句——您有钱实现您这规划么？

志新　什么叫"我有钱么"？他们……（指众股东，心虚）不是有钱么？

众股东　（喊）还要我们钱？！……要钱没有，要命一条！……

燕红　（向志新）听见了吧？听见了吧？没钱，边儿待着去！

〔众股东附和。

志新　你有钱吗？

燕红　当然了！（向众股东）诸位，为了改造咱们山庄，我准备把我名下的"燕红咖啡屋"给盘了！把钱实实在在地投进来——（众人叫好）搞好了呢，你们赚；搞不好，我自个儿赔！

〔众股东鼓掌。

燕红　不像这位贾先生，兜儿里镚子儿没有，光惦记从你们这儿扎钱。（拽志新）哎哎哎……来的时候坐公共汽车你借我那五毛钱呢？你还给我！

志新　我不是说回去还么……（向众股东）算了算了，不要听她反动宣传！我贾志新，虽然是身无分文……

大叔　哎，你身无分文干嘛来了？！

众股东　出去！出去！……（将志新赶出门外）

〔日，傅家客厅。

〔小张接电话。

第41集 从头再来（上）

小张　（向电话）哈啰？贾总不在……（兴奋）业务？什么业务啊？（失望）催款？……啊，放心吧！我们公司是信用第一！两年后一定还你就是啰……

〔志新暗上。

小张　我是谁呀？我是他的女秘"苏"！……

志新　（一把按断电话）还女秘"苏"呢！我宣布——就地免职！

小张　二哥哥，我没做错啥子嘛！

志新　你没错，是我错了！我总经理都没戏了，你给谁当秘书去呀？老实当你的保姆吧。

小张　（哭）志新哥，你可是把我给毁了！你让我以后怎么有脸见人哪……（扑倒在沙发上哭）

志新　这话听着怎么那么别扭哇？不知道的还以为我把你怎么着了呢……算了，那你就去燕红那儿干吧，兴许她能封你个一官半职的……

小张　找她？（思量）我就是饿死也得跟你死在一块儿，我绝不变心！（哭）

志新　这话听着更别扭了……

小张　什么燕红？以后谁也别跟我提什么燕红！我听见这名字我就运气，我看见这人影我就恨不得给她掐死！

〔燕红暗上。

小张　（双手比划着）我这么掐！我这么掐……（转身见燕红，手势停）燕红姐，你来了？我正比划着……比划着给你倒茶呢！（去倒茶）

燕红　你们家倒茶这么比划？（模仿）

志新　你还到这儿干嘛呀？你想气死我呀？

燕红　小贾呀，我代表……我自己来看望你吧！你可要挺住啊……（摸志新头）

志新　（推开）去去……你换我这位置试试？堂堂男子汉，当着那么些乡亲们，居然栽在一个女流之辈的手里——我没脸见人了我！（欲哭无泪）

小张　（递茶）燕红姐，他跟我一样……

〔燕红推开，茶水洒小张一身。

燕红　小贾呀，想开一点！我雇你当我的总经理助理怎么样？

志新　什么？你雇我？

小张　打死也不干！

燕红　嗯？

志新　（起）不用打——（笑）我干了……

〔日，傅家客厅。

〔志新独坐。门铃急响，小张开门，志新起身。

小张　（画外音）哎哟，胡总！

〔志新听见是胡三，又坐好，闭目养神。

胡三　（画外音）哎……贾总在家么？

小张　嗯，在在……

〔胡三上，硬着头皮上前赔笑。

胡三　贾总！贾助理……我这有点事儿来晚了……（落座）志新！哥们儿对不住你呀志新，我真是不应该让燕红那丫头片子……

志新　（假正经）哎，胡先生！请你不要在背地随便议论我们郑老板！

胡三　哎？贾志新，你跟我这儿装什么大尾巴鸟儿啊你！你真让郑燕红那丫头片子收了房了？

志新　咱就说正事儿——什么时候办移交？

胡三　办什么移交啊！我实话告诉你，就郑燕红那俩钱儿根本不够用！

志新　（来了精神）嗯？

胡三　真的！（凑近）志新，只要在下礼拜股东正式投票之前你能扎着钱，你还有戏！

志新　……（复正色）不许你动摇军心！我贾志新一仆不侍二主，一女不嫁二夫！我生是郑燕红的人，死是郑燕红的鬼！

胡三　哎？……成成成，贾志新！算我认错人了！（欲下）

志新　等会儿！（凑近）你真不是燕红派来试探我的？

胡三　唉呀！志新，我要是那样儿的话……让我爸爸出门儿撞汽车上！

志新　好！那我就……不对呀，你爸爸本来已经被汽车撞死了。

胡三　……让他再撞一回！

志新　那管什么用！

胡三　志新，那……让我妈得癌症！

志新　你妈本来就得了癌症了。

胡三　那……让我姐嫁不出去！

志新　你姐根本就嫁不出去！你少扯你们家人，说你自己！

胡三　……算了！让我自个儿找不着对象，成了吧？

志新　废话！你都结婚三年了还找对象？算了，我看你这人还是靠得住的……

胡三　哎！（坐）

志新　跟你说句实话：你以为我真给郑燕红当助理呀？我那是打入敌人内部！我是身在曹营心……你不会出卖我吧？

胡三　（笑）哥们儿，说什么哪？咱哥儿俩谁跟谁呀！当初咱哥儿俩在胡同口儿，一块儿劫女生的交情！

志新　胡说！谁跟你一块儿劫女生了？——从来都是我自个儿劫……下礼拜就正式投票——好，郑燕红，你就等着吧！

胡三　你还真有戏呀？

志新　那当然……（给胡三点烟）

【上集完】

第 42 集　从头再来（下）

编　　剧：梁　欢　吴　彤

客座明星：蔡　明　濮存昕　何　冰

〔日，傅家客厅。

〔西装革履的阿文与志新对坐。小张手拿笔记本在旁。志新给阿文点烟。

志新　张秘书！把我下一步的计划给我阿文兄弟念念！

小张　哎！……哪个计划？你的计划有一百个呢……

志新　就是最新计划里的第一大步里的第一小步里的那个……那个括号一。

小张　（读）"团结阿文，拉拢胡三。打击老玉米，智取龙潭山。"……

阿文　等一等！我听着怎么这么乱哪？志新，你打海南老远地把我找过来，不就是掏钱买地么？怎么又是"山庄"又是"老玉米"的——像种地……（笑）

志新　你瞧你瞧你瞧，"上山下乡"都结束这么多年了，我能让你回来种地么？海南人民也不答应啊。您是谁呀？人送外号"南海大侠，孤岛一霸"！您在沿海那边儿一动手儿，咱们内地这边儿就能听见动静！

阿文　我放原子弹呢？（笑）

志新　就是这意思。我就是说你又有钱又有才……还有貌！

阿文　你是不是……要给我介绍对象吧？

志新　咱哥俩可是商量好了：好男儿，重友轻色，志在不娶！让所有的女人见鬼去吧！

小张　哦，那我先去喽……（欲下）

志新　去吧……回来！你干嘛去呀？

小张　见鬼去呗！

志新　你是……女的哈？（向阿文）我还真差点儿忘了，咱们这回的对手也是个女的——大名儿"郑燕红"，外号儿"老玉米"！

阿文　多大岁数啦？

志新　跟咱差不多。

阿文　长得怎么样？

志新　还行……要干嘛呀你？

阿文　哈哈……知己知彼嘛！志新你放心好了，跟女人斗智斗勇，我很有经验啦！

志新　其实也用不着大斗，你明儿到那儿把钱往桌上这么一拍，山庄这么一盘！到时候，你就是董事长！我就是总经理！（欲指小张，又放弃）……这就算齐了！

〔日，龙潭山庄办公室。

〔胡三与燕红正围炉烤火。

志新　（画外音）三儿！三儿！……

〔胡三答应间，志新风风火火闯上。

燕红　贾助理！没看见老板正跟三儿董事长这儿谈话呢嘛？大呼小叫的一点儿规矩都没有，一边儿待着去！

〔阿文暗上。

志新　你给我一边待着去！你以为我真给你当助理呀？你中了我的奸计了！

〔胡三得意点头。

志新　老玉米，起来！我给你引见引见。（指阿文）这位，阿文！我海南的铁瓷……

〔阿文、燕红二人对视，凝固。

志新　……人家也看上这山庄了！你不是有钱么？今儿你跟他谈谈——

〔志新搭阿文肩，阿文着魔般走向燕红，志新跟跄。

燕红　怎么看着这么眼熟啊……

阿文　像是哪儿见过……

燕红　（握手）你叫阿文？

阿文　老玉米小姐——我已经知道了。

燕红　我叫燕红——你就叫我"阿红"吧。

阿文　我叫阿文——你可以叫我"燕文"……

志新　我说……（分开二人，将阿文推向一旁）你什么时候改这名了？

阿文　套套近乎嘛！显得亲热啦……（推开志新，向燕红）知道的，咱们俩刚刚认识，不知道的还以为咱们是……（深情地）兄妹关系呢！

燕红　阿文哥……（四手相握）

志新　（向燕红）哎我说，给个梯子还就上房啊你……

燕红　不知道你今天来，也没去接你，你不会怪我吧？

阿文　不怪不怪……

燕红　来，快坐这儿……

阿文　你坐……

燕红　（撒娇）你来坐嘛……

阿文　好好……（两人落座）你看这刚刚见面，没有什么东西能够……（摘手表，递给燕红）手表——24K金的。阿红，留个纪念。（递手表）

燕红　哎哟这……（接过，摘自己的手表，递给阿文）24K金的，留个纪念。

戴上，戴上……

胡三　（将志新拉到一边）嘿嘿嘿……志新，你找这主儿怎么回事？你这灭燕红呢？你这是给她介绍对象啊！

志新　这怎么话儿说的……我说阿文！（拉阿文到一旁）

阿文　24K金……

志新　咱可是跟她谈生意来了，你可别跟这小妖精称兄道弟的——弄不好得出事儿！

阿文　出事？出事怕什么的！男子汉大丈夫嘛……

志新　你这刚见面就出事儿……你这不想活了你？！

阿文　（如痴如醉）没有她，我还怎么活呀……

胡三　（拦住欲起身上前的燕红）姐们儿！给个套儿就钻哪？这个是志新找来灭你的主儿！你跟他套什么瓷啊？！

燕红　（如痴如醉）灭就灭吧，我乐意！（凑向阿文，四手相握，深情对视）阿文哥，你一个人到北京来，嫂子一个人在家……好么？

阿文　我还没有结婚你哪儿来嫂子呀？

〔燕红欣喜不已。

阿文　那……咱妹夫呢？

燕红　我也没有结婚，哪儿来的妹夫啊？

阿文/燕红　这就好办了！

燕红　要不……我当我嫂子吧？

阿文　要不，我当咱妹夫？

志新　（冲上前分开二人，向阿文）你也不看你找什么人，我……

〔阿文与燕红难分难舍，志新再三阻拦。

阿文　（翻脸，把志新推到一边）……滚蛋！

志新　（挂不住）嘿！怎么意思？阿文！见着漂亮姐儿走不动道儿是吧？跟哥

们儿这儿翻脸不认人是吧？咱出去说说去，别拦着我！（将胡三一把推开）走！出去！

〔志新下。阿文欲跟下，燕红拦。

燕红　你别去……

〔阿文下。

志新　（画外音）阿文！我跟你说，我——

〔门外一声惨叫，吓得燕红尖叫。阿文从容进屋，掸雪。

燕红　（关切地）你没事儿吧？疼吗？……

〔胡三慌忙跑下。

胡三　（画外音）志新！志新！……

〔日，傅家客厅。

〔鼻青脸肿的志新躺在沙发上痛苦呻吟。和平为其用毛巾冷敷，小张在旁伺候。

志新　哎哟……嘿嘿嘿，慢点儿！这是总经理的眼睛！

和平　你可真是的……（在志新鼻梁上贴创可贴）

志新　哎哎哎……这是总经理的鼻子！

和平　怎么回事儿啊？这是谁给你弄的呀？这么鼻子不是鼻子眼睛不是眼睛的……跟嫂子说，嫂子给你做主！

志新　（被小张扶着坐起）我跟你说嫂子，这回我受这委屈受大了！我跟你说啊——我跟你说了也没用！你们这女的没一个好东西……

和平　嘿！怎么给我也搁里头了？我猜猜啊，你这个不是为了人，就是为了财，是不是？

志新　（看和平）为了人？（看小张）为了财？……我是人财两空啊我！

〔门铃响，小张去开门。燕红精神焕发地上。

第42集　从头再来（下）

燕红　嫂子！（回头见志新）哟！志新，上哪儿玩儿去了你？这么大了走道儿也不留神，要不知道的还以为让人给打了呢！

志新　我可不就是让人给打……

和平　啊？

志新　啊，我是自己摔的！

燕红　（向和平）嫂子，我特意来通知你：我要结婚啦！明天晚上就在西单中宏酒家搞一个订婚仪式，您能来么？

和平　我当然能来了！你们俩……哟，志新这样儿能去么？

燕红　志新就不用去啦。

和平　他哪能……你不是跟他结婚哪？

燕红　是阿文，志新给我们介绍的，他就算大媒吧！（哼着"婚礼进行曲"的旋律兴冲冲地下）

和平　（向志新）怎么着啊——你给保的大媒？

志新　我给保的大媒？我倒了大霉吧我！

和平　行了！甭生气，兄弟，咱不去！结婚请客有什么呀？有能干儿离婚时候请客！

志新　干嘛呀？我干嘛不去呀？我还非去不可！（站起）

和平　对！咱大丈夫就得有这份气量！

志新　结婚的时候我先吃她一顿！离婚的时候我再吃她一顿——里外里我先赚她两顿再说！

〔晚，龙潭山庄办公室。

〔屋里一片漆黑。胡三上，开灯。志新上。二人都喝醉了。

胡三　……甭往心里去，兄弟，甭往心里去！有什么呀？有什么呀？不就一老玉米找一大虾米么！

志新　这老玉米还不能捯饬！你看她今儿那样儿！披着个白纱，弄个红嘴唇，抹俩黑眼圈儿……我跟你这么说，动物园里那猴儿什么样儿，她什么样儿！

胡三　没错儿……没有那么漂亮的猴儿！

志新　那她就像……她就像熊猫！

胡三　哎！……她比熊猫还苗条一点儿。

志新　那她就像……她就像……像动物园儿里那四不像！原先我还真以为我喜欢她，闹了半天……

胡三　呸！

志新　……我还真喜欢她。

胡三　嘻……没什么，兄弟！我实话告诉你——我也喜欢她。

志新　嗯？（起身揪住胡三）什么？说什么哪？再说一遍！你丫是不是找死啊？

胡三　算……算了！咱俩为人家的媳妇打架，犯不上！

志新　人家的媳妇？她什么时候成了人家的媳妇？都是这阿文！阿文……我找他去，我找这阿文，我要今儿不跟他……

〔志新开门，然后比划了一个请进的姿势。身穿婚纱披着外套的燕红挽着阿文上。

阿文　喊什么？我来了。

〔志新坐到一旁，扭头沉默。

燕红　我一猜……（外套被胡三拿下）我一猜你们就在这儿。

志新　不在这儿还在哪儿啊？回家，怕你们把喜糖送到家去恶心我，躲到这儿还没躲开你们呢……

燕红　干嘛要躲我们呢？还是我们躲你们吧。我跟阿文商量过了，这破山庄我们不要了，就留给……你吧！

阿文　（傲慢地）拿去！

志新　（兴奋）留给我……我拿什么要啊？我有钱么我……那你们干嘛去？

·018·

燕红　我们要到海南去了！到那里去闯一番大事业！

志新　你？去海南？你一女同志到海南那种地方……咱俩可是打小儿一块儿长大的，上幼儿园的时候我曾经跟你说……（搭阿文肩，阿文躲）

阿文　志新，非常感谢你从幼儿园的时候就照顾她，但是现在她成我的老婆了，你就不要费心了！

志新　没事儿……

阿文　那么，我们拜拜吧！

志新　没关系……我这人你还不知道么？和燕红打小一块儿长大，我跟你说，你……

〔胡三送阿文、燕红下。

志新　那我就不再费心了！（瘫坐）

〔日，傅家客厅。

〔志新披西装来回溜达。小张站立一旁。

志新　……你说人家燕红去海南，人家是找着主儿了！你跟着凑什么热闹啊？

小张　燕红姐说：到了海南提拔我当她的秘书。

志新　哎哟，那秘书还用提拔么？你在我这儿不也当秘书么？

小张　我给你当秘书有什么用？你自己还什么都不是呢！

志新　谁说我什么都不是啊？……哦，我还真什么都不是。她燕红是什么呀？她就是个卖身投靠！我跟她有一拼……

小张　你也是卖身投靠？

志新　我卖身——谁买呀？我那意思是说：她干事业，咱们也干事业；她去海南，咱们也去海南！她办公司，咱们也办公司！咱们公司的名字我已经想好了，就叫"杀文灭红实业总公司"！怎么样？

小张　听着倒像是卖杀虫剂的……

志新　杀虫剂？我杀的不是一般的虫子，我要杀阿文这个大蚊子！到时候稍带脚儿地我连燕红一块儿灭了！她到时候就是跪在地下求着要嫁给我……

小张　啊？

志新　……我还真得考虑考虑。

小张　听着倒是扬眉吐气的。

志新　听着？我马上就要开始行动了！张秘书……

小张　哎！

志新　不，张助理！

小张　哎！

志新　不，张副总经理！

小张　（欣喜）哎哎哎……

志新　把我的计划本儿拿来！现在咱们要制定一个新的计划，代号是"杀文灭红工程一号"……我先上个一号儿。（下）

〔一组志新与燕红或甜蜜或打闹的闪回画面。

〔日，傅家客厅。

〔志新端坐，出神。和平、小张收拾行李。志国在旁。

志国　……志新啊，海南那地方人生地不熟的，你万一有个天灾人祸，哭你都找不着地方儿！

志新　那我干脆就不哭了！我贾志新，敢携张凤姑海南双人行，早就把个人安危置之度外了！我要是混不出个人模狗样儿来，（哽咽）我就不回来见你们……

和平　你说你干嘛呀？人家燕红也订婚了，你追到海南干嘛去呀？回头人家再打了你，你嫂子又不在你身边儿……

第42集　从头再来(下)

〔小凡扶傅老自里屋上。

小张　我在，我在！

小凡　二哥，我坚决支持你！

志新　好！

小凡　反正你在北京也蒙不着钱了。

志新　没错儿，我就是打算到海南蒙……我蒙谁了？我到海南是为海南的改革开放做贡献！是不是爸？

傅老　志新啊，你能有这个认识很好嘛！

〔圆圆提书包跑上。

傅老　就是你们这次的行动是不是太匆忙了？昨天决定，今天就走……来来来，我们全家开一个会，研究一下这个可能性、必要性……

小张　爷爷，晚了就赶不上火车了哦！

志新　这么着，爸！咱俩有什么话，等我到了海南，咱们电话交流。

傅老　好好好！

志新　（悄声向小凡）反正我三五年之内也装不上电话。

圆圆　二叔！您好好干，我要在北京混不下去了，就到海南找您去！

志新　好！到那儿我封你个师长旅长干干！

圆圆　哎！

小张　（站在门口）总经理，您就别儿女情长了，迎着朝霞上路吧！

〔志新起身，挨个与家人握手道别。众人难掩悲伤。

志新　（最后握向小张，发觉不对）嘻！（向众人）同志们，再见了……（拿起外套和香烟）张秘书！启程！

【本集完】

第43集　请让你来帮助我（上）

编　　剧：梁　欢　刘国华

客座明星：李明启

〔晚，傅家饭厅。

〔饭桌上盆碗杂乱。圆圆扶傅老上。

傅老　（向厨房喊）和平啊，这晚饭怎么还没做得呀？《新闻联播》都播完了。

圆圆　哎哟，爷爷，我现在可算明白了，旧社会穷人干嘛要革命！

傅老　还没等我教育你就明白了？

圆圆　（各处找吃的）全是因为饿得！这饿劲儿一上来比什么都难受——现在谁要给我俩馒头，我立刻跟他私奔！

傅老　这革命说得好好的，怎么又改成私奔了？（向厨房喊）和平啊，快一点行不行？要不要我去帮你忙啊？

和平　（自厨房上）唉呀，您越帮越忙。饭我都焖上了，再炒俩菜就得了。（向圆圆）帮妈择菜。人没齐呢嘛！

傅老　还有谁呀？小凡说了，等保姆找着以后她再回家。志国啊，这会儿八成还在楼底下溜达呢！

和平　（向圆圆）赶紧把你爸叫上来！告诉他：妈把饭做好了，甭在外边躲着了！

圆圆　（欲起身，腿一软又坐下，有气无力地）妈，您看我都饿成这样了，我还走得动道儿啊？我帮您择菜都强打精神了……

和平　你就知道吃！

圆圆　您当我愿意吃哪？就您做那菜它不光速度慢，水平也差呀，我要不是饿急了我才不吃呢！

傅老　这话也不能这么讲，质量是差了一些，但跟旧社会比起来还是……也差不多——就当吃忆苦饭吧！

圆圆　都忆了多少天了？再有什么东西它也该回忆起来了！要老这么没结没完的，我连新社会的饭什么样都忘了。

和平　你少废话啊！明儿你就吃不上饭了——厨房都下不去脚了！

傅老　唉，小张一走啊，你看咱们家……我看这保姆的问题不能再拖了！和平，你明天再去找一找，啊？

和平　还让我去呀？我都挨劳动服务公司蹲三天了——好几家儿都盯上我啦！再去，非让人把我给带走不可……

圆圆　也成！拿您跟别人换——您做饭是差点儿，洗衣服还成……

和平　我打你……

〔日，傅家客厅。

〔傅老在浇花。和平带李大妈有说有笑上。

和平　爸！这是我们娘家街坊李大妈，打小儿带过我，一听咱家有困难啊，立马就跟着我来了！（回身，见李大妈拘谨地站在门口）李大妈……

傅老　（拉和平到一旁）和平，我让你去找保姆，你怎么找了这么一个……看这岁数有八十多了吧？

和平　刚六十出头儿！显得老……（向李大妈）李大妈，这是我公公！

李大妈　哦——见过公公！（鞠躬）

傅老　……李大妈，往后就管我叫"老傅"，我就管你叫……和平说你还比我小几岁，我就管你叫"小李"吧？

李大妈　谢谢老傅同志！

傅老　坐坐坐，小李！

李大妈　哎！哎！

和平　爸，您坐这儿。李大妈您坐……（见李大妈坐在靠门口的椅子上，指沙发）李大妈您坐这儿……

李大妈　哎！

和平　您坐这边儿……（见李大妈搬椅子到另外一个角落）哎哎，您瞧您！李大妈……（听到关门声）谁呀？

〔志国下班上。

和平　哎哎，志国过来，见见李大妈……

志国　"你的妈"？（向傅老）我妈又活过来了？

和平　什么"你的妈"呀？李大妈！（低声）咱们家新来的保姆……

志国　李大妈！

李大妈　哎哟，这是姑爷吧？哟！你瞧长得多俊哪！

志国　谢谢您了！（向傅老）长这么大头回有人说我"俊"。（下）

和平　（听到关门声）谁呀？谁呀？

〔圆圆放学上。

和平　圆圆过来，过来，叫奶奶……

圆圆　（向傅老）我奶奶不是死了么？

和平　（低声）胡说！这是打小儿带过你妈的李奶奶——叫奶奶！

圆圆　奶奶！

李大妈　哎！哎！

圆圆　（向傅老）我叫谁奶奶无所谓，就怕爷爷您不乐意……（下）

· 024 ·

第43集　请让你来帮助我（上）

〔晚，傅家饭厅。

〔傅老、志国、圆圆在吃饭，和平自厨房端炒疙瘩上。

和平　赶紧吃！

傅老　嗯！嗯！小李子这手艺果然是不凡哪！我已经十几年没有吃过这么好吃的炒疙瘩了！

〔李大妈自厨房端炒疙瘩上。

圆圆　我奶奶做饭就是比我妈强！奶奶您坐我爷爷旁边儿吃啊？

李大妈　你瞧这孩子！这下人哪有上桌儿的？你们吃吧，我跟厨房里垫补点儿剩的就行了！（进厨房）。

和平　哎哎，李大妈！您别价，您忙活半天哪儿能让您吃剩的呀……（追下）

傅老　还是老阿姨守规矩呀！我仿佛又回到了旧社会……

志国　爸！我得提醒您啊：您最近经常怀念旧社会！

傅老　那我也是批判地怀念。旧社会劳动人民吃苦在先、享受在后的美德，还是应该充分肯定的，压迫人剥削人就不好了嘛……

〔和平自厨房拿碗上。

傅老　和平啊，小李要是实在不愿意上桌，就不要勉强她！把各种菜给她多拨一点……

〔晨，志国和平屋。

〔和平、志国蒙头大睡。李大妈开门拿抹布上，关门声惊醒了二人。志国见是李大妈，大惊，慌忙钻到被子里。

和平　（迷迷糊糊地）李大妈，您走错了——客厅挨那边儿……

李大妈　（自顾自地干活）没走错！我呀，这多少年老习惯了，见天早起，我就要挨屋地擦一遍，不擦心里头膈应……

志国　（探出头来）那您大早上起来挨这屋晃悠，您不怕我们心里膈应啊？

李大妈　不碍的！咱明媒正娶，怕谁呀？踏踏实实的！

志国　我能踏实得了么……

李大妈　（见床上情形）哟，和平！这多少年老话儿了："男左女右"啊！你应该睡这边儿，让志国睡那边儿……

和平　行行，回头我们换过来……李大妈，您先擦别的屋儿，我们好起床……

李大妈　你们起你们的。你是我从小儿带大的，志国不跟我的姑爷一样么？再说了，我这么大岁数还有什么背我的？我不在乎！

志国　您不在乎我在乎啊！

和平　志国他有点儿不大习惯……

李大妈　慢慢就习惯了——我跟老傅同志也这么说的。

志国　啊？您连我爸那屋都去过啦？

李大妈　还说哪，今儿早起呀，那是盯……盯不到五点钟，我摸黑儿进去的……

志国　您还摸黑儿进……（向和平）这要让人听见像什么话呀？

李大妈　没开灯啊——我怕影响了老傅同志睡觉啊！我进去了……谁承想啊，我这地形不熟初来乍到的，我把这床当成沙发了你说……我就摸着老傅同志那脑袋呀，还以为是圆圆玩儿的皮球什么的呢！我就从里到外拿着抹布这么一通儿擦哟，结果，把老傅同志给吵醒了……

志国　李大妈，我爸可有心脏病，您这……

李大妈　没事儿！他怪叫了两声，躺下又着了！对啦，明儿个我第一个先擦你们屋……

和平　李大妈您瞅我都这么大了，我自个儿会归置……

李大妈　嘻，你说我怎么舍得让你擦哟！你们都是干大事儿的人哪，那起早贪黑地上班多累呀……哟，那煤气上还坐着水哪！嘻，你瞧瞧我这事儿闹的……（跑下）

第43集　请让你来帮助我（上）

和平　赶紧起来吧！

〔二人匆忙起床穿衣。

志国　我赶紧起来看看我爸去吧，别再吓出点儿什么毛病来！你说你找的这人——愣把我爸脑袋当皮球！不光眼神儿不好，手感也差呀——你们家皮球那么多褶子呀？

和平　你就念万幸吧！没把你爸脑袋当西瓜就算不错了……

〔李大妈返回。

李大妈　哟，起来啦？我呀，把这床单儿拿去换换洗洗！今儿天儿好，晚上说不定就干了……（上前欲撤床单）

和平　（忙拦）李大妈，我们都用洗衣机洗！

李大妈　那玩意儿不行——您瞧我的吧！

和平　那这样儿得了：待会儿我们给您送过去——我们先把衣服穿上……

李大妈　也成！那我先上老傅那屋，把他的床单换换！（下）

和平　别价……哎！李大妈，李大妈……（追下）

〔日，傅家客厅。

〔家具位置大改变。和平连咬牙带喘气，欲搬柜子，无果。傅老自里屋打哈欠上。

和平　爸，您睡得好啊？

傅老　好什么好？简直就是一场噩梦！我居然梦见一个老太婆，拿着一块抹布在我脸上来回地乱擦……现在还有一股臭抹布味儿呢！

和平　（笑）您那不是梦！

傅老　（惊）啊？真有其事？

和平　（改口）……您那是梦！您梦见那老太太呀……您那是想我婆婆了。

傅老　你婆婆也不是这么个形象嘛！清清秀秀的一个女子，这刚逝世几年啊？

· 027 ·

在我梦里，就变成这么一个……凶神恶煞嘛！

和平　人家说梦里的跟现实都是反着的。

傅老　反正我也闹糊涂了，到现在还晕晕乎乎的……（环顾）进这个房子也直转向，总觉得哪些地方不太对劲儿……（欲坐，差点坐个空）

和平　（急忙）哎哎哎……爸！（扶住傅老）沙发挨那儿呢——这屋子让李大妈给搬过。

傅老　（恼怒）谁让她给搬的？！

和平　她自个儿。她说按风水呀，咱家得东高西低，所以那柜子得在那边儿，这个得在这边儿，另外得坐北朝南，沙发都得冲这边儿……

傅老　这都是封建迷信那一套嘛！

和平　就是。李大妈劲儿还真不小，那么大一柜子抄起来就走。

傅老　那你怎么能就在一边袖手旁观哪？

和平　我想帮忙我插不上手哇……

傅老　谁让你帮忙了？我是让你拦住她、说服她、教育她嘛！

和平　瞧您说的！人家把我从小儿带大，只有她说我的份儿，哪有我说她老人家的份儿啊……

傅老　你做得不对，人家自然可以说你啦！她要做得不对，你也可以说她嘛！

〔傅老坐下。李大妈自里屋将和平的梳妆台搬上。

和平　哎……李大妈！李大妈，您瞧您，您一点儿都不注意自己身体，您要再惦记给这屋换样儿，那我可坚……我公公他可坚决不答应您了！

李大妈　不换屋子啦！我就借你这镜子使使——你说这堂屋里头，没面照妖镜能行么？有了它，能保老傅同志这官越当越大，保着志国……姑爷挣钱越挣越多，保着你越活越年轻，保着圆圆平平安安地长大！

傅老　简直是乱弹琴嘛……

李大妈　不乱哪，您瞧这多踏实啊！哟，（看表）嘻，我该做饭去了……（向

第43集　请让你来帮助我（上）

饭厅下）

傅老　哎，小李……和平！我命令你，马上把这个屋子恢复成原样儿！

和平　（行个军礼，欲动手，又回身）爸，不是我不服从命令，是我实在没有那么大的"呀呀呀呀"劲儿……

〔傍晚，志国和平卧室。

〔和平收拾衣物。圆圆背书包上。

和平　哎哎——你不挨屋儿做功课，跑这儿晃悠什么？

圆圆　我不上这儿晃悠，我上哪儿晃悠去啊？那奶奶还在我屋那睡午觉呢！

和平　都五点了怎么还不起呀？

圆圆　我估计她老人家是新官上任三把火，头两天拳打脚踢的，是为了给咱家留个好印象，可架不住年纪不饶人，实在挺不住了，她才倒下的。

和平　唉呀，你这奶奶也是可怜见的……让她多睡会儿吧，你挨妈这屋做功课，过来。

圆圆　该睡的时候不睡！昨天晚上我都困得不行了，她非要给我讲什么"三从四德"，说是比那"五讲四美"还重要。还说您现在之所以混得这么惨就是因为小时候没听她的话……

和平　你听她胡说！

圆圆　妈，是说小孩儿老跟谁在一块儿待着，长得就像谁么？

和平　那是迷信——性格随谁倒有可能！

圆圆　啊？那您把我跟那奶奶搁一屋儿，我这正发育……我要万一长大了随她怎么办啊？

和平　那怎么了？妈从小就跟她在一块儿——妈不挺好吗？

圆圆　怪不得您现在神神叨叨的呢……

〔志国吃力地搬和平的梳妆台上。

志国　我就纳了闷儿了,这老太太一个人怎么搬出去的……和平啊,这李大妈当保姆实在是太屈才了,(将梳妆台放在门口)应该给她介绍到搬家公司上班儿去!哎哟,我看你呀,赶紧把这老太太打发走吧!就她这么神神叨叨的,我实在受不了——我不能白天在单位上一天班儿,晚上回来陪她搬家玩儿啊!

和平　干什么呀?不就那一回么?

志国　一回?这两天她闹多少幺蛾子了?拿我爸脑袋当皮球……

和平　那也不能全怪她!说实在的,你爸那脑袋本来就有点儿像皮球……

志国　你爸脑袋才像……你让不让她走?你不让她走我走!

圆圆　我也跟您一块儿走,我爷爷刚才也说出去躲两天。

和平　干什么呀?人家把我带大的,人家对我有恩!

志国　有恩咱报恩哪——给她一月工资成不成啊?

和平　人家不是为钱,我怎么跟人张得开这嘴呀?

志国　不用你张嘴,我一定客客气气地把老人家给请走。

和平　你也知道现在这保姆难找……那我不管了,成了吧?(下)

〔晚,傅家饭厅。

〔傅老、志国、圆圆吃饭。李大妈匆匆上。

李大妈　瞧瞧!哎哟,我这一觉睡过头了……这就给你们做饭去!(取围裙欲进厨房。)

〔和平自厨房上。

和平　李大妈,饭都做好了——您赶紧坐这儿吃吧!

李大妈　哟!

和平　来来来,您坐这儿……

李大妈　(看桌上)哟!怎么没有炒疙瘩啊?知道老傅同志愿意吃呀……(又

第43集　请让你来帮助我(上)

　　　　欲进厨房，被众人拦下)

傅老　　别别……都连着吃了好几顿了，多好的东西也架不住这么吃！

志国　　(上前，恭恭敬敬地)您快坐下——

李大妈　那个……我厨房里垫补点儿剩的得了！(再欲进厨房，又被众人拦下)

志国　　别价呀李大妈！知道今天您不合适，和平还特意给您做了鸡蛋肉丝面，我给您端来——(回身端过一碗面)

李大妈　(手足无措)你说这怎么说的！我还让你们伺候我了，你瞧瞧……

志国　　您瞧您这话说的，您从小给和平带大，我们伺候伺候您还不是应该的呀？

众人　　对！

志国　　您岁数大了，身体又不好，往后您什么都不用干了……

众人　　对！

志国　　一天三顿饭您也甭起来了……

众人　　对！

志国　　我们都给您端到床头儿去……

众人　　对！

李大妈　哟，你瞧姑爷说的，那我不是给你们添累赘呢吗？要这么着，我就不在这儿待了，我立马走人！

志国　　您瞧您说的，您要是走了……经常来串门儿啊！(掏钱)李大妈，这一百块钱呢，可不敢说是给您的工钱，就算我跟和平孝敬您老人家的啊。

　　　　(放到李大妈手里，坐回)

李大妈　(愣住)哟，还真让我走哇？

　　〔众人沉默。

李大妈　(站起)我这走喽，你们这一家老小的怎么过呀？

傅老　　小李同志不要走！吃面吃面……

李大妈　(赶紧)哎！(坐)

· 031 ·

傅老　……吃完面再走。

李大妈　啊？！（站起）老傅同志啊，你们这一家待我这么好，要说走呢，我还真舍不得！我在这儿待这两天呢，有个到不到的你们就多担待……

傅老　嘻，没事儿没事儿！

李大妈　我这冷眼看哪，你们家确实缺个使唤人，怨我没这能力——光看孩子没干过这个！我妈，年轻的时候那在大宅门里当过老妈子！对啦！我这就回去让您老人家来！（下）

众人　哎……啊？别……李大妈！……（纷纷追下）

【上集完】

第 44 集　请让你来帮助我（下）

编　　剧：刘国华　梁　欢

客座明星：贾乐松

〔日，傅家客厅。

〔和平织毛衣。傅老自里屋上，向饭厅看。

傅老　和平啊，今天怎么就剩下咱俩吃饭啦？

和平　瞧您说的，怎么就剩咱俩吃饭了呢？

傅老　哦……

和平　就您一人儿吃饭！

傅老　那你们都吃过啦？

和平　我们都自行解决啦——志国回单位吃去了，圆圆吃方便面，我打今儿起开始减肥，我不吃了。

傅老　那我怎么办？我今天总不能自己做饭吃吧？

和平　那怎么不能啊？那忒能了！您要非给我做的话，那我打明儿再开始减肥。

傅老　都是这保姆给闹的……唉，现在还真是有点儿怀念小张小李她们啊……

和平　您别混一块儿说啊！小张跟志新去做买卖去了，咱拦不住，李大妈可是你们轰走的——您要想要她，我现在把她叫过来……

傅老　算了算了！那天要不是我拦得快，差点儿连她妈都给弄来。我就是宁可饿死，我也不能……我也不能饿死！我明天就去保姆介绍所……

和平　那叫"家庭服务公司"。

傅老　对，就上那儿，我亲自挑一个好的回来！

和平　行嘞，那我们明儿就挨家盼着了啊。

傅老　（走向饭厅，停住）那我今天吃什么？（满面堆笑）和平，这个减肥也不在乎一顿两顿的！再说你肥瘦正好，也用不着减嘛！一定要减，等保姆来了再减嘛——（向和平比划，示意她去做饭）

和平　保姆来了我还减什么劲儿啊？

傅老　和平！——（继续比划）

和平　得，给您做饭去！（起身，下）

傅老　怎么叫给我做饭？给咱们俩做饭！你就不吃啦？（跟下）

〔傍晚，傅家客厅。

〔志国、和平、圆圆在座。

圆圆　妈，我爷爷找小阿姨怎么还不回来啊？我可扛不住了啊，我还是吃方便面吧……

和平　胡说！老吃方便面营养哪儿够啊？再等等，爷爷这就快回来了——去一天了都……

志国　也可能是没完成任务不好意思回来！

〔傅老暗上。

志国　我爸那人特别好面子，上回有一回在外面……

傅老　谁说的？我不光完成了，还超额完成了！

志国　爸，您回来啦！

傅老　（向门口）来，进来进来……

第44集　请让你来帮助我（下）

〔农村打扮的年轻姑娘小兰、小桂上，二人紧张拘谨。

和平　哟哟！爸，爸……（拉过傅老，低声）让您完成任务就得了，您干嘛还超额……您弄俩来咱家怎么弄啊？

傅老　不是我要弄俩，是她们俩非愿意到咱们家来！我挑一天也挑花眼了，拿不定主意，干脆把她们弄回来，你们决定算了！（向二人）来，我介绍一下，认识认识：这个是……（指二人）这个是小兰，这个是小桂。

小桂　（口音）小桂俺很高兴有机会跟你们大家见面儿！

小兰　（方言）小兰问爷爷好，小兰问大哥好，小兰问大姐好，小兰问小姐好，小兰问大家伙儿……好！

志国　爸您挑了一天，就挑这么俩病人来呀您？

傅老　（不悦）我挑一天……我容易么我？！现在找保姆比找对象都难——惹急了我呀，不去保姆介绍所，我改上婚姻介绍所去！

和平　爸，您赶紧坐这儿歇着，您都累了一天了！（向两保姆）你们都想挨我们家干，是吧？

小桂　小桂俺很高兴有机会和您全家生活在一起！

小兰　小兰我乐意在您家干活儿，您就收下我呗？

和平　等着啊——（向家人）咱怎么着，到底留谁不留谁呀？要不然咱……咱给她们来个考察？

志国　这……这怎么考察呀？

圆圆　这还不容易呀？给她们出道题。（起身向二人）你们俩，都到厨房做饭去，看谁做得又快又好？

小桂　中！

小兰　嗯！

〔二人一个向里屋跑，一个向门口跑。

圆圆　哎……不对不对！那儿，那是厨房！（大摇大摆领二人向饭厅下）

〔当晚，傅家饭厅。

〔全家人吃晚饭，两保姆站在旁边。

傅老　嗯！这个鱼香肉丝的味道很正宗嘛——谁炒的？

小兰／小桂　（同时）我／俺！

小桂　俺调的料！

小兰　我掌的勺！

志国　哎，这米饭可硬了点儿啊——谁焖的？

小兰／小桂　（同时）她！

小桂　她放的水！

小兰　她看的表！

和平　这汤谁做的呀？

小兰／小桂　（犹豫）……味道怎么样啊？

和平　谁做的呀先说？

小兰／小桂　（对视）说不好……

志国　这有俩保姆的感觉是不一样啊……小兰，我派你上我屋把我那茶杯拿来！

小兰　嗯！（向厨房跑）

圆圆　哎哎！（指客厅）那儿是！

〔小兰下。

和平　小桂呀，上客厅把电视报给我拿来！

小桂　中！（下）

傅老　我看哪……（起身关门）保姆这个事儿还得赶紧定下来，这么下去非把你们俩……非把咱们家都给惯坏了不可！

小凡　我喜欢小桂——长得有点儿像我们班沈旭佳那意思……

志国　是吧？

小凡　爸，我要小桂，留小桂吧。

志国　哎对，好……

和平　（瞅志国，不悦）好什么呀？小兰多好啊！又老实又朴实又勤快。

志国　那也不能光考虑这……（见和平瞪自己，连忙赔笑改口）我就随便说说啊，留谁不留谁呀，由你们。

和平　爸，您拿个主意？

圆圆　您让我爷爷拿主意啊？他有主意么？他要真有主意能把俩都带咱们家来？我做主了——留下小桂阿姨！

志国　哎，那只好听圆圆的了……

傅老　我也倾向圆圆的意见。

和平　她一小孩子哪能听她的呀？听我的！就留小兰了。

圆圆　（撒娇）爷爷您看我妈呀……

傅老　这个这个……我看这样吧：今天天也晚了，总得留她们住下吧？那就明天继续考察！

〔时接前场，傅家客厅。

〔全家人围坐，两保姆站立一旁。

小凡　现在开始智力竞赛！你们别紧张啊……

小兰　嗯！

小桂　（同时）中！

小凡　第一道题——姓名。

小兰　郑小兰——"我从山中来，带着兰花草"的那个"兰"。

小桂　俺叫薛小桂，俺那个"桂"呀，是"八月桂花遍地开"的"桂"。

小凡　得分！

〔圆圆举牌打分。

小凡　第二道题——年龄。

小兰　今年二十。

小桂　俺明年十八。

小凡　得分得分得分……

〔圆圆举牌打分。

小凡　第三道题：请你们谈一谈对我们家的印象。

小兰　我早就想有这么个家，一个并不华丽的地方。

小桂　莫名俺就喜欢这个家，俺深深地爱上它。

小凡　嗳，（学小桂口音）得分！第四道题是快速抢答——请你们谈谈各自的特长和爱好。

小兰　也没别的，就是爱和老人儿在一块儿。关心老人儿爱护老人儿，尊敬老人儿照顾老人儿——尤其是那种一身正气、两袖清风的离休老干部！

傅老　（笑）你看你看……我还没有自我介绍，就了解得这样清楚呵？

小兰　不光说您，也包括像大哥这样的中年知识分子。

志国　（得意）哈，我还年轻嘛，就不要对我有什么特殊照顾了……

小桂　在这些爱好上，俺和小兰差不多，俺比她还多一个爱好，就是特别地喜欢孩子——尤其是那种纯洁、美丽、聪明、善良的小女孩儿。

圆圆　（佯羞）你别老当面夸人家……

小凡　（得意）多不好意思啊……

圆圆　说我呢！

小凡　说我呢！

圆圆　说我呢！

小凡　爸，说我呢！

圆圆　说我呢，爷爷！

小桂　俺不光说你们俩，（指和平）也包括那位大姐！

和平　（惊喜）啊？嘿嘿，我像……这孩子，我怎么着也得比她们俩大个一两岁儿吧我？

小凡　下面谈谈你们都有什么缺点哪？

小兰　我最大的缺点，就是总爱干活儿不爱休息。

小桂　俺最大的毛病，就是光爱做饭不爱吃饭。

小兰　我一睡觉就头晕！

小桂　俺一吃肉就恶心！

小兰　我一天至多睡俩小时——还总盼着别人把我叫起来干活儿。

小桂　俺一年最多吃二两肉——还最好是别人不吃的肉皮和肉骨头。

傅老　这个怎么像是旧社会呀？这哪是家庭服务员，这简直就是丫鬟童养媳嘛！

小凡　您别打岔。最后一道题——当然了，也是最重要的——你们每个月要多少钱工资啊？

小兰　就按服务公司的规定，我绝不多要。

小桂　您家看着给吧，俺绝不多挣。

小兰　其实管吃管住了，给钱不给钱的都没关系！

小桂　俺是没钱，俺要是有钱哪，倒找钱俺都乐意！

和平　哎哟，你说这留谁不留谁呀？这可真有点儿像我们那大鼓曲儿里唱的，叫"两个冤家都难抛下，舍不得你也放不下他"，就那段儿——志国你说呢？

志国　我看你们也别争了，都留下来再试用一天，一颗红心两手准备吧。

小桂　中！

小兰　嗯！

〔翌日，傅家客厅。

〔小兰干家务，傅老手拿报纸上。

小兰　（上前搀扶）爷爷，您慢点儿！以后拿报纸啊，您就让我去。

傅老　我就是顺便走一走……不要搀不要搀，我还没有那么老嘛！

小兰　您一点儿都不老！说出来呀您别不信，昨儿个刚看见大姐的时候啊，我还当她是你爱人；看见大哥的时候啊，还当他是你弟弟；看见圆圆的时候啊，还当她是你外甥女儿呢！

傅老　好好一家人，怎么让你给说得……乱七八糟的？我是显得年轻一些，但也不至于……我看你不是眼神儿差就是脑子慢。

小兰　爷爷，我是跟您开玩笑。

傅老　对对对，老年人也需要一些欢笑嘛！

〔傅老落座。小兰蹲下开始给傅老捶腿。傅老又惊又喜。

傅老　（看报，自语）好好好，我看北京市这个远景规划，还是切实可行的嘛！

小兰　有您老的关心肯定能提前实现。

傅老　光靠我一个人怎么行啊？我就是全身是铁，能打出几颗钉来？还要靠广大的人民群众嘛……唉呀，边防战士很辛苦啊，应该保证他们的物质文化生活嘛！

小兰　要不抽空儿您写封信慰问一下儿？这对他们是多大的鼓舞啊！

傅老　可以考虑……（大声）不像话！这个犹太人怎么可以随便枪杀巴勒斯坦人呢？还一下就好几百，都是无辜群众嘛！

小兰　太不像话咧！您老要是再不过问一下可怎么得了啊？全世界的人民都不答应您！

傅老　我就不必亲自过问了嘛，我国政府已经表示强烈谴责了嘛……小兰，你看你给我这样捶着腿，还陪我聊天，累不累呀？

小兰　爷爷，看您说的！再苦再累我也心甘呀……再说了，这受教育的机会多难得呀！（起身给傅老捶肩）

傅老　哎，那个小桂呢？也让她过来听一听嘛！

小兰　她？她上我大姐那屋去咧。我看她好像不怎么乐意陪您说话儿……

傅老　（不悦）昨天我还打算把她给留下来呢，哼！

〔同时，志国和平卧室。

〔和平看杂志傻乐。小桂端茶上。

小桂　大姐！

和平　哎！（继续傻乐）

小桂　大姐！

和平　哎！（继续傻乐）。

小桂　嗑瓜子儿口渴了吧？这是刚沏好的茶。

和平　哟，你瞧这孩子……多有眼力价儿啊！赶紧坐这儿。

小桂　中。

和平　小兰呢？

小桂　她呀，在客厅陪爷爷说话呢，俺觉得她好像不咋愿意理您……

和平　（不悦）嗯？昨儿我还要把她给留下呢，哼！

小桂　她说留谁不留谁最后还得爷爷说了算，别人做不了主！

和平　哦，她是瞧准了老爷子了——你瞧准我啦？

小桂　大姐，昨天俺一进这家门儿俺就明白了，这表面上是爷爷当家，其实这里里外外的，还不都靠您一个人儿支撑着？

和平　哎哟，你说我挨他们家十来多年了——我容易么我？！

小桂　谁说不是呢！再说人家是嫡亲的祖孙三代，就您一个两姓旁人，您还撑这么大的家，主这么多的事儿……也就是您，换了别人连想都不敢想！

和平　哎哟，难得你这么小小的年纪，连这都看得出来嘿——我妈都看不出来！

小桂　可这话又说回来了——虽说您能力比一般人强，可这些年您肯定也有力不从心的时候，也就盼着有个人儿能帮您一把。

和平　哎！

小桂　这一天终于来到了！

和平　你说你？

小桂　大姐，俺真恨俺妈呀——咋不早生俺几年？让您受了这么多的委屈。好在这日子一去不复返了！

和平　（喜笑颜开）是！（起身）你挨这儿等着，我找爷爷去。等着……

小桂　中！

〔和平下。

〔傍晚，傅家客厅。

〔全家人围坐热聊。圆圆放学上。

圆圆　爷爷！爸！妈！小姑！……她们俩呢？（紧张）你们把谁留下，轰走谁啦？（见和平笑）您笑……您笑一定是您胜利了！（急）小桂阿姨除了长得好看点儿，她有什么罪呀？您干嘛把她轰走啊？您怎么就那么不容人啊？您自己照照镜子，您比她长得好看啊？我们轰过你吗？（哭）小桂阿姨，你怎么不等等我……（欲下）

小桂　（自饭厅上）圆圆回来啦？

圆圆　小桂阿姨！（喜，与小桂拥抱）

小桂　不是不等你，俺正给你做饭呢……

圆圆　爷爷，咱们胜利了！

傅老　应该说，你们胜利了……小桂，既然留下来，就好好干吧！

小桂　中！（向圆圆）走，给你拿好吃的去……

〔二人下。

【本集完】

第45集　大侦探

编　　剧：束　焕　梁　左

客座明星：金雅琴

〔日，傅家客厅。

〔傅老看书。和平自里屋上，手拿一叠账单。

傅老　（猛拍书）嗨！绝了！

和平　（吓一跳，之后继续算账）房租四十六块五，水电费三十二块一毛……

傅老　（又一拍书）唉呀！

和平　（又吓一跳）电话费八十七……怎么那么贵呀？谁打长途啦？

傅老　（再拍书）哈！（又把和平吓一跳）唉呀，简直是——没治啦！

和平　爸，爸，爸！您瞧什么书呢？这么一惊一乍的？不是好书您别瞅啊！您这么大岁数儿受不了这个。

傅老　不要紧，我受得了……

和平　您受得了，就不管别人受得了受不了？时候儿大了非让您吓出病来……

傅老　为什么说书籍是人类最好的朋友哪？确实让人聪明啊！

和平　嗯，您还嫌您自个儿不够聪明？

傅老　本来我觉得我还是够聪明的，可是看了书以后，我才觉得……还是有差距的嘛！真是学海无涯、艺无止境啊！

和平　您这是又瞅什么经典著作哪？

傅老　对对对——《推理小说经典名著选》。

和平　嘻！

傅老　和平啊，你看我将来准备发挥余热，到公安局去当个侦探怎么样？

和平　我倒是没意见——就不知道人家愿意不愿意收您。估摸着坏人您是一个抓不着了，好人倒兴许能抓个三五个的。

傅老　那就不少了嘛……啊？好人我抓他干什么？你小看我是不是？我告诉你，就我现在这个水平，比他们专业的不在以下……哎，我出个题目考考你——（神情严肃专注）好比说，这个屋里，有个女的自杀了——

和平　哦，我知道了！这屋里就我一个女的，您这是咒我呢！

傅老　算了算了！好比说这个屋里，有个男的自杀了……

和平　这屋里就您一个男的呀爸？您要有什么事儿，您别想不开……

傅老　（急）好好好！不是这屋，是别的屋——

和平　别……咱家别的屋现在没人啊。

傅老　你要急死我呀？那就不是咱们家，是别人家！好比说——别人家，有个女的自杀了。门窗紧锁，屋里看不到一点儿痕迹。现场上看嘛，怎么看怎么像是上吊死的。你猜猜，她到底是怎么死的？

和平　门窗紧锁？还瞧不出一点儿痕迹？

傅老　对对对……

和平　怎么死的呀？

傅老　猜不出来了吧？

和平　猜不出来了。

傅老　我告诉你——她还真是上吊死的。

和平　（笑）您这不怎么样……得了！您也甭考我了，我先给您出道题吧——

您说咱家这月电话费怎么这么贵呀？（将电话费账单交给傅老）您先把这案给我破了……（下）

〔日，傅家客厅。

〔小桂打电话。傅老自里屋上，手里捧着书。

小桂　（投入地打电话）啥，爱情？嗯，关于爱情……关于爱情俺是这样看的：爱情，是勇敢者的运动！

〔傅老听见，有所察觉，机智地躲到书架后。

小桂　（继续）俺们应该敢于向一切世俗偏见宣战！你比如说："门当户对"的观念，就不是把人放在第一位，忽略了人的感情，人的幸福，人的自由，人的尊严！你就拿俺来说吧……当然，俺说过：爱情是勇敢者的运动，不过，对于俺来说——当然啦，它还是勇敢者的运动……

〔傅老忍不住打了个喷嚏，惊得小桂慌忙挂电话。

傅老　没事儿没事儿！我什么都没听见……小桂呀，你该去买菜去了吧？

小桂　哎，俺这就去，俺马上就去啊……

〔傅老下。

小桂　（自语）哎哟娘啊，吓死俺了……（溜下）

〔日，傅家饭厅。

〔和平正在和面，傅老探头溜上，机警地四处观察。

傅老　（低声）小桂买菜去啦？

和平　啊，今儿吃包子，买茴香去啦。

傅老　好好好……（关门，自豪地）和平啊，关于电话费超支的案件，我已经一举侦破啦！作案人——薛小桂！

和平　嘿！爸，爸，您真是神探嘿！（伸大拇指）

傅老　不能这样讲嘛！比起福尔摩斯，我还是有差距的……（欲下）

和平　谁说您没差距啊……哎哎，爸，爸！别走啊，您再具体说说？

傅老　说什么？

和平　电话费超支到底怎么回事啊？

傅老　什么怎么回事啊？案子破了，作案人薛小桂——这不都告诉你了吗？

和平　您告诉我什么啦？是，电话是小桂打的。打给谁？往哪儿打？打电话干什么？您总得一样一样查清楚喽哇！嘿，您这倒省事儿——（学傅老）"案子破啦，作案人薛小桂。"完啦？这侦探我也会当！

傅老　你的意思是说，还得把它查清楚？

和平　那可不！

傅老　唉呀，这个我还真是不大清楚……听她打电话的意思，好像是在——那个那个……谈什么……哦，爱情问题！

和平　（来了兴趣）爱情？跟谁谈呀？

傅老　那我怎么知道？反正不是跟我谈！

和平　我知道不是……跟您谈还用挨电话里谈？直接谈不就完了嘛！我是说啊：您肯定是不知道，所以才让您侦察啊！要不怎么叫"侦探"哪！

傅老　唉呀，我这个岁数，让我侦察人家这种事情……算啦算啦，随她去吧！

和平　别随她去呀！现在虽说婚姻自主，可是小桂年龄这么小，父母又不挨身边儿，真有点儿好歹的，咱得对人负责任哪？

傅老　那倒也是，万一出点儿什么事情，我们怎么向人家父母交代嘛？

和平　可不嘛？真遇上个骗子，给骗到贫困山区卖了，咱家拿什么赔给人家呀？拿圆圆赔给人家？拿我赔给人家？都不合适啊！

傅老　你的意思是说：那就只好拿我赔给人家啦？

和平　（笑）您自个儿倒是乐意去，人家要您一个半大老头儿干嘛使？没用啊……

傅老　我怎么没有用？我可以给人家干活儿嘛！可以帮助人家挑挑水、扫扫地、养养猪、喂喂鸡……怎么也能顶得上半个劳力使嘛！

和平　爸，您这么大岁数了，还让您去给人家扛活，我们做儿女的也不落忍哪！

傅老　那倒也是，解放前我给人家扛活，怎么解放了我还给人家扛活？这一辈子合着我没别的，光给人家扛活了？这个薛小桂也真是——你搞对象就搞你的对象嘛，干嘛把我搞得去扛活啊？

和平　爸，爸，弄不好还损坏您名誉呢！您说她年龄这么小，万一有个把握不住自己，弄出点儿生活作风问题来——今儿想吃酸的，明儿想吃辣的——街坊四邻人多嘴杂的，人家议论谁呀？

傅老　议论谁呀？

和平　反正我一女同志没我责任，除了您就是志国呗！

傅老　怎么会是我？那肯定是志国！

和平　也肯定不是志国……我就是说呢，咱挡不住人说！还有更吓人的事儿呢——上回小张儿不就弄个抢劫犯到咱家来么？谁知道小桂这男朋友他就不是个骗子呢？万一真弄一骗子，打电话就是为了向她了解了解咱家情况，到时候趁机想作案——行话这叫"踩点儿"！

〔傅老紧张起来。

和平　志国天天上班儿，圆圆见天上学，我隔三岔五地也得到单位，千斤重担都落您一人儿肩上了……

傅老　照你这么一说，这个案子还是相当复杂的！

和平　那可不？

傅老　平常就剩我一个人在家里，这万一要是来了坏人，你看我这身体……和平啊，赶紧报告一下公安局吧？

和平　您不是老想到公安局发挥余热去么？您先挨家发挥余热吧！（下）

〔日，傅家客厅。

〔小桂在拖地，傅老佯装看书自里屋上。电话响，傅老欲接，停住。

傅老　小桂！有电话。

小桂　爷爷，俺腾不出手，您替俺接一下吧？

傅老　（接电话）喂？啊，你等一下——（向小桂）小桂，你的电话！

〔小桂欲上前接。

傅老　（试探地）你知道是谁吗？

小桂　呵呵，还能有谁呀？肯定是小翠姐约俺一起去买菜……您告诉她：俺一会儿就来！

傅老　（失望）还真是她……（向电话）喂，她一会儿就来，啊！（挂）小桂呀，我有事儿要出去一下，要好长好长时间才能回来。

小桂　哎，中……

〔傅老向外走，不住回头观察，隐在门口。小桂兴奋地拨通电话。

小桂　（向电话）喂……对对对，还是俺！今天，俺想给你念一首俺刚写的诗，你等一等啊……（拿过一本杂志）喂，你听着啊，就是这首——俺新写的。（清清嗓子，读）"风和帆，纠纠缠缠；云和月，遮遮掩掩。叶和花，依依恋恋；俺和你，恩恩怨怨。只因为净土天堂路遥遥，天堂地狱"……（仔细辨认）什么"间"？呵呵，这个字俺还真不认识……

〔傅老暗上。

小桂　（向电话）啊……对对对！俺要表达的就是这种感觉！你太了解俺了……

　　　　（转身，发现傅老，惊）

傅老　谁打的电话？

小桂　（向电话）……当然了，这是他们别人，俺现在就去买菜。再见！（挂）爷爷，是一个女大学生，是俺老乡……也没啥事儿，就是让俺去买菜，俺现在就买菜去啊……（下）

〔日，傅家客厅。

〔傅老、和平在座。傅老手中拿一小本。

傅老　……总的情况就是这样。经过我认真地推理，得出了三点结论，下面呢，我分别说一说——你怎么不做记录？

和平　我知道您要说什么呀我就记录？我先用脑子记成么？

傅老　哼！……

和平　谢谢您。

傅老　第一点，小桂确实在搞对象——我可以从五个方面来进行论证……

和平　行行！您甭论证了，这点儿我信。你说第二点。

傅老　第二点，跟她搞对象的这个人比她的条件好。上次小桂打电话，就说要破除什么门户之见——我可以从五个方面来进行反证……

和平　行行！您也甭反证了，这点我也信。您说第三点。

傅老　第三点，这个人身边就有电话，所以他们随时通话都很方便。比如今天，我临时出去一下，小桂马上就跟他接通了电话——这不很说明问题吗？

和平　……说明什么问题呀？

傅老　你想啊，大学生身边能有电话么？一般不能吧？普通工人身边能有电话么？一般也不能。机关干部，他办公室有电话，当着那么些同事，怎么好一个人占着电话谈情说爱啊？所以说，只有一种可能——此人有一间单独的办公室，比如说咱们家的贾志国！

和平　（一琢磨）……好哇你贾志国！仗是让你越打越精了？挨家装得跟没事人儿似的，偷着跑单位打电话去啦？！我找他们领导去我……（激动欲下）

傅老　（拦）不要急嘛！还没有最后确定。也还有一种可能，那就是他用的是家用电话，也就是说呀，这个人根本不上班，整天在家待着。小桂认识的符合这个条件的，只有一个人。

和平　嗯？谁呀？

傅老　对门儿的老郑。

和平　这也太不般配了吧？

傅老　就是嘛！小桂自己也承认，还说什么要"破除门户之见"，还要"敢于向传统的偏见挑战"……

和平　爸，您这怀疑得也太出圈儿了吧？

傅老　也仅仅是怀疑嘛！还有一种可能，那就是贾志新干的……

和平　不可能。小桂来的时候志新都走了，志新根本没见过她！

傅老　所以才是……打电话联系嘛。

和平　爸，您这就叫乱怀疑。

傅老　怎么乱？一点儿都不乱，这几种可能都是有可能的，至于到底是谁，还要我进一步侦察。你就等着好消息吧！

和平　这几个人，除了郑伯伯，剩下这俩，是谁对咱家都不是个好消息……要真是贾志国，我跟他拼了我！（下）

〔晨，傅家饭厅。

〔傅老与和平在座，早饭刚吃完。

傅老　和平啊，今天不上班了吧？

和平　今儿不去了，不开会。

傅老　好好好，关于那个神秘电话的案件，我已经完全侦破了，今天就让你见个分晓！

和平　真的呀，爸？您能先跟我透露透露吗？

傅老　这个人你肯定认识。楼下小卖部新来了一个河南的小伙子，见过吧？

和平　怎么又改他了？不是说是郑伯伯、志国、志新吗？

傅老　哦，他们的嫌疑都已经排除啦。

第45集 大侦探

和平　嘻!

傅老　现在嫌疑最大的就是这个河南小伙子。他们都是同乡,小桂又经常上他那儿去买东西,特别是,他那儿有一部公用电话——这就是作案工具呀!

和平　听着倒是那么回事儿……

傅老　今天一大早,小桂起来就一个劲儿地打扮,估计是有什么约会。我准备给它来一个"化装跟踪"!(比划)搞它一个水落石出。

和平　爸,就您这岁数还(模仿)"化装跟踪"……您行么您?

傅老　怎么不行?当年地下党,跟踪与反跟踪,都练过——专业水平啊!

和平　还专业水平,我才不信……

〔小桂上。

小桂　爷爷,大姐,今天俺想请一会儿假行么?就一会儿,不耽误中午做饭。

傅老　去吧去吧去吧!要是晚了,不回来也可以。

小桂　谢谢爷爷,谢谢大姐!

和平　别客气!

〔小桂哼歌下。

傅老　(关门)看见没有?没跑儿!我现在得去化装。(下)

〔当天中午前,傅家客厅。

〔和平自里屋上。

和平　(看表)怎么一个都不回来呀?不会出什么事儿吧这……

〔小桂上。

小桂　大姐,俺回来了!没耽误中午做饭吧?

和平　没事儿没事儿……小桂呀,坐这儿——跟大姐说实话,今儿干嘛去了?

小桂　大姐,俺要是告诉你,你别告诉别人?

和平　啊,我不告诉别人……

小桂　今天是热线电话幸运抽奖，俺领奖去了！俺做饭去……（下）

和平　哎哎。（自语）热线电话……还大侦探呢还！（开门声响）谁，谁呀？

〔一老年妇女上，身穿羽绒服，包着围巾。

和平　哟！您是不是我们志国的大姑啊？我早就听我公公说过，说他有个妹妹……

〔老妇摘下围巾，露出假发，和平认出是傅老，笑得直不起腰。

傅老　小桂……（摘假发）跟丢了！

和平　爸，爸！您怎么回事儿……您这模样儿就上街啦？您不怕群众围观哪？

傅老　我怎么不怕呀？差一点儿……（开门声响）不好！来了！

〔傅老慌忙躲到一边。余大妈上。

余大妈　哎哟和平啊！今天早上起来，据群众反映，有一个可疑的高个儿女人，就在咱们这片儿晃来晃去呀——我整整跟了她一上午——刚到你们家门口儿，一闪，就没有了！肯定是进到你们家来了！

小桂　（自饭厅上）大姐……

傅老　（跳出，一把揪住小桂）哪里跑？

余大妈　（扑上前）唉呀，抓住她！

【本集完】

第 46 集　生活之友

编　　剧：张　越　梁　左
客座明星：江　珊　王志文　林　丛

〔日，傅家客厅。

〔傅老独坐看报，和平上。

和平　爸！您这张报纸颠过来倒过去地，打我出门时候就看，这可有俩钟头了啊！

傅老　就这样啊——中缝我还没有细看呢！

和平　嘻！中缝儿都是广告，您看它干什么呀？

傅老　广告也很有意思嘛。你看看这条致富信息啊：（念）"好消息：快速致富培训班即日招生。科学养殖大尾巴——蛆……"

和平　嘻！爸，您中午还让不让人吃饭了……

傅老　你看啊，这儿还有一条征婚广告：（念）"某女，相貌姣好，诚征副处级以上男士。要求对方有汽车，有住房，貌美体健、不吃葱蒜。未婚离异均可。"

和平　就这条件，哪儿找去呀她？

傅老　怎么找不着啊？我就是嘛！她要求是"副处级以上"，我都副局级了嘛。

这个"不吃葱蒜"——我平常就不怎么爱吃，当然吃饺子的时候我……以后可以不吃嘛！这个"未婚离异均可"，你看看……

和平　爸，您说您占哪条儿哇？您既不是未婚，也不是离异，我婆婆那叫自然死亡，您这叫"丧偶"——离婚的可以，丧偶的人家不要！

傅老　岂有此理嘛！我老伴儿怎么没的她管得着吗？

和平　反正您这条件人家不收。

傅老　她收啊？我还不给呢！你看这还有一条啊：（念）"接受我的关怀，期待你的笑容。'生活之友'心理诊所带领你走上健康之路。24小时全天服务。地址：杨柳北里18号202室……"

和平　嘿！嘿！爸，等会儿……这不是咱家的地址吗？（拿过报纸细看）我知道了，是"杨柳北街18号"——那是医学院一研究所。您瞅啊，一字之差……

傅老　你看看，一字之差，万里之别呀！我早就跟你们说过：要过细地做工作，过细呀！粗枝大叶不成，粗枝大叶往往……搞错啊！

和平　行，我这就给人家打电话去，让人家赶紧更正，别回头瞧病的都跑咱家来了……（拨电话）

傅老　这个"心理诊所"是治什么病的？

和平　嘻，也不是什么病，就是做做思想工作五的……

傅老　哦……哎？等等！（一把按下电话）做思想工作是件好事嘛！你先把电话放下……你看，报社的同志也很忙，我们就不要再给人家添麻烦了。

和平　爸，您不给报社添麻烦，咱家可就麻烦啦！

傅老　有什么可麻烦的？假如真有病人到咱们家里来看病，思想工作我拿手啊，我可以给他看嘛！

和平　唉呀，不是……

傅老　和平啊，我记得咱们家有一件白大褂儿，你找出来，我要穿上！

第46集 生活之友

和平　您没事儿挨家穿白大褂儿干嘛呀？

傅老　你看报上登了咱们家是诊所嘛——诊所，总得有个大夫吧？

〔日，傅家客厅。

〔傅老身穿白大褂儿来回溜达。开门声响，傅老急上前迎，见和平上。

和平　爸，您说您溜溜儿等一天了，一个人儿也没来，赶紧把那大褂儿脱了——我瞅着就别扭！

傅老　瞅着别扭？别扭也得坚守工作岗位嘛！诊所总得有个大夫啊……

和平　大夫？我瞅您就像病人。（向里屋下）

〔门铃响，小桂自里屋上前开门。

小桂　来了……（画外音）哎，你找谁呀？

青年　（画外音）"生活之友"？

〔一青年闯入，与小桂热情握手，略显神经质。

青年　"生活之友"心理诊所！（与傅老握手）大夫您好！这里是杨柳北里18号吗？

傅老　是是是，不过我不是什么大夫，我只不过是……

青年　别客气！到这儿就跟自个儿家似的啊，坐！来来——（将傅老按在沙发上）快坐……

傅老　那当然……这本来就是我自己家嘛！同志啊，我这里虽然不是什么诊所，但是你要有什么事情想不开呀，说出来我倒可以帮你分析分析……

青年　其实也没什么大事儿！每天就是从白到晚地忙活——好不容易说服了以色列撤出加沙地带，南非那边儿的事也搞得差不多了，好不容易卯足了点儿劲说要抓一抓海地那边儿的问题，也门那儿又打起来了……你说全世界人民怎么就那么不让我省心呢？对了，我得给卢旺达回一电话，呼我一天了都……（欲打电话）

傅老　（拦）放下放下——我们家这个电话打不了国际长途！你说，你到底是什么人啊？

青年　听说过耶稣基督吗？

傅老　听说过，可没见过……

青年　老同志呀，握握手吧——今天您算是见着了！（用力与傅老握手）坐吧！

傅老　哦，耶稣基督就你这模样啊？我还一直当他是个外国人呢！

青年　我是到哪个国家就有哪个国家的特色！这样才能以不同的身份打入你们内部——注意保密。我们单位的领导至今都不知道我这个身份！他们不给我分房，扣我工资，不给我评职称！没关系，等我脾气一上来，够他们喝一壶的！

傅老　耶稣同志啊，你这样就不好了嘛……

青年　我不管它好不好，把我弄火儿了你们都不好办！知道唐山地震吗？

傅老　知道知道……

青年　那就是我闲着没事儿的时候捣鼓的。

傅老　啊？你闲着没事儿就捣鼓出那么大动静儿啊？

青年　这两天我又闲着了，我准备再捣鼓一回。（神秘兮兮地）记住了，大师的预言哪——一九九九年七月二十四号，要面临一场大劫难，人类血肉横飞，地球回到史前……闻到血腥味儿了吗？

傅老　有一点……

青年　对，我都看见您那会儿的时候，您看您的形象，您的动作……

傅老　那会儿的我一定是冲在抢险救灾的第一线！

青年　对呀，一块巨石向您扑来！……没关系，没砸着您。一棵大树向您倒下！……没关系，也没砸着您。您再看，一排巨浪啊，向您扑来……

傅老　我告诉你啊：我可不会游泳！

青年　在您脚底下绕一个弯儿，又上别处去了。

第 46 集　生活之友

傅老　太悬了……这么说我是个幸存者了？

青年　对呀，那会儿地球上就剩您一个人了——您是活活被饿死的。

傅老　胡说！剩我一个人，我可以劳动嘛！怎么会活活饿死呢？

青年　对对对，还没有等您饿死，您就赶上火山爆发了。喷射的岩浆把您给烫死了。您化作一股青烟滚滚而去……

傅老　我看啊，还是你给我"滚滚而去"吧！（作势轰他）

青年　大夫……

傅老　（把青年向外推）滚滚滚！滚……

青年　上帝啊！要保佑这些无知的人们哪……（挣扎着被傅老推下）

〔日，傅家客厅。

〔一少妇拉着和平的手上。

少妇　大夫！大夫，您就是"生活之友"那大夫吧？

和平　我不是……

少妇　没错儿！您就甭谦虚了。大夫，您行行好，您一定得救救我的先生！

和平　我真不是！你要真以为我是啊……得了，反正我公公也不在家，我就替他一会儿吧！赶紧坐这儿……（拿过沙发上的白大褂穿上）说说吧，你先生哪儿不好啊？

少妇　他哪儿都挺好的，就是没事啊……好要个流氓什么的。

和平　就这还哪儿都挺好……（兴趣盎然）说说吧，到底怎么回事啊？我保证不给你传去！我就好打听个新鲜事儿五的……

少妇　大夫，您是不知道啊，我先生他见着女的就勾搭！凡是女的，甭管认识不认识，他一个也不放过！在单位跟同事不清不楚，回到家里跟邻居眉来眼去的，跟我姐我妹我姑我姨儿的关系也是不明不白的呀！

和平　了得了他！……对这种男人就不能放过！

少妇　可是，您说我怎么管呢？骂？我舍不得。打？我又下不去手。那只好加强监督呗。昨儿在电梯上，可让我给逮着了！

和平　好大的胆哪！挨电梯上他就……是跟开电梯的女司机！对不对？

少妇　他要是跟那女司机我就不生气了——不管怎么说人家也比我年轻啊，好歹我心里还平衡点儿，可是他跟女司机旁边那老太太！人家都八十多了，满脸褶子，你说你没事儿招她干嘛呀！

和平　您这……不至于吧？

少妇　我亲眼看见的！电梯来了，他不理我，人家老太太抱着一小姑娘，他笑嘻嘻地让人家先进了——你说这正常吗？

和平　这是不是……出于礼貌啊？

少妇　噢，那在电梯上摸人脸蛋儿也是出于礼貌啊？

和平　他还摸她脸……你说一个八十多岁老太太，满脸褶子你摸个什么劲哪！

少妇　他是摸老太太怀里抱那小女孩！你说人家才三岁——这是不是太早点儿了？

和平　您是不是管得也忒严点儿了？

少妇　哎哟，大夫啊，不严不行啊！您上大街上看看去，这满大街，描眉画眼儿超短裙……那都是冲着我先生来的！这帮女的见着我先生，还时不时地看两眼，那分明是对他有意思！

和平　都看他？有不看他的没有啊？

少妇　不看？哼，那是心里有鬼她不敢看！更说明她有意思！

和平　这大马路上的人，除了看他的，就是不看他的——合着都对您先生有意思？

少妇　这事儿咱还不得打出点儿富余来？甭说满大街了，有一个咱也受不了啊，您说呢？

和平　哎？经你这么一提醒啊，我还真为我先生捏把汗……明儿我得找他

第 46 集　生活之友

　　谈谈！

〔日，傅家客厅。

志国　（画外音）这位同志！这位同志……

〔志国上，身后跟一丑女。

志国　您都跟了我一道儿了，怎么还跟家来了？您赶紧出去，不出去我报警了！
　　（拿起电话听筒）

丑女　您这儿是"生活之友"吧？杨柳北里 18 号？

志国　他们广告登错了，我们正准备打电话更正呢……

〔丑女凑上前，逼得志国步步后退。

丑女　（从志国手中拿过电话听筒，放回）您就别谦虚了。一看见您我就知道，您是大夫！

志国　我不是谦……得，那我就甭谦虚了，我就冒充一回大夫吧……您坐，（拿过沙发上的白大褂穿上）您说吧，您哪儿不好啊？

丑女　我哪儿都好啊！我就是奇怪——这人要是长得好看点儿吧……（爆发）生活怎么就这么难哪？！

志国　长得好看点儿……嘻，别人的事儿你就甭操心了。

丑女　（恶狠狠）我没说别人，我说我自己呢！

志国　您自己……

丑女　我是我们家长得最好看的。我姥姥长得那个难看劲儿啊，您是没瞅见，十八岁就像八十似的！日本鬼子好色吧？各村都修了炮楼儿，走到我们村口，一见到我姥姥——他扭头回去了！我跟你具体形容一下我姥姥那长相……

志国　不不……您不必形容了，我一看见您我就能想象出来了！

丑女　我跟我姥姥可是两码事儿。我走大街上吧，净遇到那男的追我。远远地

· 059 ·

就冲我笑模笑样儿的，走近了就冲我指指点点的——哼，一个个都没安好心！吓得我每天晚上都不敢睡觉，就怕他们欺负我……

志国　我跟您说：您尽管踏踏实实睡您的觉！我可以代表广大男同志向您表个态——我们就是再……怎么着，也不会把您……怎么着！一看见您啊，我们什么想法儿都没有了……

丑女　别藏着掖着的！我就不信你对我一点儿想法儿没有！

志国　我……我跟您说实话吧？

丑女　说！

志国　这男的对女的吧，有图财的、有图貌的、有图人好心灵美的……

丑女　（羞涩低头）哎……

志国　反正他得图一样儿——像您这种情况，哪头儿都不占，您就一百个放心吧！

丑女　德行！紧着往外择自个儿是不是？（起身，逼近志国）

志国　（退）不是，我不是择自己……

丑女　心里没鬼你慌什么呀？我就知道，你对我没安好心！

〔志国退无可退，不知所措。

丑女　你紧张什么呀？（紧挨志国坐下，贴上）说吧：咱们俩是在这儿解决呀，还是到里屋解决呀？

志国　咱俩呀……（抽身逃开，直奔电话）咱俩公安局解决去吧！

丑女　德行！

〔一组画面：傅老，志国，和平分别接待各种奇葩病人。

〔日，傅家客厅。

〔傅老穿白大褂来回溜达。开门声响，傅老连忙上前看。

第 46 集　生活之友

和平　（自饭厅冲上）谁啊？谁来啦？（见志国手拿报纸上，四下张望）嘻！

傅老　好几天也没来一个病人了，一下子还真是不大习惯嘞……

志国　（举起报纸）爸，这报上登了个启事，把咱家的那个地址给更正了……

傅老　我想啊，干脆我到这个"生活之友"去问一问：如果他们真是人手不够的话，我可以尽义务去给他们当个大夫嘛！

和平　哎哎！我也去，我现在一个人儿挨家就待不住，不听点儿新鲜事儿我就闷得慌……

志国　我下班以后也没什么事儿，我也可以到那儿义务服务去！

傅老　那好，那咱们说走就走！志国呀，你给地震局、气象局、海洋局、环保局打一个电话，问一问等一会儿有没有什么异常现象——要是真有异常现象，我还真不敢出门啊。要真是遇上大劫难，还真不是闹着玩儿的！

志国　（欲打电话）爸，这电话我可不敢打，回头又是女的接的，问我这儿解决哪儿解决的，还得上公安局解决去……

和平　我就知道你跟别的女的有事儿！走！公安局去！

傅老　好了好了！一点儿鸡毛蒜皮的小事。马上就要出大事了！你们知道吗？弄不好啊，咱们都会尸骨无存的！……

〔三人争执中下。圆圆自里屋探头，见三人出门，跑上。

圆圆　（打电话）喂？是"生活之友"心理诊所吗？……对对对，有仨病人马上就到！

【本集完】

第47集　远走高飞（上）

编　　剧：张　越　梁　左

客座明星：刘　威

〔晚，傅家饭厅。

〔和平盛饭，志国、傅老上。

傅老　哎，贾小凡怎么没有看到啊？

圆圆　（上）我小姑在外面报一英语班儿，上课去了。

志国　哦，快毕业了才知道用功啊？

和平　学习不是好事啊？

傅老　也不能光学一门儿嘛！还是应该全面发展。我听说啊，街道上准备办一个青年学习班，由卖冰棍的王大妈主讲："岗位学雷锋"啊！我准备明天给她报名，让她也去听听。

和平　街道那学习班儿是给失足青年办的！

傅老　不管给谁办的，她都应该……那她就不要听去了。

圆圆　哎，你们猜猜：我小姑她干嘛紧着学英语？

志国　考研究生呗！

和平　毕业以后想到外企工作呗！

第47集 远走高飞（上）

傅老　年轻轻的就这么好高骛远，为什么不愿意深入到普通的群众中去呢？

圆圆　爷爷猜错了！我小姑她正是要深入群众——她要深入到美国群众当中去！我小姑要去美国了！

众人　啊？！

〔时接前场，傅家客厅。

〔傅老、和平、志国讨论。

和平　干嘛不承认哪？干嘛不承认哪？

志国　她不会承认！你不信……

傅老　好啦好啦，你们不要争啦！这件事情还是由我亲自来问一问小凡，我当年有审问国民党战俘的经验……

志国　（笑）爸！有那么严重么？用您把这方面的经验全都用上？

傅老　（严肃）怎么没有这么严重啊？我辛辛苦苦养大的女儿，眼看就要离家出走、走向深渊……冤死我了！

和平　爸！事儿还没闹清楚呢，您干嘛着这么大急呀？

志国　就是，先把事儿弄清楚了再说吧……

傅老　等弄清楚就来不及了！我决定，立刻过堂——带贾小凡！

〔志国、和平起身向里屋，如提审犯人一般高喊。

志国　带贾小凡！

和平　带贾小凡！（下，画外音）过来，过来！爸叫你……

〔小凡手拿书本，被和平推到客厅。

小凡　干嘛呀？干嘛呀！人家这儿忙着哪……

和平　（向傅老）来了！

傅老　（回身向小凡，由满面怒气变成满面春风）哈哈……小凡啊，用功哪？

小凡　啊！

傅老　来来来，坐下。看的什么书啊？

小凡　英语。

傅老　（回身向志国和平）英语！（向小凡）美国人是不是也说英语呀？

小凡　对呀。

傅老　（回身向志国和平）嗯！（向小凡）那你最近大学其英语，意欲何为呀？

小凡　我要去美国！

傅老　（还要回身，突然明白过来）怎么着？！你……你怎么承认啦？

小凡　我为什么不能承认哪？这又不是什么坏事儿。

傅老　你一下子就承认了，我都没有思想准备，弄得我很被动嘛……你怎么可能去美国呀？你根本就不可能去美国！

小凡　我为什么不能去美国呀？护照办好了，签证拿到了，想走我随时都可以走。

志国　可以呀你！现在美国签证多难啊——托福考六百都不一定拿得下来！

傅老　就是啊，你既不是国家派遣，我们又没有什么海外亲朋，美国人为什么偏偏看中你呀？你跟美国什么关系？！

小凡　我替美国人工作。

众人　嗯？！

傅老　是中央情报局还是联邦调查局？

小凡　美国除了特务就没有从事其他工作的人啦？是我们学校一美国外教，我帮她搞了半年多的汉语资料工作，她帮我申请的全额奖学金。

傅老　不要避重就轻！世界上绝没有无缘无故的爱嘛——他帮你申请？他怎么不帮我申请啊？！你们肯定有别的关系！

志国　对！整理资料？你是不是经常……上他房间里去呀？

小凡　对呀，有时候太晚了吧，我还睡在她那儿。

〔傅老、志国急，和平拦。

和平　得得……我先问一句：（向小凡）您那外教——男的女的呀？

小凡　男的……那是她丈夫！她丈夫来探亲的时候我就不住她那儿了。剩老太太一人儿怪闷得慌的，我倒是经常去陪陪她。

傅老　嗯，这个……人看来没有什么问题，是学校请的外国教师，肯定是经过有关部门批准的……（厉声）但是也不能说明这件事情就没有问题！总而言之，美国——你不能去！

〔当晚，傅家客厅。

〔傅老、小凡、志国在座。

傅老　……不能不能不能！说不能就不能，坚决的不能！彻底的不能！

小凡　爸，您今天上了弦了？好几个钟头了没说别的，就是（模仿）"不能不能不能"……您总得说出个理由来吧？

傅老　理由？理由这不是明摆着呢嘛——这个，啊……还说什么理由啊？说不能就不能！

小凡　您要不说出理由，那我明天就走！等过几年我轰轰烈烈地干成了一番事业，那时候让你们认得我！

傅老　（起身，作势欲打）我现在就让你认得我！

志国　（上前阻拦）哎……爸，爸！您消消气儿，消消气儿。爸，这事吧，还得从长计议，要说这出国留学倒也不是什么坏事儿。

小凡　就是！

傅老　对别人兴许是好事，对她呀……就她那思想，那作风，在中国还学不出什么好儿来呢，这要是去了美国，那还……

小凡　我思想作风怎么了？既然中国人民没把我教育好，干脆就让美国人民教育我得了。

志国　小凡！你少说两句！把你交给美国人民，咱爸能放心吗？

傅老　我倒不是对美国人民不放心，我的意思是啊，我自己的孩子自己管，就不给美国人民添麻烦了！

〔小凡气得捶胸顿足。

志国　爸，其实您的心思我都明白。志新一走，您的心里就空落落的，小凡再一走，您就更舍不得了，是吧？

傅老　（点头）啊……胡说！我怎么舍不得呀？我巴不得你们都走了才好哪！哼，你们在家也是让我生气。现在的问题是：小凡她去的那个地方，那是什么好地方啊？一贯地歧视有色人种嘛，把我们当成二等公民。让我们顶着烈日，戴着镣铐，在庄园里面养猪种玉米；到了晚上，还把我们关在"汤姆叔叔的小屋"里——你当我不知道呢？

小凡　嘁，您知道什么呀？那都是好几百年以前的事儿了！

志国　就是，人家好几百年以前犯的错误，现在还不许人家改呀？

傅老　改什么改？他改得了吗？《北京人在纽约》，不还是照样儿吗？再说了，小凡学的是什么专业呀？中文！中文不在中国好好学，到美国去学什么嘛？就算它美国在科技上比咱们发达，我就不信它中文也比咱们发达？真是见了鬼了！

小凡　您还真别这么说，好多大作家都是留过洋的——鲁迅、冰心、郭沫若、巴金、老舍、钱钟书……哦，他们都见了鬼了？

傅老　我不管他们，我就说你！他们留过洋你就得留洋啊？那还有好些大作家他就没留过洋！曹雪芹就没留过洋，不照样写出了《红楼梦》吗？施耐庵就没留过洋，不照样写出了《水浒传》吗？猪八戒就没留过洋，不照样写出了西游……当然他就写不出来喽！我的意思就是啊：留不留洋都可以成为大作家！啊？

小凡　那我既然有这么个机会，我为什么要放弃呀？爸，我也是为了学成归来报效祖国，方显出我贾小凡英雄本色！

第47集　远走高飞（上）

傅老　你还"英雄本色"？我看你是"狗熊本色"！从小儿就崇洋媚外，好吃懒做，你看吃得那个肥头大耳！

小凡　（哭笑不得）爸，您好好看看咱们俩谁肥头大耳？

傅老　咱俩啊……就是你，就是你，就是你！报效祖国？骗谁哪？真要一把你放出国去，你要能回来才怪哪！

小凡　我为什么不能回来呀？我保证回来！再说我出国不回来我也舍不下您呀！

傅老　哦？你舍不下爸爸啊……谁听你的鬼话！

志国　爸，爸！要说呢，小凡舍不得您……

小凡　对！

志国　那确实是瞎话。可是她不还有男朋友在国内呢吗？她总不能扔下自己男朋友吧？是不是小凡？

小凡　谁有男……（见志国频使眼色）嗯，嗯嗯！对，我男朋友就在国内！

傅老　不听不听不听！骗人，骗人的！

小凡　谁骗您了？等哪天我把他带来让您瞧瞧！

傅老　哦？你真有男朋友？

小凡　当然了！而且对我特好，特信任我，特支持我出国，一心等着我回来。我把他留在国内当人质，您还不放我出去啊？

傅老　编得倒像那么回事儿……你要是有本事啊，你把他给带来让我瞧瞧？（见小凡面有难色）怎么样？带不来了吧？你明天要是把他给带来，我后天就放你走！哈哈……（下）

小凡　一言为定！

〔傍晚，小公园。

〔孟昭晖拉着弟弟孟昭阳上。

昭晖　走走走……走吧！

昭阳　哥，哥……（挣脱）你这不是骂我吗？就凭咱这一表人才，成天被各类女青年围追堵截，我告诉你，乌泱乌泱的，轰都轰不走！我还用上公园介绍对象？

昭晖　我不是告诉你了么——这个不是真的！就让你上她家吃顿饭，承认是她的男朋友，然后贾……我说了这么半天你怎么听不明白呀？

昭阳　我是不明白，有这蹭饭的好事儿，你自个儿怎么不去呀？

昭晖　废话！但凡我能出面还用得着你呀？

昭阳　哦，捅娄子了？砸手里了？发不出去了，都往我这塞？

昭晖　你别胡说八道啊！那是我学生……

昭阳　喊，就你们中文系那帮女生，一人一双水灵灵的大眼镜儿，分不出谁是谁来！一个个长得不怎么样吧，还都特清高，假模三道的，还都好整个小情调什么的——吃着炸酱面都敢吟诗！来根儿烟抽……（向孟昭晖要烟未果）得了吧，回头您再累着我！（欲下）

昭晖　（拉）别别别……来，你坐……（递烟）我不是跟你说了么？你就是吃一顿饭，当一幌子，好让他们家里人放心，累不着你的！啊？

昭阳　那咱可说好了：就这一顿饭！往后她要再缠着我，我可跟你急！

昭晖　谁缠着你了？我要再让你见她第二面……我是你弟弟！

〔小凡上。

小凡　孟老师！

昭晖　哟，小凡，来啦！

小凡　对象带来了么？就是他呀？（低声）长得还挺帅……

昭晖　来来来，小凡，我介绍一下，这是我弟弟——孟昭阳。

小凡　你好。（欲握手）

昭晖　（拦）小凡，我跟你说啊，我这完全是为了你能够顺利地出国深造，按

第47集　远走高飞（上）

说这种行为不是我这当老师的应该干的——我这等于是帮着你骗人啊！这种丧失原则的事情，我平生都没干过……

小凡　行了孟老师！不就是借您弟弟用一下吗？小气劲儿！（向孟昭阳）走吧，孟昭阳！哎，到我家你可千万别说漏了！（伸胳膊让昭阳挽）走啊，亲热点儿，走啊？

昭阳　（两眼发直，突然）呵……（握住小凡手，兴奋热情）贾小姐！见着您，真是三生有幸啊！您对我还有什么意见么？

小凡　我根本不认识你，我能有什么意见呀……

昭阳　那咱们以后怎么联系呢？

小凡　咱……咱们还用得着联系么？

昭阳　怎么就不联系呢？我想啊，如果是……

〔孟昭晖从背后偷踢孟昭阳一脚。

昭阳　……这不，当着介绍人的面儿，成与不成的，您总得给我一话儿啊？当然了，从我这方面来说，我应该做个自我介绍……

小凡　（抽出手，向孟昭晖）孟老师，您这位弟弟……呵呵，是不是特别爱开玩笑？

昭晖　对对……他就是爱开玩笑！（看表）哎，你们快走吧快走吧……

〔昭阳一把拉过小凡胳膊，生硬地挽住，大步走。

小凡　（向孟昭晖）他是不是有病啊他……（被昭阳强行拽下）

昭晖　不不，没有没有……（向二人离去方向）他是没病，我就怕待会儿你该病了！

〔时接前场，傅家客厅。

〔小凡、昭阳并肩而坐，傅老、志国、和平一劲儿端详。众人都很喜欢昭阳。

和平　……要说呀，你哥哥不光是小凡的老师，还是我中学一同学哪！

昭阳　哎哟，那我更得管您叫声"嫂子"了！

和平　哎！哎哟，小伙子嘴多甜哪！我给你们做饭去，啊？（向志国）真不错这个……（向饭厅下）

志国　小孟儿啊，跟我们小凡认识多长时间了？

昭阳　还多长时间，我们也就是刚才……（被小凡暗中捅了一下）刚，刚才我们俩还说呢：这一眨么眼儿的工夫，咱俩都认识好几年了——是吧？贾小姐？

傅老　哎，都认识好几年了，怎么还"小姐""小姐"的？

小凡　是啊，昭阳，你平常怎么叫我，现在还怎么叫！这都不是外人，没关系的，啊，呵呵……

昭阳　真的？那我平常怎么叫你——（肉麻地）凡？

傅老　算了算了，还是叫"小姐"吧！小孟同志啊，今天我们请你来，一是见见面，另外还有一些事情要跟你商量一下。

昭阳　您说您说！

傅老　听小凡说啊：你们俩的关系发展得……

昭阳　顺利！顺利，非常顺利——就差登记了！

傅老　那你到底同意不同意……

昭阳　同意！同意，我怎么能不同意呢？我，我第一眼看见她我就……我怎么早没认识她呀！

傅老　都认识好几年了，也不能算晚了嘛？从我们做家长的来说……

昭阳　没错儿没错儿，我一瞧您就是家长，还不是一般的家长——小凡能长得这么漂亮，多亏您的领导！

傅老　集体领导嘛……我领导什么了我？这孩子，她的容貌虽然长得有几分像我……

昭阳　（低声）要真像您可就麻烦了……

〔和平上，坐在一旁择菜。

傅老　但是她的脾气禀性，跟我还是有一定差距的。至于她今后的事情……

昭阳　她今后啊？您把她交给我就算齐活了，您就什么都甭管了！

傅老　这怎么可以嘛？你们毕竟还没有登记嘛……

昭阳　得——我这就回家取户口本去！

小凡　（拉孟昭阳，低声）孟昭阳，你这戏是不是有点儿过呀你？

昭阳　没有，我心里真是这么想的……

傅老　（低声向志国、和平）怎么样？我看这个小伙子人还凑合嘛？

和平　是是，对小凡挺实诚的。

志国　有这么个人牵着呀，小凡出国也不至于不回来了。

傅老　（向昭阳）唉，翅膀都硬了，真要飞我也拦不住啊。看来你对我们小凡倒是真心实意……

昭阳　没错没错！绝对的！

傅老　你们都这么大啦……

昭阳　对对，我过年就二十八了，有些事儿也得抓紧办了！

傅老　自己的道路，还得自己去选择嘛……

昭阳　我也没有什么选择了，就是她了！

傅老　好，那就这样吧，小凡出国的事——我同意啦！

〔小凡欣喜不已。

昭阳　（闻言一愣）哎哎，等会儿——她出国的事？我不同意！

【上集完】

第48集　远走高飞（下）

编　　剧：梁　左　张　越

〔接上集末场。

傅老　好，那就这样吧，小凡出国的事，我同意啦！

〔小凡欣喜。

昭阳　（一愣）哎，等等……等会儿——她出国的事？我不同意！

小凡　（也一愣）你不同意？你凭什么不同意呀？！

昭阳　我就不同意！我有这权力……

小凡　你有什么权力呀？你算干嘛的呀你？

昭阳　我是你男朋友啊。

小凡　喊，你是谁男朋友啊？谁认识你呀？我告诉你孟昭阳，我根本就不认识你！

昭阳　（装委屈）伯父、大哥、大嫂，你们管不管你们家小凡了？没事儿她净欺负我！我这儿刚发表点儿个人意见，她就不认我了……

和平　小凡，怎么回事儿啊你？有话好好说，你吵什么架呀？

志国　小凡，咱们是民主家庭，谁有意见都允许发表嘛！

傅老　小凡啊，你这个态度就不好了！人家有不同的意见，你怎么就不认人家了？（向昭阳）小孟同志啊，你有不同的意见可以提嘛，你要是能说服我，我可以改变我的观点嘛！

小凡　（急，上前）哎爸！爸，别……您千万别改变您观点！其实他早就同意我出国了，他刚才是跟您开玩笑。是不是昭阳？（无奈）昭阳哥——

昭阳　小凡妹——（正色）这个问题咱们还得说道说道！虽然咱俩认识的时间不短了……哎，我先问一句，咱俩是不是认识？

小凡　认识认识！当然认识……

昭阳　哎，这就对了，以后不许说不认识我！咱俩认识的时间也不短了……是不是不短了？

小凡　是，是！（向众人）我们俩认识时间真不短了……

昭阳　感情呢，也很深……是不是很深？

小凡　（痛苦地）是，很深，很深……

昭阳　而且，主要是你对我的感情很深，我对你也就那么回事儿——对不对呀？

小凡　（气愤）我，我对你我……（无奈）差不多我单相思！成了吧？

昭阳　嘿，明白就好！而且你还多次跟我表示过那方面的意思——表示过没有啊？

小凡　我我……我……（咬牙）我就表示过一次……

昭阳　一次就很说明问题嘛！我当时就跟你指出：（装模作样）咱们还很年轻，应该要把主要的精力放在工作和学习上！个人的事情不是不可以考虑，但是也要分个轻重缓急嘛！现在你还在念书，等毕业的时候你再考虑这些问题也不晚嘛！

傅老　小孟同志啊，我很同意你的看法！（向小凡）你看看人家那思想、那境界，你真该好好向他学习！

小凡　……（绝望地）冤死我了！

昭阳　到快毕业的时候，你又跟我提出了出国的问题，当时我是怎么跟你说的呀？

小凡　你……我哪儿知道啊？

昭阳　哼，我当时就跟你说：出国留学并不一定都是坏事，但是也要根据个人的情况区别对待。具体到你们家——伯父年纪这么大了，身体又不太好，虽然说从工作岗位上退下来了，可是还有多少国家大事、家庭小事需要他老人家日夜操劳啊？

傅老　应该的，应该的，都是我应该做的嘛……

昭阳　是不是啊？好不容易把你培养成材，你不说替他老人家分忧，反而远离他老人家而去，你于心何忍哪？

傅老　是啊！（向小凡）你于心何忍哪？

昭阳　我当时还指出：大哥大嫂年富力强，又是社会的中坚力量，这些年工作生活两边儿拖累着，可是还咬着牙支持你上大学，这是什么精神？

志国　（笑）这都没什么，谁让家里她最小呢……

和平　我告诉你，小时候我把她带大的！特别……

昭阳　（打断）而你呢？好不容易大学毕业了，不说替大哥大嫂分担点儿家庭的重担，反而要一走了之，你好意思么你？

志国　就是，（小声）你好意思么你！

和平　多少回我都想说，你说这家里大事儿小事儿都我一人儿管，你就不能帮我一把吗……

昭阳　就是！你怎么就不能帮帮呢？我告诉你……（见圆圆放学上）还有这位小朋友——她跟你是什么关系来着？

小凡　她是我侄女儿！

昭阳　对！我当时还指出：你有一个侄女是吧？你侄女……她叫什么来着？

和平　圆圆！圆圆，赶紧叫叔叔！（向饭厅下）

圆圆　哎！（向昭阳）叔叔好！您是我小姑男朋友吧？

·074·

第 48 集　远走高飞（下）

昭阳　哟，你也看出来啦？（向小凡，正色）我当时还指出：你就这么走了，你对得起——

圆圆　（提醒）圆圆！

昭阳　……圆圆吗？嗯？她得多想你啊！是不是啊圆圆？

小凡　（一跃而起）孟昭阳！你别再表演下去了！我不认识你！我不认识你！我就不认识你！（跑下）

昭阳　你不认识我？我认识你……（追下）

〔时接前场，小公园。

〔小凡气呼呼坐于长椅上，孟昭阳站在旁边赔礼道歉。

昭阳　……贾小姐！请您一定得原谅我，我实在是因为一时糊涂，所以……您就狠狠地……狠狠地批评我吧！（凑在小凡身边坐下）

小凡　（躲开昭阳）我批评得着你吗？我根本就不认识你！

昭阳　您这么说就不是实事求是了吧？咱俩不是今天下午刚在这儿认识的么？再说，我哥哥还当过您的老师呢……

小凡　那孟老师找你来干嘛的？咱们俩事先讲清楚没有？凭什么你到我家又变卦了？你要是搅黄了我出国的事儿，你负得起责任吗？

昭阳　我不是这意思！我就是……我就是舍不得你走……（靠近小凡）

小凡　（站）奇怪！你凭什么舍不得我走啊？我跟你有什么关系？

昭阳　怎么就没关系呀？现在是没什么关系，那以后就不兴有那么点儿……你怎么就不明白呀？

小凡　我当然不明白了！

昭阳　我那意思是说：从古至今，这弄假成真的事儿也不少啊，你还用我一一地给你举出例子来么？

小凡　弄假成真？噢……明白了——我现在根本就不想考虑这些问题！

昭阳　你怎么就不能考虑考虑呢？

小凡　嗯，我记得有一位大人物曾经说过——（模仿昭阳）我们现在都还年轻，应该把主要精力放在工作和学习上嘛！过早地考虑这些问题是没有什么好处的！

昭阳　这谁说的？我当面儿就敢骂他！他懂什么呀他……不对，我怎么听着这话有点儿耳熟啊？是不是我今天下午在你们家说来着？

小凡　知道就好！

昭阳　这么说吧贾小姐：就是——假如您要考虑这个问题的话，我是不是还有点儿希望？你也别不好意思，你就大大方方地告诉我！

小凡　我有什么不好意思的？我告诉你……行，你先站稳了我告诉你——

昭阳　行！您说吧……我记着离这儿不远有条小河儿，估计也就有一人多深，反正我也不会游泳，您看您该怎么说……您就说吧！

小凡　（笑）我从来就没见过像你这么赖的人……

〔小凡欲坐，昭阳连忙凑近，小凡蹿起。

小凡　离我远点儿！告诉你啊：看在孟老师面子上，我这次不跟你计较了，再给你一次机会——你到我家去，替我挽回损失！

昭阳　没问题！您让我干什么都没问题！但是您得告诉我：我到底有没有希望？希望——您就给我点儿希望还不行么？这人要是没希望，活着多没劲呢……

小凡　那你让我怎么说呀？将来的事儿谁能说得准啊？在这个世界上，什么事儿都有可能发生，所以，我不能说你一点儿希望都没有……

昭阳　（兴奋）成嘞！要的就是你这句话！你不能说我"没希望"，那就是说我"有希望"啦！嘿嘿……你放心吧！你就放心地去美国吧——就是等到你八十岁我都等着你！

小凡　我，我根本就不是这个意思……

昭阳　哎，你也别瞒着掖着了！你的意思我都明白了——你就放心地去吧！

小凡　（急）我，我放心得了么我？你……你千万别等我！我根本就不……

昭阳　不！我告诉你：男子汉说话算数儿，我说等你一定等你！

小凡　唉呀，你让我解释清楚……

昭阳　这有什么可解释清楚的呀？天儿不早了，我也该回家了，明儿见！（转身欲下）

小凡　（拉住）不行不行不行……你让我把话说完！

昭阳　你看，天都这么晚了，又是在公园儿里，拉拉扯扯的让人看见多不好啊。

〔小凡忙放开。

昭阳　知道的咱俩是谈恋爱呢，不知道的还以为我抢你钱包儿了呢。

小凡　谁跟你谈恋爱了？！

昭阳　你那意思是说……咱俩不用谈就定了？那多不合适啊！咱们怎么着也得有一个了解的过程啊？你不跟我谈，我还得跟你谈呢……

〔昭阳步步逼近，小凡步步后退。

小凡　谁不跟你谈了？我是要跟你谈……我不是要跟你谈……我……急死我啦！

〔晚，小公园。

〔昭阳、小凡上。

昭阳　……飞机票明天就给你拿来。拿了机票我帮你把车再订了——哎对了，你看你还需要什么，你给我开一单子，明天我一块儿都给你办了……

小凡　昭阳，真是太谢谢你了，这些天你帮了我这么多的忙。

昭阳　嘻，没什么，这不是我应该做的嘛！再说，谁让我天生就好帮助人儿来着。

小凡　这我倒是早看出来了。

昭阳　那你现在有没有点儿依依不舍的感觉？

小凡　嗯……除了我爸他们……倒也没什么割舍不下的。

昭阳　那你把我一人孤苦伶仃地搁在这儿，你置我于何地呀？

小凡　你能孤苦伶仃？你不是经常遭到各类女青年的围追堵截么？

昭阳　那是过去！现在我可是一心学好——当然，她们人比较多，如果你要不在我身边儿保护我，兴许她们会欺负我……（坐下，靠近小凡）

小凡　（躲）那你就从她们中间任选一个吧！

昭阳　哎！……嗯？你考验我是不是？什么各类女青年呀？让她们统统给我玩儿去！你走以后，我一定守身如玉地等着你——（欲搭小凡肩膀）

小凡　（躲）我可不能向你许诺什么啊，那也太自私了。

昭阳　（站起）你就自私一回不行么？我求求你了，小凡你听我说……小凡你听我跟你……你听我说……（步步进逼）

小凡　（连连躲避）别别……哎……我可学习过女子防身术！你再往前走一步我可跟你过招儿了啊——

〔昭阳依然纠缠，小凡用力一脚踩在他脚上，孟昭阳抱脚蹲地，表情痛苦。小凡过意不去，将其扶起。

昭阳　（抓住小凡双手，深情地）小凡，在临别的时候，你还有什么关照我的话么？

小凡　（紧张）没有……

昭阳　对了，家里的事儿你放心，到时候我一定经常去看他们……（伸手欲抱）

小凡　（慌忙躲开）这正是我要关照你的啊：你已经把我折腾得够呛了，我走以后，你可千万别再到我家里打扰我家里人了！

昭阳　你又跟我客气是不是？我一定去，我经常看他们去……

小凡　你真别去……

昭阳　我一定去……

小凡　你真的不能去！你千万不能去……

·078·

第48集 远走高飞（下）

昭阳　我一天去两回，够了么？

小凡　不能去……

昭阳　我一定去……

〔日，傅家客厅。

〔傅老、志国、和平、圆圆上。圆圆抽泣。

傅老　（悲伤地）志新走了，小张走了，今天，小凡又走啦……

志国　爸！您也不要太伤感，小凡走了不还是有我们呢么？

〔昭阳兴冲冲上。

昭阳　对对对，还有我呢！（从傅老手里拿烟）您一看见我不就想起小凡来了么？

傅老　我看见你呀……我看见你就想起小凡来了？长得一点儿都不像！

和平　爸，我觉着小凡走还是好事儿——回头在国外弄个博士啊硕士的……（掏手绢给圆圆擤鼻涕）咱家脸上多有光啊！

傅老　话是这么说，可看着这屋里面越来越空，这家里头人越来越少，我这心里头也是……空荡荡的……

志国　爸，您得注意了啊，您最近可有点儿小资情调——（递茶给傅老，被昭阳截走）

昭阳　伯父，您放心吧！您绝对不会寂寞的，我经常来陪着您——就是吃饭的时候，您每天让小阿姨多添双筷子就成了！

和平　呵，那是一双筷子的事儿么——就您那饭量？

昭阳　我不光吃饭，我还帮咱家干活儿呢！

傅老　还干什么活儿啊？你要是愿意来，以后就经常来……

圆圆　刚才我小姑上飞机之前塞给我一封信，让我到家念给你们听。

〔昭阳欲抢信，未果。

079

众人　快念念……赶紧念念……

圆圆　（念信）"亲爱的爸爸、大哥、大嫂、圆圆，有一件事我必须向你们说明：孟昭阳并不是我的男朋友。"

〔众人吃惊，昭阳表情凝固。

圆圆　（念信）"我扯了谎，因为我太想出去看看这个世界了，太想检验一下自己的生存能力了。为了让你们放心，我只好出此下策。请原谅我善意的谎言。但我一定会回来的，为了你们，也为了自己。另外也请你们原谅孟昭阳，他是一个热心的人，我非常感谢他。再见了！我还没有走，已经开始想念你们了。小凡。"

〔众人把目光投向昭阳。昭阳一把抢过信。

傅老　假冒伪劣——我早就看出来了！

〔傅老、圆圆向里屋下。

和平　又早就看出来了……

志国　小孟啊……不管真的假的，反正这些天你帮了小凡不少忙。我们就谢谢你了。走好啊，慢慢儿走，啊！（下）

昭阳　我走？我没说要走啊！什么真的假的呀！哦，你说是假的就假的啦？我还就说是真的！你走了，这儿就是我半个家。我不管他们谁管他们呀？这儿就交给我了！

和平　可惜了的，你对小凡这点儿感情……万一将来她要跟个洋人跑了呢？（下）

昭阳　（站起，振臂高呼）我相信：最后的胜利，一定会是属于中国人民的！

【本集完】

第 49 集 恩怨（上）

编　　剧：英　达　张　越
客座明星：张　瞳　英若诚

〔日，傅家客厅。

〔傅老闲坐。和平头戴破帽子，抱一大纸箱上。

和平　哎哟爸，搭一把搭一把……

傅老　来来……（帮和平将纸箱放在茶几上）这都是些什么东西嘛？

和平　全是好东西！郑伯伯家今儿搬家，这都是他要扔的，全让我捡回来了。（从箱里拣出破烂儿一样一样展示）您瞅嘿，您瞅这半导体，您想听时不用开——（用手拍收音机，出声）您不想听——（再拍，收声）停了！您再瞅这手表，这……哦，没针儿。您再瞧这袜子，这袜子拢共才俩窟窿，给您使正合适！

傅老　什么？我穿老郑的破袜子？

和平　不是让您穿，让您撕了以后当抹布擦桌子使。

傅老　啊？用老郑的臭袜子擦桌子？那不越擦越脏嘛！拿走拿走，我不捡他的洋落儿——被老郑知道了又得笑话我！

和平　爸，您是不是觉着特别亏呀？这样得了——（摘下头上的帽子）这儿还有郑伯伯一帽子，我给您改俩鞋垫儿怎么样？

傅老　拿老郑的帽子给我改成鞋垫儿？他戴在头上，我踩在脚下，有点儿扬眉吐气的意思嘛！

和平　对，是那意思是那意思……

傅老　老郑今天就搬走啦？

和平　今儿就搬，搬家公司都来啦。

傅老　哦，那我得过去看看——老邻居了嘛！

和平　您赶紧瞅瞅去，您得跟人告个别。（由箱内拣出一副只有一个镜片的墨镜戴上）

傅老　告什么别？我这是去"送瘟神"，顺便也捞它一把……帽子改成鞋垫儿啦，他要有手套，我就改成袜子；他要是有口罩，等将来小凡、志新有了孩子什么的，我就给小孩儿改个屁股帘儿！（下）

和平　是是……（接着翻纸箱）

〔时接前场，郑老家。

〔屋里基本已经搬空。郑老忙着收拾东西。傅老上。

傅老　哈哈，听说老郑同志要搬家啦？大快人心嘛！

郑老　这么说，你是去了一块心病喽？

傅老　那当然喽！以后要抬个杠拌个嘴，还真是找不到人啦……

郑老　说起来呀，咱们一块儿打球下棋，也算是个伴儿啊。虽然你的水平低点儿，可是总比没人强啊。这么冷不丁地一搬走啊，我这心里头还真有点儿不好受。

傅老　可不是嘛，我也是舍不得老邻居呀……嗯？你说我水平比你低？下象棋我让你半扇儿！下围棋我让你二十四个子儿！要是下军棋，司令、军长、师长、团长我都不要，光带个营长我就让你全军覆灭！要是下

第49集　恩怨（上）

跳棋的话……

郑老　好啦好啦好啦！我就要搬走了，咱们就别抬杠了，好不好？老傅啊，人之将走，其言也善哪！我这回走啊，给你留不下什么东西，临走就送给你几句逆耳忠言吧……

傅老　不听不听！

郑老　嘿嘿……老傅啊，你这个人，心还是不错的，就是这官僚主义作风严重——本事不大吧，架子还不小！你也就碰见我啦，我是大人不把小人怪。搬来新邻居你可得注意搞好邻里关系！

傅老　你……老郑啊，巧了，我也正有几句话要忠告于你：你这个同志嘛，人还凑合，就是军阀习气根深蒂固，平时看不见，偶尔露峥嵘啊！这要是到了新的环境，可要注意跟同志们搞好关系哟？

郑老　这你就放心吧，那关系再不好处理，还能比你更难处啊？

傅老　啊对对对，巧了，我也有句话跟你说的一样：再难处……还真是有比你更难处的，像我们单位的老胡、老穆、老吴、老陆……

郑老　你看看你看看，你跟谁也处不好吧？哎？你说的那个老胡，就是你们局里头从前那个总工程师吧？

傅老　对对对……

郑老　还有那个老陆，他是不是——

傅老　不提他们不提他们！哎，我想起来了：你那个大鱼缸是带不走啦，看样子连鱼带缸……（搬家工人示意傅老起身，把沙发搬走）肯定都得给我留下啦？你看这个事儿闹的，走了走了，还给我留下这么大麻烦！我上辈子也不知欠你什么啦……

郑老　说了半天，你就是来算计我那个鱼的啦？我不送给你——你呀，多好的鱼你也养不活！

傅老　哎！养不活还养不死吗？老郑，你就不要客气了啊！（跑向里屋）

郑老　谁跟你客气了？你给我回来！我那儿条鱼红烧了我也不能给你……

　　　（追下）

〔日，傅家客厅。

〔茶几上放一大鱼缸，傅老守着鱼缸喂鱼。和平连呼带喘地上。

和平　爸！爸……赶紧瞅瞅去：对面儿搬来人啦！哎哟妈爷子，可了不得啦！好家伙——组合音响、分体空调、水晶吊灯、三角钢琴……人家家，连那打醋的瓶子都是玛瑙的！

傅老　你见过什么呀你！

和平　我还是真没见过。那老先生穿戴得那叫一帅气，老太太捯饬得那叫一精神，手挽着手解小车儿里往外这么一迈——嘿，有点儿美国总统和夫人那意思。

傅老　胡说八道！美国总统能住到咱们对门儿去？——找我甄他呢！

和平　刚来，就挨门厅里头摆上自助餐了：拌沙拉、炸虾仁儿、意大利空心面……满满儿一桌子！原本是给搬家工人吃的，知道我住对面儿，非让我吃几口——吃得我这叫渴！

傅老　你怎么能够随便吃人家的东西嘛？

和平　啊？这怎么是随便吃啊？爸，搬到这楼里来的必定都是您局里的人——这是您局里宿舍呀。甭管我乐意不乐意，我都得管那老头儿叫声伯父吧？听说那老头儿原来是您局里什么一个总工程师，叫胡什么——

傅老　老胡？胡学范？！

和平　哎！就是他！就是他……

傅老　这个老家伙！他怎么搬过来啦？！

和平　爸，您认识他？

傅老　我怎么不认识？他就是扒了皮、抽了筋、化成灰、冒了烟儿，我……

·084·

第49集 恩怨（上）

和平　您怎么这么处置人家呀？您就不盼人点儿好？真是……听您这话里话外的，您跟他仇儿不浅呢？

傅老　倒也不是什么个人恩怨，主要还是工作上的问题……尤其是我看不惯他那个作风！仗着他留了两年洋，混了个什么博士，你看他那个趾高气扬的样子！有的时候甚至连我这个领导都不放在眼睛里……

和平　嘻！还是个人恩怨……

圆圆　（画外音）妈！妈！妈……（跑上）对门儿那家儿摆了满满一大桌子好吃的，招呼咱去哪！（向饭厅）小桂阿姨！

和平　赶紧赶紧！我告诉你，就吃沙拉！那沙拉最好……

〔小桂从饭厅跑上，三人兴冲冲向外跑。

傅老　（怒喝）都给我回来！我宣布：从今天起，谁也不准到对门儿去！为什么？不为什么！就是不准去！要是非要想去的话，很简单——干脆就不要回来啦！

和平　（向圆圆）不许去！

圆圆　（向小桂）不许去！

小桂　（向空气）不许……去……

〔晚，傅家饭厅。

〔饭桌上只有一盘小菜。圆圆上。

圆圆　看着这粗茶淡饭，我打不起精神来！

志国　（上）没出息！净想对门儿的好吃的……（好奇）嗨，你都吃着什么了？

圆圆　我什么我都没吃！我一看见好吃的就叫你们！

和平　（自厨房上）傻样儿，有好吃的还不赶紧自己吃，还跑回来叫……你做得对！我那是因为那老太太非拉着我，所以我不得不尝两口。

圆圆　妈，你都尝什么了？

和平　也没尝什么！就尝了点儿布丁——有提子布丁、猪肝儿布丁、香蕉布丁、咖啡奶油多士茶，还吃了两勺虾仁儿、一碗沙拉、一大盘子空心儿面……

圆圆　妈爷子！这还没吃啊？够我吃半个月的！

和平　胡说！

志国　哎，那么多好吃的，都是那老太太一人儿做的？

和平　哪是她……她哪能做呀？你知道人家老太太过去什么人哪？人家娘家过去是正经宗室黄带子，搁过去得叫"格格"——"四人肩舆，内廷行走"！懂吗？

圆圆　我还真不懂……

傅老　（上）唉呀，又在说我呢吧？

和平　没说您！说对门儿……

傅老　对门儿？对门儿有什么好说的？谁再说对门儿谁干脆就搬到对门儿去！

和平　说说都不许呀？

傅老　说？你知道他是怎么回事儿吗？要说也应该由我来说。我告诉你们，我跟对门儿那个姓胡的斗了一辈子，从来没打过败仗！这回可倒好，他自己送上门儿来啦，呵呵……

志国　爸……瞧您把话说哪儿去了？香港咱们就要回国祖国了。台湾咱们还想着和平统一呢，怎么您这家门口儿倒打起仗来了？

和平　真是，您跟人家过节儿再大，也不能拿人家当阶级敌人哪！

傅老　是啊，也不能够拿人家当阶级敌人啊……（怒起）他怎么不是敌人？！他就是敌人，他比敌人还坏！他……（放下筷子）气死我了他！（下）

〔日，傅家客厅。

〔志国看报，傅老讲话。

傅老　……新中国成立以后，人家都是回来搞建设的，就是他——我看是别有用心！弄不好啊，是专门回来搞破坏的！

志国　爸！瞧您真是——这都好几天了，闲着没事儿您老说对门儿坏话，您不嫌累得慌啊？

傅老　我不累！我怎么是闲着说他的坏话呀？对于这个胡学范的问题，就是要老讲、老讲、来回地讲、翻过来掉过去地讲！让全国劳动人民都知道！

志国　那我知道了还不行啊？

傅老　你知道什么？政治上就不提他了。在工作上，他从来就没跟我配合过，更不用说"很好地配合"了。那一年我做全年度的工作报告，刚说到三月份儿，他就睡着了！

志国　（笑）您报告做得没劲，还不准人睡觉啊？

傅老　睡就睡吧……讲到五月份儿，他就打呼噜啦；到了七月份儿，干脆溜走了……这都不说，还在背后散布我什么官僚主义、假大空、瞎指挥……哼！

志国　那人家说得对不对啊？

傅老　什么对不对啊？议论领导本身这就是错误的——当然，我也不能算是他的领导，他的级别比我高，有一个时期他甚至还算是我的领导。

志国　那就是您背后议论领导。

傅老　怎么我是……工作上就不提他啦！主要是在生活上，这个人是一贯地崇洋媚外，典型的假洋鬼子。尤其是这样一大把年纪了，还整天戴个太阳帽，穿双洋皮鞋，还叼个大烟斗，最可气的是，你近视眼就近视眼吧，还在那个金丝眼镜上戴着一副什么……墨镜片儿！什么鬼样子嘛，简直就是个"猴顶灯"！也不怕摸着黑儿绊你个大跟头！

〔门铃响。

志国　来了来了，哪位呀？（上前开门）

胡老　（画外音）我，老胡，胡学范！

志国　（画外音）哎哟，胡伯伯，请进请进……

〔傅老欲躲，为时已晚。胡老戴太阳帽和墨镜，拿烟斗上，得意洋洋看着傅老，翻开眼镜上的墨镜片儿。

〔时接前场，傅家客厅。

〔傅老与胡老对坐聊天。

胡老　……你现在中山装也不穿了，文件包也不拿了，乍一看，嘿，还真像个好老头儿嘞！

傅老　呵呵呵……嗯？你的意思是说：我过去像个坏老头儿？

胡老　谁说你像个坏老头儿——你根本就是个坏老头儿！

傅老　你……我知道，你对我过去对你的批评一直是心怀不满哪！老胡啊，说实话，我那也是为了帮助你、教育你、挽救你嘛！我告诉你：你能平平安安活到现在，那还真是多亏了我喽！

胡老　哦，我还多亏你？哼，这些年在单位你是没短整我呀，动不动就批判我！

傅老　那你也没少骂我嘛。七六年以前你是用英文偷偷摸摸地骂我，七六年以后干脆改成中文了，你也不怕我听得懂？

胡老　哼，我就怕你听不懂呢！我告诉你，我骂你完全有道理，你批我丝毫没根据！你就说那年，我结婚——我在办公室玻璃板底下压了一张我老婆的照片儿，就凭这个你批了我一个礼拜——你管得着么你？

傅老　我怎么管不着啊？玻璃板下你为什么非压你老婆的照片儿？

胡老　啊？我……那我压你老婆照片儿，你干吗？

傅老　不是这个意思嘛！我是说办公室是工作的地方，整天在办公室里想老婆，那能搞得好工作吗？要想老婆可以回家去想嘛！再说你老婆也不是什么好人。你们两个加在一起，一个封建主义，一个帝国主义，都是革命的对象嘛！呵呵……

第 49 集　恩怨（上）

胡老　你才是革命的对象呢！我告诉你老傅：我可也是苦出身，我爸爸是摇煤球儿的！

傅老　哦，你也是苦出身？那也可以蜕化变质嘛！就说那年，肯尼迪死了你哭，咱们单位摇煤球儿老赵头他爸爸死了，你怎么不哭啊？

胡老　那……我哭得着么我？

傅老　怎么哭不着啊？你爸爸不也是摇煤球儿的吗？

胡老　噢，我爸爸摇煤球儿，那天底下摇煤球儿的都是我爸爸？我一听说一个摇煤球儿的死了我就得哭？我有病啊我？我认识他是谁呀我！

傅老　呵呵……认识不认识的，反正他跟你爸爸是同行，再说肯尼迪你就认识他了？你就算认识他，他也不见得认识你嘛！还有那年，美国那个"阿波罗"登月成功了，你看你乐得那个样子！咱们那个烧锅炉的老李头的妈妈改嫁，那么大的喜事儿，你怎么不乐呀？

胡老　那有什么可乐的？她又没嫁给我！

傅老　那……我怎么就乐啦？

胡老　那谁知道你们俩怎么回事儿呢？

傅老　啊？！这……

胡老　我的意思是说：你是行政领导，关心职工这是你的分内工作。我是个业务干部，他妈改嫁不改嫁我管得着吗？行啦老傅，这么多年了，这事儿都过去啦——咱们现在不又成了邻居啦？

傅老　哦，在单位里你让我烦心了一辈子，这退了退了我还是躲不开你，又追到对门儿来跟我当邻居？我算倒了血霉了我！

胡老　行，烦我是不是？从明天起，我就老在你门口转悠——我烦死你！

傅老　我就不烦就不烦就不烦！

胡老　不烦好哇！这么多年了，在一个单位共事，我还没烦你呢，你倒烦起我来了？行啦，老傅啊，说说：情况怎么样？这几年混得还可以吧？

傅老　反正多少混得比你强一点儿。我的那个大儿子，不过是当一个小小的处长！

胡老　呵呵，我那个大儿子，不过是当一个小小的局长！

傅老　啊？我的小女儿在美国，随随便便念点儿书……

胡老　噢，我的小女儿在美国，随随便便定居了。

傅老　哦！时间过得真快呀，一眨眼的工夫，我的孙女儿就要上中学啦！

胡老　日月如梭呀，一眨眼的工夫，我那个孙女儿就要上大学了。

傅老　哎，对啦！我的二儿子贾志新在海南——他在一个很大的开发公司里当经理兼董事长，管着好几千人呢！你没有二儿子吧，啊？这下你没法比啦，哈哈哈……

〔和平拿一封信跑上。

和平　（急）爸！爸……哎哟坏了！干了！褶子了褶子了……志新……志新他……

傅老　（怕胡老听见）你看看，当着客人呢嘛……

和平　坏啦！

傅老　（接过信，向胡老）哦！是志新他们那个公司又扩大啦，哈哈……

和平　不是……

傅老　哦，我知道了，让咱们全家到海南去旅游……

和平　不是……

傅老　对对，上次来信就说啦，等到了海南，他要亲自开车带我到天涯海角去转一转嘛……

和平　他倒是这回是亲自开车……

傅老　哎！

和平　出车祸了！

傅老　啊？！伤着没有？

·090·

第49集　恩怨（上）

和平　他倒没伤着，把人家公路管理局局长给撞了！

傅老　把公路管理局局长撞了？这不是撞到枪口上了么！

和平　可不嘛！人家把他给拘留了，让咱家里想想办法……

傅老　想办法？这我能想什么办法嘛！

胡老　公路管理局？前年我到那儿去帮着搞设计，接待我的就是公路管理局……

和平　真的呀？

胡老　那几个局长我都熟。既然老傅这儿没办法……行！我看我亲自出面吧！

　　　（欲下）

和平　哎哟，太好了胡伯伯！那就麻烦您……

傅老　哎！谁说我没办法？我有的是办法！……还要你"亲自出面"？我们家的事儿用不着你管！

和平　（急拦）爸……爸……

傅老　以后，老胡哇，我们家的事儿你就少操心——和平，送客！

〔胡老冲傅老做个鬼脸，下。

【上集完】

第50集 恩怨（下）

编　　剧：张　越　英　达

客座明星：英若诚　郑振瑶

〔日，傅家客厅。

老江　（画外音）……要相信群众相信党！不送不送，留步留步……

傅老　（画外音）好好……

〔摔门声。傅老上。

傅老　哼，我可不留步吗！（向门口）我还把你送到家去？这个老江，也居然跟我打起官腔儿来了！哦，我托你了解一下我儿子的情况，怎么就不相信群众了？你不就是群众吗！

和平　爸，爸……人家那么大的干部，怎么又成群众了？

傅老　他哪么大的干部啊？水大能大过船去呀？岁数大能大过他爸爸去？想当年我当班长的时候，他不过是我的一个警卫员嘛……哼！

和平　班长就有警卫员？

傅老　……工作需要嘛！当初他有事儿求到我，我什么时候含糊过呀？他爸爸报名参军，明明年龄不够，我还是给他想办法了嘛！

和平　爸，爸，他都参军了，他爸爸年龄不够？

第 50 集　恩怨（下）

傅老　不够标准嘛——年龄太大了。他爸爸的事儿我都管了，我儿子的事儿他就不管啦？他爸爸，我儿子——这个性质完全一样嘛！

和平　（笑）他爸爸跟您儿子一样？您这不是占人家便宜吗？

傅老　怎么不一样啊？都是直系亲属么！（电话铃响，接）喂？哦，小李呀……哦哦，怎么你们全都知道啦？真是"好事不出门坏事传千里"呀！啊，对对对对，要相信群众相……怎么你们说的全都一样啊！啊？我并没有要麻烦你嘛……什么？怕我麻烦你，先给我打打预防针？我看你还是先自己打打预防针吧，你病得不轻你！（挂）真是人一走，茶就凉！哼！

和平　话可不能那么说啊——有人要帮您，您非不用啊！

傅老　谁呀？

和平　对门儿——胡伯伯！人家上次说在那公路管理局有认识人……

傅老　你少给我提他！他要给我帮忙？我还不稀罕哪！从现在起，我谁都不求，爱怎么着怎么着，爱谁谁！我豁出去啦！

和平　您豁出去啦？您是把志新给豁出去了！他在海南人生地不熟的，又撞了人家公路管理局局长，弄不好小命儿都难保！

傅老　有那么严重么？

和平　那可不！他撞的是人局长！弄不好真关个十年八年的……

傅老　这个这个……那好！（起身）我——豁出去了！

和平　您怎么还豁出去呀？

傅老　我这张老脸——我把它给豁出去了！现在我就到对门儿去……（下）

〔时接前场，胡老家。

〔胡老夫妻在座。

胡伯母　……就算人家不好意思张口，既然你能帮忙，你就帮人家一下嘛！

胡老　我那是有病！哼，他还不好意思张口？他要是好意思张口，帮不帮他，那还得看我乐意不乐意呢！

胡伯母　你这人啊，总爱跟人记仇！

胡老　我跟他记仇？我要真跟他记仇啊，我就给他帮点儿倒忙！你等着，回头我就给海南打长途！我告诉他——我说就他们这个总经理一贯违章开车！好容易逮着了，千万别放虎归山，干脆就地枪毙算了！

胡伯母　快七十的人了，还跟小孩儿脾气一样，不理你了啊！（欲下）

胡老　（拦）哎哎太太……（揽胡伯母肩膀）逗你玩儿哪！别生气啊……

〔傅老暗上，看到。胡老回身发现傅老。

傅老　……没看见！没看见！（作势欲下）

胡老　回来！你没看见什么？我这是跟我太太，又不是跟别人……太太，记得吗？这就是我们局里那个——傅！

胡伯母　老傅同志！（握手）怎么不记得呢？唉呀，一眨眼工夫，这好几年不见了！坐！你……身体还挺好，人也胖了点儿——家里可都好啊？

傅老　（自语）好我还上这儿来？（向胡伯母）都好都好！老胡家里的，你也好吧？

胡老　嘿！等等——你管我太太叫什么？

傅老　老胡家里的。当年我们下工区慰问工人家属，都是这个叫法嘛！老胡家里的……

胡老　你们家里的！这么大年纪了一点儿文明礼貌都不懂——应该叫胡太太！（向胡伯母）你也用不着管他叫什么傅局长啊，他现在早就不当局长了！你就管他叫老傅，很可以了。

胡伯母　老傅……傅先生。

傅老　老胡……胡太太！

胡老　哎，这还差不多……光临敝舍，有何贵干哪？

傅老　这个这个……许你去我那儿，就不许我到你这儿来啦？这也是一个回访

· 094 ·

嘛！呵呵……

胡伯母　傅先生喝点儿什么呀？红茶？绿茶？花茶？咖啡？橘汁儿？矿泉水？

傅老　随便随便……

胡老　你最好说具体一点儿，要不然她不好准备。

傅老　说具体……那就每样儿都来一杯吧！

胡老　每样都来一杯？你可还真不怕累着我太太！你当我们家是冷饮店呢？（向胡伯母）你就给他弄一杯茶——就找那最次的茶叶，反正他也喝不出好坏来！

胡伯母　你这个人真是……（向傅老）傅先生，你们慢慢谈，我去去就来。（下）

傅老　好好……

胡老　（向傅老，揶揄地）嘿嘿，说说吧，老傅？

傅老　说什么？我有什么好跟你说的！（环顾四周）啊，你家里布置得还是很漂亮嘛……虽然还不如我那里好，比起普通劳动人民来，这就相当不错了嘛。

胡老　您这大概是想夸我吧？那我谢谢啦。

傅老　这个这个，我们家……我二儿子的事儿你大概也听说啦？出了这种事情，我们当家长的都很着急呀，但还是要相信群众相信党嘛！要相信当地的政府，有能力把这个责任事故调查清楚，啊？要相信当地的司法部门能够秉公办事，啊？要相信被撞的领导同志不会挟私报复，啊？这个，要相信……

胡老　老傅啊，我是越听越不明白了——是你儿子撞人了还是我儿子撞人了？

傅老　当然是你儿……是我儿子撞人了。你看我都差点儿忘了，呵呵……

胡老　你是不是希望我跟海南方面疏通疏通啊？

傅老　这个嘛……在海南有熟人，特别是在交通管理局里有熟人，也不是什么坏事嘛！必要的时候，你可以给他们打一个电话，就说我对这件事啊，很关心！千万要告诉他们：不要因为他是我的儿子，就对他有什么特殊的照顾。该批评，就狠狠儿地批评！该教育，就好好儿地教育！当然喽，批评教育的目的也是为了让他认识错误嘛，认识了错误还是好同志嘛！

胡老　你的儿子恐怕不是单单认识错误的问题吧？

傅老　怎么不是……这个嘛，老胡，海南建省，这是中央的决定，这个你大概知道吧？我儿子当总经理，那是开发海南的生力军啊！他个人是小事，这要是影响了改革开放海南，这个问题可就大喽！

胡老　您放心，您放心，他还绝对影响不了。

傅老　怎么影响不了？万一……好啦好啦，具体怎么办你就灵活地掌握吧！我现在很忙，不要事事处处都来问我——放心大胆地干！

〔保姆端茶上。傅老摆摆手，下。

胡老　哦哦，行行……哎？我该你的我欠你的我？！（跟下）

〔日，傅家客厅。

〔傅老心事重重，来回溜达。和平上。

和平　爸，时候可不早了啊——您还不上对门儿再去问问胡伯伯去，电话打了没有啊？

傅老　问什么？有结果他自然应该跑来告诉我。

和平　人家干嘛应该呀？这可是咱们求人家的事儿。

傅老　什么"咱们求人家"？谁求他了？我是派他去办办事儿！

〔圆圆上。

傅老　我让他办事儿那是瞧得起他！这要是搁过去，就他？想给我办事儿？门儿都没有！

和平　就您这态度，搁我我都不管您！

圆圆　哼，搁我我也不管您！

· 096 ·

第50集 恩怨（下）

胡老　（上）我管你，老傅！

和平　嘿！胡伯伯！

胡老　都谈妥啦！

和平　真的呀？

胡老　马上就放人！

和平　嘿！

傅老　（喜）哦，好好好……老胡啊，看不出来你这几年进步还是很快嘛！好好干，再有个三年五年的，你又变一个新人啦！

胡老　合着我忙活半天就落这么一句评语呀？早知道我不管你的事儿了！

和平　胡伯伯，胡伯伯！您甭理他……胡伯伯，您给我们讲讲：您怎么办的呀？

傅老　哎，办都办了，还讲它干嘛？

胡老　我偏讲偏讲偏讲！（向和平）人家告诉我：当时车里头是四个人——一个总经理，两个副总经理，还一跟班儿的，就是那个广东话叫什么"马仔"——这四个人都没驾驶执照，出了事儿还一个都不承认，怎么办呢？全扣起来了！我跟人家保证，我说我们老傅这儿子——他叫什么我现在记不清了，反正是那总经理呗——我可是看着他长大的，绝不会干这种事儿！人家说了：行，马上调查。弄好了，明天就放！（起身欲下）

傅老　好好……（急）哎！谁让你放那个总经理啦？

胡老　啊？

傅老　我儿子是那……那个跟班儿的！就是那个——"马仔"！

胡老　你明明跟我说你儿子是总经理，今天早上你还说呢！

和平　爸！您怎么吹牛也不挑个时候啊！

傅老　我怎么是吹牛嘛！他现在还不是总经理，将来还要发展嘛！老胡你看看你，也不把事情搞清楚，瞎打电话，这不耽误事吗？教训哪教训！

胡老　啊？你的教训怎么成了我的教训了？！

·097·

傅老　好啦好啦！事情已然这样了，我们就不要互相追查责任啦。马上去打一个电话——立刻扣住那个总经理，放出"马仔"来！

胡老　……我管得了么我？我又不是公安局长，我说放谁就放谁呀？！

〔日，胡老家。

〔胡老坐沙发上赌气，傅老拿着电话站在旁边。胡伯母远远坐在一旁。

傅老　……我跟你说了这么半天，这个电话你到底是打还是不打？

胡老　不打不打就不打！

傅老　你要真不打……（撂下电话）我还真拿你没办法。

〔保姆端茶上。胡伯母接过茶递给傅老。保姆下。

胡伯母　傅先生，用茶。

傅老　（接过）好好……

胡伯母　老胡啊，你看人家老傅同志已经把话说到这地步了，你就打一个吧，啊？就算我求你还不成么？

胡老　你求我？哼，我告诉你，今天就是玉皇大帝求我也不行！除非老傅答应我一个条件。

傅老　答应什么？你要什么东西我可以给你买去嘛！

胡老　喊，我要你东西……我要你当面对我承认错误！

傅老　错误？哦，这个刚才我不是已经都承认了嘛。我说我二儿子是总经理，这就是吹牛嘛，无非是想在你的面前争个面子嘛，说到底是资产阶级虚荣心的表现嘛……

〔胡伯母掩笑，下。

傅老　按说这种错误，本来应该发生在你身上嘛……

胡老　啊？你怎么还敢继续诬蔑我？！

傅老　怎么是诬蔑啊？实事求是嘛。你刚从美国回来的时候，吹了多少牛，说

·098·

了多少大话啊？你说你在美国的一所什么著名的大学获得了个双料博士，后来我们一调查，明明你就获得了一个"单料博士"嘛，而且那所大学也不怎么著名嘛！你还说你不要什么优厚的待遇，后来我们一了解，明明你是没有找到工作嘛！还说连花园洋房你都不要，其实你想要谁给你呀？哈哈……

胡老　行了行了……老傅，我承认，我回国的时候说的跟事实嘛有点儿差距——谁不想把自己说好一点儿？可那你们也不应该到处给我什么内查外调，还到处给我扩散……

傅老　当时我们研究喽，这样做对你只有好处，可以打击一下你的嚣张气焰嘛！

胡老　你们这么一扩散，结果，我的威信在群众当中受到十分严重的打击，有些群众甚至于以为我的品格有问题。

傅老　你的品格本来就有问题。

胡老　啊？

傅老　你总不该说瞎话吧？呵呵……

胡老　哦，那你今天说瞎话了，你的品格是不是也有问题呀？

傅老　我有什么问题？我不过是随便那么一说，可以原谅。

胡老　哦，那我随便一说怎么就不能原谅啊？

傅老　性质不一样嘛。

胡老　（急）怎么不一样？！

〔胡伯母上。

傅老　（改口）其实也没有什么不一样……老胡啊，咱们俩犯的都是一样的错误，应该互相原谅嘛！

胡伯母　你看，人家老傅都原谅你了，你还不原谅他？

胡老　我不是不原谅他，我就恨他当年那揪住人家一点儿小错不放……

傅老　什么揪住不放？现在明明你是揪住我不放嘛！你要是再这样的话，我可就真不原谅你了啊……

〔傅老赔笑把电话递向胡老。胡老接过，拨电话。

〔晚，傅家饭厅。

〔和平、小桂、圆圆忙着布置一桌丰盛的饭菜。傅老上。

傅老　哦？这是干什么呀？

和平　志新放出来好几天了，我们想请胡伯伯跟胡伯母过来吃顿饭……

傅老　请他们做什么？志新放出来，是海南方面把问题搞清楚了嘛。他们总经理开车撞的人，志新当然要放啦，跟他胡学范有什么关系！

和平　爸，您怎么过河拆桥哇？

傅老　别人的桥可以不拆，他的桥我还非拆不可！这个事情办成了，应该感谢政府感谢党嘛，用得着感谢胡学范？都是你们！非得让我去求他，哼！

和平　反正我们把人请来了……

傅老　请来又怎么样？你看他敢来吗？他怎么进来，我就把他怎么给扔出去！

〔门铃响。

和平　人家来了，我瞅瞅您怎么把人家扔出去？我瞅瞅——

傅老　你以为我不敢？

和平　哎！

傅老　我今天就让你们开开眼！

〔傅老活动筋骨，转身向客厅，转为满面笑容。

傅老　哈哈，老胡……（伸手迎向客厅）

【本集完】

第41集 从头再来（上）

燕红对小张道："这样吧，我提拔你当我的公关小姐，怎么样？"

燕红："哼，这比'三陪'还多一陪呢！你这样哪儿是山庄啊？整个儿一妓院哪！"

志新："你真不是燕红派来试探我的？"

第 42 集　从头再来（下）

阿文："手表——24K 金的。阿红，留个纪念。"

燕红和阿文的订婚仪式即将举办。
和平："……哟，志新这样儿能去么？"

小凡："二哥，我坚决支持你！反正你在北京也蒙不着钱了。"

第43集　请让你来帮助我（上）

和平呵斥圆圆："你少废话啊，明儿你就吃不上饭了——厨房都下不去脚了！"

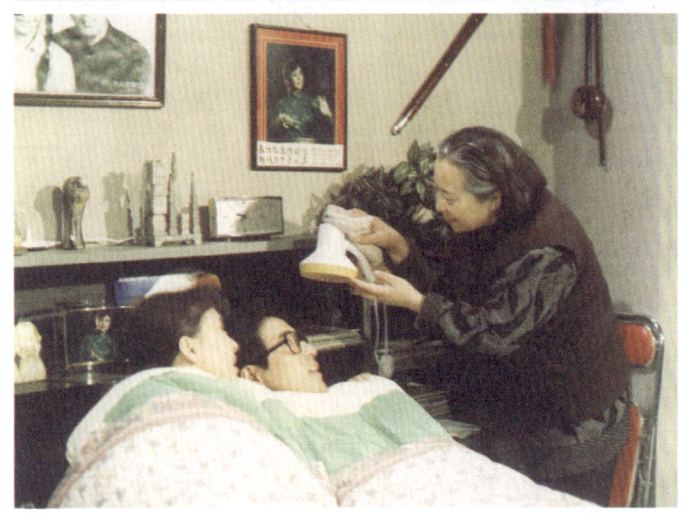

李大妈："我呀，这多少年老习惯了，见天早起，我就要挨屋地擦一遍，不擦心里头膈应！"

志国："李大妈，这一百块钱呢，可不敢说是给您的工钱，就算我跟和平孝敬您老人家的啊。"

第44集 请让你来帮助我(下)

傅老:"来,我介绍一下,认识认识。这个是小兰,这个是小桂。"

小桂称自己特别喜欢孩子,尤其是那种纯洁、美丽、聪明、善良的小女孩儿——除了圆圆、小凡,还包括和平。

傅老:"小兰,你看你给我这样捶着腿,还陪我聊天,累不累呀?"
小兰:"爷爷,看您说的,再苦再累我也心甘呀。"

第 45 集　大侦探

和平："您说咱家这月电话费怎么这么贵呀？"

小桂："俺想给您念一首俺刚写的诗……"

余大妈发现一可疑的高个女人，跟进傅老家中，正撞见乔装打扮的傅老。
余大妈："哎呀，抓住她！"

第46集 生活之友

青年:"知道唐山地震吗?那就是我闲着没事儿的时候捣鼓的。"

少妇:"噢,那在电梯上摸人脸蛋儿也是出于礼貌啊?"

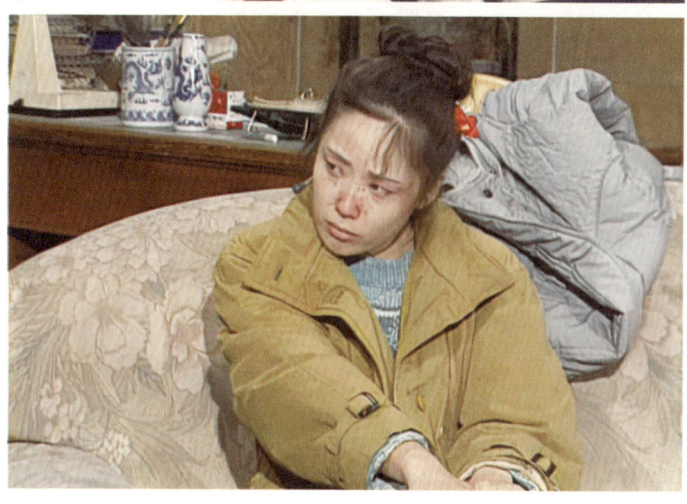

志国:"我可以代表广大男同志向您表个态——我们就是再……怎么着,也不会把您……怎么着!一看见您啊,我们什么想法儿都没有了。"

第 47 集　远走高飞（上）

小凡："您要不说出理由，那我明天就走！等过几年我轰轰烈烈地干成了一番事业，那时候让你们认得我！"

孟昭晖："我不是跟你说了么？你就是吃一顿饭，当一幌子，好让他们家里人放心，累不着你的，啊。"

孟昭阳："真的？那我平常怎么叫你？凡？"

第48集 远走高飞（下）

孟昭阳："这个问题咱们还得说道说道！"

孟昭阳："这么说吧贾小姐，就是，假如您要考虑这个问题的话，我是不是还有点儿希望？"

圆圆念小凡留下的信："我扯了谎，因为我太想出去看看这个世界了，太想检验一下自己的生存能力了。"

第 49 集　恩怨（上）

傅老："嗯？你说我水平比你低？下象棋我让你半扇儿！下围棋我让你二十四个子儿！要是下军棋，司令、军长、师长、团长我都不要，光带个营长我就让你全军覆灭！要是下跳棋的话……"

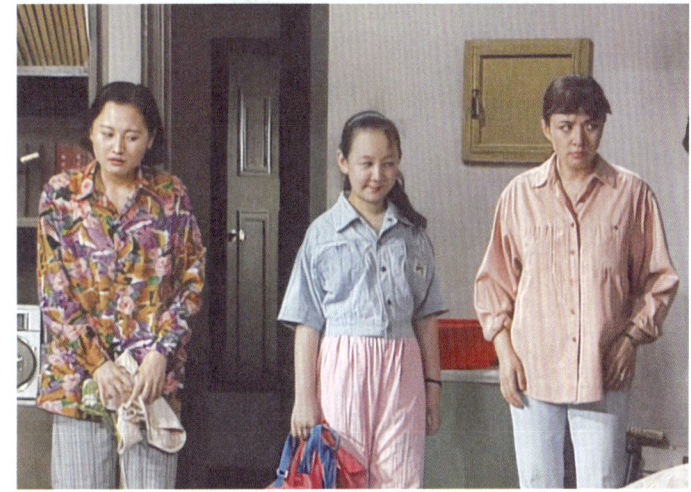

小桂、圆圆、和平急着去对门吃大餐。
傅老："都给我回来！我宣布，从今天起谁也不准到对门儿去！"

胡老："我是个业务干部，他妈改嫁不改嫁我管得着吗？"

第50集　恩怨（下）

胡老："逗你玩儿哪，别生气啊。"

傅老："必要的时候，你可以给他们打一个电话，就说我对这件事啊，很关心！千万要告诉他们，不要因为他是我的儿子，就对他有什么特殊的照顾。"

傅老："你的品格本来就有问题。你总不该说瞎话吧？"

第51集　儿女正当好年华（上）

编　　剧：梁　欢　梁　左

客座明星：谢　芳　唐纪琛

〔晚，傅家客厅。

〔和平、志国在座。傅老上。

和平　哟，爸，开完会了？怎么样啊？

〔圆圆自饭厅上。

傅老　会开得很好啊！我在会上做了重要的发言——不能再选余大妈当居委会主任了。我的发言得到了与会代表的热烈的赞同！

志国　行了，爸，瞧您说这热闹劲儿的，不就一居委会主任改选吗？

圆圆　爷爷，您这么反对余奶奶，是不是有什么个人目的？

傅老　胡说！我哪有什么个人目的呀？我这都是从工作出发嘛！倒是有些代表同志啊，建议让我来主持居委会的日常工作。我考虑我的年事已高，我说当当顾问就行了，一线的工作还是应该让年轻的同志们去干嘛。最后，就选了——小陈儿！

圆圆 / 志国　小陈儿？

圆圆　您说我们班那陈小红啊？她也太年轻了！

傅老　对对对！就是你们班陈小红……

众人　啊？！

傅老　……她奶奶。你们应该管她叫"陈大妈"！

志国　就她还年轻啊？

傅老　相对年轻嘛。她比我还小一岁零三个月哪。

和平　爸，那陈大妈我知道，是不是住咱们楼后面那胡同里那个？挺高挺胖，说话大嗓门。（学）"老傅啊，哇哇哇哇……"就那个——一见着我就笑眯眯的？

傅老　哎，大家都夸她群众关系好，平易近人，不像余大妈，有时候还有点儿知识分子的架子。

志国　哎哟，还知识分子呢？

傅老　连我都不放在眼睛里嘛。

和平　爸，就这么着把余大妈给撤了，余大妈还不得气死啊？

傅老　不会的。大会上对她的工作做了充分的肯定，她也表示要支持新的领导班子，现在正在跟小陈儿她们一块儿做今年的工作计划呢。

　　　〔门铃响。

和平　哎哎，来啦来啦！谁呀？（去开门，画外音）哟，您就是陈主任吧？来来来……

　　　〔陈大妈上。

陈大妈　哎！老傅啊，哈哈哈……大伙儿都在哪！

傅老　来来，坐坐坐。工作商量得怎样啊？

陈大妈　我们姐儿几个一商量啊，首先要抓好区里布置的几项工作，头一个就是全区"老龄之友"歌咏比赛！到时候您可得大力支持啊？

傅老　你们干，你们干。我是"顾问顾问，顾而不问"嘛，呵呵……

陈大妈　不是让您顾问，是让您参赛——男女声二重唱！

·112·

第51集　儿女正当好年华（上）

傅老　什么？让我参赛？还二重唱？你们是找错人了吧！哈哈哈……

陈大妈　没错儿！就您这大嗓门啊，唱起歌儿来一准儿错不了，您就别谦虚了！我们开头对您的情况也不太了解，还是小余同志推荐的您哪。

傅老　怎么？小余推荐的？她这不是让我在全区人民面前丢人现眼吗？看起来，这是对我今天在会上的发言不满，打击报复嘛！

和平　陈主任，您甭听余大妈瞎说。我爸爸呀，缺五音少六律，哪会唱歌啊？

傅老　对对对……

志国　陈大妈，陈大妈，我爸唱歌要多难听有多难听，这屋里有多少人都能让他给吓跑喽！

圆圆　陈奶奶，什么时候听见我爷爷唱歌，那准是地震前兆！

傅老　（不爱听了）去去去！

〔志国、圆圆下。

傅老　也不能这么说嘛！我现在是不爱唱了，想当年在革命征途上，那也是留下了一路歌声嘛！你比如，那个那个……（唱）"向前进，向前进。战士的责任重，妇女们冤仇深……"

和平　（笑）爸，爸！这歌是您留下来的？这是我们女同志留下来的吧？（下）

陈大妈　男女都一样！我看您唱得很好嘛。

傅老　老喽，不行喽，没有年轻的时候唱得好喽……

陈大妈　那就这么定了啊？年轻的时候会唱，老了更会唱——老树开新花儿嘛！（欲下）

傅老　不行不行！我这棵老树开不了新花儿了……你可不要上小余的当哦！

陈大妈　老傅啊，这可是新班子上任抓的头一项工作呀，您能眼瞅着不帮忙，让那姓余的在一边儿笑话吗？啊？今儿个可是您老做主把她给选下去了，也是您老人家做主让我挑起了这副重担。您不参赛谁参赛？您不支持谁支持啊？

傅老　要不……我就先试试？

陈大妈　哎，这就对喽！唱好唱不好是水平问题，唱不唱那可是态度问题！人家萨马兰奇讲话——"重在参与"！是不是？

〔日，傅老卧室。

〔傅老正摆水果，敲门声响。

傅老　哦，请进，请进……

陈大妈　（开门，上）老傅！我把您的伴儿给带来了——

傅老　我的伴儿？

陈大妈　跟您一块儿唱二重唱的！（向门外）来来来，进来！

〔优雅文静的吴老师抱歌本上。

陈大妈　这位就是吴颖同志。早先在中学教过音乐课，唱起歌来可豁亮呢！比那帕瓦罗蒂呀，那都不在以下！

傅老　哦，原来是吴颖老师啊，久仰久仰！（握手）

陈大妈　（向吴老师）这位就是老傅同志。

吴老师　您好。

陈大妈　来来，坐！

傅老　请坐请坐……

陈大妈　（清清嗓）关于这次歌咏比赛的重要意义嘛，我就不在这儿多说啦，反正区里头挺重视，听说唱好了还兴许能上电视呢！咱们居委会就出了这么一个节目，能不能得奖就全指望你们二位啦？

吴老师　我其实就是喜欢唱，我可真没什么把握——咱们练练再看吧？

陈大妈　行行行，那你们二位就先练着。（起身）对了，唱什么歌儿你们自个儿商量，区里头规定曲目自选——只要不是反动黄色就成。我还有工作哪，我就不陪着啦——我走啦！

傅老　小陈啊，那就不远送了啊。

陈大妈　我走了我走了，哎……

〔陈大妈下。傅老欲关门，又觉不妥，连忙打开。气氛略尴尬。

傅老　……吴老师啊，你看咱们是就在这儿练呢，还是上客厅？上客厅我就怕孩子们听着笑话我……

吴老师　那，那就在这儿练吧，这儿挺安静。

〔静场。

吴老师　老傅同志……

傅老　（同时）小吴……你看咱们俩，唱个什么歌呢？

吴老师　我不知道您擅长什么——比方说美声啊，还是民族啊，通俗啊？

傅老　嗯……都行！都行！

吴老师　看起来您还挺全面的……那这样吧，要不然咱们挑个比较难的吧？（拿起歌本）好吗？

傅老　可以可以。

吴老师　唱一个舒伯特的《小夜曲》，怎么样？

傅老　很好很好……

吴老师　我很喜欢这首歌。当然啦，这首歌本来是独唱曲。我们俩要重唱呢，可以……比方说，有分有合这么唱，行不行？

傅老　行行行……

吴老师　嗯，我唱一句您唱一句行么？

傅老　好好……

吴老师　您先唱还是我先唱？

傅老　您请您请……

吴老师　那这样吧：我唱第一句，您唱第二句好么？

傅老　很好很好……

吴老师　这首歌挺难的,我也唱不好,咱们试试看吧……(二人站起)我先找
　　　　个调儿啊——(找调,清嗓,唱起)"我的歌声穿过黑夜,轻轻飘向你——"
　　〔吴老师示意傅老。傅老欲唱,又不会。

吴老师　该您唱了。

傅老　下面什么词儿来着?

吴老师　(唱)"一切都是这样安宁,亲爱的快来这里。"

傅老　(欲唱又不会)这个这个……

吴老师　您大概是好久没唱这个歌了吧?调不合适吧?不高吧?

傅老　不高不高,我还嫌低呢……我就是考虑这个调调儿啊,怎么有点儿——

吴老师　不太好掌握哈?

傅老　那倒是很好掌握的。我正在考虑,这个歌的内容啊,好像不太大众化。
　　　　咱们是不是找一些通俗一点的,大家都会唱的。比如像我们家圆圆老在
　　　　家里唱的那个……(唱)"天地悠悠,过客匆匆,潮起又潮落。"

吴老师　(接唱)"恩恩怨怨,生死白头,几人能看透。"

傅老　对对。

吴老师　这是属于通俗歌曲。

傅老　哦,好像是从港台那边儿传过来的吧?

吴老师　对对对。

傅老　唉呀,这个港台歌曲在内容上不大好把握,有些情绪也不大健康。我看
　　　　是不是咱们还是挖掘一下民族传统的东西?

吴老师　哦,您是说唱首民歌吧?

傅老　对对对,最好是民间乡下小调儿。我记得我小时候在民间唱的那个……
　　　　那个……总之啊,我们的家乡小调很落后,都是一些情郎啊妹子之类的
　　　　东西。哪像人家陕北小调,一唱就唱出来个《东方红》!再唱就唱出来
　　　　个《绣金匾》!唉,惭愧呀……吴老师的老家是?

第51集 儿女正当好年华(上)

吴老师　嗯，我老家呢应该说是山西……

傅老　哦，好地方啊！山西的民歌很多嘛，吴老师一定会唱很多这些……

吴老师　要不然这样吧，咱们干脆唱一首山西的民歌，叫《人说山西好风光》——这您会吧？

傅老　歌的名字很熟悉，要不您先唱一唱？

吴老师　行。我这嗓子唱这不合适，我唱个意思吧。（唱）"人说山西好风光，地肥水美五谷香。左手一指太行山，右手一指是吕梁……"

〔傅老情不自禁鼓掌、打拍子。

〔晚，傅家饭厅。

〔伴着客厅里傅老的歌声，众人上。

和平　（向客厅）爸，爸！……吃饭了。

傅老　来了，来了……（唱着上）"人说山西好风光……"

和平　（偷笑）瞧这废寝忘食！

傅老　（唱）"人说……"

志国　（打断）哎爸！这都唱了一天了，吃饭您让我们清静会儿吧？

圆圆　爷爷，您可不能只图自己痛快不管我们难受。一天到晚颠来倒去就这么一句，唱得我们连饭都吃不下去！

和平　就是，爸，您唱得实在是忒难听点儿了……要不您换句新鲜的成不成？别老唱这一句。

傅老　人家小吴同志说了：饭，要一口一口地吃，歌儿，要一句一句地唱！我今天要能把这一句拿下来，那就差不多啦——（唱）"人说山西……"

志国　哎爸……说着说着怎么又来了？您饶了我们吧啊？

傅老　怎么着？嫌我唱得不好吗？唱得不好才要练呢嘛！（唱）"人说……"

圆圆　爷爷！爷爷！我先声明啊：您要再在我耳边制造这种噪音，我立马离家

· 117 ·

出走！哼，我先去趟山西，我倒要看看那儿的风光，是不是像您唱得这么不着四六儿的……

和平　圆圆！有你这么说爷爷的么？啊？爷爷唱歌是为了工作……

傅老　哎！

和平　唱得是难听……

傅老　啊？

和平　你总不能要求他唱得跟我唱的似的吧？不现实啊！

圆圆　妈，爷爷唱歌是难听……

和平　哎！

圆圆　比您那大鼓还是强。

和平　嗯？胡说！他能跟我们这专业的比吗？

傅老　（兴奋站起，向圆圆）你是说，我比她们专业的还强啊？（唱）"人说山西……"

和平　爸，爸……我教教您啊，这句这么唱，您学着点儿啊——（尖起嗓子唱）"人说山西好风光，地肥水美……"

〔傅老也跟着唱起来，两人歌声赛着难听，众人捂耳逃下。

〔日，傅老卧室。

〔傅老与吴老师练歌。傅老丁字步站立，认真紧张。

吴老师　……您甭那么紧张，您放松点儿，那脚甭丁字步，（示范）就是一前一后，自然点儿就行！放松点儿，行吧？

傅老　好的好的……

吴老师　咱们再把第二段词儿再练一遍好么？加上动作啊——

傅老　您给我起个头儿？

吴老师　还要我给你起头儿？行。（哼调）预备，起！

傅　老　（连唱带比划，情绪饱满地）"杏花村里开杏花。"

吴老师　（唱）"儿女正当好年华。"

傅　老　（唱）"男儿不怕千般苦——"

吴老师　您那手太高了，稍微低一点儿……也别太低了，合适就行……再前一点儿，靠前一点儿……

〔傅老在吴老师的指导下调整姿势。

傅　老　小吴同志啊，咱们是不是先歇一会儿？我实在是……

吴老师　行行行，那咱们歇一会儿吧，歇会儿再练。

〔两人坐下。

傅　老　我这个岁数儿啊，可比不上你喽！

吴老师　其实啊，咱们俩岁数差不多。

傅　老　来来来，喝茶喝茶。（递茶）

吴老师　（接）谢谢。

傅　老　小吴同志啊，你看咱们俩唱这个歌儿，还是有希望得奖的吧？

吴老师　得不得奖呢，倒是次要的，我这首歌主要是表示了我们对家乡的一片真情。

傅　老　呵呵，那是你对家乡的真情！

吴老师　对对，我，我……

傅　老　每次练歌，我都发现你泪汪汪的——好多年没有回家了吧？

吴老师　自从参加工作以后就没回去过。

傅　老　哦，离得不远嘛，现在又退休了，正好回去看一看。

吴老师　我是怕回去伤心啊。

傅　老　父母都不在了？唉，人活百岁，终有一死嘛。

吴老师　我是怕想起以前的事情……

傅　老　哦？

吴老师　"别梦依稀咒逝川"……

傅老　"故园三十二年前"哪……恐怕都不止三十二年了吧？

吴老师　不止了，四十多年了。那时候啊，我和我们家乡的一个男青年，就像这歌词里说的，真是"儿女正当好年华"，他是"不怕千般苦"，我是"能绣万种花"。当时呢，我们两家父母还都挺开明的，正准备给我们办喜事，以后呢解放战争开始了。他参军一走，就再也没有音信……

傅老　噢，可能是牺牲在国民党的枪口下了！多少革命的先烈，都在……

吴老师　您啊，别见笑——他参加的是国民党军队。

傅老　啊？……先知先觉，后知后觉嘛！

吴老师　我也是觉得他肯定是不在人世了。这么些年，我也没怎么想过他。不过随着年纪越来越大了，反倒特别怀念年轻时候的事情……您可别笑话我……

傅老　不会不会，我跟你差不多。我在中学的时候也有一个女同学，算是我恋爱的对象吧。这么多年我还时常想起她，真是恍若隔世啊！说起来，她的外表倒是有点儿跟你很像啊。（起身坐到吴老师旁边）

吴老师　是么？那可真是太巧了。就是刚才我说的那男青年，跟您长得也挺像的！而且脾气呀性格啊都挺像的。

傅老　（凑近）呵呵……是么？

吴老师　当然了，在政治上他跟您没法比……

傅老　不能这样讲嘛，革命不分早晚，爱国不分先后。我无非是比他早走了一步嘛。在这个问题上我要比他……你就不要把我们两个放在一起比了。

〔傅老凑得更近，深情注视，吴老师略显尴尬。

吴老师　对对对……嗯，咱们还是练歌吧？

傅老　（回过神来）……对对，练歌练歌。

〔二人站起。

第51集 儿女正当好年华(上)

吴老师　来,还是第二段,好吗?

傅老　好……您再给我起个头儿?

吴老师　还起?(哼调)预备,起!

傅老　(唱)"杏花村里开杏花。"

吴老师　(唱)"儿女正当好年华。"

傅老　(唱)"男儿不怕千般苦。"

吴老师　(唱)"女儿能绣万种花。"

傅老　(唱)"人有那志气永不老。"

吴老师　(唱)"你看那白发的婆婆……"

傅老／吴老师　(合唱)"挺起了腰杆儿也像十七八……"

〔日,傅家客厅。

〔门铃响,志国、圆圆等叫门声。小桂跑去开门。

小桂　(画外音)唉呀,回来了爷爷!

和平　(拿相机先跑上)赶紧赶紧赶紧……

〔圆圆举奖杯跑上,不停欢呼。陈大妈、志国簇拥着化浓妆持鲜花的傅老和吴老师上。

陈大妈　了不起呀了不起,想不到啊想不到——老傅、小吴第一名!

〔众人鼓掌欢呼。

傅老　小意思啊……这都多亏区政府的正确领导,居委会的大力支持,观众们捧场,评委会的鼓励嘛!其实我并没有干什么,我只不过随便那么一唱,就好像没参加什么比赛,呵呵……

和平　爸,您就甭谦虚啦!不是我捧您,您这水平绝对够走穴的!绝对的……

〔陈大妈送吴老师下。

志国　哎,爸……四十多年了我都不知道您有这特长——什么时候有工夫教教我呀?

圆圆　爷爷,依我看我爸就算了,您看我有培养前途么?

小桂　嘿嘿,可惜俺没看见爷爷唱歌——电视里啥时候能转播呀?

陈大妈　那我就先走啦?老傅,您也歇着吧。我走了……(欲下)

志国　陈大妈您慢点儿……

傅老　哎!(突然醒悟,起身找)小吴同志呢?

陈大妈　我让她回去歇着了……

傅老　唉呀,怎么不跟我说一声嘛!这些天我起早贪黑,都是为了什么啊?我不就是为了能跟小吴在一起……

〔众人闻言都一怔。

傅老　(掩饰)……分享胜利的喜悦?

【上集完】

第52集 儿女正当好年华（下）

编　　剧：梁　欢　梁　左

客座明星：谢　芳

〔日，傅老卧室。

〔傅老躺在床上，抱着奖杯端详出神。敲门声响，傅老连忙藏起奖杯。和平开门，手拿拖布上。

和平　爸，您该起来啦！要不您先到客厅待会儿去？我把这屋归置归置……

傅老　不用不用！你们让我清静一会儿！

和平　您都清静多少天了，怎么还清静啊？饭也不吃了……这可不是您的一贯作风啊！（开始拖地）

傅老　我的一贯作风？什么作风？

和平　三八作风！您是团结、紧张、严肃、活泼！

傅老　我都这个岁数啦，还活泼个什么劲儿？

和平　活泼不活泼的您也得起床啊！

傅老　又没有什么事等着我去做，我为什么要起床？

和平　那您就甭起来！您就在床上混吃等——

傅老　啊？

和平　……我是说您不能躺倒不干啊，多少事儿等着您哪！

傅老　我啊，还就躺倒不干啦，怎么着？组织上安排我离休，就是为了让我好好休息，知道我干了一辈子工作，累得够呛！怎么啦？我现在躺着都不行啦？啊？（越说越激动）我这是在自己家里，我又没有躺到大街上去嘛！我就是躺到大街上，那有警察管我，也轮不上你！

和平　唉呀，知道您这几天情绪不好……

傅老　我怎么就情绪不好啊？我情绪很好！情绪大好，不是小好！比以往任何时候都好！越来越好！

和平　您这就不实事求是了，您情绪好还成天躺在床上，一动不动的？以为谁是傻子呢瞧不出来？

傅老　（坐起，感兴趣）是么？你瞧出来什么啦？

和平　（坐到傅老跟前）失落感！

〔傅老失望。

和平　您说您为了参加歌咏比赛忙活了半个多月，得了一等奖，功成名就之后觉着冷清了是不是？少了点儿什么似的是不是？您这叫"鲜花盛开之后的凋零期"。我是演员，我懂这个。

傅老　你懂得什么呀你！（躺下）你是只知其一，不知其二啊……

和平　（坐到傅老床头）哟，您还有什么"二"啊？您跟我说说，我开导开导您？

傅老　（怒，坐起）我用得着你开导？我开导别人的时候还没你呢！你收拾完了没有？收拾完了赶快给我出去！把门给我带上！我今天不想见人！谁都不见！一概不见！就是……联合国秘书长来了我也不见！（翻身躺下）

和平　（向外走，嘟囔）你想见人家，人家也得来呀！不就唱一破歌儿嘛！还没成蔓儿呢啊！养那么些大蔓儿毛病……

〔傅老欲发作，和平急忙关门，下。

〔晚，傅家饭厅。

〔众人吃饭。傅老坐着不动筷。

志国　爸，您就别愣着了，赶紧吃吧？

傅老　我为什么要赶紧吃？我吃完了干什么嘛！

志国　您吃完了……哎！爸，今儿晚上电视里，有爱国主义影片展播——您最爱看的！

傅老　你们以为我不知道？那是专给中小学生看的！

和平　哎，对了爸，吃完饭您抽空儿给我们讲讲您在抗日战争时候的英雄事迹得了——我真爱听啊！

傅老　你们爱听啊？我还不爱讲呢！

小桂　爷爷，要不然您辅导俺学文化？

傅老　你呀？自学为主吧！我现在没有心思教你。

和平　那您吃完饭想干嘛呀？

傅老　干嘛？嘛也不干！吃完饭我还回我那屋躺着去！

和平　您老这么躺着算怎么回事儿啊？生命在于运动啊。

傅老　我就不运动！我倒要试试看我这个生命能维持多久！

和平　您试这干什么呀？拿自己身体开玩笑！（下）

傅老　我的身体用不着你们管！死生有命，富贵在天！

志国　爸，这可不像您说的话啊！这才儿天啊，怎么跟换了个人儿似的？您要等着我们给您做思想工作那就没劲了。

傅老　为什么就没劲了？我给人家做了一辈子的思想工作，现在也该换换样儿了嘛！

志国　您可真是……您到底要干嘛呀？（下）

圆圆　哎，爷爷，干脆，您吃完饭教我学唱歌——我特想跟您学。

傅老　你少跟我提唱歌的事儿！

圆圆　怎么啦？您出名儿就不管我们啦？我们班同学在电视里看见您唱歌儿，直跟我打听您早先在哪个乐团唱独唱的！

傅老　你这是夸我呢，还是骂我呢？

圆圆　当然是夸您了。还问跟您一块儿唱歌那奶奶是不是我奶奶，还说……您俩在一块儿特般配……（欲下）

傅老　（高兴）哦……连同学们都看出来啦？你们自己知道就行了，就不要到社会上去散布啦！

圆圆　我知道什么了呀……（下）

小桂　（收拾碗筷）爷爷，俺今天出去买菜的时候还看见吴老师了呢。

傅老　（激动站起）啊？

小桂　（漫不经心地）她还问你好呢……

傅老　（一把抓住小桂）你怎么早不说呀？（按小桂坐下）你是在哪儿看见她的？是什么时候看见她的？是你先提到的我，还是她先提到的？提到我的时候她是什么个语调？什么个表情？什么样的举止动作？你要一点儿不落地，从头到尾，你就给我学她一遍！

小桂　（怕）爷爷，你别生气，俺给你学，俺一点儿也不走样儿……就是今天——（夸张模仿）她从这边儿来，俺从这边来……呵呵，爷爷，俺也不是演员，学得也不像，其实她也没说啥特别重要的话，就是问你好啊……

傅老　怎么不重要啊？这就特别地重要！她问我好，你是怎么跟她说的啊？

小桂　当时，俺挺忙的，好像啥也没说呀……

傅老　什么？"啥也没说"？你还"挺忙的"你？你为什么就不替我向她问好啊？为什么你不说我天天在家……我很关心她呀？你为什么就不把她请到咱们家来坐坐啊？

小桂　爷爷，您不是不让俺随便往家里带不三不四的人吗？

傅老　胡说！这吴老师她是不三不四的人吗？她是随便什么人能跟她相比的

第52集 儿女正当好年华(下)

吗？……这样吧：明天，还是同样的时间，同样的地点，你还去买菜——

小桂　中……

傅老　要是见到了吴老师，你就替我向她问好！她要是问我在家里干什么哪，你就说"他在家里什么事儿都没有"。她要是非要想上家来看我，你就把她给领来——来可是来，你就不要让她买什么东西啦！

小桂　中！爷爷，那俺明天就在那儿等着。爷爷，要是她明天不出来买菜呢？

傅老　那就……那你就在那儿给我死等！我就不信她这一辈子不出来买菜！

小桂　中……

〔夜，傅家客厅。

〔志国与和平闲坐，志国手拿报纸。圆圆在书桌旁写作业。

和平　……你爸爸就这么不死不活好些天了，我一分析：百分之百是为这事儿……

志国　嗨，你小点儿声——（压低声音）再让圆圆听见……

圆圆　（边写作业）你们说吧！多小的声儿，我都能听见。

和平　你就听这你用心着呢！你挨学校听老师讲课怎么不这么用心哪？（向志国）走，咱回屋说去？

圆圆　行了行了，你们在这儿说吧，我该回屋睡觉去了……（收拾书本，起身）什么事儿瞒着我呀？

和平　去去去！小孩子……

圆圆　这还不好知道？不就是爷爷想跟吴奶奶好么？（调皮，向里屋跑下）

和平　嘿，这孩子……（起身向里屋喊）你要再不洗脸不洗脚上床，我跟你没完啊！（向志国）瞧瞧：圆圆都瞧出来了！

志国　这有什么大惊小怪的？一男一女，天长日久，这不很正常嘛？再说了，咱爸和吴老师都是单碑儿一人儿，想往一块儿凑凑，这不很正常么？就

　　　　由着他们继续发展呗！

和平　发什么展哪？你爸你还不了解吗？他磨得开那面子吗？你让他主动跟人家吴老师说？说：（模仿傅老）"小吴同志，我，我爱你呀……"打死我都不信！

志国　那是，你就是打死他，他也说不出来！

和平　所以说呀，就得咱们做儿女的……（抢过志国手中的报纸）咱们得从旁帮忙！

志国　那怎么帮忙啊？我替我爸说去？不就这句词儿么？"吴老师，我爱你。"我倒说得出来，就怕人家吴老师不乐意。

和平　她乐意我还不乐意呢！谁让你说了？

志国　还是的！（拿回报纸）这谈恋爱呀，必须得本人亲自出席，没听说派代表的。再说了，他们俩人的事儿咱就甭操那份儿心了，让他们慢慢儿发展呗！

和平　我就怕时候大了，你爸的身体受不了——成天躺在床上一动不动的，也就比死人多口气儿！

志国　嗨嗨……有你这么说话的么？你爸才比死人多口气儿呢！

和平　您过奖，我爸早死了，跟一般的死人一样，要多口气儿还麻烦了！好心好意关心你爸，还不乐意……

志国　我没不乐意呀，我是说这事儿咱俩帮不上忙……

和平　那不一定……哎？走走走，（拉志国）先上你爸那屋瞅瞅去。

志国　瞅什么呀……（二人下）

〔时接前场，傅老卧室。
〔傅老躺在躺椅上，抱着奖杯陷入惆怅。敲门声响，傅老闭眼躺好，面无表情。志国、和平上。

第52集 儿女正当好年华（下）

志国　爸，您还没休息哪？

和平　爸……（以为傅老出了意外，大声呼唤）爸！爸！您怎么了？（焦急，伸手在傅老眼前晃）爸您瞅得见吗？这是几呀？

傅老　（依然面无表情）你该剪剪指甲啦……

和平　您没事儿啊？吓我一跳……

〔二人坐。

傅老　这么晚了，你们过来干什么呀？

志国　噢，没什么事儿，就是来看看您，跟您随便儿聊聊。

和平　我们啊……（见奖杯）爸，我们得给您提个意见了啊，您说这奖杯又不是您一人儿的，您都抱了好几天了，是不是给人吴老师送去，让人家也摆两天哪？

傅老　（兴奋）哦……（失望）这个理由我早想过了。原来说的是啊，奖杯给我，奖状给她。

志国　那您这儿还有没有人家别的东西呀？比如说歌片儿什么的，您总不能不给人家送回去呀。

傅老　（兴奋）这个歌片儿啊……

志国／和平　啊！

傅老　（失望）这比赛都结束了我还歌片儿？你们看，像那么回事儿吗？这个理由连我自己都不相信！

和平　那就找不出什么别的借口啦？

傅老　我都想了好几天了，实在是找不出……（突然坐起）找什么？找借口？我为什么要找借口？我傅某人，一辈子光明正大！行得端，走得正，说什么干什么！"敢上九天揽月，敢下五洋捉鳖"！我为什么要找借口呢？

志国　爸，您看，都事到如今了您就别瞒着我们了……

和平　就是啊，不管怎么说，您这也是挨革命工作当中建立起来的感情，是不

· 129 ·

　　　　是？跟那一般的老不正经还是不一样的……

傅老　啊？什么？

和平　您说您怕什么呀……

傅老　笑话嘛，我怕什么？我什么都不怕！我傅某人一辈子认认真真地工作，清清白白地做人，谁敢说我不正经？我现在是老喽，可是老年人的生活更需要欢乐嘛！在这一点上，我倒很同意西方有些国家的观点——人家根本就没有"老龄"这个词儿，人家管"老龄"叫作"乐龄"！辛苦了一辈子，到老了就应该欢欢乐乐嘛！

和平　是啊，所以您心里怎么想的就怎么做吧！

傅老　那也不能盲目从事啊。（躺下）我这一辈子……

和平　您别老"一辈子""一辈子"的成不成啊？要再这样儿您这辈子可就耽误过去了！我跟志国已经商量好了。我们想，咱大大方方地请人家吴老师过来吃顿饭——您说您得这奖杯，人家帮了您多大忙啊？是不是？请人家吃顿饭也应该！

傅老　是是……就是小吴这个人啊，清静惯了，恐怕不喜欢这种热闹的场面，未必肯来。真要来了，你看一屋子的人，乱哄哄的，也谈不成什么嘛……

志国　那要不然这么办：吃完饭我们大伙儿都躲出去，给你们二老留下说话的时间？

和平　对呀！然后您就当面锣对面鼓地直接问她——"你到底同意不同意？"

志国　她要是同意呢，咱说办就办不就得了？

傅老　（喜笑颜开，站起）好好好……

〔和平招呼志国往外走。

傅老　哎哎哎！你看你们都想到哪去了嘛！我无非就是觉得呀，小吴这个人比较能谈得来，没有事儿的时候可以跟她在一起聊聊天儿，（不好意思）没有别的意思嘛！你们要是非要请她吃饭，我也不反对。我最近身体不

第52集 儿女正当好年华（下）

大好，我就不必参加了吧……

和平 （笑）哎哟爸，瞧您这磨不开劲儿的！您要不参加，我们请她吃饭干什么呀？我们钱多了？我们吃饱了撑的？

志国 （笑）我们有病啊我们？

〔和平、志国下。傅老偷着乐。

〔日，傅家客厅。

〔傅老、志国、和平把小桂围住。

傅老 ……吴老师到底是怎么说的？你一点儿别走样儿，再给我学一遍！

小桂 爷爷，你老让俺学，俺又学不像……就是今天早晨在农贸市场，她从这边儿来，俺从这边儿来。她先问："你爷爷在不在家呀？"她还说马上就到咱家来！

傅老 马上？

〔傅老兴奋过度，瘫坐在沙发上。众人赶紧上前。

众人 哎哎……爸你怎么啦？……爷爷……

傅老 没什么，我就是身体不大好……

和平 您身体要是不好，（模仿傅老）您就不必出席啦，我们就帮您招待好客人吧！

志国 和平你就别开玩笑了……

傅老 我考虑——我还是坚持出席一下吧！（起身）你们赶紧，赶紧把屋子都收拾收拾！我去换件衣服。（唱）"人说山西……"（下）

〔门铃响，小桂开门。吴老师持鲜花上。众人寒暄。

和平 吴老师，您瞧您来就来吧，怎么还带东西呀……

志国 （接过鲜花）吴老师您赶紧坐。我爸他换衣服去了，说话就来。

和平 对对，吴老师您喝杯水。（递水）

· 131 ·

志国　吴老师您抽根儿烟……哦对了，您不会抽烟。

和平　来来来，吃块糖，吃块糖！（递糖）

吴老师　（满面春风）谢谢……你们知道我是来干什么的吗？

和平　嘻，知道啊……

志国　知道啊，报喜呗。

吴老师　你们都看出来啦？对，我是来向你公公报喜的！

和平　是是，同喜同喜……啊？听这话音儿，您不是跟我公公啊？

吴老师　啊，是跟你公公的帮助分不开的！唉呀，我……你快坐下……是这样的：这次我和你公公的二重唱在电视台播出——你说怎么就这么巧，我失散了四十多年的未婚夫回大陆探亲……

〔傅老暗上，听见，赶紧隐在书架后。

吴老师　……正好他就看到了这个节目，而且还一下子就认出了我！那么，经过电视台同志的帮助联系，我们昨天见了面，而且他……（哽咽）这么多年，他依然是一个人。所以我们准备马上……（笑）所以我说什么也要好好地感谢老傅同志！

和平　（为难地）哎哟，您瞧……吴老师哈，我真是恭喜您了！您瞧……这样儿吧，我公公他最近几天，他也……这事儿您先别都告诉他，这几天他心脏不太舒服……

吴老师　是的是的，我是打算慢慢地告诉他。我想呢，老傅同志一定是会很高兴的……

和平　是是是！

志国　他肯定会为您高兴的，同时也会为自己难过……

和平　是是是……啊去！（推志国到旁边，低声）都这时候了，你还说这个干什么呀？

志国　这也可以公平竞争嘛……

第 52 集　儿女正当好年华(下)

和平　什么竞争！人家都四十多年交情了，您爸才儿天儿啊？

志国　那……那干脆就别告诉我爸了，省得他受这份儿刺激。

和平　……那倒也是！（转身）吴老师，您看哈，我公公这几天身体是真不好，你……这事要不然这样——我们替您转告得了，行吗？您先回去，改日您再来？

吴老师　（起身）好，我打搅了……

和平　您甭客气……

傅老　（上，平静大度地）不必了！我都听见了——小吴啊，祝贺你！（伸手）

吴老师　谢谢您！（握手）

【本集完】

第53集　爱情导师

编　　剧：孙健敏　梁　左

客座明星：唐纪琛

〔日，圆圆卧室。

〔圆圆在学习，陈大妈拽孟昭阳上。

陈大妈　……圆圆！就你一人儿啊？——你认识他吗？

圆圆　（故意）哟，这谁呀？我可不认识……

昭阳　嘿！圆圆！看在你小姑的份儿上，你赶快拉叔叔一把！要不这大妈直接就给我送到派出所去了！

圆圆　陈奶奶，他犯什么事儿了？我们家可跟他一点儿关系都没有——您老人家是个明事理的人，可不要听他一面之词……

陈大妈　瞧瞧瞧瞧！人家孩子会说瞎话么？你给我走……（强拉昭阳）

昭阳　（拉住床，挣扎）大妈！大妈……她不会说瞎话？现在这孩子可跟咱们小时候不一样，咱们小时候要像她似的早给掐死了！

陈大妈　你少跟我"咱们""咱们"的，我小时候还没你呢！圆圆，你到底认识不认识他？快说！

圆圆　（调皮）嗯——我有权利保持沉默……

陈大妈　沉默？

圆圆　否则我的话将在法庭上作为对于他不利的证据……（低声）昭阳叔叔，你干什么了？

昭阳　我干什么了？我什么也没干哪！

陈大妈　你还没干哪？你在楼底下偷着翻人家信箱，你还冒充是人家亲戚……走！跟我上派出所说清楚去！（拽昭阳出门）

昭阳　（奋力挣扎，急）圆圆！都这时候了你还不说句话？！

圆圆　哦，对对对——（喊）陈奶奶！陈奶奶，他是我小姑男朋友……

陈大妈　啊？真的？把男朋友都忘了？

圆圆　您听清楚了：是我小姑的，不是我的。

陈大妈　谁的不一样啊？谁的都不该忘！（一把松开昭阳，失望）哼，我还当是抓住坏人了呢，闹了半天白高兴了……（下）

昭阳　（向她背影）您什么岁数？我什么岁数？我要真是坏人，能让您抓住么？

〔时接前场，傅家客厅。

〔圆圆玩游戏机，昭阳在其身后溜达。

昭阳　……你小姑一个多月了，一封信都没写，我每次上你们家来不得先看看信箱啊？她别是出了什么事儿吧？

圆圆　你放心，她挺好的。昨天我们家还收着她的信呢！

昭阳　哦？信里提到我了吧？她是怎么夸我的？

圆圆　倒没夸你……

昭阳　那就是批评我？你小姑啊，对我从来都是严格要求！

圆圆　也没批评你。

昭阳　那……那她总得提到我吧？（圆圆摇头）一点儿？一点儿点儿？一丁丁

点儿？一抠抠儿？一丢丢儿？

圆圆　（连连摇头）我真希望她提到你，可她真没提到你。

昭阳　那她总不能就像没我这么个人吧？

圆圆　对！就像没你这么个人儿。她连对门儿的胡爷爷胡奶奶都问到了，还有胡同口炸油条的小刘、居委会的陈大妈、派出所的许叔叔、捡破烂儿的大李、算命的老孙……都让我们替她问好——唯独没提到你。

昭阳　（失望，悲伤）唉……生活！你是多么地不公平啊！

圆圆　昭阳叔叔，我看你好像挺痛苦的。

昭阳　苦惯了，也就那么回事儿了。我估计这是你小姑对我的考验……（举手宣誓）放心吧！小凡，我一定经受住这次考验！

圆圆　都什么时候了你还这么痴心不改？我真希望我将来的男朋友和你一样。

昭阳　瞧瞧！连圆圆都明白的事儿，她小姑就愣是不明白！

圆圆　昭阳叔叔，我真同情你……我能帮你什么忙么？

昭阳　你能帮我什么忙啊？谁能为我指点迷津啊？

圆圆　那就只好我来了！你拜我为师，我教你两招儿怎么样啊？

昭阳　我拜你为师？像我这年高有德之人，拜你个小丫头片子……现在也就剩下你还能说说知心话儿了，姑妄听之吧！（从书桌抽屉里翻出一盒烟）

圆圆　对对对……（走上前，装出老师的样子，示意昭阳放下烟）请坐吧昭阳同学！首先，我觉得你应该彻底改变一下自己的形象！

昭阳　什么？我这形象还差呀？又英俊，又潇洒——阿兰·德龙也不过如此了吧！（翻出个小镜子，照）瞧瞧，就像那珠穆朗玛峰，你还能指望它高到哪儿去呀？

圆圆　那你也最好配个金丝眼镜儿，留个中分什么的，锦上添花嘛！

昭阳　（闻言翻出一副花镜戴上，对镜整理头发）……哎，是你喜欢这样儿的，还是你小姑喜欢？

圆圆　我代表她了！

昭阳　嘻！

圆圆　当然，外表是次要的，关键是要有丰富的内心世界——这方面您老人家比较浅薄！

昭阳　我浅薄？！我多深沉呀我！"我的寂寞就像一条蛇……"

圆圆　别老弄这流行的，弄点儿深沉的！

昭阳　深沉的？（捏起嗓子）"寻寻觅觅，冷冷清清……帘卷西风，人比黄花瘦……"怎么样？有点儿悲秋的意思吧？

圆圆　那好像应该叫怀春吧？

昭阳　"春恨秋悲皆自惹……"这莎士比亚的诗，我要翻译成中文还真不大熟！

圆圆　瞅瞅，这不得加强学习呀？那些世界名著放着干嘛用的？不就让你给我小姑写信时候抄着方便嘛！

昭阳　行，下回我抄两段儿给她试试——蒙谁不是蒙啊！

圆圆　不能光抄，要领会精神，变为自己的话！

昭阳　成！回头我就奔新华书店，我买几本世界名著翻翻——我知道，你小姑信这个！（欲下，又回来）哎！圆圆，你还有什么别的要嘱咐的没有？

圆圆　嗯，还有还有……你不要老显得那么痴情，装出一副满不在乎的样子来！告诉她：好些女的追你——让她也着着急！

昭阳　对对对！圆圆，经你这么一说呀，我这感觉就好多了，心里也亮堂了！我怎么也得好好谢谢你呀，圆圆……（欲敬烟，发现不对）

圆圆　不用不用不用！诲人不倦嘛，这都是我应该做的。我在学校也经常帮助落后同学……

〔晚，傅家饭厅。

〔昭阳与全家人吃过晚饭。志国起身。

和平　今儿"海马"几点开始啊？

志国　不知道，不爱看那种破电视剧。（下）

和平　胡说八道，我爱看！（下）

〔昭阳欲夹菜，小桂把盘子撤走。

昭阳　哎？我说小桂，小桂！别拿走啊……（欲追进厨房）

圆圆　昭阳叔叔！请留步……这两天情况怎么样？

昭阳　很顺利呀！（得意）我照你说的，梳妆打扮照了张相片儿，又抄了二十多页世界名著，我还冒充巩俐、刘晓庆给我自个儿写了好几份儿情书——我就稀哩呼噜地一大包全给你小姑寄去了！我就不信她看了不晕乎，嘿……

圆圆　那我小姑要真上了钩儿，多亏了我的帮助吧？

昭阳　要不能叫老师吗？（唱）"你就是那冬天里的……"我别给你弄这流行的，我给你来段儿深沉的！（朗诵）"当没有皮大衣的女孩对她们的情人格外亲热起来的时候，你就知道冬天快要到啦！"不行，这欧·亨利的作品真叫一个绕嘴！

圆圆　昭阳叔叔，你现在好了，我却挺忧郁的……

昭阳　（朗诵）"在少女们平凡而又单调的生活中，必有一个美好的时期，阳光会流入她们的心田，花儿会对她们说话……"

圆圆　行了行了行了！昭阳叔叔，你那些世界名著留着背给我小姑听去吧。我跟你说正事儿。

昭阳　圆圆老师，有什么正事儿，尽管跟你姑父我说！咱俩是一根藤上的苦瓜，穷不帮穷谁照应？团结互助力量大。

圆圆　我跟你说啦？……（见小桂经过，连忙假装若无其事，改唱歌）"七色光，

　　　　七色光，太阳的光彩……"

昭阳　（回身见小桂在，跟唱）"我们带着七彩梦，走向未来……"

　　　〔小桂一脸疑惑地下。圆圆立刻起身关上饭厅的门。

圆圆　你可别告诉我爸我妈啊！

昭阳　放心！咱俩谁跟谁呀？

圆圆　不行！看你有点儿靠不住，你得发个誓。

昭阳　我发誓！我要出卖了你，你给我买五斤包子撑死我！

圆圆　美死你！（掏出一张相片）看见了吧？我小姑照片儿——

　　　〔昭阳兴奋。

圆圆　对着她发誓！

昭阳　好！那我发誓——

圆圆　等会儿！我说一句你说一句。

昭阳　什么重要的事儿这么严重啊？

圆圆　快点儿快点儿……

　　　〔昭阳随圆圆摆出宣誓架势。

圆圆　我姓孟，孟昭阳！

昭阳　我姓孟，孟昭阳。

圆圆　在此以我亲爱的贾小凡小姐的名义宣誓。

昭阳　在此以我亲爱的贾小凡小姐的名义宣誓。

圆圆　我今后，将执行圆圆的决定，听从圆圆的领导，保守圆圆的秘密，积极工作，奋勇斗争，随时准备牺牲个人的一切，永不叛变！

昭阳　我今……你这是不是什么特务组织，要发展我参加呀？这不行，这我不会，（拿过照片）你发展别人儿去吧……

圆圆　瞧你说的，其实也没什么……（不好意思地）就是这两天我收到仨男生递给我的纸条儿，一时有点儿拿不定主意，找你给我参谋参谋……

昭阳　天哪！这不公平，不公平啊！我这么大岁数一个都找不着，你小小年纪一找就是仨，你还有什么可忧郁的？偷着乐去吧你！

圆圆　别把人家想得那么庸俗好不好啊？我们不过就是纯洁的友谊。

昭阳　车尔尼雪夫斯基曾经指出：少年男女之间的友谊，就是爱情的前奏曲。

圆圆　哎哟，还什么"前奏曲"呀！我觉着挺烦的……

昭阳　（朗诵）"爱是痛苦的，嫉妒的，对一个少年来说是不胜负担的……不要让我们负担我们所无法负担的担子吧！"

圆圆　你就别现买现卖啦！我还没考虑这些……

昭阳　马上就会开始的。（朗诵）"爱情的开始与生命的开始颇有些相似之处。婴儿睁开眼睛看见世界就笑，少女在生活中发现感情就笑，和她儿时的笑一样……"

圆圆　哎哟，怨我！把你教坏了……还能不能像正常人那样说话？

昭阳　说那种不深沉的话？

圆圆　对！

昭阳　我试试吧……

圆圆　我们马上就要考中学了，功课特重，老师让我们组成学习小组，互帮互助。那仨男生都想和我一组……

昭阳　说这么热闹就是一学习小组啊？那就一块儿学吧！

圆圆　我也说一块儿学啊，可他们都愿意单独和我组成小组，不让那俩人参加——是不是有点儿嫉妒的意思呀？

昭阳　我明白啦——那你觉着他们三个哪个更好一点儿啊？

圆圆　嗯……都不错……也都不怎么样。

昭阳　那你打算呢？

圆圆　我这不和您商量呢嘛。我要跟一个呢，得罪那俩；我要跟那俩呢，得罪那一个；我要仨人都跟呢，弄不好仨人都得罪了……干脆谁都不理

算了！（起身欲下）

昭阳 （拦）别别别……这大好的机会怎么能轻易放过去呀？圆圆，上回我拜你为师，这回你也得拜我为师，我好好教教你吧……

圆圆 说吧，孟老师，我也就剩您这么一个知心朋友了。

昭阳 这个嘛……饭要一口一口地吃，仗要一个一个地打，机不可失，时不再来！你可以分别与他们组成小组，打它个短平快、时间差。要眼观六路，耳听八方，脚踩三只船！在实践中考察干部，选拔培养接班人——也省得将来到了我这个岁数儿再干着急！

〔日，傅家客厅。

〔和平在接电话。

和平 （向电话）……好嘞！那您放心……哎，再见，再见。（挂电话）

〔昭阳哼歌上。

和平 （怒）简直是无法无天！实在是忒不像话了！

昭阳 （吓到）嫂子，我可刚来，我还来不及干坏事儿呢……

和平 ……没说你！

昭阳 那您这是跟谁呀？

和平 跟谁呀？圆圆呗！

昭阳 圆圆怎么了？

和平 老师刚才来电话了，都已经跟我汇报了！这不快考中学了么？老师让组织学习小组。

昭阳 这不好事儿么？

和平 好事？好经都得让圆圆这张歪嘴给念走叽喽！你说我们又不是那封建家长，是不是？你要弄学习小组，你是跟男生一组跟女生一组我们不管。嘿！她，跟仨男生组成仨组！今儿跟这个，明儿跟这个，后儿跟那个，那不都乱套了吗？那仨男孩儿能不为她打起来吗？

昭阳　您别说，咱圆圆小小年纪还挺有魅力的！

和平　她这点儿那是随我！我像她这么大的时候，五个男孩子为我打……我那不是也不对么！可我那是什么时期呀？"十年动乱"哪！（指昭阳）你不一样啊，你遇着好时候了，对不对？你再不好好学习，你对得起谁呀？……

昭阳　别……嫂子，嫂子！您别冲我来呀——您说您打算怎么办吧？

和平　怎么办哪？批评教育呗！老师说了，这事儿肯定有坏人在背后教唆！我打算马上先去居委会找陈大妈，再去派出所找小许……（起身欲下）

昭阳　别！别价啊嫂子！这……这是我教圆圆的。

和平　嘿！好你个孟昭阳！就说小凡有日子没给你来信，你怀恨在心，有什么事儿你冲大人来呀，你别冲我们孩子下手哇！

昭阳　谁冲她下手啦？

和平　我告诉你啊：圆圆这样发展下去，可就有早恋的苗头！就她这么小你就教她谈恋爱，还一谈就是仨……你说：你都教她什么坏了？

昭阳　我教她什么坏了？是她先教的我，她先把我教会了我才教的她！

和平　她先教的你？

昭阳　啊！

和平　还把你都教会了？

昭阳　那可不！我妈也正想上派出所找她算账去呢……

和平　你们都在一块儿干什么坏事儿了？！

昭阳　反正是互教互学，共同探讨……

和平　她这么点儿年纪你跟她探讨？你这不是毁她吗？你有什么不明白的来请教嫂子我呀，我教给教给你！

〔圆圆背书包兴高采烈地上。

圆圆　（神秘兮兮，怪腔怪调地）昭阳叔叔呀，我告诉你一个好消息呀——

和平　（模仿）什么好消息呀——（正色）过来！说：那仨男孩儿是怎么回事儿啊？

圆圆　仨男孩儿？（看昭阳）

昭阳　（装无辜，唱）"七色光，七色光……"

圆圆　（生气）明白了！你这个万恶的叛徒！

昭阳　我冤枉……

圆圆　你背叛了你自己的誓言！你忘了你是以谁的名义发的誓？！（怒下）

昭阳　圆圆你听我解释，不是这么回事……（欲追）

和平　甭解释啦！你到底站哪头儿啊？

昭阳　我……我这不是里外不是人儿吗？

〔时接前场，圆圆卧室。

〔昭阳找圆圆谈话。

圆圆　……好吧，我接受你的解释。那我该怎么办啊？

昭阳　没法子，认错吧！先给你妈认个错儿，再给老师写份儿检查，完了以后和那仨男孩子划清界限，断绝一切来往。

圆圆　（港台腔）那多没有面子呀！

昭阳　你小孩子家家的要什么面子呀？怨我，把你引向了歧途……不过，狄德罗他老人家说得好啊：（朗诵）"你可以要求我追求真理，但你不一定能够要求我找到真理。"真理哪儿那么好找啊？我这不就一下儿没找着么？在爱情这个问题上，我这个老师没当好……

圆圆　可我这个老师当好了。

昭阳　嗯？

圆圆　刚收到的，我小姑给你的信——（举起一封信）

昭阳　（欣喜）唉呀，太棒啦！哈哈……（拿过信）多亏了你呀！圆圆老师，是你帮助了我，你教导了我，你永远是我的老师啊……（看信，情绪转为低落）

圆圆　怎么了？昭阳叔叔。

昭阳　你小姑说，如果我再给她寄那些不三不四的照片儿，和伪造的情书什么的，她就真的永远也不理我了……

圆圆　（拍昭阳头）怨我，我这个老师没当好……

【本集完】

第54集　但行好事

编　　剧：冯　俐　梁　左
客座明星：唐纪琛　杨桂香

〔傍晚，傅家客厅。

〔和平与志国闲坐。小桂自饭厅上。

小桂　大姐，饺子包好了，啥时候下锅？

和平　再等会儿吧——圆圆、昭阳没回来呢。

小桂　中。

〔小桂向饭厅下。傅老自里屋上。

傅老　（看表）这都快六点了，怎么还不回来呀？

和平　嗐，带孩子上公园儿，疯玩儿疯闹的，那还有时候儿啊？

傅老　不会出什么事儿吧？

志国　要出事儿早出了，您这会儿着急也没用啊……

圆圆　（画外音）妈！妈！

和平　啊？啊！怎么啦？怎么啦……

〔和平、傅老、志国望向门口，圆圆气喘吁吁跑上。

圆圆　……没事儿。（坐）昭阳叔叔……捡一孩子。

众人　啊?!（望向门口）

和平　捡一孩子这事儿还小啊？怎么回事儿啊？

〔昭阳上，腋下夹着一个襁褓。

昭阳　哎哟，这叫什么社会风气呀？看我抱着孩子上车嘿，愣没人给我让座儿！

〔小桂循声自饭厅上。

和平　（接过）有你这么抱孩子的么？谁能看出这是孩子呀？

昭阳　不是孩子是什么呀？我裹一炸弹抱着？小桂！给你哥我倒杯水喝……

〔和平、傅老、志国解开襁褓仔细查看婴儿。

和平　你瞅你把这孩子抱得，怎么头冲下呀？

昭阳　我也稀哩马虎的……哎，那孩子还活着呢么？

和平　活着呢，喘着气儿呢还——嘿，小男孩儿嘿！

傅老　昭阳，这到底是怎么回事？

昭阳　谁知道怎么回事啊？一可怜的孩子，被狠心的父母抛弃在公园的长椅上。我跟圆圆正好从那儿路过，我们就给抱回来啦！

志国　你怎么随随便便把人家孩子给抱回来了？

昭阳　这是弃婴！我不抱回来怎么办？我眼看着他饿死？

志国　你怎么知道是弃婴啊？

昭阳　我都抱回来了那还不是弃婴吗？

志国　你抱回来就是弃婴啊？

昭阳　周围一个人儿都没有！他要有爹有妈，能给他扔在那儿？不信你们问圆圆。

圆圆　嗯！那孩子哭特惨……

傅老　那你们也得依靠组织嘛！公园有管理处，街道有派出所，实在不行还有孤儿院、福利院……

昭阳　有这个必要么？我看电视里人家捡孩子都是直接抱回家的，像什么刘慧芳啦，还有《皇城根儿》里的那位——

志国　那你也应该抱你们家，你怎么抱这儿来了？

昭阳　哟，这儿不是我们家呀？我还一直把这儿当家呢……

傅老　不管是谁的家，也不能不明不白就把孩子给抱回来呀！你说电视里，那写的是动乱时期，捡了孩子没人管——现在都要依法办事嘛！

昭阳　可依法办事……我没听说有捡孩子的法呀？

志国　怎么没有啊？拐卖妇女儿童都得依法严惩。

昭阳　嘿！这性质您这么给我确定的？我学雷锋做好事倒成拐卖儿童啦？

志国　那……那你这不是卖给我们家了么？

昭阳　谁卖给你们家啦？

傅老　那你打算卖给谁？

昭阳　我打算……谁说我要卖了？你们不要啊，我自个儿养活着玩儿！

和平　这也忒怪了，好好一孩子干嘛扔喽哇？

昭阳　兴许是家里穷，爹妈养活不起。

和平　我瞅着不像。你瞧这孩子这小衣裳，这小被卧，这可不像穷人家的孩子。

昭阳　那就是有钱人。要不说越有钱越心狠呢，连自个儿孩子都扔！

和平　不可能啊……

昭阳　这有什么不可能的呀？好比说，男的离婚，女的没辙，一肚子怨气都撒这孩子身上了——"你爸爸敢甩了我呀，我就敢甩了你！"

〔众人不以为然。

和平　不合情理呀！

昭阳　哪儿那么些情理呀？这都九十年代啦……再好比说，俩人儿谈恋爱，爱着爱着出事儿了，可暂时又结不了婚，那不就得——（作扔抛状）走！

和平　去你的！有孩子了还结不了婚？

昭阳　那不是……家里不同意？

和平　不同意怎么着啊？

昭阳　那就是岁数不到？

和平　岁数不到有孩子了？那孩子一天就生啊？

昭阳　那……那就是东西没置办齐？

众人　去去去……

昭阳　那……你们问我，我问谁去呀？

傅老　行了行了……先不要乱猜疑人家的事儿了，赶紧商量商量，看这事儿怎么办吧！

和平　你们先商量商量，我看今儿晚上是商量不出来了，我先拿着玩儿一天去……

〔和平抱孩子向里屋下，圆圆跟下。

〔当晚，志国和平卧室。

〔和平在床上逗孩子。

和平　（傻乐）叫啊，叫"咪——妈妈，咪——妈妈……"叫啊，叫"咪——妈妈……"

志国　（上）嘿！……谁的孩子你让他管你叫妈呀？

和平　我管他谁的孩子呢，我现在养着呢！志国，咱把这孩子留下得了？一儿一女一枝花，多好啊！

志国　根本不可能，咱都已经有孩子了，不符合领养条件！

和平　什么领养不领养的，我就愣养着了！神不知鬼不觉的……

志国　那怎么行啊？这养个孩子不像养个小猫小狗儿，这是孩子——活的！

和平　废话！可不活的么，死了我养他干嘛？这小孩儿就跟小猫小狗一个样，没什么区别……（向婴儿，宠爱地）吃完了睡，睡完了吃，吃完了睡，你睡完了吃……

· 148 ·

志国　怎么没区别啊？区别大了！将来户口怎么办啊？上学怎么办啊？……说好了让你玩儿一晚上，明儿就给人送回去！

和平　那可不成！我可舍不得我们小方方……

志国　方方？什么方方？

和平　我给这孩子起的名字——咱老大叫圆圆，这小的就得叫方方啊！

志国　行，都跟几何图形干上了——明儿再捡一个来叫"三角儿"。

和平　再捡一个我还叫"椭圆"呢！赶紧，椭圆他爸爸，这孩子饿了，热点儿奶去——我这儿腾不出手来……

志国　怎么着，我还管热奶？

和平　废话！圆圆小时候不都得你热呀？赶紧，孩子饿了！

志国　时隔多年，我这业务也不大熟悉了——奶瓶子哪？……

〔翌日，傅家饭厅。

〔和平择菜。小桂自厨房上。

小桂　大姐，别把方方送走了，中么？

和平　我哪儿做得了这主啊？爷爷一早儿就出去办这事儿去了。

小桂　留下他吧，多好玩儿啊！俺管看着，每月不朝你们多要钱。实在不行把俺那二十块钱奖金扣了，给他买牛奶吃？

和平　嘻，不是钱的事儿！谁养不活个孩子呀？就是你大哥和爷爷觉得这孩子有点儿来路不明。

小桂　不是昭阳哥捡的么？

和平　就是他们觉着，昭阳平时也干不出这好事儿啊，就怕这里头有猫腻……

小桂　不会吧？就算昭阳哥捣鬼，那圆圆不也在旁边儿呢么？

和平　问题就在这儿啊——他们怕拿圆圆当幌子。

小桂　俺真不懂，为啥都把人想得那么坏……（向厨房下）

圆圆　（跑上）妈！妈，给我点儿钱！我买个自动铅笔盒儿……

和平　哦……（欲掏钱）自动铅笔盒儿我上次不是给过你钱了吗？

圆圆　那钱我想留着给方方买玩具！你想啊：他孤苦伶仃地到咱们家来，（得意）我一做姐姐的，你说我怎么也得表示表示吧？

小桂　（上）圆圆心真好！

和平　圆圆这点儿她随我！每回我挨街上要见着一要饭的嘿，我总得多少给点儿！有时候明知道他是骗子，我不给都不踏实——尤其那要饭的再带一孩子，那就算敲上我了！

圆圆　妈，可不光您一人儿，我们老师说了，马克思也这样。"当他看到乞丐手中抱着一个孩子，不管那个乞丐眼中流露出怎样明显的敲诈眼神，他也会不由自主地掏出钱来。"

和平　嗯，没错儿！我跟马克思一毛病！

圆圆　我也跟你们一毛病——您快掏钱吧？

和平　哎！（欲掏钱）买自动……你给方方买玩具你就吃点儿亏吧！

圆圆　凭什么呀？我做了好事儿应该受到表扬！

和平　噢，做好事儿你到爹妈这儿来找齐儿？你倒两不耽误！去去去……

〔圆圆不满，下。

〔中午，傅家客厅。

〔傅老、志国、昭阳在座。和平在沙发上逗孩子。

傅老　……今天我整整跑了一上午。先找了居委会的陈大妈，又找了派出所的许同志，他们的意见都是一致的：因为这个孩子不是在咱们这片儿捡的，所以也不归咱们这片儿管了。他们只能替我们向上级反映反映情况，具体的事情还得我们自己去跑！

志国　什么事情啊，爸？

傅老　这个说起来可就复杂啦！（拿起小本）先得跟公园管理处还有附近的派出所联系，要讲清楚时间、地点、事件，还要有人证、物证、旁证。要是这个孩子确实属于无主婴儿，也要我们出面去跟孤儿院、福利院去联系，还要讲清楚时间、地点、事件，还有要人证、物证、旁证。要是人家同意接收了，还得我们到派出所和居委会出证明，证明这个孩子不是超生、偷生、计划外生育，总之跟我们家没有任何关系，也还得要讲清楚时间、地点、事件，也还要有人证、物证、旁证……（说得直咳嗽）

志国　哎哟，我那死去的妈哎！怎么这么复杂呀？请神容易送神难啊！

傅老　所以说要真想把这个孩子送走，那还是相当麻烦的哩。我年纪也大了，精神头儿也不行了，我看哪，还是谁请的神，谁就给送走得了！

昭阳　伯父，您怎么冲我来呀？我这也是学雷锋做好……

志国　学雷锋？哼，光听说雷锋帮大嫂抱孩子，没听说雷锋满大街捡孩子！

昭阳　反正性质一样，都是做好事儿。

傅老　既然做好事，就把它做到底嘛！你从哪儿抱来的，你还抱到哪儿去——实在不行抱回你们家也成，反正我们家管不了，我们家已经够乱的了！

昭阳　嘿，伯父，这可不像您的一贯作风！我助人为乐怎么倒落一身不是啊？我一大小伙子抱一孩子回家去？让人街坊邻居看见，我……我说得清楚吗？

志国　你现在已然说不清楚了啊！哪儿那么可巧这孩子让你捡着啊？再说助人为乐也不是你的一贯作风啊！

和平　志国，你别冤枉人家昭阳好不好？

志国　不是我冤枉他，根据他平常的一贯表现，这孩子要是跟他没一点儿关系，他能平白无故热心成这样？

昭阳　大哥，咱把话说清楚了——这孩子他跟我有什么关系？

志国　什么关系你自己知道！背不住这孩子就是你……（笑）你坦白吧你！

昭阳　他是我什么呀？私生子？小凡可在美国哪！

志国　正因为小凡在美国，你才有可能在中国犯这错误呢！昨天你一进门儿，我就觉着不大对劲儿，说了半天那么一大套，句句都像是编的！再联系你一贯的表现，你也不是那积德行善好管闲事儿的人啊！

昭阳　……那，那人就不兴有个转变啦？

傅老　要说一个人一天之内就能转变得这样彻底……

昭阳　对对对！

傅老　打死我都不信！

昭阳　这……这简直是冤枉死我了！嫂子，您帮我说句话？

和平　昭阳兄弟，不是嫂子不帮你，他们说的句句都在理儿上……哎，要不这样得了：你跟我说说，这孩子他妈到底是干什么的呀？

昭阳　这小孩儿他妈？……我哪儿知道啊！

和平　啊？你都不知道他妈是干什么的，你就跟他妈就……就那样儿啦？

昭阳　（急）我哪样儿啦？我的天！怨我，多管闲事儿！我把话搁这儿——明儿大街上要再有扔孩子的，甭说捡，我要是多看他一眼嘿……我都不姓我这姓儿！（抱起孩子，欲下）

和平　哎哎！你干什么啊？你干嘛去呀？

昭阳　干嘛？我哪儿捡的我给他扔哪儿去！（下）

和平　哎哎？别！昭阳！这孩子他不是你的，他是我的还不成嘛……（追下）

〔时接前场，志国和平卧室。

〔和平抱孩子上，志国跟上。

和平　哎哟……瞅瞅，多悬哪！要不是我拦得快，这孩子真让他给扔回去了！（把孩子放在床上）哎哟，你说你们也是！哪儿有你们那么说人家的呀？

· 152 ·

谁受得了啊？

志国　我就是考验考验他，看他昨天说的是不是实话。

和平　我瞅着是实话！志国，咱就把这孩子留下来吧，啊？

志国　唉呀，你又来了……

和平　真的，求求你了，成不成啊？你说这孩子多好玩儿啊！还长得那么像你……

志国　啊……嘻！你别这么说好不好啊？

和平　跟你逗着玩儿呢。真的，求求你了！

志国　唉呀，在没找到他父母的下落之前……暂时可以考虑。

和平　还找什么呀找？那父母把孩子都扔了，哦，你就愣给人再塞回去？这不把孩子往火坑里扔么你？

圆圆　（上，低声）妈！妈……

和平　干嘛呀？怎么啦？

圆圆　（关上门）"方方"他妈来了！

和平　啊？！

〔时接前场，傅家客厅。

〔除圆圆外全家人在场。一中年妇女抱孩子站在一旁，陈大妈介绍情况。

陈大妈　……嘿嘿，这回就好啦！这位方同志啊，昨天带着孩子上公园儿玩儿去了，就上厕所这么一眨么眼儿的工夫啊，孩子就不见了！哎哟，把她给急得哟，又是广播找人，又是上派出所报案，还以为让坏人给拐跑了哪……

妇女　我现在也没说不是坏人拐跑了的呀！

昭阳　您……您别这么说呀！您把孩子丢了，我们帮您给捡回来，您再这么说我们……

妇女　我用你呀？！我把孩子放椅子上了，我上厕所了你就把孩子给捡走了，这不是炕头儿上捡被卧么？

傅老　那您今后也应该小心一点儿，对不对？万一让坏人给捡走了……

妇女　我现在也没说不是坏人给捡走了呀！

傅老　我说方同志，你这样说话就不好了嘛！还是我们主动去派出所报的案，经过多方面的核实最后又找到了你……

妇女　唉，要不说得感谢咱人民政府呢。有政府给咱撑腰做主，那坏人能不马上坦白交代吗？（冲昭阳）哼，弄好了还来个宽大处理，少判几年呢！

和平　这位大姐，您要这么说就忒伤我们了！您说我们……我们图什么呀，是不是？我们对方方那可真是……

妇女　哎？你怎么知道我们孩子叫方方啊？

和平　我给他瞎起一名儿……

妇女　这名儿能瞎起吗？我们孩子他爸家有哥儿四个——老大的孩子叫圆圆、老二叫方方、老三叫三角儿、老四叫椭圆——你知道什么呀你？

和平　嘿！这我还真知道……我不知道！

妇女　算了，今儿个看在我们孩子平安无事的份儿上，我就不计较你们了！（向陈大妈）您瞧瞧我们这孩子啊，刚一天就瘦成什么样儿了！（向孩子）宝贝儿，妈今天知道你受委屈了啊，走，跟妈回家……（欲下）

陈大妈　哎哎……您就这么走啦？

妇女　可不就走了？

〔陈大妈悄指众人，向其示意。

妇女　哦对了！以后这孩子要有个三长两短的，我可来找你们算账啊！（向外走）

圆圆　（上）阿姨，（举起手中的玩具）这是我用买铅笔盒儿的钱给小弟弟买的玩具，您给他带上吧？

妇女　这……这合适么？

【本集完】

第55集　让你欢喜让你忧

编　　剧：梁　欢　梁　左

客座明星：刘　蓓

〔晚，傅家客厅。

〔圆圆、志国自饭厅上。

圆圆　（看表）爸，今儿《过把瘾》几点啊？

志国　我给你看看报纸。

〔和平、小桂自饭厅上。傅老上。

和平　哟！爸您干嘛去了？这么半天才回来。

傅老　我下楼取电报去了……

〔众人好奇围上。

傅老　明天有个事情，看看你们谁去给办一下……

〔众人闻声四散。

傅老　志新新交了个女朋友——是他来的电报。（戴上花镜，边看电报边对着墙上的地图比划）他说她要坐飞机呀，从海口到广州，然后再坐火车从广州到重庆，然后呢，再坐轮船从重庆到武汉……

和平　这是什么女朋友，这人有病吧？绕世界遛！

志国　人家爱怎么遛怎么遛，跟咱没关系。

傅老　怎么没关系呀？关系很大哩！她下面就要坐飞机从武汉到北京，然后呢，再转火车从北京去漠河……

和平　哟，妈爷子！那不是到中国最北头儿了吗？

傅老　然后啊，她又要去俄罗斯——这就跟咱们没有关系了……就是在北京期间哪，志新说一定要把她请到咱们家来住。反正就一天嘛，我已经答应他了……

和平　（指着电视，向志国）哎！这人到底离婚没有啊？这俩……还住一块儿？

志国　没离呢。

和平　离了！我刚才听是……

〔傅老上前关上电视。

和平　哎，爸您怎么给关上了……

〔众人附和。

傅老　你们看一看：明天谁到机场去接她？

志国　爸，志新女朋友您还真当回事啊？他哪个月不得谈个三五个的呀？您忘了上回那陈艳光……

傅老　对了，志新今天也来了电话，说这回这个真是真的，而且还长得特漂亮。

和平　他哪回说不是真的，长得还不好看来着？

志国　爸，您要愣往家招反正我们也拦不住，可惜明天我得上班儿，不能亲自到机场迎接了……见了我未来的弟妹就请您替我带个好儿吧。

傅老　我本来也没有指望你去接！这个人！和平，你看……这个……

和平　爸，您瞧您，不就是去接我未来的妯娌吗？没人去我去！

傅老　好好好……

和平　本来呢，我想明儿一大早就回娘家，可是娘家的事儿再大也是小事儿，婆家的事儿再小也是大事儿——反正我不回家，我妈也得到这儿来找我……

傅老　什么什么？她到这儿来？

第55集　让你欢喜让你忧

和平　啊！

傅老　唉呀，和平啊，你……

和平　爸，这不很简单嘛——我上机场替您接人，您在家里替我等人，挺好嘛！

傅老　我在家——等你妈？那我还不如……和平，娘家的事再小……也是个事嘛！该回去你还是回去一下，也好让你妈踏踏实实在家里待着！代我向她老人家问好，让她没事儿别到处乱跑……

和平　爸，那我可就真回娘家了？

傅老　去去去……

和平　那我可就真不去接去了？

傅老　不用不用不用……

和平　那您可就……我可真不管了我！

傅老　唉呀，这个……（看圆圆）

圆圆　呵呵，爷爷，其实明天下午我倒没事儿，我可以去。我没主课呀——也就一节数学、一节语文、一节音乐、一节体育，您要愿意给我写个假假条儿呢，我没意见！

傅老　去去去，没你的事儿！唉呀，这个……（看小桂）

小桂　呵呵，爷爷，俺倒是可以去，可俺得先问问——机场在哪儿？离北京站不远吧？……

傅老　算了算了！都不要争了，还是我自己去吧……（下）

和平　谁跟他争啊……

〔傍晚，傅家客厅。

〔圆圆独自做作业。门声响，和平自饭厅跑上。

和平　哟，来了来了！爸——（见进门的是志国）嗐！你爸怎么回事，怎么还不回来？都几点了……别是女朋友没接来再让女流氓给骗走喽！

志国　别胡说啊！女流氓哪儿骗得了我爸呀？我爸骗女流氓还差不多……我爸干嘛骗女流氓啊？还是女流氓骗……你没事儿把我爸跟女流氓搁一块儿干嘛呀？我爸招你了？

傅老　（画外音）来了，来了……（上）飞机晚点了！（向门外）来来来……我来介绍一下——

〔年轻漂亮的小任姑娘手提行李包上。小桂自饭厅上，凑近看。

傅老　这位就是……

和平　多高啊！

傅老　小任姑娘你姓什么来着？

和平　小任姑娘姓任！

傅老　啊对对对，姓任。你叫任什么来着？

小任　伯父，还是让我自我介绍一下吧。我叫任远，和贾志新先生是一个公司里的同事。这次出差经过北京，他说让我一定要到家里来看看大家。哦，对了，还说让我给你们带封信。（从包里拿出信递给傅老）

傅老　谢谢！

小任　打搅你们各位了。

众人　没事儿……

傅老　小桂呀，赶快领小任姑娘到客房去安置一下。

和平　赶紧，赶紧去……

志国　就紧里头——志新那屋……

小任　那我先去歇着了……

〔小桂引小任向里屋下。

和平　多高啊！个头儿……

傅老　（读信）"亲爱的……"眼镜，眼镜……

和平　我给您念，我念……（看信）嘿，嘿，瞅这段儿啊——（念）"不知道我的女朋友是谁去接的？我估计志国肯定说他要去上班，嫂子肯定又想出回娘家的理由，圆圆想去爸不让她去，小阿姨要去又不认得路，最后还是得咱爸去。"

傅老　呵呵……志新还真是料事如神嘛！

志国　（接过信，念）"任远小姐是我们公司任总经理的女儿，目前我和她的关系已经基本确定，请大家多提宝贵意见。"跟谁提意见？这关系都定了还提什么意见？

和平　人家姑娘多高啊！

圆圆　（拿过信，念）"关系确定是我这边儿确定了，她那边确定没确定我也不知道。"

众人　嘻……

圆圆　（念）"请大家抓住她在咱家借住一天的宝贵时机，除了热情接待以外，还要多多向她介绍一些我各方面的优点和长处，从而在她心目中树立起我光辉而高大的形象，以后我这方面的事儿就好办了。"

和平/志国　不管不管……谁管他这事儿……

傅老　（接过信）先念完先念完。（戴上花镜，念）"另外，最近因为我工作表现突出，公司奖给我一个红包，也就好儿百块钱。我留着也没有什么用，扔了又怪可惜儿的，所以想送给你们当中的某一个人，随随便便买点儿东西。送谁不送谁的我现在还没有最后决定。当然，谁帮我忙，谁对我好，我就送给谁。"搞的什么名堂？物质刺激嘛这是！

志国　就是嘛，真是！不过，爸，我看这个任小姐人还不错哈？

和平　嗯？

志国　我的意思是说：她跟咱志新还挺般配的！要能帮他们撮合撮合呢，也算做件好事儿。这么着，我先找她谈谈去……（起身）

和平　（拦）哎哎，去去去！你找人谈个什么劲儿啊！我们得女人跟女人谈……

圆圆　哎！妈，我说您还是别去了，您平时老说我二叔坏话，一时改不过来，嘿嘿，还是我去吧……

和平　去去，你一小孩……

傅老　好了好了，不要争了！知子莫若父嘛，既然是好事，那就还是我去。待会儿跟小任同志把情况好好介绍一下——我相信只要好好想一想，志新也不是一点儿优点都没有嘛！

〔时接前场，傅家饭厅。

〔傅老领小任上。饭桌上摆了两盘点心。

傅老　来来来，小任姑娘，路上饿了吧？来，先吃一点儿点心。

小任　我不饿，这不是马上就要吃晚饭了嘛？

傅老　晚饭还要待一会儿——你是远道来的客人，我让他们多准备了几个菜。来来，坐下坐下。

小任　谢谢伯父。

傅老　吃点心，吃点心！小任啊，你跟志新认识的时间不短了吧？你们关系怎么样啊？

小任　时间也不长，也就是一般同事关系。

傅老　怎么才是一般同志……哦对对对，现在是一般同志关系，将来还要发展嘛！那，你在跟志新的接触中，一定学会了不少的东西吧？

小任　啊对，他是从我这儿学了不少东西。

傅老　那你从他那儿学到些什么呀？比如说，他的优点……

小任　哟，您家志新还有优点哪？

傅老　一个人怎么能够没有优点呢？志新的优点还是很多嘛！小任，你回去一定要告诉志新，就说我跟你说的——"志新优点还是很多嘛。"这句话你一定不要忘了告诉他。好好好，你慢慢吃……

第 55 集　让你欢喜让你忧

小任　哎，伯父您先别走，您跟我说说，他都有什么优点呀？我跟他接触了这么长时间，怎么一点儿也没看出来呀？

傅老　你才多长时间，我都跟他一辈子了我都没有看……我这……才看出来了嘛！总而言之，他的优点很多很多！吃点心吃点心……

和平　（自厨房上）爸，您瞅那饭还得等会儿哪，您今儿去了趟机场怪累的，您赶紧回去歇着，我陪会儿小任姑娘。

傅老　小任姑娘，我那句话一定别忘了告诉志新……

和平　知道知道知道，您先歇着！（推傅老下，关门，回身向小任）哎哟，你多高啊你……小任姑娘，说起我们志新的优点哪，你别看他表面儿上不像好人，其实他呀……

小任　就不是好人？

和平　对……啊不！不是，他还真是好人。具体例子……我就不说了，反正我们这片儿的女孩子都喜欢跟他挨一块儿！

小任　他这特点我倒知道——是他愿意跟人家在一块儿吧？

和平　没错儿！他就爱跟……人家都爱跟……反正是大伙儿都特别喜欢他！你瞅你多福气呀，你一追就把他给追着了！

小任　我没追他，是他追我！

和平　啊？反正甭管谁追谁了……你看，你姐姐我就早生了几年，没赶上好时候儿，只好退而求其次，白白便宜了那贾志国——贾志国是他哥哥。他哥哥比他那可是强……差远了！你别忘了，对了，你得告诉志新……

〔圆圆开门，暗上。

和平　你说我跟你说了：他哥哥比他……他比他哥哥呀——强多了！我告诉你的……

圆圆　妈，聊着哪？……哟！什么东西糊了吧？

和平　哟！我那火上还做着鱼哪！（欲进厨房，回身向小任）你说你多高啊这

　　　　个儿……（向厨房下）

小任　是高了点儿！

圆圆　任远阿姨——我叫您阿姨您不介意吧？

小任　随便，只要别管我叫二婶儿就行。

圆圆　那还不是早晚的事儿？

小任　怎么早晚呢？

圆圆　任远阿姨，我真羡慕您，您能跟我二叔好——我要跟他不是近亲，我早追他了！

小任　别瞎说！

圆圆　我还等今儿个？我二叔，美男子，浓眉大眼高鼻梁儿……

小任　哎哎……小朋友，你先别着急——你有几个二叔啊？

圆圆　呵呵，我说错了——那是我们班同学他二叔……

小任　我说也不对呀！

圆圆　可我二叔也不错呀！长得虽然差点儿，可他架不住心灵美呀！具体例子我就不多说了……

小任　嘿嘿，也没有吧？

圆圆　好好想想兴许有……反正呢，您见了我二叔别忘了告诉他——我可净夸他来着！别忘了啊！（起身欲下）

小任　哎！

圆圆　（回身）千万别忘了啊！

小任　千万不忘。

　　〔圆圆下，志国上。

志国　任小姐这儿吃着哪？

小任　啊，吃着呢。

志国　没事儿，就是来看看您，随便聊聊。您看，您跟我弟弟在一单位，对他很了解是吧？

小任　嗯，不很了解。

志国　这就好办了……

小任　啊？

志国　我是说你不了解，我可以给你做详细介绍啊！咱不比别人啊，就比我吧。我就算不错了，可我弟弟那在各方面都……都比我强多了！

小任　大哥，你还不如他呢？

志国　谁说我不如他？我……我是不如他，我比他差远了！

小任　那我看您挺有文化的样儿啊？

志国　我……我比一般人是有文化，那要跟我弟弟那一比，我整个儿一文盲啊！你别看我弟弟平常老念错别字儿，那……那是真人不露相！再说了，他的强项是甲骨文，那时候字儿跟咱现在字儿不一样啊，他就是念对了咱也听不出来呀是不是？

小任　啊对，我说他给我写那情书我怎么一个字都看不懂呢，原来都是甲骨文？

志国　……甭管怎么说，反正你回去见着他，你就跟他说，就说我说的——他在各方面那都比我强多了！（自语）我亏心不亏心啊我！（抽自己一嘴巴，下）

〔当晚，傅家客厅。

〔傅老独自接电话。

傅老　（向电话）……啊对对对！一切都很顺利。接到家里来，吃了饭，洗了澡，现在正在客房休息哪……志新啊，你听我跟你说啊：我把你的优点向她做了一个非常全面的介绍……啊？别人啊？别人他们都不管，主要是我……

〔圆圆上，志国自里屋上。

圆圆　（冲上前，对电话喊）主要是我！

志国　（冲上前，对电话喊）主要是我！

和平　（自饭厅上）哎哎，谁呀这是……

〔众人互相示意不要大声。

傅老　（向电话）喂……什么？侯董事长的女儿？你已经向她表示了那个意思？……你是说她更合适？让我们做一做小任姑娘的工作，不让她再纠缠你了？

众人　啊？

傅老　志新你怎么……（挂电话）这个真是……

众人　怎么了？出什么事了？

傅老　（示意众人围坐在一起）志新在他们公司又认识一个侯董事长的女儿。他觉得小任姑娘还是不大合适，让我们把志新的缺点集中地向她做一个介绍，让她能够自己打消那种念头。这不是朝三暮四嘛？我不管了！

众人　不管了，不管……（纷纷起身离开）

傅老　他还说，最近他又发了一笔补助费，大概有几千块钱……

〔众人重新围拢过来。

傅老　他说，他留着也没有用，扔了又怪可惜了儿的，准备随便地给我们家里某个人。

志国　爸，这事吧，我是这么考虑的：恋爱自由嘛，是吧？志新要是真不愿意跟小任姑娘好呢，咱也不能强迫呀。如果小任姑娘能够主动打消这个念头，也免去了心灵上的痛苦，咱们也做件好事啊，是不是？

傅老　哦，这也是好事啊。

和平　强扭的瓜……（低声）强扭的瓜不甜哪！

圆圆　对呀，而且可以促成我二叔和那位小姐的好事——好上加好嘛！

志国　对嘛，锦上添花嘛！

第 55 集　让你欢喜让你忧

和平　雪上加霜嘛！

圆圆　对对……不对！

傅老　既然这样，那就还是我先去说……

众人　（拦）别别……我去我去……（乱作一团）

小任　（自里屋上）大家好！

〔众人安静，各自坐下。

小任　怎么……都不说了？

〔众人傻乐。

小任　你们今天向我介绍了志新的情况，我觉得很惊讶——这个世界上还有这么多人能喜欢他赞美他……

傅老　小任姑娘，这个……刚才因为时间的关系，我们光说了志新的优点，还没有来得及说他的缺点。其实志新这个缺点啊，也是相当严重的！游手好闲、好吃懒做、华而不实、虚头巴脑的！反正啊……谁嫁了他谁倒霉！

小任　伯父，您怎么这么说您儿子呀……

和平　小任姑娘，我公公他说得可一点儿都不夸张。我告诉你，这志新哪——哎哟，没法儿说！得亏你还没落入他那魔爪，你现在跑还来得及。

小任　大姐呀，这么严重啊？

圆圆　比这还严重呢！我可不能因为他是我二叔我就向着他。我二叔做那坏事儿……三天三夜都说不完！

小任　他都干过什么坏事啊？

志国　哎哟，多了！吃喝嫖赌抽、坑蒙拐骗偷、踢寡妇门、刨绝户坟——他为什么去海南啊？那是因为北京西城分局把他通缉在案哪！

〔翌日，傅家客厅。

〔全家人簇拥着小任自里屋上。

傅老　……你就住了一天。小任姑娘，你回去一定要告诉志新，说我彻底地揭发了他！

和平　您也告诉他，我也揭发了！我不怕他，让他有什么冲我来！

志国　我也揭发了！我扛得住。

圆圆　还有我，没少揭发……

小任　伯父，大哥，大姐，小妹妹，真是太谢谢你们了。为了我这么一个素不相识的女子，你们能大义灭亲，谢谢！太谢谢了！

和平　甭客气，我们早就想灭他了！我灭死他我……

傅老　（看表）哎哟！快抓紧时间……

〔全家人送小任下，热情告别。

〔电话铃响。众人回屋。

志国／和平／圆圆　还是我揭发得多……得了吧……

傅老　（接电话）喂……啊，是志新哪？……

〔众人围拢过来。

傅老　（向电话）什么？跟侯董事长的女儿又吹了？

众人　啊？

傅老　（向电话）还让我们给小任姑娘做工作呀？

众人　这都走了……

傅老　（向电话）她……走了呀她！让我追？我哪追得上她呀我……啊？哦，你们又发了几万块钱的奖金啊？……行了行了我知道了，你"留着也没有什么用，扔了又怪可惜了儿的，你准备随便给"……你爱给谁给谁吧你！（挂电话，又抄起电话）我不管了！

众人　对，不管了！……不管！……

【本集完】

第56集　重塑自我

编　　剧：冯　俐　梁　左

〔晨，志国和平卧室。

〔和平对镜梳妆，志国还未起床。

和平　……瞧这晚上一睡不好觉，眼圈儿就发黑！遮都遮不住——青山遮不住，毕竟东流去！姑娘十八一朵花，过了三十豆腐渣——我还活个什么大劲呀我！

志国　（起床穿衣）我说你别老这么自怨自嗟的成不成啊？眼圈儿黑怎么啦？眼圈儿黑就不活啦？你看人家熊猫的眼圈儿不比你黑呀？人家不照样当国宝啊？

和平　哎哟……脸上这褶子越来越多！

志国　褶子多怎么啦？你看动物园那犀牛，浑身那褶子，人家说什么了？人家不照样活得好好的呀？

和平　你说这牙老露在外面，这嘴怎么包不住哇？

志国　露在外头怕什么的呀？包它干嘛呀？你看大象，那俩大牙那么老长，不也露在外边儿？你什么时候看大象包过？

和平　哎哟，眼袋也出来啦……

志国　眼袋？什么眼袋？你看澳大利亚那袋鼠……

和平　你有完没完哪？拿我比完大象，又比犀牛？袋鼠也出来了！不理你就得了！我说的是眼袋，知道吗？眼睛底下！袋鼠那袋长眼睛底下呀？什么都不懂！

志国　对，我是不懂。我真不明白：就说你长得不好看吧，可是我也没有嫌弃你呀，你干嘛老自己嫌弃自己呀？

和平　你不嫌弃就完啦？我光为你一人儿活着？

志国　哟，不光为我还有别人啊？为谁呀？说了我听听？

和平　谁？……广大人民群众！我三十多岁了，不能挨大街上一走影响市容！

志国　那倒不至于。你长得虽然不好看吧，但是也不算难看，顶多呢，就是大伙儿不愿意看你，还不至于造成什么影响……嘻！说回来了：三十多年你都坚持过来了，有什么不能凑合的？

和平　我干嘛要凑合呀？我是干什么的呀？我是演员！知道吗？大伙都不爱看我，我还演个什么劲儿啊？难道我的艺术青春就"小鸟儿一去不回还"啦？

志国　你昨晚上做噩梦了吧？啊？早上起来就在那儿絮絮叨叨絮絮叨叨的，还"艺术青春不回还"——喊，你说你什么时候有过艺术青春啊？

和平　怎么没有哇？想当年……想当年我也就那么回事儿。

志国　嘿嘿……

和平　怨谁呀？还不怨我自个儿长得这么怪模怪样的？论唱功做功我比谁差呀？我唱得是不错，可咱要扮相没扮相，要台缘儿没台缘儿，回回怎么上去让人怎么给哄下来——我吃这长相亏吃大发了我！（对镜中）现而今又人老珠黄，你更不值钱了你！

志国　那你说怎么办？唉，也活了多半辈子了，对付吧啊？

和平　什么叫"多半辈子"呀？什么叫"对付"啊？你上人家好莱坞问问去，

第56集 重塑自我

打听打听去……去!

志国　我去得了么我……

和平　多少女演员三十八岁以后才火起来呀?我这年轻时代就算耽误过去了,我就不信我没这第二春!

志国　我算明白了,咱们家今天要出事儿!说吧,你打算干什么?

和平　一个字儿——整容!

志国　整容?

和平　重塑自我,再度辉煌!

〔日,傅家客厅。

〔傅老、和平自里屋上。

和平　我,我真……

傅老　呵呵……开玩笑,简直是开玩笑嘛!好端端的整什么容啊?我看你也是受了资产阶级思想的影响……

和平　嘿,怎么那好看的就是资产阶级的?那怪模怪样的倒是无产阶级的?

傅老　你以为整完容就会好看?要是整不好更难看!我听说有一个女同志,就是因为整容整出了问题——

和平　整出什么问题了?

傅老　她也不知找的什么江湖医生——开始也不是整容,是让人家给刺鸡眼。

（指自己脚）

和平　哦,知道……

傅老　等刺完以后,大夫问她还有哪儿不合适,她一想,这个鸡眼刺得挺好的,干脆您就顺便给我刺个双眼皮儿吧!

和平　有这么顺便的吗?一听就是您编的!（欲下）

傅老　哎,你听我说完嘛!正赶上这个江湖大夫也是个二把刀,让他刺他还真

· 169 ·

　　　　敢刺，两刀下去他才发现，刺错了——刺了下眼皮儿了。

和平　赶紧给人缝上吧！

傅老　缝是缝不上啦。钱也不要啦，又免费给人家刺了上眼皮儿。刺完以后对着镜子这么一看，还真不错——俩肚脐眼儿！

和平　我听这怎么那么耳熟哇？好像是哪个相声段子里头的……

傅老　相声也是来源于生活嘛！所以说整容手术千万做不得，万一要是做坏了，你哭都来不及！

和平　万一要做好了呢？

傅老　做好了又怎么样？外表美并不重要，重要的是心灵美。

和平　这外表美又碍不着您那心灵美！爸，就拿您来说：您心灵美，那没错儿，您要把那外表再收拾收拾，这不就更好了吗？

傅老　就我这岁数了，我还能收拾成什么样子？

和平　那太简单啦！（对着傅老的脑袋一通比划）您，把那头发"隆隆隆"那么一染，把脸上这褶子"嗞——"使激光这么一去，然后"咣咣"敲掉俩门牙，装俩假牙，然后顺路您再练练健美，然后顺便您再买两套合适的西装，然后您穿上往街上这么一走……（摆架势）嗯！知道的，您是干部离退的，不知道以为您是"第三梯队"的呢。

傅老　我能变成这么年轻吗？

和平　那可不！您别小看这外表美，外表一年轻，心灵立马跟着年轻。您瞅人家外国老太太，八十多岁了还挨那紧着抽饬呢！

傅老　你这么一说还真有点儿道理……她都八十多了还在那儿紧抽饬呢，我刚六十多岁，我就不兴打扮打扮了？

和平　那可不？

傅老　当然喽，这个整容手术我就不一定做了，我可以小的溜的……

和平　别价呀，咱要干就大干，咱别小的溜儿的呀！爸，您连整容带美容，我

· 170 ·

第56集 重塑自我

保您脱胎换骨，重新做人！（下）

傅老　脱胎换骨，重新做人……听着怎么像那个——改造反革命嘛这是！

〔日，傅家饭厅。

〔和平在和面，小桂上。

小桂　大姐，你真的要去做整容？

和平　大姐已经找人联系医院去了！

小桂　那你也带俺一块儿去吧？

和平　嗯？你起什么哄啊？

小桂　大姐，你不觉得俺啥地方长得有点儿不对劲儿吗？眼睛？鼻子？嘴？

〔和平连连摇头。

小桂　那就是搭配得有问题！俺想找大夫给俺挪一挪。

和平　什么呀就"挪一挪"？谁听说过挪鼻子挪嘴的呀？

小桂　那你呢？

和平　我那是让大夫给美美容、整整容，让大姐显着年轻点儿，好看点儿。大姐是演员，这也是工作需要。

小桂　那俺这也是工作需要嘛！

和平　你一个家庭服务员，你需要什么呀？

小桂　大姐，俺不能在你家待一辈子吧？将来总得给自己奔个前程吧？靠什么呀？俺一个乡下女孩儿，除了年轻漂亮，还能有啥本钱？年轻，俺没问题，漂亮，俺还差一点儿——俺要不整容，咋办呢？

和平　你这孩子，你跟着瞎掺和什么呀？十八无丑女，知道吗？你就是不会捯饬——回头大姐给你捯饬捯饬！捯饬完了，保准你自个儿都认不出你自个儿了！（端面盆进厨房）

小桂　那就试试吧……要是俺还能认出俺自个儿，那俺还得去整容！

〔日，志国和平卧室。

〔化好妆的和平坐在床上对镜端详。圆圆一脸浓妆，上。

圆圆　妈！看我好看吗？

和平　我见着活鬼了我！你作死啊你？

圆圆　怎么啦？

和平　什么怎么啦？没告诉你小孩儿不许化妆吗？！谁让你化妆的？

圆圆　爱美之心，人皆有之。就许你整容，你不许我化妆？那叫什么来着……只许你州官放火，不许我百姓点灯？

和平　你少给我废话。立正！向后转！跑步跑！——赶紧给我洗了去！

圆圆　（跑出去又跑回）妈，我好不容易画上的！您不知道，我从小就因为长得不好看，我缺乏自信。我也想脱胎换骨，成为新人——重塑自我，再度辉煌！

和平　你听谁说的呀这话？

圆圆　我爷爷呗！他跟小桂阿姨在屋那儿——（夸张地比划）捯饬呢！

和平　嗯？赶紧瞅瞅去，走！

〔两人跑下。

〔傍晚，傅家客厅。

和平　（画外音）哎，家里有人吗？（满脸夸张的浓妆，戴着假发，着新潮服饰，款款而上）啊？……（坐下，掏出化妆镜端详）嘿，这头套真不错嘿！

〔傅老身穿时髦男装，戴假发，美滋滋地自里屋上，转着圈展示。

和平　哟！爸？

傅老　唉呀，不一样，就是不一样啊！我这会儿就觉得我起码年轻了有十岁！

· 172 ·

和平　您瞅您刚美美容就年轻十岁，您要再整整容，您还得年轻十岁！

傅老　呵呵，里外里就是二十岁！

和平　那可不？

傅老　这简直就是又活了一次嘛！

和平　那可不！您想您从六十多变成四十多——二十多年您能干多少工作呀！您不为自个儿也是为国家呀！是不是？

傅老　你这么一说，这整容还真是有点儿意思……

和平　"有点儿"意思？意思大啦！从您个人来说，您四十多岁正当年，我婆婆也去世啦——多少女同志还不由着您随便挑！

傅老　这……（咳嗽）这个问题，我没有考虑。

和平　用不着您考虑，到时候她们都上赶着追您！

〔圆圆一脸浓妆，梳成熟新潮发型，穿时髦花裙自里屋上。

圆圆　（娇声细气）妈，您看我怎么样？我起码长大十岁。

和平　长大……你想要干嘛呀？

圆圆　我是不是应该考虑一些个人问题？

和平　我揍死你我！

〔和平作势要打，圆圆跑开。

和平　我告诉你啊：今儿特殊，让你凑凑热闹，下回你再敢化妆我打死你！

〔小桂一脸浓妆，穿着时髦，自里屋上。

小桂　大姐，你看俺呢？俺觉得自己也长大了十岁——不中！那俺年轻了十岁——也不中！俺还是现在这岁数，大姐，你看俺漂亮多了是不是？

和平　是是……

〔开门声响，众人分列门口两侧，要给志国一个惊喜。志国上。

志国　（见众人，惊）对不起！我走错门儿了……（欲下）

和平　哎哎……回来！怎么了你？自个儿家你都不认识了？

志国　（懵）我们家我是认识啊，可我不认识你们——你们都是谁啊？

和平　不许装糊涂！（优雅腔调）我是你妻子你都不认识啦？

傅老　我是你爸爸你都不认识啦？

圆圆　我是你女儿你都不认识啦？

小桂　俺是你……俺什么都不是……你都不认识啦？

志国　我的天呀！你们……我今儿早上就说：咱们家要出事儿！瞧瞧，真出事了吧？你说你们这都闹腾什么呢？真是！

和平　我们就是想重新塑造一下自我！这是我们第一步。第二步呢，我们打算做一个全面的整容手术！爸跟我一块儿去，小桂也想去，我没答应，圆圆还太小，等长大以后再说！怎么着啊？你去不去呀？别回头我们全家都变那么好看，就你一个丑八怪！

志国　你们这简直……和平我告诉你：我可知道——都是你挑唆的！你长得本来就不难看，你有什么必要去整容啊？圆圆，你说你妈难看吗？

圆圆　这我就不好说啦……反正儿不嫌母丑——

志国　对，狗不嫌家贫嘛！

圆圆　所以，我妈长得再难看我也不嫌弃她——

志国　所以，咱们家再穷我也……我都让你们给我弄乱了！爸，还有您，一说您也老一辈革命家了，您跟这里凑什么热闹啊？

傅老　我怎么叫"凑热闹"？刚才我还跟和平说来着呢：我不光是为了好看，主要是为了年轻！要让时光倒回从前，要让一切重新开始，要变一个全新的我嘛！

志国　没听说过！想年轻是没错儿，怎么才年轻啊？革命人永远是年轻！整容管用吗？"今年二十明年十八"？那是广告宣传！

傅老　这也得辩证地看问题……

志国　（向圆圆、小桂）还有你们俩！他们想年轻，你们也想年轻啊？他们犯

· 174 ·

糊涂你们也跟着犯糊涂？"清水出芙蓉，天然去雕饰"——懂不懂啊？看看你们现在那鬼样子！新中国青少年那点儿光辉形象全让你们给糟蹋光了！

和平　志国！这一家老老少少的，都挺能接受新鲜事物的，怎么就你不行啊？你是不是多年坐机关坐得呀？

志国　胡说！

和平　我告诉你啊：赶紧给我整容去！彻底改变旧的形象，开始一个新的生活！

志国　我好好的我整什么……行！我也去！

和平　嘿——同意啦？

志国　为什么不同意呀？你们都去我不去，不显得我脱离群众吗？今儿早上你不是说了嘛：重塑自我，再度辉煌。我呢，活了四十多岁，窝窝囊囊的，我也想改改样儿！我还告诉你们：我要改我还就不小打小闹，要改我就来个彻底的！我就做个大手术！到时候你们谁也别拦着我啊！（欲下）

和平　哎哎……你要干嘛呀？

志国　我当了四十多年男的了，等做完手术，（假声）我变个女的给你们瞧瞧！

　　　　（戏曲旦角身段，婀娜娉婷下）

〔众人目瞪口呆。

【本集完】

第57集　失落的记忆（上）

编　　剧：英　壮　梁　左

客座明星：英　壮　唐纪琛

〔晨，傅家饭厅。

〔志国、圆圆吃早点，和平跑上。

和平　哎哎，志国你怎么回事儿啊？都八点了也不叫我！你成心让我迟到啊？……

志国　迟到？自由市场开始记考勤了？

和平　（盛粥，吃早点）那可不……你才买菜去呢！我今儿开会去，上那个——街道！

志国　上街道开会？那不是咱爸的专利吗？什么时候转让给你了？

和平　爸今儿早上上局里开会去了，昨天晚上特别嘱咐我，让我挨这边儿给他代行其职。

志国　你说嘱咐什么不好？嘱咐这个……

和平　真是！我对他这种说法儿也有意见——什么叫"代行其职"啊？就我这能力，他早该把这摊儿工作让给我！

志国　没错儿！别着急啊——你早晚会成为和平老大妈的，早晚得当上街道

第57集 失落的记忆（上）

主任——戴一红箍儿，满大街溜达，举一小旗儿，绕世界站岗……多威风啊？

和平 　那还不光威风……你挤兑我呢吧？这红箍儿是随便谁都能戴的吗？（掏出红箍展示）你瞅瞅：瞅瞅上边这字儿嘿——（念）"迎七运盼奥……"噢，反了！（将红箍翻面）这边，瞅瞅瞅瞅……（念）"迎接世界妇女大会"——世界妇女还没开呢，我们街道妇女先开一个！

圆圆 　妈，等我走了以后您再走，行么？我求您了。

和平 　行——干嘛呀？

圆圆 　没什么事儿……就是您跟着我走，您多别扭啊！（下）

和平 　没关系，我不怕别……（向志国）她嫌我别扭吧她？（向圆圆背影）给我回来！

志国 　哎，和平，和平……有钱吗？借我点儿。

和平 　借？什么时候还哪？

志国 　下个月开支……不是，你把我当谁了你？

和平 　谁我也不借呀！不知道钱不禁使啊？（下）

志国 　不借拉倒！说这话什么意思啊？（小桂上）

小桂 　（自厨房上）啊，大姐的意思就是——钱越花越少，越攒越多。

志国 　对……这不废话吗？这是典型的"端起碗吃肉，撂下碗骂娘"。哼，跟十几年前比比，咱家的生活水平提高了多少，啊？……哦对，十几年前还没你呢。

陈大妈 　（画外音）贾志国！贾志国！（气喘吁吁跑上）贾志国……

志国 　哎哟，陈大妈！谁把您气成这样啊？

陈大妈 　你，你……

志国 　我？我大早上起来还没出门儿呢！

陈大妈 　你……你们家和平……

志国　和平把您气……怎么了她？

陈大妈　她，她她她她……

志国　您瞧您怎么开上拖拉机了？和平她怎么了？

陈大妈　她没怎么我，是和平她自个儿啊——出事啦！

志国／小桂　啊？！

志国　（吓慌）和平她，她，她她她她她她……

陈大妈　你怎么也开上了？别着急，我从头讲起啊……（坐下）要说这和平啊是真够积极的，八点半开会，她八点就奔楼下跑。也搭着你们单元门口卫生差劲，这垃圾的暴露问题一直没有得到解决呀！你瞧这大夏天儿的，你想想，那么多个苍蝇！

志国　哎哟，我想苍蝇干嘛？我想知道和平怎么了！

陈大妈　她呀，刚出门儿，就让西瓜皮绊一跟头！

志国　嘻，说这么热闹，就摔一跟头啊……

陈大妈　和平摔的可不是一般的跟头啊！我眼瞅着她四爪腾空，大头朝下，"嗖儿——啪叽！"真叫脆呀！你说和平还真行，二话没说呀……

志国　就爬起来了？

陈大妈　就晕过去了……

志国／小桂　啊？！

〔志国跑下。

陈大妈　（向小桂）一个劲儿地吐白沫儿哟——你知道螃蟹刚上岸什么样儿吗？（向门外）哎哎，志国，你慢着点儿！那楼底下还有好几块西瓜皮呢！

〔陈大妈、小桂跑下。

〔时接前场，傅家客厅。

〔昏迷的和平躺在沙发上，杨大夫为其测血压。志国、陈大妈在侧。

第57集 失落的记忆(上)

陈大妈　志国呀，这得亏让人家二单元的杨大夫给撞见了，要不然……刚才你那样儿啊，都吓傻了……

志国　您也比我强不了多少……杨大夫，她没事儿了吧？

杨大夫　嗯，根据初步诊断，没发现明显的病理变化！没发现，没发现——血压正常、脉搏正常、呼吸正常、体温正常、要多正常、有多正常……

志国　杨大夫，您说的是她呀还是我呀？

杨大夫　啊？你也摔了？你怎么不早说呀……（拿起听诊器向志国）

志国　谁摔了……我是说，病人都伤成这样了，怎么还这也正常那也正常啊？

杨大夫　这就是单纯性脑震荡患者典型的临床特征——很正常嘛！

志国　都脑震荡了还正常啊？

陈大妈　怎么着，脑震荡？还是什么"纯的"？哎哟，和平啊，你说你摔就摔吧，还摔出一纯的来……

杨大夫　您就知足吧，知足吧！单纯性脑震荡，是所有闭合性颅脑损伤中最轻的一种，最轻的一种。（向志国）自打上回听说你爱人中了奖券以后，我就猜她是一个有福之人！怎么样？怎么样？有福之人的运气来了，拦都拦不住！你看看……

志国　上回中一个"香港七日游"没去成香港，这回什么都没中差点儿上西天，她这还有福呢？

杨大夫　相对而言嘛，相对而言嘛。你们别看她现在跟死人差不了多少，实际上啊，这是脑震荡引起的中枢神经系统暂时性障碍。一般来讲呢，半个来钟头，患者就会自然苏醒，自然苏醒。

志国　这还差不多。

陈大妈　醒了以后就没事儿了吧？我们还等着她开会呢！

志国　对……还开会呀？差点儿没开追悼会！

杨大夫　醒了以后啊，有的患者呢就没事了，没事了。有的患者则会出现轻微的脑震荡综合征——轻微的，轻微的。比如说头昏、眼花、耳鸣、失眠、恶心、呕吐、神情恍惚、智力低下，甚至啊……

志国　啊？这还是轻微的呀？那要这样还不如不醒呢！

杨大夫　怎么说话呢？过来过来，我给她开一个方子……

〔三人小声交谈，傅老上。

傅老　（向陈大妈）小陈啊，会还没开哪？

志国　爸，和平她……您不是开会去了吗？

傅老　根本就没有会！记错了……（看到和平）唉呀，什么样子嘛！和平，这是客厅——快起来起来……

志国　爸，我们仨人叫都不管用，您就甭别那费劲了。

傅老　和平啊——（大喝一声）起来！

和平　（苏醒）嗯……

〔众人惊喜，边呼唤边扶和平坐起。

志国　和平，和平……你没事了吧？

和平　（少女腔调）晕，脑袋晕得慌……

〔志国轻抚和平额头。

和平　（受惊）啊！你干嘛呀你——你往哪儿摸呀？

志国　你不是晕吗？我给你揉揉……

和平　你给我……你给我揉？你，你是谁呀？

志国　我是……（向杨大夫）她怎么不认人儿啦？（向和平）和平，你仔细看看，你使劲看看，你认真看看——我是志国呀！

和平　志……志国？贾志国？

志国　对！

和平　真像哎……

志国　什么叫像啊？我就是！

和平　你就是贾志国……的三叔——住齐齐哈尔？

志国　嗐，我还住佳木斯呢！（向杨大夫）大夫，她怎么不认人儿了？

杨大夫　不认人儿算什么呀，算什么呀？待会儿还不识数儿了呢！

和平　谁说我不识数儿啊？一加一等于二，二加二等于四，志国比我大四岁——今年二十二……

志国　啊？！

傅老　好啦好啦好啦，都不要开玩笑了！（向志国）你，该上班上班去！（向陈大妈）你，该开会开会去！（向和平）你，该睡觉睡觉去！（向杨大夫）你……该干什么干什么去！

志国　（起身）爸……

和平　（拉住志国）三叔儿！

志国　谁三叔儿啊！

和平　三叔儿，（指傅老）这人是谁呀？我瞅着怎么长这么眼熟啊？

傅老　眼熟？我还瞧着你眼生呢！半天你也没说一句正经话……和平啊，我问你：你还是不是我认识的那个和平啊？你还是不是志国的爱人——圆圆的妈，我的儿媳妇？你还是不是这个家庭的成员？

〔和平闻听大惊，又晕过去。众人乱作一团。

志国　大夫，您说这是送积水潭啊，还是送八宝山啊？

傅老　要不送安定医院先检查一下？

杨大夫　（测量和平脉搏）送哪儿都没用，送哪儿都没用了……我是说哪儿都不用送，哪儿都不用送！她现在呀，很正常，很正常！

志国　你们家管这叫正常啊？都六亲不认了！

杨大夫　她这个叫"逆行性遗忘"。脑震荡患者清醒了以后啊，常常会出现暂时的近期记忆丧失现象，也就是说呢，她对受伤的过程，以及在受伤之前这一段经历，记不清楚了，甚至全部遗忘了，反而远期记忆却得到了加强。根据这个瑞典皇家医院……

志国　杨大夫，杨大夫，这医书就不用背了！您说的这一段时间的事情她全都遗忘了——我想知道这段时间得多长啊？

杨大夫　哦哦哦，这个普通患者吧，也就是几个钟头？一两天？三五个月……多半年！您爱人的情况略微特殊，略微特殊！她这个丧失的这段记忆，大概是这个——二十来年吧！

众人　啊？！

志国　这二十来年的事儿都记不起来了？

杨大夫　对呀。也就是说从……七四年以后的事儿，她就可能全给忘了！您也别着急，其实啊，她这也属于比较正常的现象，比较正常，比较正常……

志国　还正常啊？大夫，您要认为她还正常……那我就认为您不正常了！

〔当天下午，志国和平卧室。

〔房间内被布置成了七十年代的样子。傅老、志国正在忙碌，陈大妈吃力地抱一大堆旧物件上。

陈大妈　哎哟……累死我了！弄这点儿破烂儿啊，我跑了八个旧货市场哦！我就纳闷儿：你们和平这病怎么这么邪性啊？

傅老　和平的病固然邪性，我看那个杨大夫的治疗方案啊，更邪性！

志国　我倒觉着这方案可行！您想啊：和平这二十年的事都想不起来了，咱不得一点儿一点儿帮她回忆呀？

傅老　回忆就回忆吧，干嘛非得把这个屋子给折腾成这样子嘛！

志国　这不得顺着她来嘛！不把她放在那个特定的历史环境当中去，猛不丁地告诉她现在都九十年代了，谁受得了这份儿刺激呀？再说了，一觉醒过来发现自己都快四十了，谁乐意呀？

陈大妈　我乐意！

第57集　失落的记忆（上）

傅老　我也乐意。

志国　你们是乐意了，可和平现在觉着自己才十七八岁，整个儿一纯情少女……

傅老　有她那模样的纯情少女么！

志国　陈大妈，您瞧这屋子有点儿二十年前的意思吧？

陈大妈　（起身环顾）唉，还不太像啊——二十年前，有这压力壶吗？有这电镀椅子吗？有它这"康师傅"吗？有我这陈大妈吗？你说是不是……

傅老　志国呀，听见了没有？都把它记下来，回头一样一样都给我请出去！

陈大妈　哎，还有这组合柜、这地板砖、这顶灯——哎哟我的妈哟，二十年前那美国人家里也不准有这水平……（下）

傅老　对对对，我说也是这个意……（看到组合柜里放的书）志国呀，王朔的书怎么也摆在这儿啊？王朔那会儿也认识不了几个字嘛！还有这个什么……梁左的相声集？梁左那会儿小学可能都没毕业呢！（又拿起几本书）还有这些，通通都给我拿出去！

志国　这也不行那也不行，那什么行啊？这不就是为了糊弄糊弄病人嘛，你们还真想恢复原貌啊？我刚才倒是跟电影厂的制景部门联系了一下，人家说要真把这屋子恢复成七十年代的原貌，行是行，没一万块钱根本下不来！

傅老　什么？一万块钱？

志国　这我还是找了一个叫戴延年的老师傅给打了八折呢！您想啊，前年我跟和平装修这屋子花了八千，这回还得花一万——这里外里合着我们花一万八弄一个贫困户当？这不有病嘛！（下）

傅老　可不有病嘛——她要没病还用得着这么折腾？（下）

〔日，傅家客厅。

〔志国自里屋着黄绿军装、戴绿军帽上，大义凛然地亮相，被衣领"风纪扣"

勒得喘不过气来。圆圆着二十年前花格衣，左肩右挎军用书包自里屋上。

志国　圆圆，感觉怎么样啊？

圆圆　呵……爸，您还别说，这衣服……真叫一难看！（嫌弃地）那时候少年儿童就穿这个呀？

志国　不愿意穿别穿！我早就说了：这活动你跟小桂别参加——又不是那时代的人，装也装不像……（衣领太紧）怎么这么难受啊！

圆圆　我干嘛不参加呀？病的那是我妈！

〔傅老着二十年前旧中山装上，衣服又瘦又紧。

傅老　既然要参加就要端正态度，怎么能挑三拣四、怨天怨地的呢？这件衣服有什么不好啊？上面连块补丁都没有嘛！志国，我这个衣服怎么这么别扭……

志国　呵，能不别扭吗？（看手表）哎哟，和平药劲儿快过去了，说话就醒——同志们，准备战斗！

〔三人慌忙向里屋下。

〔时接前场，志国和平卧室。

〔昏迷中的和平身着军装躺在床上。傅老、志国、圆圆分列两旁。

傅老／志国／圆圆　（齐声呼唤）和平同志！和平同志！和平同志！

〔和平慢慢苏醒。

和平　（少女腔调）我这是挨哪儿呢？

志国　你这是在自己的……战友的家里呀！我是志国，我就是你的……我就是你的志国哥呀！

和平　志国？贾志国？啊不对不对……

志国　和平！向毛主席保证我是真志国，我绝对不是假志国……我绝对就是贾志国——瞧我姓这姓儿！

第57集　失落的记忆（上）

和平　你怎么老成这样了你？！

志国　我……（背躬）我这还抹了大半瓶儿那什么蜜呢！和平啊，你听我跟你说……

〔志国与圆圆扶和平坐到椅子上。

志国　和平，是这么回事儿，你这不生病了吗？你一生病我就着急，我这一着急我就老成这样了！你看我爸，他更着急——头发都白了！

傅老　是啊是啊……（向志国）那是急得吗？（向和平）对，你看啊：心里边着急着哪！你要是万一病上有个什么……那我们志国他怎么办哪？

和平　（不好意思，向傅老）大爷……大爷？大爷！我叫您呢！

傅老　……哦对！叫得好，叫得好！（低声向志国）好多年没听她这么叫了，耳生！

和平　大爷，那我跟志国的事儿您都……都知道了吧？

傅老　对……知道什么了？

和平　我们俩……处朋友……

傅老　我不光知道你们俩处了朋友，我还知道你们俩处朋友以后的事儿……

和平　哎哟大爷，您瞧您，人家都不好意思了……那我大妈呢，她也知道了吧？

傅老　你大妈？——不认得。

志国　（低声）她说的是我妈。

傅老　哦，你是说志国的母亲哪？唉，她已经……

志国　（急忙打断）她已经出差了！和平啊，（拉过圆圆）你看这是我……这是我妹妹——

圆圆　我……对对对！阿姨好！

和平　哎哟喂，你别管我叫阿姨呀！那不乱了吗？哟，看样子反正你怎么也得比我小，你就管我叫姐姐吧！

圆圆　姐姐……（向志国）那不更乱了吗？

和平　不乱不乱……哎,贾志国,来——我怎么瞅你妹妹那么眼熟啊?(向圆圆)你挨哪个学校啊?

圆圆　我是和……我是战斗里小学的!

和平　哎哟喂,真……(起身,发觉头晕,又坐下)真的呀?那离我们反修路小学不远哪!你是宣传队的吗?上次迎宾——迎接西哈努克亲王是不是你也去了呀?我瞧你特眼熟哎……

志国　(向傅老)坏了,这可不止二十年了——快成圆圆同学了!(把圆圆推到一边,向和平)和平啊,你还记得你这回是怎么生的病吗?

和平　我生病啦?我不记得呀……

志国　你好好想想。

和平　嗯,我记得,我往外跑……在兵团……不是!我,我回北京探亲……不对!我已经调回来了……不对……哎哟,我都乱了哎!你别说话……你上大学了吧你?

志国　对对对……七三年——群众推荐,组织批准。

和平　真羡慕你!人民送你上大学,你上大学为人民。上大学,管大学,用毛泽东思想改造大学——多光荣啊!

志国　我那是工农兵学员……不对!是光荣,是光荣!和平啊,你看,你中午就没吃饭,你是不是饿了?你想吃什么?我现在就给你做去!

和平　哎哟,臭不要脸德行!我哪能挨你们家吃啊?头回来你们家……要不你给我做点儿吧?我饿着呢……

志国　你想吃什么呀?你想吃什么我就能给你做什么!

和平　我想吃什么你就能给我做什么?

志国　啊!现在市场繁荣,物价稳定。

和平　那我想吃——炸馒头片儿,再抹上厚厚的一层芝麻酱!再撒一层厚厚的绵白糖!咬一口……(馋涎欲滴)

圆圆　（低声向傅老）说了半天就吃这个？我都能做。

傅老　那谁不会做呀？关键是那会儿没原料。以前啊……（高声）啊对，就是现在，这些东西都是凭证儿、凭本儿、凭票儿供应——每人每月是半斤油、半斤糖、半两芝麻酱——还厚厚的一层？美死你！

和平　哎哟，大爷，您怎么那么逗啊？我是跟贾志国逗着玩儿呢，您还真当真哪？就是真给我做出来我也不会吃的呀——忒腻！贾志国，要不然咱吃带鱼吧？我给你做。

志国　你想吃带鱼？

和平　嗯！红烧带鱼，多好吃啊！我请客得了？这样得了！咱要买就买好的，买最贵的——三毛八一斤的！回头我拿两块钱……（掏出"红宝书"，找）

志国　你别掏了，别掏了……（低声向傅老）两块钱留着买鱼虫儿吧！

和平　那行，那你先给我垫上吧！赶紧买去吧，赶紧回来，要不然我回家晚了我妈该呲儿我了……

志国　哎？你别回家呀！……和平啊，你听我说，是这么回事儿：你这次生病我们没敢告诉你妈，怕她老人家着急，想让你在我们家多住几天，把病养好了再回家。

和平　那哪儿成啊！咱们俩的关系——还没明确呢……

志国　还没明确呀？还怎么明确……我的意思是说啊……

和平　哎哟！我一个大姑娘家家的住你们家，那多恶心啊！到时候街坊邻居肯定就该……该那什么了！

志国　那什么呀？谁敢说什么呀？你又不是别人，是我自己的老……老战友！

傅老　和平啊，我看你还是照着志国的意思先住几天，也省得你们家里都惦记。等痊愈了，咱们再重返三大革命最前线！

和平　大爷说的还真在理儿上。

圆圆　妈……阿姨……姐姐！（向志国）这份儿别扭！（向和平）您真同意住

　　　　　下啦？

和平　贾志国？

志国　啊？

和平　那我……睡哪儿啊？

志国　那你不就……那你说呢？

和平　（害羞）如果你没意见的话，我就和你……

志国　没意见，没意见！

和平　（拉过圆圆）……妹妹一块儿睡！

【上集完】

第58集　失落的记忆（下）

编　　剧：英　壮　梁　左

客座明星：唐纪琛

〔日，傅家客厅。

〔傅老、志国自里屋上，两人臂戴黑纱。

傅老　……找点儿资料，我参考参考！

志国　咱们家报纸什么的都不多了。

〔门铃响，圆圆自里屋跑上，开门。

傅老　找一找，翻一翻嘛……

圆圆　（画外音）陈奶奶！

陈大妈　（画外音，情绪激动）哎！圆圆！怎么你妈她……哎哟……（上）我说什么来着？她这回摔得就不善哪！（冲里屋哭喊）和平哎——你上有老下有小怎么就这么走喽……

圆圆　（喊）陈奶奶！您弄明白怎么回事儿再哭成吗？

陈大妈　（顿敛悲声）怎么回事儿啊？

志国　我们帮和平回忆往事，今天回忆到七六年——我爷爷去世。

陈大妈　嘻！哈哈……我还当是和平她……白难受了半天！

傅老　怎么是白难受了呢？和平去世了你应该难受，我爸爸去世了你也应该难受嘛！

陈大妈　对对对，都是好同志嘛！怎么，和平她现在见好了吧？

志国　好多了！正在屋里为党和国家的前途命运操心呢。

陈大妈　哦，一九七六年，那正是……嘻！这是该她操心的事儿吗你说说……

傅老　操心还是应该的——胸怀祖国，放眼世界嘛！

圆圆　爷爷，这词儿我怎么听着耳生啊？您好像不是我们这时代的人，难怪您跟我妈最谈得来呢……

陈大妈　就是嘛，我就说和平多余操这份儿心，咱们国家上有党中央的正确领导，下有全国人民万众一心，到什么时候也错不了！

志国　爸，我看和平这么忧国忧民的早晚得忧出病来，咱们赶紧帮着她往下回忆吧——您就别慎着了，赶紧着抽工夫把"四人帮"给彻底粉碎了吧！

傅老　对对对！我这就去准备，明天我就去。

圆圆　爷爷，您多带几个人儿，我跟您一块儿去！

志国　圆圆，你这两天别露面儿啊，我瞧着你妈已经有点儿怀疑你来路不明了！

圆圆　嘿！我清清白白一女子，我怎么来路不明了？我打她那儿来的！

傅老　好啦，圆圆就不要去了！这么点儿小事，我一个人就足够了！志国你也不要闲着，等我那儿忙活完，你就给她把"三中全会"开喽！

陈大妈　好么！这要是来个不知道的一听，还以为你们说胡话呢！（下）

〔日，志国和平卧室。

〔和平身穿旧军装坐床上看"红宝书"。傅老作兴奋状上。

傅老　（激动）特大新闻！特大新闻！都给抓起来啦！中国人民迎来了第二次

第 58 集　失落的记忆（下）

解放！祖国建设迎来了第二个春天哪！

和平　您这是听谁说的呀？

傅老　怎么听谁……都在这么说呀！喜讯传四方啊！

和平　大爷！这么大的事儿您可得有证据，您可不能传播小道消息，给造谣公司当传话筒——现在可正追查这个呢！

傅老　谁追查？追查什么？我有证据！报纸上都登了！

和平　报呢？您拿来。

傅老　报纸啊……这会儿我上哪找报纸去？中央文件都下来了——中央文件我也没带着……"四人帮"都判刑了——录像带我也没有啊！全世界都知道的事儿，你怎么就不相信呢？真是急死我了！

和平　大爷您别着急！您好好想想：是不是您弄错了？……您放心，我什么也没听见，一点儿没听见，谁问我我都说我没听见！

傅老　你没听见？那我不是白说了……你还是怕追查呀！……哎！有个歌儿，我一唱你马上就想起来啦。（唱）"来来来来，来来来来，来来来来来来来来，十月里，响春雷，八亿神州捷报飞……"

和平　大爷，您这么一唱——我就更迷糊了。

傅老　歌儿不成还有戏哪，那个河南梆子……（唱）"大快人心事，揪……揪……"

和平　（情不自禁地接唱）"揪……揪……揪出'四人帮'！揪出'四人帮'——哎嘿——"我想起来了！我什么都想起来啦！

傅老　什么都想起来了？

和平　是啊大爷！

傅老　……就冲你管我叫大爷，就什么都没想起来！好啦，七十年代就先谈到这儿，明天我直接就把你带入八十年代！（下）

〔晚，志国和平卧室。

〔和平靠在床头，志国陪伴在侧。二人身着八十年代服饰。

志国　……昨天我爸帮你回忆了八十年代，今天我们来讲一讲九十年代。进入九十年代以后，我们国家开始了由计划经济向社会主义市场经济的伟大转折！这个转折是由小平同志"南巡讲话"以后开始的……

和平　"南巡"？是不是就是去深圳珠海那边儿啊？

志国　对对对！和平，你想起来了？

和平　我可不都想起来了吗——我们坐的一趟车呀！

志国　哦……谁跟你坐一趟车呀？

和平　那我跟谁坐一趟车呀？

志国　你跟……我知道你跟谁坐一趟车呀！你那是慰问演出，不是一码事儿！

和平　哦……哎哟，我全乱了！（拉住志国的手）志国，说真的，我这几天到底怎么回事儿啊？

志国　你这……没什么事儿！你吧，就是病了以后有好多事儿一时想不起来了，我这不是帮你慢慢回忆呢嘛？

和平　我也觉出来了，就我想不起来那些事儿还不止一两年呢吧？

志国　对，好些年呢！

和平　好些年？好些年那你一个人儿……你是怎么过来的呀？

志国　我一人儿……我不是一个人儿啊！

和平　（抽开手）你不是一个人儿？那我明白了——那你跟我嫂子你们还好吧？

志国　我跟你嫂子？我什么时候跟你嫂子一块儿……不是不是！和平你千万别信别人的闲话，你嫂子虽说长得那什么……我顶多就是多看她几眼，我绝对跟她没……不信你问你哥去呀！

和平　我说的不是"我"嫂子，是我"嫂子"——就是……你爱人。

志国　嘻！我爱人啊？不怎么样！不瞒你说：现在我爱人还不认识我呢！

192

第 58 集　失落的记忆（下）

和平　这么说你还没结婚哪？那不可能啊，就凭你们家这条件，你还愁在外边找不着个……女朋友？

志国　在外头找女朋友？找倒是能找着，我也得敢哪！和平啊，其实咱俩吧，都已经啊……原先啊……后来……你就说你现在乐意不乐意吧！

和平　（羞）唉呀，那是人家一辈子的大事，人家还不得考虑考虑呀？

志国　这还有什么可考虑的呀？让人家听着都新鲜！

和平　"谈恋爱""谈恋爱"嘛，不"谈"那怎么"爱"呀？

志国　（回身背躬）我当时谈得还少哇我？算我倒霉，我还得费道手——（坐到和平身旁，情意款款）和平……

和平　（羞涩忸怩）嗯……

〔日，傅家客厅。

〔圆圆看电视。傅老自里屋上，关电视。

圆圆　哎！爷爷，您干嘛呀？我看一半儿呢我……

傅老　和平说话就要到客厅来，你先回避一下，我们大人有话说。

圆圆　你们说你们的，我又不是外人。您别忘了啊——她可是我妈！

傅老　怎么是我忘了？明明是她忘了嘛！圆圆你不要着急，这几天你妈正在跟你爸谈恋爱，而且进展得很顺利——我估计你出头的日子不远啦！

圆圆　那我什么时候才能管我妈叫妈呀？

傅老　这个……这个要看你妈和你爸关系进展的程度，不过我可以告诉你一个好消息：昨天你妈已经同意嫁给你爸啦……什么话嘛这叫！

圆圆　算了吧！就算我妈今儿个就嫁给我爸，等我妈想起我起码还得一年，我还是来路不明吧——我就是不知道我管她叫阿姨还是叫姐姐！（下）

傅老　那就先叫嫂子！

志国　（画外音）和平，来，上这屋待会儿来。和平……

〔傅老闻声躲出去。志国引和平自里屋上。和平羞涩拘谨。

和平　（环顾）哎哟喂，贾志国，你们家真阔气呀！

志国　什么我们家你们家的，这是咱们家！咱俩那屋都收拾得差不多了，就差那结婚照还没挂起来呢。

和平　德行！你怎么那么没羞哇你……（用力掐了贾志国一把）

志国　哎哟！我还没羞啊？我都客厅里睡一礼拜了我！和平，昨儿晚上你跟我说的话，今儿能再说一遍吗？

和平　哟，昨晚刚说完就忘啦？年轻轻的记性那么差！

志国　也不知咱俩谁记性差！

和平　贾志国，你说咱俩那事你爸能同意吗？

志国　多新鲜啊！他能不同意吗？咱俩孩子都……都快有了！

和平　你说什么呢你？恶了巴心的！咱俩现在要是有孩子，那不等于未婚先……先那什么了吗？

志国　得，这黑锅自己还背上了……和平啊，我的意思是说：咱俩将来肯定有一孩子，百分之百还是个女孩儿！不信咱俩打赌！

和平　（低头，难为情）谁跟你打赌？一打赌你准输……

志国　我输？哼，我输那就真见了鬼了……

〔傅老上，故意咳嗽一下。二人站起。

傅老　坐下坐下……听说，你们两个有话要对我说？讲嘛。

志国　和平，你说吧。

和平　唉呀，贾志国……要不然还是你说吧……

志国　你说吧！

傅老　不要推来推去的，干脆说——你们什么时候去办喜事？

和平　啊就大爷，就我觉得吧，我们俩年龄都不小了哈？赶早不赶晚——明年春节就办吧！

第58集　失落的记忆（下）

志国　啊？

傅老　我看可以……（被志国拽了一下）怎么可以呢？什么春节元旦今年明年的？一万年太久，只争朝夕——明儿个给我登记去！

和平　哎哟……（低头，羞涩为难）

〔翌日晨，傅家饭厅。

〔傅老、圆圆吃早点，小桂在忙碌。志国穿旧背心上。

圆圆　爸，您今儿大喜的日子怎么不换件新衣服呀？

志国　大什么喜呀？和平死活咬定最早明年元旦登记——今儿晚上我还得客厅搭床……

傅老　昨天我又想了想，还是不要着急，慢慢来，和平的意见也应该尊重嘛！好了，我上局里开会去……

志国　和平的意见是应该尊重，可这么天天搭床我可受不了啊！干脆，我也不管她晕不晕了，今儿我跟她挑明了算了……

和平　（画外音，平常腔调）贾志国？志国！……

〔圆圆弯腰藏在餐桌一侧。

和平　（画外音）哎哎……贾志国你怎么回事儿啊？（跑上，恢复平时的样子）都八点了也不叫我一声儿！你成心让我迟到啊？真是……

傅老　（扶和平坐下）来来来……坐下坐下……

和平　啊？干嘛呀？

傅老　你大爷我昨天跟你提的那个事儿……

和平　我大爷你？您是我大爷？（笑）

志国　我爸是说呀，就结婚那事儿嘛……

和平　哟！您要结婚哪？跟谁结婚哪？您早跟我们说一声啊！您要跟谁结……

傅老　不是我，是他！（指志国）

· 195 ·

和平　啊？你要结婚？！

志国　不是说好了吗？

和平　（怒）你要跟谁结婚哪你？你说！你要跟谁结婚哪你？！

志国　不是说好了登记……

圆圆　（上前）别着急嫂子……不是！别着急阿姨……

和平　叫我什么呢？你叫我什么呢你？！啊？（激动）大早上起来你们全家串通好了，你们……你们要把我休了啊？我挨你们家十来多年我容易吗我？（哭）我不容易呀……

众人　好了！……她好了……（欢呼雀跃）

和平　把我休了你们还好了？呜……（晕倒）

众人　哎！又晕过去了……快……拿冰块儿……（乱作一团）

【本集完】

第 59 集　希望在人间（上）

编　　剧：赵志宇　梁　左

〔日，傅家客厅。

〔和平织毛衣，志国自里屋上。小桂上前问和平。

小桂　大姐啊，咱中午吃点儿啥呀？包饺子吧？

和平　怎么一到礼拜天就吃包饺子呀？烦死了！换换样儿。

〔傅老扛门球棍上。

傅老　对对对……弄点小白菜馅儿的，别老吃啊——

志国　哎！

傅老　换点儿西葫芦馅儿的！

志国　就是……爸，您这不换汤不换药吗？和平的意思是说不吃包饺子——

和平　哎！换点儿好吃的！

傅老　饺子还不好吃？那是旧社会我们穷人过年的时候才……也不见得吃得上！满汉全席好吃，那是皇帝吃的，吃得起么你？！

和平　嘿？皇帝吃得我吃不得？如今我们劳动人民也当家做主了！（向志国）去！打听打听多少钱一桌——今儿我豁出去了！

傅老　我听说，酒水在外，也就……两万多块钱吧。

和平　两……那还皇帝吃吧，我这辈子是没戏了——志国，你呢？有希望吗？能不能有朝一日拍出两万块钱来吃顿满汉全席？

志国　那比当皇帝还难呢！你说我挣这点儿死工资……哎？我看咱指望着圆圆得了，万一长大了要嫁个大款什么的……

傅老　胡说！劳动致富要靠自己，怎么能靠嫁人呢？

和平　就是！嫁什么大款哪？咱自个儿就当大款！不过瞅圆圆这发展趋势啊，长大了顶多跟我似的，没什么前途！

傅老　也不一定——新社会人人都有前途！

和平　呵，那也是玻璃罐儿里养蛤蟆——前途光明出路不大！长大了嚜，再嫁一志国这样儿的——一对儿现世活宝。

志国　哎哎哎，要说说你自己啊，别拉扯着我！我还觉着我现在怪不错的呢——就是穷点儿。

和平　这年头儿还有比穷更糟心的么？不成，这事儿得现在就抓！圆圆哪，小桂？

小桂　还没起呢吧？

和平　瞅瞅，瞅瞅！都儿点了？就冲这懒，这不爱学习，这不思进取，将来长大……能吃满汉全席吗？

傅老　吃什么倒是小事，不过从小是应该养成爱学习的好习惯。

志国　我听说一般大款都不怎么爱学习。

和平　那是当了大款之后！当大款之前都得勤奋学习。噢，你还没当大款呢，倒先不爱学习了？那更了不得了……走走走，赶紧赶紧——咱去问问她长大了想干什么，咱现在就得定向培养！

志国　你怎么想起一出儿是一出儿啊？

傅老　我看和平这个意见还是对的，早立志早成材——倒不一定当什么大款，从小掌握为人民服务的本领这是真的！

和平　走！

〔志国无奈，向里屋下。小桂叫住和平。

小桂　哎，大姐呀，你还没说咱中午吃点啥呢。

和平　那还用问吗？吃饺子呗！圆圆还没当大款呢，吃得了满汉全席么？

〔时接前场，圆圆卧室。

〔圆圆在画画。志国、和平上。

和平　哟，起来啦？做作业哪？

圆圆　（专注地）没有，画画儿呢……

志国　和平，你看圆圆挺自觉的，咱们就甭操心了！就等着将来成大画家，给咱家挣大钱吧！一张画儿好几万……

和平　得了吧你！就咱两家祖宗八辈儿里，出过一画家吗？这遗传基因里根本就没这根儿筋！你小时候还学过画画儿呢，你画成了么你？

志国　我是我她是她，父亲跟孩子两码事儿！齐白石他爸爸也没画出来，齐白石不就画出来了？

和平　那倒也是……我瞅瞅咱圆圆画得怎么样——（看圆圆的画）哟，圆圆，这是什么呀？

圆圆　小房子。

和平　小……（向志国）我还以为是地窖呢！（看画）天上飞的这是青蛙吧？

圆圆　什么青蛙！这是鸟……

和平　有这模样儿的鸟吗？门口儿这猪八戒站这儿等谁呢？

圆圆　什么猪八戒呀？这是花仙子！

和平　啊？花仙子也改这模样儿啦？那她旁边儿这老妖怪……

圆圆　什么老妖怪？这是我自个儿！

和平　啊？！

圆圆　算了，妈，别看了你！根本不懂艺术！

和平　嘿？我搞艺术的我能不懂艺术？不说你画的这画儿……志国，这孩子在绘画上是没什么前途了，赶紧想点儿别的辙吧！

志国　那也不一定，还得看发展。你看圆圆现在这水平——（看圆圆的画）你看这云彩……当然这云彩画得是差点儿哈？你看这小树儿……这小树儿也不怎么样……这孩子在绘画方面没什么发展了，趁早儿改行干别的吧！干点儿什么呢？

和平　什么挣钱干什么——做买卖怎么样？

志国　做买卖？咱俩都不会，咱能培养她？

和平　咱不会咱可以学呀！咱再吃苦受累咱得把孩子培养出来……哦，你就忍心看着这孩子将来庸庸碌碌，穷困潦倒，长大以后跟咱俩似的，礼拜天光能吃顿饺子，连顿满汉全席都吃不起？

志国　唉呀……从当今世界发展趋势看，全世界的政治格局，正在由军事对抗转为经济竞争。作为跨世纪的一代，圆圆从现在开始就懂得一点儿经济呀、贸易呀、管理方面的知识，倒是很有必要的。这……

和平　那就这么定了！圆圆，甭画画儿了，咱们就学做买卖——经济管理。长大了以后，咱当女强人怎么样啊？

圆圆　（专注画画）行，我干什么都无所谓，反正是为了你们。

和平　哎？怎么是为了我们呀？我们那是为了你呀！打今儿起……

圆圆　哎哎……别从今儿个——让我把最后这点儿画完，明儿再改行。

和平　嘿……哼！

〔和平、志国下。

〔日，傅家客厅。

〔傅老、和平、志国在座。茶几上放几本书。

傅老　……好好好！把圆圆培养成为下一个世纪的经济女强人，我看这是一个跨世纪的宏伟工程嘛！来来来，谈一谈具体的设想！

和平　我跟志国商量了一下，我们准备挨家里头给她开几门儿课——（将书递给傅老）这些都是我们给她买的参考书，您瞅瞅？

傅老　（一本本看）外贸英语、现代企业管理、经济法汇编、国内期货市场……这个对她是不是深了一点哪？

和平　嗯……是深点儿——不吃苦中苦，能吃满汉全席么？

傅老　我是说她能看得懂这些么？

志国　还行吧。我这两天把股市投资指南给她讲了一遍，她正在做我给她找来的深圳股市近期技术分析……

〔圆圆自里屋跑上。

圆圆　不做了不做了……太可怕了太可怕了！

志国　怎么了，圆圆？

圆圆　你们看看：深圳股票交易一举突破二百一十点心理关口！K、D、T、I都是空头主控——你让我怎么做呀？

志国　不错，DY、TY是向下，可未来第三天下行的速度将大幅度减缓，第四天肯定会反弹！

圆圆　可再次向下探底反弹的幅度受基本面的制约！你看：在K线图上，本周上下影都不到一点，实体十三点的中央线，和前两周组合，形成"两阴夹一阳"的形态——明显是下跌的形态呀！

和平　（一头雾水）你们……挨这儿说什么呢？

圆圆　这比我们做数学题还难！一点儿都不好玩儿，我不玩儿了！

志国　怎么会是玩儿呢？这是学习！来来，我再帮你分析一下……

傅老　志国，学习是件好事，可也得由浅入深，量力而行，理论结合实际嘛！你看看这个对于她是不是太早了一点？不适合她的年龄嘛！

志国　那您说怎么办啊？哪有适合她这年龄的经济学教材啊？

傅老　没有不要紧！这好办，可以在实践中学嘛。在战争中学会战争，在游泳中学会游泳嘛！

和平　您那意思是说现在就不让她上学啦，让她就做买卖去？

圆圆　也行啊，我没意见！

傅老　胡说！学还是要上的。我的意思是说：可以让圆圆先参加我们家日常经济的管理，有个感性认识嘛。

圆圆　就咱家那点儿钱还值得我一管？三头五百的。我做的深圳股票可都是成百上千万的大生意！（欲下）

和平　哎哎——你那都是假的，这能见到真章儿！

圆圆　那……（凑上前）管好了有我提成儿吗？

和平　嘿！刚儿天啊，这孩子她就按经济规律办事儿了嘿！管好了，每月多给五块钱零花儿。

〔圆圆开心地向里屋跑下。

〔数日后，晚，傅家饭厅。

〔小桂布置餐桌。

小桂　开饭喽！

傅老　（上，看桌上饭菜）不错不错不错，自从圆圆参加了日常经济管理工作以后，钱还是那么多，这饭菜的质量有了明显提高嘛！

小桂　圆圆帮俺买的菜，比俺还能砍价儿呢！

傅老　这就是理论与实践相结合的好处嘛！

〔圆圆上。

小桂　你像今天这排骨，人家要俺四块二，她愣给砍成三块九。两斤排骨省了六毛钱，俺给她两毛钱提成儿，咱还赚了四毛钱呢！

第59集 希望在人间（上）

傅老　不错不错……啊？怎么还带提成儿的？

圆圆　我付出了劳动，当然要收取佣金……

〔志国上。

圆圆　你们拿大头儿，我个人拿小头儿——咱两边儿都不吃亏。

傅老　这合适么？（向志国）这是不是属于贪污行为？

志国　现在有的单位倒是允许这么干，不过在咱们自己家里……

圆圆　在哪儿都得按经济规律办事儿！小桂阿姨，吃完饭我刷碗。

小桂　不用不用，还是俺洗吧。

圆圆　别客气，我来！

〔和平自厨房上。

小桂　俺不是客气，俺这月就剩十几块钱了，俺还留着买衣服呢。

和平　呵，听听！这孩子现在多抢着干活儿啊……你干活儿就干活儿吧，怎么还又是衣裳又是钱的呀？

圆圆　是这样，妈妈，我把小桂阿姨每月的总收入和她所干的工作量做了一份"分解图表"，从而精确地看出她从事每一项家务劳动所得到的报酬。根据我的计算，比如说她每洗一次碗是两毛六分五，每拖一次地是三毛二分四，平均每打扫一次房间的报酬应该是四毛三分整，具体还可以分早上和晚上两种不同价格……

志国　你没事儿吃饱了撑的？算这干嘛呀？

圆圆　我当然有我的想法，我想如果我帮小桂阿姨干活儿，我就应该得取相应的报酬，对不对？

和平　听着倒是这么个理儿——你说呢，志国？

志国　听说国外倒是有这么教育孩子的，就不知道适合不适合中国国情……

傅老　我看不适合！圆圆，你干了那么一点点家务劳动就要钱，那你爸你妈把你养这么大，他们也付出了不少劳动，他们管你要钱了没有？啊？我把你爸爸养了这么大，我也付出了不少劳动，我管他要钱了没有？啊？我爸爸把我养……

圆圆　爷爷！您不用再继续举例了。大多数人都是父母养大的，这一点我跟您没有不同意见，可现在我是帮小桂阿姨干活儿，干的是她分内的工作，所以她从她的工资中给我一份儿，也是完全合理滴——

傅老　什么完全合理！还"滴"！像你这样的年龄，干一点儿轻微的家务劳动，这对你的成长，只有好处没有坏处，还什么钱不钱的！

志国　就是嘛，小桂阿姨一天忙到晚，你帮她做点儿家务活儿还不是应该的呀？

圆圆　可小桂阿姨干活儿是有报酬的，如果我帮她干活儿而不要钱，而她不干活儿却得到钱，她不是不劳而获了吗？

小桂　谁说俺不干活儿了？俺两眼一睁，忙到熄灯——就这样俺还忙不过来呢！

圆圆　忙并不能说明任何问题——有些聪明人一天能干完的活儿，笨人也许就要忙三年。只要你承认家庭服务员的职责中有洗碗这一项，也就应该承认你的工资中有洗碗这一项内容，也就应该承认我帮你……

和平　哎哎……你帮小桂阿姨洗一次碗多少钱？

圆圆　小桂阿姨每洗一次碗的报酬是两毛六分五，我洗碗的质量没她高，我就要一毛五，那么剩下的一毛一分五嘛……

和平　（掏钱）这是两块五，拿着！（将钱拍在桌上）别烦了，行吗？

圆圆　（鞠躬）谢谢妈妈！（拿过钱揣兜里）

志国　这你怎么不说你自己是不劳而获了？

圆圆　在法律上这叫作"赠予"。作为被赠予人我刚才已经向赠予人表示了谢意——如果你们都承认我妈是有行为能力的自然人的话……

志国　废话！

圆圆　那么这项赠予在法律上就生效了——跟劳动不劳动没有关系。就这么简单！

小桂　那，圆圆，今天的碗就你洗了？

圆圆　可以。顺便说一句：我妈刚才赠予的附加条件是"别烦了行吗"，并没有其他条件。如果你要让我帮你洗碗呢，还得照样儿付钱。

和平　嘿！……

〔傍晚，傅家客厅。

〔傅老、和平在座，圆圆站立一旁。

和平　……不可能！按你说你挨学校里头，表现得跟天仙似的，老师能请家长么？我告诉你：你爸爸下了班儿，已经直接奔学校了！有什么事儿你赶紧坦白，省得你爸爸回来说出来你被动！

圆圆　我坦白……我没错误我坦白什么呀？你们说一个学生的主要任务是学习吧？以前我的数学不错，语文一般，现在我不光数学好，语文也一跃进入全班前五名——说不定老师这次请家长是为了表扬我呢？

和平　……不可能！表扬你能急赤白脸打电话让家长赶紧去一趟？

傅老　圆圆，一个学生不光要学习好，还应该积极地参加社会活动，和同学们搞好关系，全面地发展嘛！

圆圆　这方面我做得也不错。最近我们班民意测验表明，在后几天的少先队改选中，很有可能恢复我的小队长职务——没准儿还能混个中队委当当。

〔开门声响。

志国　（画外音）贾圆圆我打不死你！（气冲冲上）上哪去了？！……

〔圆圆吓得逃向一旁。志国情绪激动，欲打圆圆。和平、傅老上前拦。

和平　怎么啦？……别着急……

傅老　有话慢慢讲嘛……

志国　（怒不可遏）你问问她自己干的好事儿！她在学校帮人做数学作业她收钱！她收了钱，又花钱让人帮她做语文作业！她……她还给同学送巧克力，让人家在选小队长时候投她一票！她还雇人帮她做值日！她还筹备建立一公司，专门儿帮低年级的同学做作业赚钱！她……（追打圆圆）

和平　怎么回事儿呀你！……志国……

圆圆　（慌，哭喊）也不能全怪我呀……我也是按照经济规律办事儿啊……理论与实践相结合呀……也是你们非让我学做生意，长大当女强人！……

志国　你还嘴硬你！（将圆圆按在沙发背上，举手欲打）你说……你还当不当女强人了你！

圆圆　（哭）饶命啊！我是弱者……我是弱者……

【上集完】

第 60 集　希望在人间（下）

编　　剧：梁　左　冯　俐

〔日，傅家客厅。

〔和平织毛衣，志国上。

和平　今儿怎么这么早就回来了？

志国　有点儿报表，回家来赶。圆圆呢？

〔傅老自里屋上。

和平　呵，挨里屋画画呢！说了，什么都不想了，就准备当大画家了。

傅老　这就对了。毛主席是怎么说的——"要让学生生动活泼主动地得到发展。"过去你们不听毛主席的话，也不听我的话，非得让圆圆当什么经济女强人，实践证明是错误的嘛，走了弯路了嘛！

和平　您觉着她现在走的这是正路？

傅老　那当然喽！我们现在是从她的兴趣出发，她爱画画我们就让她学画画。我看这样发展下去还是大有前途的哩！

和平　发展是发展啊，可她逮谁画谁这劲儿我可受不了。今儿嘿，（起身比划）我刚这儿伸懒腰伸一半儿，她告诉"别动"——二十多分钟！弄得我现在这腰还酸着呢……

傅老　哈哈，这幸亏是你，要是我还真是坚持不下来！呵呵……（仰天大笑）

圆圆　（夹着画板上）爷爷别动——保持这姿势，我马上就画完！（开始画）

傅老　我保持……我保持得住么我？

圆圆　坚持就是胜利！头再仰一点，嘴再咧大一点，小眼珠不要转，大耳朵动一动！

傅老　动不了，我又不是兔子！

志国　你们先慢慢儿画着吧，我回屋弄表儿去了……（走向里屋）

圆圆　爸爸别动！

〔志国停下，上身前倾，一脚前一脚后。

圆圆　这姿势正合适——画完爷爷我再画您！

志国　啊？就这姿势？你倒合适了，我受得了么？！圆圆，咱能不能商量商量：你让我把这脚尖儿撂平了？

圆圆　不成！那样就不自然了。

志国　你这意思我这样最自然？有我这么自然的么？！

傅老　是不自然——我也很不自然嘛！圆圆快一点，不要磨磨蹭蹭的啊，弄不好爷爷这个脖子会转筋，别再把别的病给勾出来……和平啊，要不你先给急救中心打个电话联系一下，完了就把我直接送医院去得了！呵呵呵……

圆圆　爷爷，您别老这么不耐烦，您应该支持我才对！我告诉您：我这速写是最快的，等到吃完晚饭我还准备画一张头像素描——那可就不是几分钟的事儿了，至少得仨钟头！

和平　你打算画谁呀你？

圆圆　我无所谓呀，反正是你们中间的某一个……

〔晚，傅家饭厅。

· 208 ·

第60集 希望在人间（下）

〔全家人吃晚饭。圆圆放下碗筷，环视众人，众人提心吊胆，沉默躲避。

圆圆　哼！看样子，你们是没有人自告奋勇给我报名当模特儿了？我先回屋准备准备，你们自己商量着派个代表——别耽误我的宝贵时间！（下）

傅老　（敲桌子）听见没有？头像素描。我们商量商量，看看谁去合适？

志国／和平　爸，这事儿啊……

傅老　（抢话）我要不是因为形象差一点，我就主动报名了！

和平　形象差不要紧哪，差有差的画法儿，您就甭谦虚啦！

志国　啊！哎？谁说我爸形象差呀？那得分跟谁比——比蒙娜丽莎是差点儿，要比巴黎圣母院……那敲钟的，那我爸还算美男子呢，是不是啊？

和平　那可不！那不是美一点半点，那……（两人一唱一和）

傅老　吹吹拍拍那一套少给我搞！我自己长的什么样子我知道！再说，刚才画速写的时候，我当模特已经脖子转了筋，再说一会儿还要看《新闻联播》嘛！再说我……（笑）志国，还是你辛苦辛苦——辅导圆圆人人有责嘛！

志国　我是有责，可我那报表儿明天还得交哪！我这是本职工作，她那是业余爱好，这谁轻谁重、谁先谁后你们……

和平　你完全可以边填报表儿边当模特儿——两不耽误啊。

志国　那出了错儿你负责呀？你以为我就填个报表？我那是描绘四化蓝图，展望未来远景，好几十万人切身利益都在我……我这儿担着多大责任呢我！我倒觉得啊，你没事儿倒可以到圆圆那屋坐坐——打毛衣哪儿不是打呀？再说了，咱家就你形象好，你不出山谁出山啊？

傅老　志国说得也对。

和平　咱家这形象当然……你少往沟里带我啊！（见小桂自厨房上）我形象再好，我能有小桂好么？小桂呀，待会儿让圆圆给你画一个头像素描啊？

小桂　唉呀，还画呀？俺今天都让她画了三回了！

傅老　再画一张！回头寄回老家让你妈好好看看嘛！

小桂　啥？就她把俺画成那样儿，还寄回老家让俺妈看？俺妈要是看见俺变成那样儿，非一头撞死不可！（下）

〔众人一筹莫展。昭阳上。

昭阳　哎哟嘁，咱家今儿这是开会哪？

〔众人看到了希望，招呼昭阳落座，分外热情。

昭阳　（纳闷）咱家又碰上什么困难了？

傅老　昭阳，你来得正好！刚才是圆圆……（被志国示意打断）

昭阳　圆圆又怎么了？还是上回那点儿破事儿？我觉得她根本就没什么错误，按经济规律办事嘛，再者说了，那都是大人教的呀……圆圆呢？

和平　挨里屋呢！

志国　你赶紧看看她去，她最信得过你！

和平　劝劝她！

昭阳　（笑）这不是还没吃饭呢么……

志国／和平　一会儿给你端屋去！

昭阳　那，我先去看看？

众人　好好……

昭阳　回来再吃！（下）

和平　哎哎，成成成……（关门，笑）美死你！还回……没仨钟头你回得来么你？

〔时接前场，圆圆卧室。

〔圆圆闷坐，昭阳上。

昭阳　（语重心长）圆圆！

圆圆　昭阳叔叔？太好了太好了！

昭阳　（抚圆圆头）我来晚喽……

圆圆　（推昭阳坐）不晚不晚……请坐请坐……头扭过去一点，再过去一点！

昭阳　圆圆，咱别搞得那么复杂……（欲换姿势，被圆圆制止）你有什么委屈就说！啊？

圆圆　委屈？……对！（支上画架，备好纸笔）本来我就说画我们家自己人，既然你来了，又这么热情，我就什么委屈都不说了。

〔昭阳欲起身，被圆圆制止。和平手拿半个馒头上，后跟志国端着小汤锅。

和平　圆圆，准备画上啦？还得说你昭阳叔叔！一听说你要找模特儿，饭都不吃直奔你这屋，拦都拦不住！

〔昭阳欲起身，被志国按住。

志国　对！（捏着昭阳下巴向圆圆展示）你看昭阳叔叔这形象，多标准！正面儿、侧面儿、背面儿、反面儿随你怎么画！而且昭阳叔叔还绝对不会有一点儿意见，是不是昭阳？

昭阳　我……我这不是倒霉催的么！

和平　昭阳兄弟，这大半拉馒头你先垫补垫补……（把馒头递给昭阳）过仨钟头嫂子给你做顿好吃的！

昭阳　得仨钟头？

志国　昭阳，剩这点儿汤你也拿着！（把小汤锅递给昭阳）

和平　干的稀的全有啦！

志国　齐了！

昭阳　就这残羹剩饭的我盯得下来么我？

圆圆　好啦好啦，昭阳叔叔，手里不要拿东西！

〔志国连忙抢过馒头和汤锅，放在一边。

圆圆　其他闲杂人等可以出去啦！我要打轮廓啦……

志国／和平　哎，好嘞！（下）

〔两个多小时后，圆圆卧室。

〔圆圆认真画画。昭阳无精打采，疲惫不堪。

圆圆　坐直了！昭阳叔叔——

昭阳　（揉脖子，有气无力地）我说圆圆画家，能不能让我再休息会儿啊？

圆圆　不成！还没到仨小时都休息两次了，你还有没有点儿为艺术献身的精神？

昭阳　您为艺术献身我不拦着您，可您别拉着我当那垫背的呀！我这招谁惹谁了我？我大晚巴晌儿的不好好跟家待着，我非上你们家来……坐仨钟头才给我一剩馒头吃，还不如那要饭的挣得多呢！

圆圆　不要怨天怨地，再坚持五分钟，最后五分钟！

昭阳　唉，行啊，已然这样了，你爱怎么画就怎么画吧！我真恨我自个儿小时候，不像你似的这么执着，有多少美好理想全耽误了！我哪怕有你那一半儿呢，也早混出来了，我还等今儿个？

圆圆　昭阳叔叔，难道你小时候也是个有理想的人？

昭阳　那当然了！知道外国有个作家叫高尔基么？

圆圆　知道，看过他的小说《母亲》。

昭阳　我就准备照着他那路子写——他写《母亲》，我写《二姨》！

圆圆　明白了，想当作家。我打听打听，您小时候作文儿及过格么？

昭阳　瞧不起我？不及格能登到我们班那黑板报上么？那是范文儿，供全班学习，都得照着我那样儿来！

圆圆　听起来倒是个当作家的材料，那后来怎么没当上啊？听我们老师说，凡是有理想最终没有实现的人，不是因为笨，就是因为懒。

昭阳　谁说的？……我那不是没坚持下来么……

圆圆　其实啊，您现在努力还来得及。基础跟那儿摆着呢，写不好还写不坏么？没准儿还能写出本儿《红楼梦》来。

昭阳　顶损也得写出本儿《飘》来。你要这么鼓励我，我还真想试试！

圆圆　好了，未来的作家，你被解放了！

昭阳　完了？我看看我看看……（起身看画）这……我说圆圆，你这画儿给我的鼓舞太大了——（展示，画上是一类人猿头像）就你这水平都能当画家，我那作家不早就成了么！

圆圆　您那意思是说我画得不像您？

昭阳　也别说，虽然不像我，可是有点儿像我祖宗……（将画扔下，欲下）

圆圆　哎哎——您祖宗谁呀？

昭阳　北京猿人！（下）

〔日，傅家客厅。

〔傅老站立，一手扶腰一手高举，给圆圆当模特。圆圆画画儿。

傅老　……你看你们现在这孩子多幸福啊！想学什么家里都给创造条件，哪像我们小的时候，多少远大理想全给耽误了！

圆圆　爷爷，您小时候理想是什么呀？

傅老　很多呀，最大的理想——这个你是绝对猜不出来的……

圆圆　（指挥傅老摆好姿势）您就说您的理想是什么吧！

傅老　当一名服装设计师！

圆圆　啊？！就您？

傅老　当然喽，这是现在的叫法，我们那个时候叫作裁缝！我们家对门就住着一个裁缝，那手艺确实是好，缝什么是什么，裁什么像什么……

圆圆　爷爷，有志者事竟成，您现在努力还来得及。

傅老　哦？是么？

〔日，傅家饭厅。

〔小桂端坐，摆兰花指做作造型，给圆圆当模特。圆圆画画儿。

小桂　圆圆，这几天俺看你那么认真地学画，俺也变得特别有想法……

圆圆　你也有想法？你想干什么呀？

小桂　俺想……俺要是说出来，你可一定得成全俺！

圆圆　说吧，你是不是也想起小时候什么理想？

小桂　对呀圆圆，俺小时候的理想就是当一名小学教员！先当民办的，然后再转成公办的……俺不能让俺的理想破灭！圆圆，俺想收你当俺第一个学生。

圆圆　啊？就你那水平还教我哪？

小桂　俺文化水平不高俺可以学呀！你要是不管俺，俺也不管你了——俺不叫你画了……（作势欲起）

圆圆　哎哎……好好好，哪天我先帮你备备课，然后你再教我——也省得耽误别人家孩子。

小桂　中！中！

〔日，傅家客厅。

〔志国画画儿，和平当模特，圆圆在旁焦急等待。

圆圆　……爸，你画得差不多了，该轮到我啦！

志国　（激动）不行不行不行！你昨天一给我画画儿，我就想起来了——我小时候最大的理想就是当一名画家！其实我的基础比你好，我为什么一定要放弃我的理想呢？和平，你把脸转过来一点儿，让我把明暗交界线找好了……

〔傅老背手自里屋上。

傅老　本服装设计师，隆重推出第一号产品！（举起一件叠好的红色服装）圆圆，你来试一试？（展开，是一件超级肥大的"缅裆式"红裤）

圆圆　爷爷……这是衣服还是裤子呀？

傅老　没有见过吧？这叫作"缅裆裤"！我们家对门儿那个裁缝就是这么做的……你看看，正反都一样，两面都能穿，可以说是现代意识与传统观念的完美结合嘛！圆圆来试一试……

圆圆　哎！我不穿我不穿，我穿这个怎么上学呀我！

傅老　是长了一点……要不和平你试一试？

〔和平嫌弃，躲开。昭阳兴冲冲拿一叠稿纸上。

昭阳　圆圆！圆圆快来，快帮我参谋参谋，你看我这处女作在哪儿发表合适？要不咱干脆翻译成英文，直接就奔那诺贝尔文学奖得了……

〔小桂兴冲冲拿书自里屋跑上。

小桂　圆圆！咱该上课了吧？今天咱讲第一课……

圆圆　哎哟！怨我怨我，都怨我！我把你们都给勾起来了。我以后再也不招你们了行不行？现在除了我妈以外，没一个正常人了……

和平　哎哟喂！我想起来了——我小时候也学过画画儿！志国你赶紧的啊，画完了以后我画！我也不画什么静物，也不画什么头像，我就先画人体！谁来给我当裸体模特儿啊？

〔众人惊慌四逃，独剩志国一人。

和平　（盯志国）嗯！

〔志国惊叫，扔掉手中的画板。

【本集完】

第51集 儿女正当好年华（上）

陈大妈："您不参赛谁参赛？您不支持谁支持啊？"

傅老："我正在考虑，这个歌的内容啊，好像不太大众化。咱们是不是找一些通俗一点的，大家都会唱的。"

傅老与吴老师合唱："挺起了腰杆儿也像十七八……"

第 52 集　儿女正当好年华（下）

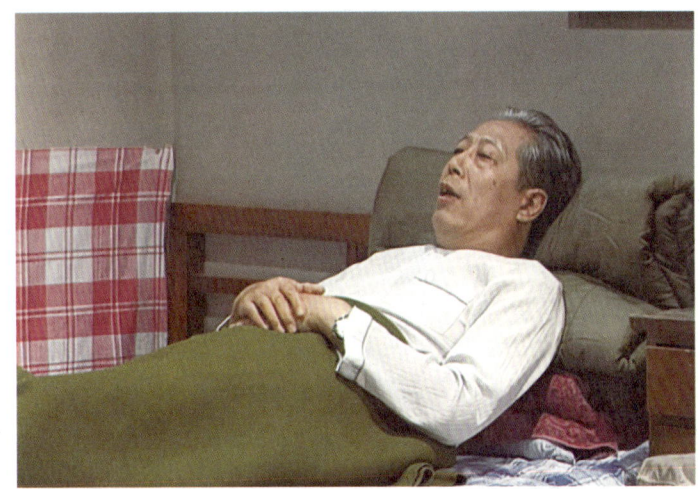

傅老："又没有什么事等着我去做，我为什么要起床？"

圆圆："这还不好知道？不就是爷爷想跟吴奶奶好么？"

吴老师："正好他就看到了这个节目，而且还一下子就认出了我……"

第53集 爱情导师

孟昭阳："嘿！圆圆！看在你小姑的份儿上，你赶快拉叔叔一把！"

圆圆正欲向昭阳倾吐心事，见小桂经过，连忙假装若无其事地唱歌："七色光，七色光，太阳的光彩……"

圆圆怒对昭阳："明白了！你这个万恶的叛徒！"

第54集 但行好事

众人解开襁褓仔细察看婴儿。
和平:"嘿,小男孩儿嘿!"

志国:"说好了让你玩儿一晚上,明儿就给人送回去!"

妇女:"哼,弄好了还来个宽大处理,少判几年呢!"

第55集 让你欢喜让你忧

小任：“我叫任远，和贾志新先生是一个公司里的同事。这次出差经过北京，他说让我一定要到家里来看看大家。哦，对了，还说让我给你们带封信。”

傅老：“小任姑娘，我那句话一定别忘了告诉志新……”

和平：“……得亏你还没落入他那魔爪，你现在跑还来得及。”
小任：“大姐呀，这么严重啊？”

第 56 集　重塑自我

和平："你上好菜坞问问去，打听打听去……去！"

化好妆的和平坐在床上对镜端详。

众人分列门口两侧，要给志国一个惊喜。志国上，见众人，惊："对不起！我走错门儿了……"

第57集　失落的记忆（上）

和平："瞅瞅上边这字儿嘿——'迎七运盼奥……'噢，反了！（将红箍翻面）这边，瞅瞅瞅瞅……'迎接世界妇女大会'——世界妇女还没开呢，我们街道妇女先开一个！"

傅老："要不送安定医院先检查一下？"

和平："哎哟，臭不要脸德行！我哪能挨你们家吃啊？头回来你们家……要不你给我做点儿吧？我饿着呢……"

第 58 集　失落的记忆（下）

傅老："中国人民迎来了第二次解放！祖国建设迎来了第二个春天哪！"
和平："您这是听谁说的呀？"

志国："和平啊，其实咱俩吧，都已经啊……原先啊……后来……你就说你现在乐意不乐意吧！"

傅老："一万年太久，只争朝夕——明儿个给我登记去！"

第59集 希望在人间（上）

和平："天上飞的这是青蛙吧？"

圆圆："管好了有我提成儿吗？"

志国："你说……你还当不当女强人了你！"

圆圆（哭）："饶命啊！我是弱者……我是弱者……"

第 60 集　希望在人间（下）

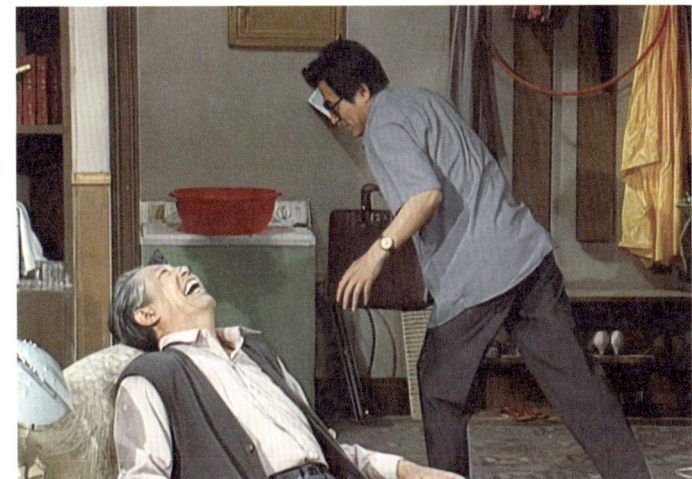

圆圆："爸爸别动！这姿势正合适！画完爷爷我再画您！"
志国："啊？就这姿势？你倒合适了，我受得了么？！"

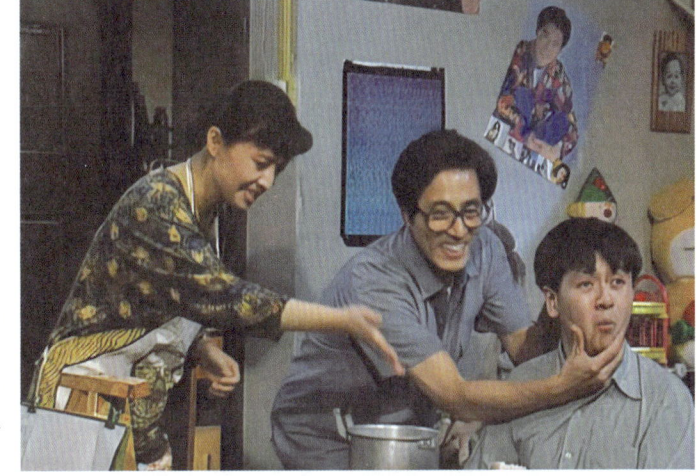

志国："对！你看昭阳叔叔这形象，多标准！正面儿、侧面儿、背面儿、反面儿随你怎么画！而且昭阳叔叔还绝对不会有一点儿意见，是不是昭阳？"

志国："和平，你把脸转过来一点儿，让我把明暗交界线找好了……"

第61集　村里有个姑娘叫小芳（上）

编　　剧：梁　欢　梁　左

客座明星：方青卓　吕小品

〔日，傅家客厅。

〔小桂干家务。门铃大作伴随急促的敲门声。

小桂　来了来了！谁呀这是……（去开门，画外音）你们找谁呀？哎？！你们找谁呀……

〔东北妇女崔秀芳闯上，后跟一略显弱智男青年大壮。

秀芳　（东北口音）俺来找孩子他爹贾志国呗！

小桂　啥？孩子他爹？谁孩子他爹呀？

秀芳　还有谁呀？俺孩子他爹呗！贾志国住这疙瘩不？

小桂　是啊，这家是有个叫贾志国的，可大妈您是……

秀芳　没看出来呀？俺不是志国这孩子的……亲妈嘛！（向男青年）孩子啊，咱到家了，来！（二人不由分说落座）姑娘啊，你是咱志国的现在小爱人儿呀？

小桂　不不不，俺是他家做饭的……

秀芳　做饭不就是小爱人儿吗？要不干嘛给他做饭哪？

第61集　村里有个姑娘叫小芳（上）

小桂　不是，俺不是！他还有别的爱人……

秀芳　唉呀，志国现在这样了？要我说呢，我要不在他跟前儿他容易出问题，真的！

小桂　他没出问题！他就俺一个……不是俺！他就另外一个——俺跟志国哥一点儿关系都没有！

秀芳　没关系？没关系你在这儿待着干啥呢？

小桂　哎？你咋倒问上俺了？俺是他们家的家庭服务员。

秀芳　唉呀！小保姆啊！姑娘，你早说不就行了嘛！志国呀，真出息了，家里使唤的人儿都这样个打扮，头是头脚是脚的——大壮，看姑娘长得多俊！

小桂　多谢大妈夸奖！

秀芳　别！别一口一个"大妈"的。你不是管志国叫哥吗？那管我应该叫嫂子才对。

小桂　嫂子？

秀芳　啊！

小桂　呵呵，看您这岁数比俺妈都大……大妈，那天底下叫志国的可多了，同名同姓的，您该不是找错人了吧？

秀芳　能错吗？有证据，你看看这个吧。（掏出一张照片）这都合影儿，看上边有没有你家志国？

小桂　（看）这上头那么些人，哪个是志国哥呀？

秀芳　（指）这个……不不，就这个！

小桂　不像。

秀芳　边儿上那个——蹲着那个？

小桂　也不像呀！

秀芳　肯定有他没错……那不当年嘛，知青跟咱贫下中农相结合这么一个合影，一直留到现在，没错！

小桂　俺听志国哥说过,他好像是在东北待过……

秀芳　说过?越说越像了!当年就在咱们向阳屯儿啊,姑娘,俺们俩这点事儿被人现在都编成歌了,听过没有啊?(唱)"村里有个姑娘叫小芳啊,长得美丽又善良啊……"

小桂　呵呵……小芳?长你这模样?

秀芳　那还有错呀?俺大号是叫崔秀芳,小名叫小芳。当年那会儿多少年前了?志国那会儿跟大壮这么个岁数,我跟你这么个岁数。这岁数男女在一块儿,容易出问题不是?

小桂　唉呀娘啊!那俺离他远点儿吧……(躲)大妈,志国哥知道你们要来吗?

秀芳　他呀,现在不知道,待会儿一看见俺们就知道了!

小桂　啊?那要让俺和平大姐也知道了……不中!小芳大妈,您还是赶紧走吧!要不然非出大事儿不可……

秀芳　出事儿?(指大壮)这不都出完事儿了么?这都二十多岁了!俺们俩也不能再出什么大问题了……

小桂　那等会儿他们家人回来……他们也不知道你们这事儿啊!

秀芳　不知道不管事儿呀,咱跟他说呗!咱就跟他家人说,一五一十前前后后,把中间怎么前头怎么后边怎么给他搞得明明白白的!

小桂　哎哟娘啊,那俺也不管了!(下)

秀芳　别呀!别不管哪!(起身)我可是他原配!是不?(拉大壮)走哇!(向里屋喊)姑娘啊!(向大壮)走走……(喊)姑娘!大老远来的,能不能烧口热水喝呀?啊?都饿了,走这老远走到这儿来……(拉大壮追下)

〔时接前场,傅家饭厅。

〔大壮守着饼干盒狼吞虎咽,圆圆坐旁边。

圆圆　(优越状)吃吧吃吧!吃光了算……

第61集　村里有个姑娘叫小芳（上）

秀芳　（上）姑娘，嫌俺大壮吃多了？

圆圆　（笑）没有没有，又不是外人——昨儿个我刚梦见我有一哥。

秀芳　真的？昨晚上就梦见俺们俩今天要来呀？

圆圆　我梦见……我梦见这哥跟现在这哥不是一人儿——这梦想和现实差距可真大！不过妹不嫌哥丑，有总比没有强——（摸大壮头）是吧，哥？（被大壮推开）

秀芳　大壮！大壮，跟妹说话呀！

大壮　谁是我妹？我还没认她呢！

秀芳　姑娘，你别生他气啊？他没见过世面，不会说话！

圆圆　没事儿，那我就原谅他了，谁让他是我哥呢……待会儿见我爷爷可别这么没礼貌啊！

秀芳　哦——你爷爷还活着呢？

圆圆　您这话儿怎么说的呀？我爷爷不活着他还死去呀？

大壮　别生我妈气，她没见过世面，不会说话！

圆圆　那你们家还有没有一个见过世面、会说话的人呀？

大壮　没有。

秀芳　有！那就要数你爹了。

圆圆　（不自觉模仿）俺爹了……我怎么也上这口了——我爸怎么成你们家人了？！

秀芳　小孩儿没娘说来话长啊！那会儿俺们俩在一块儿上山下乡哈，一块堆儿干活儿，一块堆儿看林子，一块堆儿谈思想、谈感情、谈理想……那个时候，就在你爹回城的那个晚上，俺们俩人来到了小河旁，从来没有流过的泪水，顺着小河沟淌……（悲伤）

圆圆　听着怪耳熟的……倒是那么回事儿。

秀芳　要不是你爹先走了，俺们俩一准儿恩恩爱爱到如今哪！

圆圆　嗯？恩恩爱爱？那我妈呢？我妈往哪儿摆呀？

秀芳　咋有你妈呢？没有她！

圆圆　（急）那还没有您呢！我还说没有您呢！我倒真缺一哥，赶明儿我在学校受欺负了让我哥给我报仇去——我倒不缺妈呀，我有一妈就够我受的了！要不然您回去？让我哥留下……（摸大壮头，被大壮粗鲁推开）

〔时接前场，傅家客厅。

〔傅老认真看秀芳带来的照片。秀芳母子俩站立一旁。

傅老　这个这个……从来也没听志国提起过嘛！

秀芳　那个时候年轻，不好意思跟家里人说呗！现在我们孩子大了，就没啥磨不开的了。我大老远来就有一个心愿——让您老看看您的亲孙子。（拉大壮上前）孩子，快过来！过来叫爷爷，叫爷爷……

大壮　爷爷……（被秀芳按着头鞠躬）

傅老　好了好了，不必磕头了。

大壮　（向秀芳）没说让我磕头啊……

傅老　简直是咄咄怪事嘛！居然还发生在我的家里，发生在志国身上……太不可思议了！

秀芳　啥不可思议的？这不一想就想出来了吗？他志国也是人嘛。

傅老　据我了解，志国在东北期间表现还是相当不错嘛，尤其是在男女关系问题上，他一贯都是很谨慎的，怎么会犯……（看着大壮比划其身高）这么大的错误！

秀芳　这哪是错误呢？这不也是响应上边号召，知识青年与贫下中农相结合嘛，他不也是响应号召嘛？

傅老　没听说过！也不是这么个结合法嘛！你们这就叫……非法同居！

秀芳　可不是么！不怨天不怨地，都怨俺俩没登记。

傅老　还……还想登记？真是……没有的事儿嘛！

秀芳　那你说没有的事儿，俺们大老远跑这儿来干啥来了？

傅老　空口无凭也不行啊，总得有证据吧？

秀芳　这（指大壮）人证、（指照片）物证不都在这儿嘛？

傅老　就凭这张破相片儿？这上边黑压压一堆人，根本就分不清哪个是哪个嘛！

秀芳　（拉过大壮）不光凭照片儿，这不是活生生的证据吗？（向大壮）大壮，快坐。（向傅老）你看看这孩子啊，这眉这眼儿长得跟当年志国是一样不？

傅老　这么一说，看着还真是有一点儿……年轻人这岁数啊，长得都这德行！

秀芳　别管岁数大小啊，你就看他长得……像不像您？

傅老　像我？

秀芳　啊！你看他这一笑，这嘴哈，跟您老贼像贼像的！

傅老　是吗？

秀芳　可不！你看——

傅老　（仔细端详）谁说我笑？我哭都来不及呢！

秀芳　哭？哭……对，哭起来像爷爷！（向大壮）给爷爷哭一个，哭像爷爷！给爷爷哭，哭起来可像了……

〔大壮无奈，扯嗓子干号。

傅老　打住打住……算了算了！这件事情我也不管了，回头你跟志国说去！如果是真的，怎么善后、怎么处理、有什么要求、有什么条件……你去跟贾志国提！

秀芳　我还有什么可说的？是不？我就有一个心愿——让志国把这孩子认下来！

傅老　我不管！不管不管！去找贾志国提！

秀芳　那好，您老忙着，俺们俩坐着，等他爹贾志国……

傅老　我忙？我现在还有什么可忙的？我忙了一辈子，操心受累，到老了都不让我清静，三天两头儿地给我找事儿——还一惹就惹这种大事儿！几个孩子没有一个让我省心的！我上辈子怎么了嘛我上辈子……

秀芳　老人家，你可千万要想开呀。儿孙自有儿孙福，莫为儿孙作马牛。没有比脚更长的路，没有比头更高的山。山到车前必有路，有路必有丰田车！山重水复疑无路，柳暗花明它又一村……

傅老　是啊是啊，你这么一说呀，我这个心里就好受……你在这儿我能好受么我！

秀芳　他爷爷，不是你让俺们俩在这儿等志国吗？

傅老　是啊……啊对了，不成！万一要是来了客人，传出去这影响……对了，你们还是赶紧到志国那屋里去等他吧！快……

秀芳　哎！哎！（与大壮起身，七手八脚地带着行李向里屋）在哪儿？

傅老　就那儿。

秀芳　再见，他爷爷！（二人向里屋下）

傅老　（向里屋）哎，不对！那是壁橱！……

〔时接前场，志国和平卧室。

〔秀芳背对门口坐在沙发上。大壮蹲在角落。

小桂　（画外音）志国哥，你快来看……（开门上）你来看，就他们俩……（发现志国未跟她进屋）哎哎？志国哥你来看呀——（推志国上）就他们俩！（关门下）

〔秀芳听见志国的声音，百感交集却不敢回头看，听见关门声，起身，回头看见志国，落泪，坐下，沉默无言。

志国　小芳？（激动）真的是你？岁月无情啊……

秀芳　可不！你的大壮，都那么大了。

志国　我的大壮……我的大壮？！（细看蹲在角落的大壮）不不……这根本不可能！我一点印象都没有啊？

秀芳　你咋忘了呢？那天晚上俺们俩在一块儿看林子……

志国　这你就瞎说了，咱们屯儿晚上看林子从来不派女的呀！

秀芳　是啊，当时派俺爹去，俺爹正好有病，我就去了——看我一去那儿把你乐的……你跟我说啥来着？你说："唉呀你可来了，跟个老头子坐一宿有啥劲呢？"跟我大姑娘坐一块儿，可把你称心的……瞧你那时候多坏呀！

志国　我能说这话么？我当时大小也是团干部啊……

秀芳　是啊，我只好向组织靠拢。我靠着靠着……就跟你靠到一块堆儿了。后来你拉着俺的手，问寒问暖，问吃问穿，春耕夏锄你都问到，还问俺农校办没办？

志国　这就瞎说了，都一屯儿里住着，我自己不知道，用得着问你呀？

秀芳　要不怎么说没话找话说呢？你拉着俺的手不放松，还跟我谈青春、理想啥的，谈了好多好多……

志国　我年轻时候倒是爱跟女同志谈点儿这个，兴许也跟你谈过……哎，可不是在这种夜深人静的时候啊！

秀芳　不是夜深人静咋的？那兴头儿上，你忘了，你还给我唱了首歌呢？啥歌呢？忘了……"莫斯科郊外的晚晌"！

志国　这可越说越像了啊……

秀芳　那时候你爱唱歌，还就爱唱那黄色的歌，是不？你还唱了一首，啥玩意儿来的？山，山……"山里红的树下"么！（紧挨志国坐下）

志国　（躲）《山楂树下》！

秀芳　（坚持）是"山里红的树下"！

志国　是山……（忍让）"山里红树下"。

秀芳　对！就这歌。后来你对我说啥来着？你说——"谢谢你给我的爱，今生今世我不忘怀，谢谢你给俺的温柔，伴我度过那个年代……"你，你真的都忘了？

志国　我连这些话都跟你说过？

秀芳　没说我能瞎编么？这不，孩子这么大了。（向大壮）大壮！过来，叫爹。

大壮　（站起）爹呀，你老人家身体好！

秀芳　这么大了……

志国　（惊慌）爹？

秀芳　啊，这么大了！

志国　爹？！（晕倒在床上）

大壮　爹！爹！爹！

〔母子二人拉起志国，不住呼唤。

秀芳　孩儿他爹，孩儿他爹，你醒醒啊！你咋的了你？醒醒啊……

志国　（醒来，绝望）我是不是在做梦啊……

秀芳　不是在做梦，是真事儿！志国我来了，真的来了！这回我再也不离开你了，你放心好了！真的……

志国　我……我放心得了么我？！（坐到沙发上）小芳啊，你刚才一说我倒是也想起来了，当时我们北京知青排和你们"铁姑娘班"也算是文明共建单位，来往是比较多一些。咱们俩也确实属于比较不错的……同志关系！在广阔天地里结下了比较深厚的革命感情和战斗友谊……

秀芳　啥啥？说啥呢？战斗友谊？革命情感？孩儿他爹……（凑近志国）

志国　（躲闪）孩子他爹……这是从何说起呀？当然了，小芳，年轻人在一起说说笑笑打打闹闹也是常事儿，有时候在一起排个节目、练个篮球、练个摔跤什么的，也就难免产生一些搂搂抱抱的机会……

秀芳　那回练摔跤，你抱着我……你怎么也不撒手了你！

志国　（躲）不不……练摔跤不撒手也是正常的，一撒手肯定输啊！小芳啊，咱们在一起的时期正是"十年动乱"时期，"四人帮"干扰破坏，年轻人文化素质都不高。我如果当初做过一些什么出圈儿的事儿，我可以向你表示深刻的反省，可要说到这孩子，他确实跟我一点儿关系都没有啊！

秀芳　（凑近）咋没关系呀？没关系孩子咋来的？

志国　（逃开）咋来的……咋来的那就得问你啦！

秀芳　你要问我，我就说是你的呀！

志国　你这不是讹人么……不带臭讹的啊！（看表）不好！和平要回来了——这么着小芳，我先找个旅馆让你们住下啊，走……

秀芳　别别别，都到家了，花那钱干啥呀？咱不是外人儿。

志国　不是"外人"你还是"内人"啊你？不行，来不及了，快走，快走！……（拉小芳向外跑）

秀芳　上哪儿啊？（向大壮）孩子，包、包……

〔志国拉秀芳下，大壮拿包跟下。

〔时接前场，傅家客厅。

〔志国拉秀芳欲出门，正撞上和平上。志国慌。

和平　这位大姐是谁呀？

志国　我插队时候老乡，来看看，马上走……（欲拉秀芳下）

和平　别走啊，大老远来的，多待会儿！（拉过秀芳）您跟志国都是向阳屯儿的吧？

秀芳　可不？

和平　我去过那边儿——我是背阴屯儿的！（拉秀芳坐）

秀芳　真的呀？背阴屯儿俺熟啊，俺妹妹嫁那疙瘩啦！

和平　真的呀？嫁谁了？

秀芳　就嫁那个许家——东头儿那个许老四？

和平　哎哟，许老四啊？那孩子可淘着呢，现在改点儿没有啊？

秀芳　改多啦！当爹啦！

和平　真的呀……

志国　和平啊，和平，人家还有事儿呢，你们过一会儿再聊好吧……（拉秀芳欲下）

和平　哟，大姐还有事儿呢？那我就不留您了……

秀芳　（挣脱志国）没啥事儿，就是想……有件认亲的事儿。

和平　哦，认……啊？认亲？

秀芳　啊！……对了，（向大壮）孩子，快过来！（指和平）这是你小姨，叫小姨！叫小姨呀……

和平　哎哟，儿子都这么大啦？你瞧这孩子，长得像……像谁呀？（回头看志国）

秀芳　像志国呗！

志国　别胡说啊！（将母子俩挡在身后，向和平强笑）怎么会像我呢……

秀芳　谁胡说了？你孩子不像你？

志国　怎么是我……

和平　……他是谁……谁的孩子？

秀芳　他是……俺跟志国的孩子。（挽住大壮和志国）

志国　和平你别听她瞎说，她跟我一点儿关系都没有！（奋力挣脱）

秀芳　啥没关系呀？贾志国，你别学陈世美，当场不认俺母子俩！（激动，哭）

和平　（爆发）贾志国！你怎么背着我有这么大一儿子呀你？

志国　谁背着你了？我这……

和平　（步步紧逼）你没背着我！你都带家来了你！你要不要命了你？！（跺

· 236 ·

志国脚，志国捂脚，疼得跳）

秀芳　唉呀！你干嘛对俺志国这么凶啊你呀？

志国　你就别……

和平　哎哎！我们两口子说话没你事儿啊！你给我出去！

秀芳　我出去？你们俩是两口子不假，可别忘了——要分个先来后到谁大谁小吧？

志国　你就不要再说话了小芳！

和平　贾志国！（气极）你还……谁大谁……还先来后……还小芳？（气得不知怎么好）我……我不活着啦！（一头撞向志国。志国躲开，小芳以手抵住）

【上集完】

第62集　村里有个姑娘叫小芳（下）

编　　剧：梁　欢　梁　左

客座明星：方青卓　吕小品

〔晚，志国和平卧室。

〔和平坐床边生气，志国坐沙发上解释。

志国　……那孩子根本不是我的！跟我一点儿关系都没有……

和平　一点儿关系都没有人家干嘛找你呀？人家怎么不找我呀？

志国　你这不废话么，这有找你的么？

和平　嗯？你交代问题还这态度？

志国　那我什么态度啊？我什么都没干我交代什么呀？

和平　你什么都没干？你什么都没干那孩子哪儿来的呀？

志国　哪儿来的……他爹跟他妈生的呗！

和平　不可能！这事儿跟你一点儿关系都没有，人家崔秀芳能大老远带着孩子，到咱家找你来？

志国　我承认：我插队那会儿，和当地的女青年关系是密切一些，也包括这位小……

和平　嗯？

志国　……崔同志。可你要说我跟她有什么特别的事儿，我实在是一点儿印象都没有！

和平　你那忘性够大的！照这速度，你再过两年是不是连和平和贾圆圆是谁都不知道了？

志国　这不是一回事儿嘛！你跟小芳的情况是不一样的……

和平　喊，还……还"小芳"！亏你还是知识分子，还是国家机关干部，你怎么……就她那样儿，你连一点儿审美能力都没有啊！

志国　这跟审美能力有什么关系呀？你得放到特定的历史时期去看问题。当时号召我们与工农相结合……

和平　让与工农相结合也不是让你跟她们……那样儿结合呀！

志国　它不是这意思嘛！人家能说得那么具体么？政策对路，灵活掌握！反正就是号召我们扎根农村，和群众打成一片……

和平　和群众打成一片，也没让你跟群众抱成一团哪！

志国　你还让不让人说话了？我是说，当时我们是兵团编制，和当地群众是军民鱼水情，我们跟当地的女青年关系密切一些，那也是情有可原的呀！我们和她们有时候开个玩笑，那也是情有可原的，我们对她们产生一些非分之想，那……那也是情有可原的……

和平　你跟她都有孩子了，那就不是情有可原的！

志国　没错！我坚决同意你的观点！所以我就绝对不会做这样的事啊！我承认，我对小芳和另外几个女青年印象不错……

和平　嗯？你还"几个""几个"的？！

志国　仅仅是印象不错而已。你得考虑到当时我的处境啊，再加上我年幼无知……

和平　我当时也那处境，我也年幼，我怎么不无知啊？

志国　那，那你不是没找着机会么……

和平　谁说我没机会呀？我机会多的是！许家小三儿，多少回约我去河边啊……

志国　哎！你这……这……

和平　我……我都没怎么去我！我不犯那错误我！

志国　哎，你可听明白了啊：我虽然年幼无知我也没犯那错误！和平，你应该相信我，起码一点儿的信任还是应该有的吧？

和平　我是想信任你，可一天到晚挨家戳着俩大活人，一个寻夫一个找爹，我怎么信任你呀……（委屈）

志国　行！那我明天就让他们走！

〔日，傅家饭厅。

〔圆圆吃早饭。大壮站立一旁。

圆圆　哥！给我添点儿粥……嘿嘿，再给我添勺儿糖……嘿嘿，再给我拿个勺儿！

〔大壮不情愿地一一照办。

圆圆　唉呀，这有哥就是比没哥强啊。哥，你是叫贾大壮吧？

大壮　（倔强地）俺随俺娘——姓崔。

圆圆　哦……我知道，催巴儿的催？

大壮　嗯哪。

圆圆　挺好记的。那你干嘛不随你爸姓儿啊？

大壮　打小俺就不知道俺爸是谁。后来人家说俺是野崽子，我就天天缠着俺娘问"我爹是谁啊"，娘才说——你爸就是俺爹。

圆圆　（起身，安抚大壮坐下）真惨真惨……那我爸认你了吗？

大壮　没有啊。

圆圆　唉，也不能全怪他！我妈跟里头掺和着，他也不好办哪！

大壮　要搁旧社会就好了，俺娘是大，你妈是小。

圆圆　你胡说！我妈是大，你妈是小。

大壮　哎？那再怎么的，我妈也在你妈头里吧？

圆圆　哎？那你妈有结婚证么？我妈明媒正娶！你妈有么？

秀芳　（上）兄妹俩唠嗑儿呢？

圆圆　小芳大妈，您说，要搁旧社会您跟我妈谁大谁小？

秀芳　哟，昨天跟你娘打仗，你听着了？姑娘别生气，那都气头儿话。你说我这样能跟你娘并肩么？那不扯么！来这儿就一个心愿哪，想你爹把大壮认下来，知道不？只要把大壮认下来，让俺离开，俺立马走人；让俺留下，当牛作马呀！

圆圆　小芳大妈您别这么说呀，您再怎么说也是我哥的亲妈呀。要不然，您跟我妈换……

秀芳　（兴奋）啊？

圆圆　那不行！那我该不干了。算了算了！清官难断家务事——我上学去了……

〔日，傅家客厅。

〔秀芳卖力干家务。和平上，故意咳嗽一声。

和平　（态度冷淡）崔秀芳同志，我想咱们得好好谈谈了。

秀芳　可不咋的，俺有好多话想跟你唠唠呢。

和平　那你先说。

〔两人坐。

秀芳　妹子，我真得感谢你，照顾志国这么多年——你不容易呀！

和平　嘿！听着怎么那么新鲜呀？我们两口子，我照顾他用得着你感谢么？

秀芳　不，俺的意思是说啥呢——就是说俺来了，往后就不用你操心了！

和平　你那意思是说：你来了，没我什么事儿了？

秀芳　啊，你该忙啥就忙啥去吧！你忙你的，没事儿！

和平　我忙什么呀我？这是我家，我不挨这儿忙我上哪儿忙去呀？

秀芳　不不，俺不是那意思，俺是说啥呢：俺来了吧，这家务活都给我，缝缝补补洗洗涮涮啥的都……

和平　别价，都是劳动人民，我们不剥削人，你该上哪儿忙上哪儿忙去！

秀芳　不，剥削俺俺愿意呀！只要你们把俺大壮认下来，让俺上刀山下油锅……

和平　你放心，我们家没预备那东西。

秀芳　那我就抹脖子、踩电门……

和平　你甭吓唬我！你走不走？

秀芳　（坚定）只要你们把大壮认下来！

和平　我们志国说了，根本就没那事儿！

秀芳　他说没事儿就行啊？告诉你，他一天不把大壮认下来，俺就一天——不走！

和平　（模仿）你不走——我走！（提包下）

秀芳　（起身）哎，妹子！妹子，俺不是那意思——那有空来串门儿呗……

〔日，志国和平卧室。

〔志国坐床边沉默，傅老在旁问话。

傅老　……为什么不说话？啊？我既然给你发表意见的机会，你有意见有道理也可以说嘛——干都干了嘛！

志国　我干什么了我？！

傅老　自己做错了又不敢承认，这哪像你干的事情啊？

志国　我什么都没干我承认什么呀？爸您让我清静会儿成不成啊？

傅老　我看你也是应该好好反思一下了。你看看，人家秀芳母子现在这个样子——可怜哪！

志国　是可怜，可是跟我没关系。

傅老　人家孤儿寡母二十年……

志国　她就是八十年也跟我没关系呀！

傅老　没关系？志国，在秀芳母子面前，你就是没有社会主义的爱心，也总该有一点人道主义的良心吧？你就是没有……啊，也总该有一点……那个什么嘛！

志国　我什么没有啊？我什么都有，我就是没干过这事儿！爸，（扶傅老坐）我跟您说，看见秀芳现在这个样子我心里也不好受。她当初也是我们那儿最漂亮的姑娘——一双美丽的大眼睛，辫子粗又长。

傅老　是啊是啊，你既然当初看上了人家，现在就不该不承认嘛。

志国　我甚至可以承认我当初喜欢过她。

傅老　你看看！

志国　我们在一起拉过手，谈过心，在小河边散过步，在小树林里……

傅老　怎么了？

志国　就不必细说了吧……

傅老　为什么不说？继续交代！

志国　我交代什么呀？

傅老　都已经到了小树林了，你说你交代什么嘛？

志国　我们那是一起看山护林，光明正大！这有什么呀？

傅老　那她那个孩子是打哪儿来的？

志国　（激动）怎么都问我呀？！我知道怎么来的？反正不是我的。

傅老　不是你的，难道是我的？

志国　我也没说是您的，反正不是我的！

傅老　你敢肯定不是你的？

志国　我可以对天发誓！我还可以告诉您，我正式第一个谈的女朋友就是和平，我们知青在一起开会经常见面，后来就好上了，我怎么可能同时又跟小芳……那样儿呢？

傅老　年轻人谈恋爱，脚踩几只船的事情也是经常发生的！想当年，我跟你妈妈……我的事儿你就别打听了！

志国　我没打听您啊，您这不打听我呢么？您要是一定要问的话，我还可以告诉您：我正式第一次……那什么，也是跟和平，而且是在正式登记之后——就这么纯洁——您能把我怎么着吧？

傅老　（起身）我……我能把你怎么着？纯洁就对啦！

志国　行了吧？这回您的好奇心得到满足了吧？

傅老　那当然啦……什么好奇心？我这是在搞调查研究！你看秀芳带着孩子来找你，家里闹得沸沸扬扬的，你又死活不承认，我总得问问明白吧？

志国　这回问明白了吧？

傅老　问明白了。反正你们俩有一个在说瞎话——不是你就是她！（下）

志国　（无奈）还不明白呀怎么……

〔日，傅家客厅。

〔圆圆接电话，傅老、志国、小桂围在旁边。

圆圆　（接电话）我知道了，妈！问爷爷好……

傅老　好好好……

圆圆　问爸爸好……

〔志国叹气。

圆圆　问小桂阿姨好……

小桂　俺也很好！

圆圆　嗯……问大壮他妈好……

第62集　村里有个姑娘叫小芳（下）

秀芳　（拿墩布自里屋冲上，喊）哎！我问她好！我问她好啊……

圆圆　妈您什么时候回来呀？……妈？……妈！……（挂电话）

秀芳　你看看你妈，还惦记我呢！

圆圆　没错儿，她特惦记您——说了，您要不走她就不回来。

秀芳　她回就回呗，俺又不碍她的事儿！

圆圆　她回来干嘛呀？您没听说过么？一山不容二虎！

傅老　是啊，你妈还有个地方去躲清静，我呢，想躲都没地方去！

圆圆　爷爷，事到如今我也顾不了您了，您也别怨我心狠——我得去我姥姥家找我妈去！（起身欲下）

傅老　唉，你姥姥那个人哪……实在不行，我也去……

小桂　那要走就都走，把俺也带上，哼！（向饭厅下）

大壮　（向圆圆）那……妹子，俺也跟你一起去呗？

圆圆　你去算怎么回事儿啊？你不是有妈么？

志国　哎，你们不能剩我一人儿啊……

圆圆　不剩您一人儿——还有小芳大妈呢！（向里屋下）

志国　那还不如剩我一人儿呢……

傅老　都是你自己惹的麻烦！不剩你剩谁？！

志国　我惹谁了我？小芳，你看见了吧？好好的一家人眼瞅着就毁你手里了！你这样做……是要遭报应的！

秀芳　俺不怕，只要是你把大壮认下来，你咋抱怨俺，俺都不怕！

志国　不是抱怨，是报应！天打五雷轰！

秀芳　你自己的孩子你不认，你不怕天打五雷轰啊你？

志国　我自己的孩……他要是我自己的孩子我能不认么我？！崔秀芳同志，咱们这么着，我也甭赖你，你也甭赖我，咱们找地方说理去好不好？

秀芳　找地方？啥地方管这事儿？

・245・

傅老　很多嘛，公检法、工青妇、报纸杂志电视台……

秀芳　那都是城里边人开的，都向着你们城里边人！

傅老　小芳，你这样说话就不好了嘛——城里人、乡下人，大家都是一家人嘛。

秀芳　要不怎么说呢，可不是一家人么？要不怎么能大老远带着孩子来找你呢？可不就一家人么！

志国　谁跟你……好好好，你不是谁都不信么？你总得相信科学吧？我也豁出去丢人现眼了，我这就带大壮做亲子鉴定去！

秀芳　亲啥定啊？

志国　验血！化验！一验就全明白了！

秀芳　（思量）这玩意儿……还真能验出来咋的？

志国　那不能验出来，你说谁是谁？那还有王法么？

傅老　我看这个办法好。等搞清楚了，我自然会出来主持公道的。

大壮　对呀娘，那就这么的呗！俺跟俺爹去！怕啥呀？反正真金不怕火炼，真儿不怕化验，对不？走走……

秀芳　孩子！你知道个啥呀？你啥都不知道……（扔下墩布，哭，向里屋跑下）

大壮　娘……

〔日，志国和平卧室。

〔志国身心俱疲地在床上躺着。秀芳破门而入，惊得志国慌忙站起。秀芳步伐坚定，步步逼近，志国频频后退。

志国　你这……小芳，你这是……

〔秀芳突然跪下。

志国　哎？你这是干什么呀！（拉秀芳）有话好好说嘛，小芳，你起来……你不起来我就给你跪下了……

〔秀芳起身。

第 62 集　村里有个姑娘叫小芳（下）

志国　小芳，你坐下。

秀芳　（坐在床边）志国哥……

志国　你别这么叫我，你比我还大半岁呢，当初我可是叫你"小芳姐"的。

秀芳　姐姐对不起你，让你受委屈了……姐姐也难哪！

志国　那你告诉我，那孩子是谁的？

秀芳　反正都是你们知青的。是谁的……

志国　谁呀？

秀芳　（羞涩）俺不告诉你。

志国　不告诉我……那你也不能赖到我头上吧！

秀芳　当初那拨儿人当中你心眼儿最好使，你说这孩子是你的该多好啊？

志国　话不能这么说，你得实事求是吧？

秀芳　现在孩子大了，他得有爹啦，是不？我寻思反正都是知识青年的，谁的不一样啊？

志国　这能一样么？

秀芳　那北京人不是说么——"爱谁谁"呗！

志国　这事儿能爱谁谁么？是谁就是谁！

秀芳　俺寻思吧，你心眼子好使，是不？人也好，现在在城里边还当干部，孩子将来跟了你，管保不受委屈不是？

志国　是是……他不受委屈，我这委屈可大了！

秀芳　你一咬牙就熬出来了！老娘们儿都能熬出来，你老爷们儿就熬不住啊？

志国　熬得住，熬得住……有我什么事儿啊？我跟着熬什么呀我……

秀芳　这孩子长大了，它不用熬了！你看：孩子跟你吧孩子有出息，等你老了吧你还有个伴儿，是不？所以呢，姐这是对你好，换个人还不给你哪！

志国　你甭给我，你还自己留着吧！小芳啊，事情搞清楚了，我可得批评你了：你说咱们好歹也算老战友，有什么困难你可以直说嘛——你自己的，你

· 247 ·

孩子的，我都会尽量帮忙的。你怎么可以这……唉，你搞得我很被动啊！这几天我精神恍惚，我甚至怀疑自己是不是当初真的和你有过……

〔秀芳捂脸痛哭。

志国　好了好了，别哭了，别哭了！有什么要求你就说吧？

秀芳　还有什么要求……俺啥要求都没有！二十多年都熬过来了，俺这辈子算毁了……毁你们知青手里边儿了！

志国　你不能这么说嘛！错误是个别人犯的，大多数人是没有责任的，应该区别对待。小芳啊，在我的印象里，我们相处得还是很愉快的。

秀芳　可不咋的？想当初我跟你们知青在一块儿的时候，真是我一生当中最幸福、最快乐、最美好的时刻！所以，俺不后悔！

志国　小芳……

〔二人握手，深情对视。

【本集完】

第63集 捉鬼记（上）

编　　剧：孙健敏　梁　左

〔晚，傅家客厅。

〔全家人在座，对着电视打盹儿。门铃响，小桂开门。

昭阳　（画外音）哟，小桂！都在家呢吧？（上，西装革履）

圆圆　昭阳叔叔！（将众人惊醒）

和平　哟！吓一跳……

志国　昭阳来啦？

和平　来啦？赶紧坐这儿！

傅老　好久没有过来玩儿了啊？

昭阳　唉呀，忙啊！老想来看看你们，一直抽不开身儿。大家都好吧？

和平　都好都好。你忙什么哪？

昭阳　和几个朋友做点儿小生意。

和平　哦……

〔众人不再在意昭阳，看电视。

和平　（指电视）呵呵，他们俩结婚没有？……

〔昭阳起身关电视。众人抗议。

众人　哎，干嘛呀……你别关……正看带劲哪！……

昭阳　（向志国递名片）这是我的名片，请多关照。

和平　真受不了他这个！他们俩到底……

昭阳　（向和平递名片，说日语）有り難う御座いました（谢谢您）！

和平　哎——（继续跟志国讨论电视节目）他们俩离了没有？离了怎么又住一块儿去啦？

志国　就还在一块儿住着呢……

和平　这叫什么事儿啊，离了婚还住一块儿……

〔昭阳讲着半吊子日语给傅老、小桂发名片，最后发到圆圆这。

昭阳　……你就算了。

圆圆　嘿，我怎么就算了？

昭阳　你还在念书嘛，暂时还不可能和本公司发生什么业务联系——这名片儿也好几毛钱一张呢，能省我就省了。

〔欲坐，椅子被小桂拿走，差点儿坐空。

圆圆　几毛钱你都算计，一看就不是什么大公司。

志国　（看名片，念）"中华民俗文化开发总公司……总经理"？

傅老　真是世界变化快，昭阳都当总经理了？

昭阳　也当不好，瞎当，玩儿呗。

和平　昭阳，你们那儿都开发什么民族文化呀？得有我们大鼓这号吧？我给你当个艺术指导怎么样？省得你光杆儿司令一人儿怪没劲的……

昭阳　谁说我光杆儿司令？我们在每个省都有分公司！……当然这是远景规划。

和平　嘻！

昭阳　眼下嘛，我们也有十几个人儿，七八条枪呢！（掏出烟盒，发现已空）

傅老　（拿烟）从小到大，由弱到强，符合历史发展的规律嘛……

昭阳　（抢上，夺下傅老的烟）还是伯父见多识广！

和平　"十几个人儿"也就得了，怎么还"七八条枪"啊？你们是做生意还是当土匪呀？

昭阳　我们没有枪，我就是那么一形容。

志国　具体都经营什么项目啊？

昭阳　抢银行……

志国　哦，还是土匪！

昭阳　……我们不能够！我们是文化公司，开发文化。任何悠久的民俗文化到我们这里都可以发扬光大。好比说，谁结婚，想搞个旧式婚礼——从上花轿开始，迎亲、送亲、踏火盆儿、上喜词儿……一直到入洞房，我们全包了！

和平　嘿——入洞房你们都包啦？还是土匪！

昭阳　没有没有……这我们不管。这事儿得由人家新郎官儿负责，谁也不能包办代替。我们只负责操办婚礼。

圆圆　昭阳叔叔，你自己还没结婚，倒先替别人操办婚礼？

昭阳　先人后己嘛，要不怎么叫为人民服务呢？还不光婚礼，我们什么都管，你像这个生老病死、衣食住行、易卜卦象、阴阳五行、紫微斗数、周公解梦、合婚称骨、生肖命名……简单说吧——算命相面看风水儿，圆梦捉鬼跳大神儿，我们是全活儿！

傅老　（起身）简直是胡闹嘛！反封建反了这么多年，好不容易才把这些东西给……（回头见沙发被昭阳抢占）才把这些东西给反掉，怎么现在又让你们给拾掇起来了？庸俗低级、反动透顶！

志国　爸，您别动不动就给人家上纲，我估计昭阳他们这活动也都是带有表演性质的，蒙蒙外国人，也算开发旅游项目。是不是，昭阳？

昭阳　也可以这么理解吧。

傅老　那也不成。外国人？哼，他们在自己的国家搞现代化，哄着我们搞封建迷信给他们看热闹，阴险得很哩！

昭阳　伯父，您也别这么说呀，我们这也是建设精神文明的大事儿！

傅老　还精神文明？这简直就是精神污染嘛！

昭阳　您也不要那么主观。我们公司说话就开张，到时候请您去看看。

〔众人好奇询问。

傅老　谁也不许去看！

昭阳　干嘛不许去呀？都去，都去……到时候你们一看就知道了，那种深受群众欢迎的场面，谁看了谁感动！

〔众人期待。

傅老　感动？我跟封建、落后、愚昧、迷信斗争了一辈子，如果说今天你们那套东西群众还欢迎的话……我哭都来不及！（向里屋下）

〔日，圆圆卧室。

〔圆圆做作业，昭阳上。

圆圆　昭阳叔叔！是来找我的吧？

昭阳　无所谓，我心里烦，转到哪屋是哪屋——不影响你做功课吧？

圆圆　不影响不影响，我都做完了。昭阳叔叔，你们那公司什么时候开业呀？我都等好几天了。

昭阳　你真是哪壶不开提哪壶，我正为这事儿烦呢……我们公司开张不开张的跟你有什么关系？你瞎等什么呀！

圆圆　我没恶意，我就想看看热闹——什么捉鬼呀，跳大神啊，我还真没见过。

昭阳　你没见过呀？连我都没见过。

圆圆　啊？！那你就敢大包大揽的？

昭阳　在实践中学嘛。你说也怪了，这公司都开张好几天了，到现在一笔买卖

第63集 捉鬼记（上）

都没做成，活急死我！

圆圆 哎哟，您别着急，急坏了身体可不上算。

昭阳 我不光着急，我还生气呢！就咱们这中国人，平时那口号喊得比谁都响——什么振兴民族文化啦！弘扬民族传统啦！……喊得那叫一热闹。等我把这公司给他们办起来，把这文化、传统都给他们预备齐了，就差让他们掏钱的时候了，一个一个全往后撤。什么人品！

圆圆 哦，合着到现在一个上当都没有？

昭阳 那可不……什么叫上当啊？！保护国粹，人人有责！你当我办公司真为赚钱呢？我也是为了对社会、对历史、对子孙后代有个交代！要不然以后人家追问起来：（拿腔作调）"咱们民族那些好玩意是在哪朝哪代绝种的呀？"得，查出来是在咱们这代，你说咱们这脸往哪儿搁呀！

圆圆 昭阳叔叔，我就特别喜欢您那种感觉，应该叫……历史感吧？

昭阳 还是圆圆理解我。历史感、使命感、社会感、责任感……嘻，我那感觉就多了去了！唉，天将降大任于斯人也……

圆圆 昭阳叔叔，要不然我帮您联系几笔业务？

昭阳 就你？小小年纪，哼……

圆圆 怎么，还不相信我的业务能力？我有那么些同学，那么些同学家长，那么复杂的社会关系……我就不信中间儿找不出一冤大头！

昭阳 那倒也是，圆圆，要真有业务……（递上一张名片）给我打这个电话，我给你提成儿，啊！

圆圆 唉呀，还什么提成儿不提成儿的呀？都是自家人……反正你到时候带我看看热闹儿去就行了！

昭阳 没问题！圆圆，你准备给我们公司都联系什么业务哇？可别净是那个算卦相面什么的，这种一块两块的小生意我们大公司还不爱做。

圆圆 您倒早说呀，我就是想让您给我们班同学看手相。

昭阳　什……什么？

圆圆　您还嫌小，您还不爱做……这样吧，求人不如求自个儿——您再慎两年，等到我结婚的时候，一定让您给我大大操办一次旧式婚礼！

昭阳　（抢过名片）拿来吧你！等你结婚？等你结婚我都该出殡了！

〔昭阳下。圆圆追下。

〔时接前场，傅家客厅。

〔傅老看报，昭阳自里屋上。

昭阳　伯父，您这儿又认真学习呢？

傅老　昭阳，什么时候过来的？

昭阳　早来了，我看您这儿学习呢，没敢打扰您，先上各屋转了转。（在书桌上寻到香烟）

傅老　你来得正好！来，坐坐坐！我正想跟你谈一谈呢。

昭阳　嗯嗯嗯！（点上一支烟）

傅老　上次你提到的你们那个什么……骗人公司……

昭阳　伯父，您别老这么说呀！您是不是准备向有关部门检举揭发我们？

傅老　你倒正好提醒了我，必要的时候我会考虑这样做的！

昭阳　嘿，瞧我这倒霉，我提醒您这个干什么呀！

傅老　不过现在还没有这个必要。我正在考虑，能不能从积极的方面对你们这个公司加以正确的引导，这样你们的事业很快就会兴旺发达起来。

昭阳　真的？（凑近，坐）唉呀，伯父，您快说说吧，我正为这事儿操心呢。

傅老　这两天我仔细地考虑了一下，你们那个所谓开发的民俗文化，究竟是什么货色呢？说穿了也很简单，就是封建文化嘛，体现了几千年封建社会的旧思想、旧道德、旧风俗、旧习惯嘛……

昭阳　（打断）伯父，您先慢慢儿说着，我到别屋儿转转去……（起身）

第63集　捉鬼记（上）

傅老　你去你的，这个……你给我回来！你走了我跟谁说啊？

昭阳　您不是帮我们出主意么？您这老呲儿我算怎么档子事儿啊？

傅老　我这不是正在帮你出主意嘛！这些旧的东西，年轻人没有见过，年老的同志也忘得差不多了，怎么办呢？这就需要你们来给它曝曝光，让他们看一看旧中国是多么的腐朽没落！不革命成么？

昭阳　伯父见教得是，我们开发的某些项目确实带有表演的性质。

傅老　但是要从立场上根本转变过来。要把"宣扬封建迷信"改成"揭露封建迷信"。比如说你们那个"中华民俗文化开发总公司"就不要叫了，可以叫作"中华封建迷信揭发总公司"嘛。这样发展下去，我看还是很有前途的哩。

昭阳　前途是有了，可我们靠什么吃饭呢？

傅老　表演也可以适当收些费用嘛，你们可以深入到工厂农村、田间地头……

昭阳　好么！改成毛泽东思想宣传队儿了……伯父，就算我们是表演，可您知道么，同样的表演不同的说法，那价钱可大不一样！好比说意念取物、耳朵听字儿、踩鸡蛋、踩气球什么的，您要说是戏法儿魔术，那根本就没人看，您要说成是气功、轻功、特异功能，那就了不得啦！人山人海，那钱就嗨了去啦！

傅老　就知道钱！如此说来，你也不得不承认，你们现在搞的那一套跟封建迷信没有什么两样嘛！就其本质上来说都是骗人的，对不对？

昭阳　怎么是骗人呢？好比说我们给人操办婚礼，那轿子、那衣裳、那道具全是真真儿的，不信您到时候儿看看？

傅老　那有什么好看的？我爸爸结婚就搞的这一套，你当我没见过？

昭阳　对……不对吧？您爸爸结婚，您怎么能见得着啊？

傅老　哎！我就是这个意思……过去结婚都是搞的这一套，后来提倡了文明结婚才把这一套给反掉的。你们可倒好，把这套破烂儿又都捡起来了，有

· 255 ·

什么意义嘛！还不止如此，上次你提到的还有什么圆梦、捉鬼、跳大神儿，这不全是骗人的吗？

昭阳　信则有不信则无。不瞒您说，（边说边比划）我们现在已经跟茅山茅老道、龙虎山龙虎真人他们都取得了业务联系。为了学这几招儿，我可花了大本钱哪！您没看出来连我现在都修炼得有点儿半人半仙、仙风道骨的意思？知道说多了您也不信……（念白腔）也罢，也罢，道不同不相与谋，山人去也……（台步下）

〔夜，圆圆卧室。
〔圆圆、小桂准备睡觉。

圆圆　我觉得昭阳叔叔也挺可怜的。人虽然缺点儿心眼儿，可老闲不住，总是异想天开地想干一番大事业。

小桂　跟俺一样，天生的劳碌命儿呗！

圆圆　你说他们公司也没业务——要不然咱俩帮他找点活儿干？啊？

小桂　在你们家？就他那骗人公司？圆圆，你又有啥坏主意？你总不会想把俺也嫁出去，让他给俺操办婚礼吧？

圆圆　嗯……不会，你走了对我损失太大了，为一昭阳叔叔，我犯不上！我不过是想：让他到咱们家——捉一次鬼！

小桂　捉鬼？（躲到上铺）你家有鬼呀？！啊……

圆圆　没有鬼咱不会装吗？装鬼多好玩儿啊！

小桂　这……这不大好吧？回头再把咱自己吓着。

圆圆　没事儿，人死了都得变鬼，咱不过是提前练习练习，有什么可怕的呀？你以前有没有装鬼的经验？

小桂　没有。俺奶奶活着的时候倒是老给俺讲鬼的故事，可俺从来没装过。

圆圆　（头顶毛巾被，双手高举，站立，阴森地）小桂阿姨，你往下看——

第 63 集 捉鬼记（上）

小桂 （真被吓到）唉呀，娘啊！

〔晚，傅家饭厅。

〔小桂对圆圆耳语，两人笑作一团。

小桂 （向外喊）开饭啰——

〔二人躲进厨房。和平、志国上。

和平 我这两天也不知怎么了嘿，浑身不得劲儿，云山雾罩的！昨儿我在台上嘿，嗓子眼儿发紧，光张嘴出不来声儿，半天才缓过劲儿来！

志国 谁说不是呢！我昨天晚上明明写好了发言稿儿装在提包里了，今儿到会场打开一看，嘿好——变餐巾纸了！

傅老 （上）简直是见鬼了！刚才我跟老胡他们在那儿打门球，掏出手绢来擦汗，怎么就从兜儿里带出这么一个女人的相片儿来。（拿出相片）弄得他们直跟我开玩笑，说什么"人老心不老"……这个女同志我根本就不认识嘛！

和平 （接过）我瞅瞅——怎么那么眼熟啊……

圆圆 （上，指照片）叶倩文！爷爷，这位同志是叶倩文同志。爷爷，欢迎您加入追星族行列！

傅老 胡说！我这岁数儿连上楼都喘气，我还追星——我追得上么我？！

〔小桂端菜上。

志国 （吃一口菜，惊呼）哎！小桂，这菜怎么这么咸啊？你把卖盐的打死了你？！

小桂 没有啊，俺比平常还少放了半勺盐呢。

傅老 奇怪，太奇怪了！

圆圆 我觉得咱们家这两天也是鬼气森森的。我倒有个办法，咱们来请昭阳叔叔给破一下？

傅老　不行！昭阳他那个公司是骗人的，怎么能弄到我们家来呢？我正打算向有关部门对他检举揭发呢……

圆圆　别价呀爷爷，没准儿昭阳叔叔还真有什么特异功能！

和平　嗯！爸，您还真甭不信这个！现在好多科学解决不了的问题，特异功能全能解决！是不是，志国？

志国　对，这个问题呀……

傅老　嗯？志国，你也信这个？

志国　嗯……这个问题嘛……我承认，根据我们目前所掌握的科学道理，世界上有一些事情，到现在还无法解释。

和平　哎！

傅老　嗯？

志国　……不过科学解释不了的，迷信更解释不了。

傅老　哎！

和平　嗯？

志国　……不过，特异功能该不该算迷信，我想……不过……不过我想……

和平　你到底要说什么呀你？

志国　我的意见就是吧——我就不发表意见了！

和平　我说呀：捉鬼跳大神儿这些事儿，在中国都流行好几千年了，它必有点儿道理不是么？能都是假的吗？咱让昭阳来试试，兹当看回热闹——这年头儿要想找这景儿还难找呢！

志国　哎！从破除迷信的角度，看看他怎么骗人？

傅老　有什么好看的？！解放前遍地都是，我都看够了！

圆圆　爷爷，您看够了就不管我们了？我还没见过呢。

和平　我也没见过。咱找昭阳来。把鬼捉成了呢，咱逢凶化吉；没捉成呢，咱揭穿骗局——咱两头儿不吃亏呀！

·258·

圆圆　（起）行，我这就给昭阳叔叔打电话去！

和平　赶紧去！

傅老　站住！我把话放在这儿啊——不管是谁，不管是什么理由，要在我们家搞封建迷信，只要我一天健在，他就休想！

和平　爸，您那意思是说，您是死活都不同意昭阳到咱家来捉鬼了？

傅老　嗯，也不能说"死活都不同意"——活着当然是不行了，除非等我死了，等我变成了鬼，有本事就让他来抓我吧！

【上集完】

第 64 集　捉鬼记（下）

编　　剧：梁　左　孙健敏

〔夜，圆圆卧室。

〔小桂在收拾屋子，圆圆上，关门。

圆圆　我爷爷可真够固执的——死活不让昭阳叔叔来！看样子小打小闹儿是不行了，必须得采取更为极端的措施！

小桂　你还想干什么？

圆圆　想干什么？干新的！干大的！

小桂　啥？你还嫌你闹得不大呀？今天俺听了你的话，往盘子里撒了两大把盐，到现在俺这心里还哆嗦呢！

圆圆　胆小鬼！昨天我在我妈演出之前，就在她眼皮底下，往她喝饮料的杯子里撒了半袋儿胡椒面儿，我说什么了？

小桂　那俺给爷爷收拾衣服的时候，往他兜儿里塞了一张叶倩文的照片儿……

圆圆　那我还半夜三更起床，从我爸手提包里偷发言稿……

小桂　那俺还……

圆圆　好了……我们还是等事成之后再论功行赏——昭阳叔叔给我提成儿，我分你一半儿。

第64集　捉鬼记（下）

小桂　（感兴趣）有多少？

圆圆　可能也没多少。昭阳叔叔顶多给我百分之二十。如果我这次能拿二十呢，我们家就得掏一百，我实在不忍心——有个三五块钱我就够了。

小桂　那分到俺手里，也就一两块钱……担惊受怕的，俺图什么呀？

圆圆　你不能光为钱呀，我们家人对你一直都不错……

小桂　所以呀，俺更不能干这种事儿，俺对得起谁呀！

圆圆　你对得起我！还有昭阳叔叔！大人们常说，你要把皇帝衣服扯下来，是死罪；你要把皇帝杀了呢，还是死罪。都是死罪，你干嘛不把皇帝——杀了呀？（对小桂耳语，手势激烈残忍）

小桂　（心惊胆战）你是说，咱俩从阴暗的角落里公开跳出来？

圆圆　反正也隐瞒不住了，咱们干脆自己——跳出来！

〔夜，傅家客厅。

〔屋里漆黑一片。圆圆、小桂用鬼面具和毛巾被为道具，张牙舞爪，合作扮鬼。

小桂　哎哟，圆圆，行了吧！咱就装到这儿吧……你这鬼脸儿太吓人了。（开台灯）

圆圆　这是美国过鬼节才戴的——好不容易从对门儿胡爷爷那儿借来的！谁也没看见咱们，咱不白装了？

小桂　俺这俩腿直打晃儿……行了，俺实在挺不住了！要照这么下去，非弄假成真，俺非变鬼不可！

圆圆　你就是变鬼也变不了什么好鬼——顶多是个"胆小鬼"。这样吧，咱俩再合唱一首歌儿，我就放你回去。

小桂　鬼还会唱歌儿么？

圆圆　我读过一首诗，叫"万户萧杀鬼唱歌"——有诗为证么！

小桂　鬼唱歌儿？鬼唱什么歌儿啊？

圆圆　……反正鬼是在地底下，咱就唱《地道战》！

小桂　行！你起头儿！

〔小桂关灯，两人再次合作扮鬼。

圆圆／小桂　（边舞边唱）"地道战，地道战，埋伏下神兵千百万……"

〔和平穿睡衣从里屋上。

和平　（向门外喊）谁呀这是！啊？！大半夜的一点儿社会公德都没有！这么晚了还开电视，实在太不像……（回头看见"鬼"，惊叫）啊——（晕倒）

〔两人慌忙跑上前。

小桂　你妈没事儿吧？

圆圆　没事儿，还有呼吸！一会儿就缓过来！

小桂　走吧……

圆圆　快撤！（两人跑下）

〔翌日晨，傅家饭厅。

〔傅老、志国在座，听和平绘声绘色地描述撞鬼经历。

和平　……（夸张地比划）这么高，这么胖！八个胳膊五张嘴！"呼啦、呼啦……"挨那儿飞呢！

傅老　就在客厅？

和平　啊！

傅老　还"呼啦呼啦"的？

和平　啊！

傅老　这怎么可能呢这！

和平　怎么不可能呢？我亲眼得见哪！"呼啦……"要不是我嘿，临危不惧、

第64集 捉鬼记（下）

处变不惊、当机立断——躺下装死，就把我带走啦！你们就见不着我啦！

志国　说得有鼻子有眼儿的……是外星人？

和平　悬……我瞅着有点儿像！

傅老　他们跟你说什么没有哇？

和平　说啦……（回忆）反正外星人那话我也听不懂——听着有点儿像唱歌儿！（哼唱）"地……地……埋伏下……万……"

傅老　等等……我听着这个调调儿很熟悉嘛，好像就是那个那个……就是那个"piupiu——"那个电影儿！就是那个……"突兹给给给"（模仿日语"突撃する"）！

志国　哦哦……《地道战》或者《地雷战》，是不是……

傅老　对对对，就是那个！

和平　哎！就像那偷地雷的！

志国　上咱地球上窃取情报来了？那怎么单单选上咱们家了呢？还看上你了？我瞅你也没多大情报价值啊……

和平　嘿！我怎么没价值啊？我多有价值啊我！我——我能歌善舞，任劳任怨！全世界劳动人民的优秀品质，全在我一人儿身上体现了！要不然五十多亿人呢，人家怎么不找别人，怎么单找我呀？（向志国）人家怎么不找你呀？（向傅老）人家怎么不找……你呀？

志国　刚才还吓得要死要活的呢，呵，这么会儿又美上了……

和平　要是外星人找我吧，还成，要是鬼来找我吧……（害怕）

傅老　好啦！事出有因，查无实据，就不要乱猜疑了。我看这件事情就到此为止，不要外传。传出去闹得满城风雨，说我们家来了外星人——这让人家笑话嘛！要是说我们家闹鬼了……这更让人家笑话嘛！再让圆圆和小桂她们知道了，整天提心吊胆的，这对她们的成长发育也很不利嘛！

和平　那就这么不明不白的呀？那对我的成长发育也不利呀。

傅老　那你说该怎么办？难道非得要孟昭阳来捉鬼？

和平　这可是您说的——我同意您的意见！

傅老　什么我的意见！好吧，就算我的意见——你们叫他去吧！

〔和平下。

志国　爸，您怎么变这么快……也好也好，捉鬼不捉鬼的，在心理上对和平也是个安慰，就算是心理暗示疗法吧。

傅老　什么暗示疗法，捉鬼就是捉鬼！我倒要看看这个小子他到底有多大本事！（下）

〔晚，傅家客厅。

〔全家人站立等候，和平点蚊香。

和平　……他说让"焚香恭候"——四盘儿蚊香够不够啊？

圆圆　妈，人家让您点香，没让您点蚊香——熏死人了！（作势咳嗽）

和平　你就凑合着吧你！不花钱白看热闹，你哪儿找这好事儿去呀？

圆圆　谁说不要钱啊？昭阳叔叔说得按成本收费。

志国　什么？咱家同意他来就不错了，他还敢收钱？！

圆圆　爸，人家这叫按劳分配，怎么就不许人家要钱啊？

志国　什么按劳分配呀！他这是劳动么？装神弄鬼——纯粹骗人！

圆圆　那您知道骗人还让他来？

志国　怎么会是我让他来呀？是你妈让他一定要来给咱们家……（见和平瞪他）爷爷也同意了不是吗？

傅老　什么我同意了？我要他来是为了要揭露他、批判他、教育他，同时也是为了教育你们大家，省得你们一天到晚疑心生暗鬼的！

和平　爸，您怎么知道昭阳就逮不着这鬼呀？

傅老　胡说！世界上根本就没有鬼，他上哪儿逮去啊？他要真的把鬼逮着那才

·264·

叫——见了鬼了呢！

圆圆　嘘……快八点了，现在开始倒计时！十、九、八、七、六……

昭阳　（画外音）五、四……（着中式布衣，背布包上）三、二、一……开始。（煞有介事地）今晚八时整，著名法师孟昭阳准时到达一家姓傅的人家，开始从事驱鬼、跳神、看风水等一系列民俗文化活动。皇天后土，伏羲保佑……

傅老　昭阳！我现在必须得认真跟你谈一谈……

昭阳　伯父，我这是工作时间，忙！没工夫跟您聊——等我工作完了的。

傅老　还"工作"！

和平　昭阳，就这两天哪，我们家出了一系列的怪事儿，昨儿晚上这……

昭阳　病家不用开口，便知病情根源。

和平　嘿！神了！神了……

圆圆　妈，我昨天晚上告诉他的。

和平　嘻！

圆圆　昭阳叔叔，怎么就你一人儿来了？不是一大公司呢么？

昭阳　啊……区区小事，孟某一人足矣！

志国　昭阳啊，你打算在我们家搞什么名堂啊？

昭阳　这就看您要什么啦——驱鬼、跳神儿、看风水，每项二十，全活儿优惠，您就给五十块钱就齐了。

志国　你还真敢收钱啊你？！

昭阳　……这是我们对外的营业价，对咱家只收成本？

志国　成本也不行！

和平　多少啊？

昭阳　那我就尽义务啦！

和平　哎！兹不收钱，给咱来个全活儿！

昭阳　您就擎好儿呗！（从包里掏出一风水罗盘）我先给咱家看看风水。（装神弄鬼地托罗盘在客厅"勘察"一番，停住）南高北低——南为阴，阴气盛；北为阳，阳气绝。凶灾病劫不断，大吉大利被阻，所谓"绝阴宅"是也。（神神叨叨地）呜……呜！

和平　昭阳兄弟，除了搬家，还有什么别的化解之道没有啊？

昭阳　且慢！待我上神，听听大仙是怎么说的——

和平　哎，您听听……

〔昭阳放下罗盘，盘腿坐上沙发，打哈欠打喷嚏。

圆圆　哟，昭阳叔叔你感冒了？

傅老　这叫"神仙附体"，解放前我见得多了——我要装比他装得还像！

昭阳　（摇头晃脑，拿腔作调）天灵灵，地灵灵，我本是皇天第一名。听说你家出了事儿，我不远万里来到你家中啊……（向众人解释）——我请的这是白狐仙！

志国　白狐仙还"不远万里"？我听着怎么有点儿白求恩的意思？

昭阳　（继续）我一路上走得急匆匆，脚下的大泡红彤彤！一块猪肉十斤整，一百个鸡蛋不挂零儿啊……

和平　兄弟，不是说不要钱吗？怎么要这么些东西啊？

昭阳　这是程序，都得这么唱，师傅就这么教的呀！唱不唱在我，给不给在您。下边儿该什么词了……对了，该诗朗诵了。（起身，比划）赫赫扬扬，日出东方！大仙在此，尽扫不祥！口吐三昧之火，眼放如日之光！捉妖，使天蓬元帅；破鬼，用镇煞金刚！尔等妖魔鬼怪，快快来此受降！勿谓言之不预，省得我动刀动枪！降妖伏怪，大吉大祥！急急如律令喽……

圆圆　昭阳叔叔，念得真好听！赶明儿教教我？

昭阳　别打岔好不好？忘了词儿你负责呀！（自语）下边儿该是……对了，我该正式捉鬼了！（比划）我乃东海一壮士，今日捉鬼到傅家。（拿出一小望远镜四处看）鬼呀鬼！你在哪里……

傅老　哼！

〔昭阳举望远镜向傅老，傅老摆出正气凛然的架势。昭阳举望远镜向志国，志国做鬼脸。

志国　爸，这大神儿跳得怎么样啊？

傅老　不怎么样，顶多也就是乡镇一级的巫婆水平——都进不了县城的。

昭阳　（举望远镜向小桂）鬼呀鬼，你在哪里……

小桂　（慌）哎……不是俺呀……（向饭厅跑下）

圆圆　小桂阿姨，谁也没说是你，你害怕什么呀？

和平　这孩子，这事儿给她吓的。你说这……

昭阳　（举望远镜向和平）鬼呀鬼！

和平　（吓得惊叫跑开）啊！你瞅他吓唬我！

昭阳　你在哪里……（举望远镜猛然转向圆圆）

圆圆　啊！不是我！你别冲我来呀……

昭阳　我也没说是你呀？

圆圆　（长出一口气）啊，对呀……

昭阳　让我再好好儿测一测。

〔昭阳举望远镜再一次猛然转向圆圆。

圆圆　（惊，躲）啊！你别过来！我不怕你……

昭阳　不做亏心事，不怕鬼叫门！（一把拉住圆圆）圆圆，你就都说了吧！

圆圆　（小声）昭阳叔叔，我可都为了您，您怎么冲我来呀！（用力挣脱）

昭阳　我一猜就是你！可是我要不把你出卖喽，怎么显出老夫我的捉鬼手段呢？

和平　（上前）哎哎，昭阳兄弟，那鬼逮着没有啊？

昭阳　圆圆！你快快说了吧——说！

圆圆　我,我……我坦白,我坦白。你等等……(向里屋下)

和平　你干嘛呀?怎么啦?怎么啦?

昭阳　这这这……天机不可泄露!

傅老　昭阳,你也不必说了,我早都看明白了……

〔圆圆戴鬼面具自里屋暗上,昭阳回头看见。

昭阳　(吓坏)啊!啊……(晕倒)

【本集完】

第65集　姑妈从大洋彼岸来（上）

编　　剧：梁　欢　梁　左
客座明星：李婉芬　英若诚　郑振瑶

〔日，傅家客厅。

〔傅老闲坐。和平上。

和平　爸！爸，有您封信哎……

傅老　谁来的？

和平　美国来的。怎么瞅着不像小凡的字儿啊？ J-i-a, jia……Sh-u, shu……F-en——Jia Shufen？贾淑芬。

傅老　哦，（接过信）我的一个远房姐姐，你们该管她叫姑妈。

和平　哟！咱家挨美国还有亲戚哪？

傅老　唉，说起来呀，她也是个悲剧人物。当年跟她当兵的国民党丈夫一块儿跑到台湾去了，后来又逃难到了美国——可怜哪！

和平　到美国还可怜？赶紧瞅瞅吧，瞅瞅人家信里头写什么了？

傅老　其实不看也罢，肯定又是跟我吹牛……你这个姑妈从小没有别的毛病，就是爱吹！总说她们家比我们家有钱，她吃得穿得比我好，将来比我有前途。后来我呢，参加了共产党，她呢，嫁给了国民党。事实证明，她的选择是错误的嘛。你看现在，我是安度晚年，老有所为；她是流落他乡，无依无靠嘛！就这她还不服气呢，每年都要来信跟我吹一吹，每次都被我一一有力驳回了！（起身看信）唉呀！这个这个……

和平　怎么啦？

傅老　她说她要回来探亲，连飞机票都订好了……

和平　哟，我瞅瞅？（凑上前）

傅老　（念信）"第一站北京，宜就在吾弟府上小住，与吾弟及家人团聚，谅必欢迎。"你看这个……

和平　还要来咱家住啊？这好啊，让她来瞅瞅咱们的幸福生活！就让她住志新那小屋儿吧！

傅老　这怎么能行？（拿过信）这怎么能行嘛……

和平　这怎么不行啊？爸，姑妈您老人家年轻时候走错了路，现在老啦，迷途知返啦，您不能不管哪！

傅老　我是说，志新那个小屋怎么能行嘛！

和平　那怎么不行啊？那总比她挨美国流落街头强吧？想住哪儿啊？王府饭店？她住得起么她？

傅老　她还真住得起！这下儿我可惹了大麻烦了！麻烦了，麻烦了……（向里屋下）

〔晚，傅家饭厅。

〔傅老闷坐。和平、小桂上菜。

和平　爸，吃饭了。

傅老　我怎么吃得下嘛！麻烦了，麻烦了……

志国　（上）瞧您愁眉苦脸的，有什么麻烦事儿您也跟我们说说。

圆圆　（上）爷爷，不就是个八竿子打不着的姑奶奶么？她还能吃了咱们？

第65集　姑妈从大洋彼岸来（上）

傅老　都怪你那个姑奶奶爱吹牛！唉，我也是闲着没事儿，跟她对着吹。本来我以为我们姐弟有生之年不会再见面了，真没想到她怎么要回来了……

和平　明白了，怕露馅儿！说说吧，都跟人家吹什么啦？

傅老　其实也没有什么，就是把咱们家的情况稍微夸大了一点儿——她说她的女儿在哈佛念大学，儿子在旧金山当老板，我说我的女儿在斯坦福攻博士，儿子在海南当大款！

圆圆　差不多，都是实事求是——就是翻成英语的时候吧，得用"将来时"。

志国　那我呢？您是怎么夸我的呀？

傅老　你在事业上也没什么成就，到现在还是个小小的公务员，我就省略不提啦。

志国　嘿，合着我这姑妈到现在还不知道有我这么个人儿哪？

傅老　正是这样。

和平　那也就……也就没我这人儿了。

圆圆　哎，那有我么？

傅老　有你有你——我把你爸爸和你二叔合并同类项，变成一个人，说他在海南干事业，你留在我的身边上学。你这个姑奶奶身边没有第三代，整天跟个小狗做伴儿——成心气气她！

圆圆　哦，这不挺好办的么？我爸我妈出去躲着去，咱俩接待我姑奶奶。

和平　嘿嘿嘿！好容易家里要来一外国亲戚，倒让我躲出去？

志国　那要为了顾全大局，只有这样了，要不然咱爸的面子怎么圆啊？

傅老　还有更麻烦的哪！我把咱们家吹得富丽堂皇的——俩单元，七八间屋，满堂的硬木家具，还一水儿的进口家电，就连家庭服务员都有仨——还不算管家！

志国　爸，您以后吹牛最好量力而行啊，您这瞎话我们都没法儿帮您圆！

和平　真是的！要不然我留下来，冒充个家庭服务员？

志国　我倒也可以冒充一男仆……可问题是这房子、这家具、这电器……您没事儿跟人家吹这个干嘛呀您？

和平　真是的！不是说姑妈也是一穷人么？您跟这穷人较什么劲呢？

傅老　她穷什么？她一点儿都不穷！动不动就跟我说她那个什么花园洋房，那谁没有啊——我也是出于爱国，不能让她把咱们给比下去嘛。

志国　您爱国也不是这么个爱法儿！

和平　怎么办哪？要不然咱们跟对门儿胡伯伯借点儿家具充充数儿？

志国　就爸这么个吹法，你把他们家抄底儿都搬过来都不够。

和平　差不离儿行了，她还真一样一样儿数啊？

傅老　这些都是小事，还有最麻烦的——我跟她说你们的妈妈……现在还活着！

众人　啊？！

傅老　她那个老伴儿现在还健在，凭什么我就没有啊？只许她天伦之乐，就不许我举案齐眉？只许她花天酒地牵着狗，就不许我革命路上拉着手？

志国　谁也没说不许呀，可是您也得沾点儿边儿呀——您倒没把我爷爷也说活喽？

傅老　你爷爷……没来得及提。

和平　嘿，得亏您没来得及，您要真提了，一百多岁老头儿我们上哪儿找去啊？这六十多岁老太太倒满大街都是——爸，这么着吧，您看上哪个了您告诉我们一声，趁姑妈来之前赶紧把您这事儿给办了……

傅老　胡说！我根本不是那个意思嘛！

圆圆　再说时间根本就不够啊——从相逢到相识，到相亲、相爱……我爷爷一辈子这么大的事儿，就这么随随便便的？

和平　现建立感情是来不及了……哎哎！我有一主意嘿，咱借一个怎么样？

志国　借？怎么借呀？这又不是借自行车儿，这是借老太太——活的！

第 65 集　姑妈从大洋彼岸来（上）

和平　废话！不是活的还是死的啊？借她干嘛呀？我告诉你，这年头儿双眼皮儿小姑娘不好找，两条腿老太太满大街跑，现成的就好几个。

志国　谁呀？

圆圆　我知道！我姥姥，对吧？

和平　去！

傅老　谁？……她呀？成，成……她来了——（起身）我走！

志国　（拉）这是您求人家的事儿，就别挑肥拣瘦的啦。

傅老　我告诉你：我跟她过不到一块儿！

志国　您要真过到一块儿就麻烦了，这不假装的嘛！

傅老　假装的我也别扭！

和平　我妈还别扭呢……您坐下，坐下！爸，我给您推荐一位——居委会陈大妈！侠肝义胆，古道柔肠，人送外号"杨柳北里一枝花"！您二老在一块儿……

傅老　你少把她跟我往一块儿扯！就她那个档次，她那个文化，白白让你姑妈耻笑嘛，还不如没有老伴儿呢！

志国　那要这么说，我倒有一合适的人选，就是不知道人家乐意不乐意……（向和平）要不然咱俩人吃完饭去探探？

和平　谁呀？去了也是碰钉子！要不然这样儿得了——实在没辙我装你妈得了？

志国　去！

〔时接前场，胡老家。
〔志国、和平、胡老在座。

胡老　……唉，我不是背地里议论令尊啊，我跟他共事三十多年，一贯如此——死要面子活受罪！

和平　没错儿！哈哈……

志国　（瞪和平一眼）伯父见教得是。

胡老　远的不说，就说一九五九年那次……

和平　一九五九年就够远的了，这事儿都火烧眉毛了。我公公跟您这么些年了，是不是？他有千日不好，也有一日好。这回您无论如何得拉他一把，您回头哪怕再批评他都成啊！

胡老　嗯！我是得批评他……行，那我可以先把家里这点儿东西，先借给你们去充充数儿，好在你们这位姑太太来了也就是小住，不会给我们造成太大的麻烦……

志国　是是。伯父啊，东西是小事儿，关键是人！我刚才跟您说了哈，我父亲跟我姑妈说我母亲还活着呢，可事实上，您知道……这事儿吧……（看和平）

和平　志国那意思是说……我听说胡伯母年轻时候演过戏呀？……

胡老　行了行了！明白了明白了……这，这恐怕不大妥当吧？这事儿要传出去，我太太的名誉——

志国　这不也是没办法的事儿嘛！我爸说了，您要实在不答应，那只有让和平装我妈了。

胡老　（点头）哎？嘿嘿嘿……

志国　这……这不更不妥当吗？您看这要传出去，那我太太的名誉……是吧？您不能光考虑您太太，不考虑我太太呀！

胡老　那俗话儿怎么说的？爹死娘嫁人——各人顾各人！

志国　这不是我爹没死，我娘先死了嘛！要不然哪儿有这麻烦啊……

胡老　哎哟，这个……

〔胡伯母自里屋上，胡老连忙起身迎上。

胡老　这种事儿啊，总得征求一下当事人的意见吧？你伯母过去是大家闺秀，还有贵族血统，平日最讲究的就是规矩、礼教！你们这荒唐主意呀，她是一定不肯的！（向胡伯母）是吧，太太？嘿嘿……

胡伯母　为什么一定不肯呢？这装别人的太太……还挺好玩儿的嘛！

和平　哎哟，伯母！您同意啦？您赶紧坐这儿……（与志国扶胡伯母坐）

志国　既然当事人没什么意见，那这事儿就这么定了。我们回去准备了啊……（欲下）

胡老　（拦）不行不行……（埋怨胡伯母）你怎么能答应啊你？

胡伯母　（起身）我怎么不能答应呢？若是你不答应，那我自然可以不去；若是你自己冒充好人，偏要征求我的意见，这我只能告诉他们——我可以去。

和平　伯母，您赶紧坐这儿。伯父，伯母可同意啦？您同意不同意就在您了啊！伯母，您到我们家以后啊，我们保准拿您当亲妈对待。我公公跟人吹出去啦，说我们家佣人一管家，回头我、志国，还有我们家小桂，我们都当仆人，保准把您伺候得那叫舒舒坦坦的。您过去挨王府里当大小姐的时候儿什么样儿，您挨我们家就什么样儿，您要不把我们吓着都算您装得不像！

胡伯母　那敢情好啊！这都多少年了，我一直盼着有这么个机会，展示一下我当年的风采，这就一直没找着机会，你们可算遂了我的心愿了！（向胡老）先生啊，既然大伙儿都愿意，你就不要从中作梗啦……

胡老　那好，这么着——（向和平）你刚才说还缺一个管家？干脆，我也上你们家去——我就假充这管家……

和平／志国　嘿，好好！……

胡老　……也好起点儿监督作用！

〔日，傅家饭厅。

〔傅老、胡伯母、圆圆以主子身份坐在餐桌旁。和平、志国、小桂以佣人身份旁边站立。胡老以管家身份组织众人排练。

胡老　……我再说一遍啊！我再说一遍：既然把我请来了，那就说不得得罪大伙儿了——

和平　嘻！您甭客气……

胡老　姑太太明天就到，我们现在是最后一次排练，等于是战前演习，一定要从严从难！（向三位"佣人"）站好，都站好！各就各位——好，现在开始！

傅老　（主人架势）胡管家——

胡老　（毕恭毕敬）在。

傅老　开饭！（见众人笑，傅老制止）

胡老　开饭啰——

和平　开饭啰——（进厨房）

小桂　开饭啰——（进厨房）

志国　开饭啰——（进厨房）

圆圆　爷爷，嘀！当年有钱人家吃饭这么气派哪？

傅老　问你奶奶——反正我们劳动人民家里没见过这个！

〔"仆人"们上菜。

胡伯母　这算什么气派呀？别说人家真有钱的，就是我们这中等人家儿呀，传膳的时候好几十人呢！隔着三道门儿一声儿接一声儿，那半个北京城都听得见哪！

傅老　您这话大点儿了吧？半个北京城都能听见你们家吃饭声儿？

胡老　（向和平）哎！餐巾，餐巾！帮着孙小姐围好餐巾！

〔和平忙拿起一块毛巾给圆圆围上。

圆圆　妈，我会弄……

胡老　（向圆圆）住口！你管她叫什么？

圆圆　对对对……（摆出大小姐架势）和妈，我自己会，不劳您驾了。

胡伯母　跟下人话说甭那么客气，看我的啊——（摆出主子架势）和妈！

和平　哎。

胡伯母　下去吧！

和平　嗻！

胡老　瞧瞧，还是我太太装得最像！

傅老　住口！什么你太太？她现在是我的太太！

胡老　我……

傅老　怎么？

胡老　是是……先生说得对，我一时说走嘴了。

〔傅老拿起一支烟。

胡老　（向志国）你那儿愣着干什么？看见先生手一碰烟，赶紧麻利儿地上火儿。

志国　（赶紧翻兜儿）没有啊……

胡老　这样儿！（掏出打火机，给傅老点烟）

和平　胡管家，您瞅我干点儿什么呀？

胡伯母　（伸手夹菜）一点儿眼力价儿也没有！看我伸手够不着菜，也不知道把盘子往我这儿挪挪？

和平　（低声）自个儿长手干嘛的？！

胡伯母　（把筷子拍在桌上）住口！我长手是干这个的么？！敢跟上人顶嘴！胡管家！拉下去，重责二十，扣她半个月月钱！（笑）……我这戏是不是有点儿过呀？

和平　（笑）不过不过，正合适！经您这么一指导嘿，我现在是真热爱咱们新社会呀！你说要搁旧社会，我这顿打还躲得过去么我？

傅老　好啦好啦，有什么委屈先忍着点儿，拢共就那么几天，一眨眼儿的工夫嘛！

圆圆　爷爷，搁咱们这儿是几天，搁他们下人那儿可就是漫漫长夜，度日如年……

志国　谁说不是啊！（两手比划）长夜难明赤县天，百年魔怪舞翩跹！

胡伯母　（拍筷子）一个下人，假模三道地念的什么诗啊？还什么魔怪——谁是魔怪？胡管家，拉下去……

胡老　您就别跟他一般见识了！（向众人）行！

〔众人结束表演，放松。

胡老　行，这次排练得不错！好好好，各就各位……

众人　啊？

胡老　咱们再练一遍！

众人　哎哟……别练了……

圆圆　胡爷爷，还练？这都第三遍了，您要撑死我呀？

志国　撑死总比饿死强！我们饿这么半天，我们说什么了？

和平　我实在扛不住了！您让我坐下吃点儿吧……

胡老　你还要坐下吃？要造反哪你？！下人上桌？告诉你，从明天起，咱们的饭都改在厨房吃！人家剩什么咱们吃什么，不许说三道四的！

〔日，傅家客厅。

〔客厅已经收拾得焕然一新，摆上了从胡老家借来的家具。和平、志国、小桂自里屋上。三人统一着白上衣，戴白手套，头顶圆帽。

和平　（看着志国大笑）哈哈……你实在太像一阿拉伯人了……

〔胡老自里屋上，与三人同样装束，扎领结。

和平　胡伯伯您看，（指志国）像不像一阿拉伯人？哈哈……

志国　猴儿顶灯！

〔门口传来傅老等人声音，四人急忙分两队站好。傅老提行李上。

傅老　（向门口）里边儿请，里边儿请！

·278·

第65集 姑妈从大洋彼岸来（上）

〔穿着时髦的姑妈上，珠宝首饰晃眼，戴墨镜。

胡老　（鞠躬）欢迎姑太太！

三"仆人"　（鞠躬）欢迎姑太太！

姑妈　（摘下墨镜，向众人挥手）嗨——

胡老　和平，搀着姑太太。

和平　哎哎……（搀扶姑太太）走，您这边儿请……（扶姑妈落座）

胡老　志国，把姑太太行李运到客房去！

志国　是！（拿行李向里屋下）

胡老　小桂儿，上茶！

小桂　中！

姑妈　贤弟呀，（指胡老）这位是……

傅老　这是我的管家——胡学范先生。

姑妈　一个管家还叫什么先生嘛。胡管家呀，我看你岁数不小了嘛？

胡老　回姑太太的话：刚满六十五。

姑妈　到我们贾家不少年了吧？

胡老　嘻！我昨天才……才整整三十年。（低声向傅老）这三十年你没少跟我作对，瞅我将来跟你没完的！

傅老　（低声）工作需要嘛——你自己是主动来的！

胡老　我什么时候主动过？

姑妈　嗯？你们在说什么哪？

傅老　胡管家正在向我……汇报中午的菜谱儿。（向胡老）快去执行！（向姑妈）什么事儿都让我操心！

胡老　（背躬）我执行什么呀我？

傅老　（也背躬）你成心跟我作对是不是？你等着！（向姑妈）胡管家说了，为了欢迎您的到来，他特意准备了一首外国歌曲，用英文来演唱，不知

· 279 ·

　　　　道您喜不喜欢？

胡老　（暗中频频阻拦未果）不不，我知道姑太太肯定是不喜欢……

姑妈　为什么不呢？胡管家有如此的才华——那就唱唱吧？

傅老　唱唱吧！

胡老　那，那我就唱……给姑太太听听？

姑妈　好极了好极了！

胡老　（低声向傅老）还英文？我把你撕巴撕巴喂鹰！（清嗓，唱）"John Brown's body lies a-mouldering in the grave, John Brown's body lies a-mouldering in the grave, John Brown's body lies a-mouldering in the grave, as we go marching on!"

〔姑妈、圆圆鼓掌。

【上集完】

第 66 集　姑妈从大洋彼岸来（下）

编　　剧：梁　欢　梁　左

客座明星：李婉芬　英若诚　郑振瑶

〔晚，傅家饭厅。

〔傅老、胡伯母、姑妈、圆圆围坐，"佣人"和"管家"侍立一旁。桌上菜肴丰盛。

姑妈　……贤弟呀，四十多年啦，白首相聚，不容易哟！（举杯起身）来来……贤弟，弟妹，这杯酒是老姐我敬你们的，一定要干喽！

〔傅老、胡伯母站起，与姑妈干杯。

姑妈　唉呀，不要这么拘谨嘛！弟妹呢，我们是初次见面，贤弟那可是我从小看着长大的，那最是能说会道、活泼好动啊！你看看，谁让我没赶上参加你们的婚礼呢？虽说你们是老夫老妻啦，今天也要当着我老姐的面儿，要喝一杯——交杯酒！

胡老　（急）啊？还要喝交杯酒？！……不是，我说这……这交杯酒得满满当当的。（向傅老）我给您续上……（斟酒，低声）你敢跟我老婆当着我的面儿喝交杯酒……

傅老　你当我愿意哪？工作需要嘛！（与胡伯母喝交杯酒）

姑妈　胡管家，胡管家！

胡老　哎……在！在……

姑妈　你到我的房里去，把那个相机给我拿来！我要给先生和太太亲亲热热地合个影！将来带回美国去，我也好留个纪念嘛。

胡老　还要亲亲热热？！……

〔胡伯母假装不慎碰掉酒杯，起身赔笑。

胡伯母　老姐呀，今天的酒有喽，再喝怕要失礼了，就容改日吧。我给老姐布个菜……（为姑妈布菜）

姑妈　哎呀呀，谢谢，谢谢……（向傅老）那……贤弟，咱们两个怎么也得干一杯吧？来来……

圆圆　姑奶奶，我爷爷他不能喝！他平时不能喝这么多，（指和平）我妈不让……

和平　是，平时他……

姑妈　哎？你妈平时？你妈不是上海南岛了么？

胡伯母　啊，是……是少奶奶平时来信老说：先生心脏不好，不让多喝酒。

姑妈　哦……那也罢，也罢。那看来只好我一个人喝啦……一个人喝闷酒啊，没意思！

志国　我陪您喝两盅儿吧！我都饿半天了……（凑上前连吃带喝）

和平　我也挺能喝的，我陪您喝！（举杯喝酒）

小桂　哎，姑奶奶，还有俺哪……（抢上）

胡老　哎哎！大胆！都给我退下，退下！（向志国，低声）有个先来后到没有？！（转身向姑妈）姑太太，您恕学范管束下人不严——学范不才，（搬过凳子，坐姑妈身边）学范来陪您喝三杯……

姑妈　（惊）哎！我说……（向傅老）贤弟呀！今天可是咱们全家人团聚，这胡管家坐在这里恐怕不大合适吧？（不悦）

第66集 姑妈从大洋彼岸来（下）

傅老　不合适不合适！（向胡老）姑太太让你起来，只好起来喽……

和平　（低声向胡老）听见没有？让您起来哪！这是您坐的地儿么？

〔胡老起身，和平搬走凳子。

和平　不让我们喝，您也甭喝！

胡老　（向和平）幸灾乐祸？（转身向姑妈）姑太太，您一个人儿喝酒挺闷得慌，我们这和妈说了，她能给您唱点儿开心小曲儿……

姑妈　噢？真的啊？

胡老　就是不知道姑太太喜欢不喜欢……

姑妈　唉呀，为什么不呢？（向傅老）贤弟呀，你这些个佣人可真是了不起呀，那真是文武双全哪！你看，又有西洋唱法，又有民族小调儿。好好……随便唱个什么吧！

和平　（低声向胡老）我都当了佣人，还带唱堂会的？

胡老　我这高级知识分子刚才还唱了一段儿呢！你呀，别废话，上吧！来来……（领众人鼓掌）

和平　呵呵，那我就给姑太太献上一曲——（拿过一根筷子，高声念白）"千里刀光影，仇恨满胸膛！"（敲桌沿，吓姑妈一跳）

〔晚，傅家客厅。

〔"主子"们看电视，"佣人"和"管家"垂手侍立。

姑妈　……贤弟呀，我看电视里面说的哪一家也不如你家里的条件好啊！唉呀，你看看你有这么大的房子，还有这么多的佣人，简直是想不到哦！

傅老　我也没想到……这个……我是说啊，我这就是一般的水平，比小康的标准还差得远着哪！现在生活水平普遍都提高了，比我好的多着哪！

姑妈　真的？还有比你过得好的？！

傅老　那当然了，我这算什么呀！老年丧偶、三代同堂、退居二线、无所事……

·283·

〔胡伯母暗中踢傅老一下。

傅老　啊，我是说：我们单位的……一个姓胡的老家伙！就是这样，人家还是从美国回来啦——那真是拳拳报国心、殷殷赤子情啊！

姑妈　依我看，那是在美国混不下去了！美国呀，那是笨人的地狱……

胡老　（脱口而出）谁说我笨……不，他是笨，他是笨！（向姑妈）听说现在跟我一样，也给人家当管家哪！

姑妈　我说贤弟呀，你这个管家的话是不是多了些呀？

傅老　听见没有？胡学范！我早就教导过你：该说的说，不该说的不要乱插嘴！挺大的岁数了，怎么都分不出个眉眼高低嘛？退下！

〔胡老暗中对着傅老一通比划解气。

姑妈　贤弟呀，你这个管家叫什么名字——胡学范？唉呀，一个管家还"胡学"什么"范"嘛！土不土洋不洋的……哎，我来给他改个名字怎么样？

傅老　好好，那就随您叫着方便啦！

姑妈　嗯……我看他嘛，粗粗壮壮的，干脆就叫"胡大壮"吧！

傅老　（笑，向胡老）大壮！还不快谢谢姑太太？瞧瞧瞧瞧，这名字起得多好听啊！

胡老　……是，谢谢姑太太！

姑妈　（向志国）你叫什么名字？是……志国？

志国　对！

姑妈　谁给你起的这个名字？

志国　我爸爸呗！

姑妈　你爸爸……喊，一听就没什么文化！干脆，我给你改一个，就叫……"大力"吧！你看看多结实，多有劲儿啊！

傅老　起得好起得好——比他爸爸强多了！

姑妈　干脆，（向和平、小桂）你们两个，一块儿我全给改了！什么和平啊，小桂呀，不三不四的——大的叫"春兰"！小的叫"秋菊"！

圆圆　（揶揄地）姑奶奶，那要是大力和春兰有个女儿那应该叫什么呀？

姑妈　（不明白）啊？

〔翌日晨，傅家饭厅。

〔胡老给小桂布置任务。

胡老　……你还得预备点儿果汁儿，美国人吃早点还得喝果汁儿。快去吧，快去吧！

小桂　中！

〔小桂进厨房。胡伯母推门上，神色匆忙。

胡伯母　我是不是起晚了？我说就跟这边儿忍一宿算了，你非拉我回家……

胡老　你一个女人夜里不回家，在这边儿忍一宿，像什么话呢？快，去吧！就假装你刚从老傅屋儿里出来，去吧！我在这儿得给你预备上早茶……

胡伯母　嘻！咱们老夫老妻，明媒正娶，怎么闹得跟第三者似的？

胡老　谁让你非要做别人的老婆嘛！

胡伯母　（笑）那不是你同意的么？

胡老　我什么时候同意了？我压根儿就没同过意！特别是昨天，你跟老傅还亲亲热热……（比划）嚯！你是不是有点儿弄假成真了你？

胡伯母　你还真吃醋啊？我那不过是逢场作戏，好玩儿罢喽……

〔胡老搂胡伯母肩膀轻拍。姑妈暗上，看在眼里，故意咳嗽一声，惊得二人赶紧分开。

胡伯母　呵呵，老姐……

姑妈　弟妹。胡管家也在这儿呢？

胡老　是，姑太太早！太太这儿正跟我布置早餐哪。不知道您吃鸡蛋是喜欢吃嫩的还是喜欢吃老的？是两面儿煎还是一面煎儿哪？

姑妈　随便吧！胡管家，我看你耳朵是不是不太好啊？要不然刚才我弟妹跟你说事情的时候，你干嘛离得那么近呢？

胡老　没错没错，到底是姑太太，一看一个准儿！那行，二位您先在这儿歇着，我去把他们叫起来——都什么时候了还不起来……（下）

胡伯母　那我也去看看……（欲下）

姑妈　弟妹，弟妹，来来来……老姐姐有句话，不知道当说不当说……

胡伯母　老姐姐请说。（坐）

姑妈　嗯……弟妹呀，其实我刚才什么也没看见！我是想说啊，咱们做女人的，第一要考虑的是要对得起自己的先生，其次嘛，才能考虑别的……

胡伯母　老姐姐说得对呀，我就是光考虑别的了，我对不起我先生！（起身，下）

〔傍晚，傅家客厅。

〔圆圆放学上，和平手拿鸡毛掸子自里屋上。圆圆大摇大摆，对和平视而不见。

和平　嘿！嘿……怎么不叫人哪？

圆圆　我回来啦——春兰儿！（坐）

和平　当着人你这么叫，怎么背着人你还这么叫……

志国　（自饭厅上）你就别管她啦，等姑奶奶走了以后再改口吧，回头又弄乱了！圆圆我告诉你啊，当着人我们不敢管你，你自己那学习得抓紧！

圆圆　行，您就甭操心啦——大力！

志国　嘿！这……

和平　怎么说话哪这是？我们不操心谁操心哪？我瞅你这两天有点儿人来疯儿——我就没见过你复习功课！你要敢给我考回一不及格来，你瞧我不撕你的皮……

〔和平动手比划，姑妈自里屋暗上。

姑妈　春兰！你说什么呢？你……你要撕谁的皮呀？

和平　啊！孙小姐不好好学习，我这儿……正教育她呢！（轻抚圆圆头）

姑妈　教育也不能这么个教育法儿嘛！小孩子有做得不对的地方，你要慢慢地跟她讲道理，哪儿有动不动就要撕她的皮的？

圆圆　姑奶奶，她老这么说我，还有比这更厉害的呢！

姑妈　噢？你看看你看看！不管怎么说，她是我们贾家的后代，即使她有做得不对的地方，横竖都有人教育，怎么也轮不到你呀！

和平　（歪嘴，嘟囔）轮不到我轮到谁呀？

姑妈　她还有爷爷奶奶，还有爸爸妈妈，实在不行还有我嘛！

和平　（歪嘴，嘟囔）哪儿就轮到您了？！

姑妈　你说什么？你刚才说什么呢？你给我再说一遍！

志国　（上前）呵呵……姑奶奶！她说"是该轮到您了"。姑奶奶，您消消气啊，您念她是个粗人，没什么文化，您就别跟她一般见识了。

姑妈　行了行了，这次算了！（向和平）我告诉你，下次要再让我看见，我就先找人撕了你的皮！

〔和平撇嘴不服气。

〔晚，胡老家。

〔客厅横七竖八地摆满从傅家搬来的家具。和平躺沙发上休息，志国东倒西歪上。

志国　哎哟，不行了不行了！实在扛不住了！和平，和平，你盯会儿，让我缓一闸嘿……

和平　去去……凭什么呀？中午都让你眯一会儿了！我打早上一睁眼一直忙到现在，你让我先缓一闸……别闹！

志国　不行不行！你现在就是打死我，我也动不了了……

和平　（不情愿地起身让志国躺下）打死你你要能动那叫诈尸！我告诉你啊，你就是平常不锻炼，你这身体素质也忒差了你……（倒在另一沙发上）

志国　我这身体素质还差呀？就这劳动强度，你把穆铁柱找来他也盯不下来！

和平　我怎么能盯下来呀？

志国　你？咱俩的工种一样么？咱就说今儿下午，你在那儿陪着打牌坐六个钟头，我在旁边儿伺候牌局站六个钟头——我容易么我？

和平　哦，你当我乐意哪？光许输不许赢……你那姑妈打得那叫臭呵臭呵！我挑着喂她她都不吃，我放铳她都和不了！活急死我！

志国　我就纳闷儿了嘿：就这么一老太太，这么多人愣伺候不过来！

和平　哼，你们贾家人哪个不这样儿啊？

志国　你别打击一大片啊！我们贾家人啊……

〔胡老上，累极，有气无力。

胡老　哎哟喂，不行了……

〔和平、志国赶忙上前搀扶。

志国　怎么了？胡伯伯……

胡老　快扶我一把……

志国　怎么了？怎么累成这样啊？

胡老　别提了别提了……今儿啊，楼底下卖大米，你姑妈说便宜，买了五十斤——非让我给扛上来！我年轻时候也没扛过这么沉的东西，老了老了我倒挨上了……

志国　（笑）您……您叫我一声啊！

胡老　我是想叫你啊，老太太是死活不让，说那话能把你气死——（模仿）"胡管家啊，我看你有点儿精力过剩啊！消耗消耗也好，省得闹出别的事儿来！"

和平　（大笑）哈哈……那还不怪您平时嘛，老冲我胡伯母那儿眉来眼去的，让老太太看见了吧？

胡老　废话！我不冲你伯母眉来眼去我冲谁眉来眼去？我这么大岁数了，我就有那心也没那力呀！

志国　（笑）行了，您就忍忍吧啊，夫妻感情好不在这一两天的……

胡老　不行！凭什么这是？啊？你们家来亲戚，把我们家闹得鸡飞狗跳；你们家姐弟团圆，闹得我们夫妻离散——我把自己饶进去不说，老婆还得借给你们。我图什么呢我？我有病啊我？！

志国　您就坚持两天吧，老太太说话就走了……

小桂　（跑上）俺的娘啊！

众人　怎么了？

小桂　俺听姑太太和爷爷说，她说咱们家挺好的，就不打算回去了！

众人　（大惊）啊？！哎哟……

〔时接前场，傅家客厅。

〔傅老、胡伯母、姑妈在座。姑妈轻声抽泣。

姑妈　唉，你姐夫啊，前年就去世了……就撇下我一个人……（哭）

傅老　您看，您怎么不早我告诉我呀？每一次来信，你总是说你们夫妻和睦、安度晚年哪……

姑妈　贤弟哟，你是知道啊，你老姐从小就好强，我不愿意人家笑话！

傅老　这种事儿你能好强吗？生老病死，人家怎么能笑话你呀？老姐姐，这我可要批评你了……（见姑妈哭得更厉害）算了！我也甭批评你了，咱俩差不多……

姑妈　啊？

傅老　那个……孩子们的情况是真实的么？

姑妈　那也就是在事实的基础上，我就稍稍地夸大了那么一点点。美国的情况

　　　　你们是知道的，孩子大了，根本就不管父母！一个礼拜给你打一次电话，那就算不错了，指不上哦。

傅老　　那花园洋房什么的呢？

姑妈　　那花园洋房啊倒是有——人家的！

傅老　　嘻！

姑妈　　我呀，就在养老院……唉，生活嘛，条件还可以，可我就是闷得慌啊！贤弟啊，我看你这里生活条件还是挺不错的。要是你不嫌弃的话呀，往后呢，我就每年到你这儿来住一住，或者干脆我就在你这儿安度晚年吧！

傅老　　这个这个……

姑妈　　啊……你放心，我绝不会白住！每个月几百美金的生活费那我还是拿得出来的。

　　　〔胡老、志国、和平、小桂、圆圆暗上。

姑妈　　我就是喜欢你这里人多、热闹，你看看，还有那么多的佣人，这在美国简直是连想都不要想啊！

傅老　　我倒是没有什么意见，就看大家伙儿怎么说吧，呵呵……

姑妈　　（看见胡老等众人）你们都来啦？太好了太好了。我是准备住在这里，不回去啦！怎么样，大家欢迎吧？

胡老　　您回去不回去我们也就不管啦，可我们得回去啦！

　　　〔胡伯母起身，挽住胡老，二人下。

姑妈　　（惊）哎！这——贤弟……

和平　　爸！爸……（摘帽子，坐）人家可什么都说了啊，您赶紧告诉人家……

志国　　（坐）您说吧！什么呀这是……

　　　〔时接前场，傅家客厅。

290

第66集 姑妈从大洋彼岸来（下）

〔和平、志国、姑妈、胡老、小桂在座。

姑妈　胡先生，真是对不起，这些天让您受了这么多的委屈——都怪我这个表弟爱吹牛！志国，和平，姑妈真是老糊涂了……

和平　嘻，您甭客气……

姑妈　其实看也应该看得出，你们绝对不会是……

和平　嘻，那您哪儿看得出来呀？

姑妈　小桂呀，你看这两天姑奶奶净拿你当丫鬟使了！现在我知道了，中国人人都平等，你也不会见怪我，啊？

小桂　没事儿！

姑妈　哎，其他人都到哪儿去啦？

和平　您就甭惦记他们了——折磨我们这么些天，他们也跑不了！

〔傅老、胡伯母、圆圆"佣人"打扮，端盘子上。

傅老　傅某人听候各位先生、太太、小姐的吩咐！

圆圆／胡伯母　听候吩咐！

姑妈　（笑）哎，等等等等，贤弟呀，你们这个衣裳、帽子还有没有？赶紧给我找一件儿，我也要穿上，给大家赔罪！

志国／和平　嘻……姑妈，您看您说的……

【本集完】

第 67 集　罪与罚

编　　剧：赵志宇　梁　左

〔日，傅家客厅。

〔圆圆端一碗方便面自饭厅上。门铃响，圆圆跑去开门。

圆圆　（画外音）昭阳叔叔！

昭阳　（画外音）贾小姐！（上）今儿怎么这么乖呀？大星期天的一个人在家待着。家长同志们呢？（探身盯着方便面）

圆圆　我爷爷参加一老战友聚会，我爸我妈参加一婚礼，小桂阿姨今儿休息，出去玩儿去了——谁都不带我！

昭阳　那你中午饭怎么办呀？

圆圆　让我自己吃方便面……

昭阳　什么？我大老远来了，就让我吃方便面？（欲拿，被圆圆抢过）我是说，他们怎么能这么欺负我们圆圆呢？没关系，昭阳叔叔陪你玩儿。我这就给你做好吃的去！

圆圆　你给我做还是我给你做呀？

昭阳　当然是我给你……实在不行，干脆，我带你外头吃去！

圆圆　行啊！（兴奋，起身）

〔昭阳身上的BP机响。

圆圆　哟！

昭阳　（看BP机，念）"二一二，速来我处。"不是说好晚上么？怎么又改中午了？圆圆，实在对不起啊，昭阳叔叔有急事儿，我晚上再陪你玩儿来啊。（下）

〔圆圆失望扫兴，端起方便面，又扔在茶几上。

〔晚，傅家饭厅。

〔傅老、志国在座，和平盛饭。

傅老　……怎么还有菜呀？我可是吃不下什么了啊！今天中午在老范家我可是没少吃啊！他夫人的那个川菜，哎——还是小有名气的哩！

志国　酒也没少喝吧？

傅老　那当然喽！老战友聚会嘛，难得这样高兴——聚一回少一回喽！你们今天中午参加的那个婚礼怎么样啊？

和平　甭提了！一大帮人，非让我也喝两杯。我说我又不是新娘子，哄我干什么……

志国　菜也一般，净是大肥肉！

傅老　还是那种大操大办嘛……哎？今天桌子上，总觉得好像少了点儿什么？

志国　您是说……没给您炒个青菜豆腐什么的？

傅老　不是，今天我什么都不想吃。

和平　您是说孟昭阳没来吧？

傅老　也不对。他平常就是不来，我也没有什么感觉！

小桂　圆圆呢？

和平　（想起）嗐……

小桂　她咋一直睡到现在还不起呢？（起身，下）

和平　赶紧叫去吧!

傅老　你们这些当家长的,怎么对孩子一点儿都不关心哪?还"青菜豆腐""孟昭阳"呢!

志国　您不也没想起来么?

〔小桂、圆圆上。

志国　圆圆!到点儿不知道吃饭来呀?

〔门铃响,小桂去开门。

和平　赶紧的!

志国　还等人请是怎么着?

圆圆　(迷迷糊糊的)我睡着了也不叫我一声儿……

〔昭阳拿一封信上,小桂跟上。昭阳与众人打招呼后,坐小桂的椅子上。小桂无奈,向厨房下。

昭阳　这是咱家的信——(扔给和平)

和平　哟,打哪儿拿着的啊?(拆信)

昭阳　在咱家门缝里夹着来着……(开始吃)

和平　(看信,大惊)啊?!(念)"命令你们在明天上午十点,把两万块人民币放在楼下东数第三个垃圾筒里。不许报警!否则贾圆圆小命儿难保。龙头大哥"……啊?!(吓得将信扔下)

圆圆　(扔掉手中的饭碗,躲向角落,惊慌)爸爸救我!爷爷救我!妈妈救我!昭阳叔叔救我……

〔晚,傅家客厅。

〔茶几上放着那封匿名信。众人围坐,沉默。和平紧紧搂着圆圆。

志国　……怎么办呀?要不要报告公安局呀?

和平　那哪儿成啊?真对圆圆下手怎么办哪?现在咱在明处,他们在暗处。

·294·

第67集 罪与罚

傅老　大家都不要紧张，先把这封信的来历搞清楚再说嘛。

昭阳　对对对！这急于报警，可能会导致那位龙头大哥动手撕票儿！

傅老　撕票儿？昭阳啊，看来你在这方面还是很在行的？

昭阳　（得意）我在黑道儿上还算有几个熟人儿——当然，我从来不掺和他们的事儿！这黑道儿上最忌讳的就是事主报官。上回我有一哥们儿嘿，他……（发觉众人都盯着自己）

和平　接着说呀？脸红什么呀？

昭阳　我……精神焕发！

和平　怎么又黄了？

昭阳　防冷涂的蜡！

和平　地振高冈，一派溪山千古秀！

昭阳　门朝东海，三江合水万年流！

和平　船上几个板？板上几个眼？眼中几根钉？大哥是坐船舱还是坐甲板？

昭阳　兄弟我坐后甲板——我说嫂子，您这切口儿也这么熟啊……

和平　（得意）早年间，我们唱大鼓的也属江湖行当，祖师爷传下来的饭碗里也有我们"嗨轰"这一号！"梅清胡赵"四大门儿——我什么不知道啊？说吧：你跟那龙头大哥什么关系？说不定你就是他！

昭阳　（叫冤）得！就算我是龙头大哥，就算我是黑道儿上的人，我拿谁开刀，也不至于拿我女朋友家开刀啊！

志国　谁是你女朋友啊？说不定小凡早跟你吹了呢！

昭阳　没那事儿！昨儿她来信还说想我呢，嘿！

傅老　那也不能说明什么问题——旧社会有的土匪就专门抢自己家的亲戚！

昭阳　这……我，我怎么又成土匪了？

圆圆　我对昭阳叔叔也有怀疑——既不劳动，又不生产，怎么就那么有钱？

昭阳　你小孩子家家的，怎么也那么多事儿呀？！

和平　怎么没事儿啊？本来就是我们圆圆的事儿嘛！还不许我们圆圆自个儿保护自个儿啊？

昭阳　是，圆圆……对，咱就说圆圆！你们家人，除了小凡，我对圆圆的感情是要多深有多深……（摸圆圆头）

傅老　嗯？

昭阳　呵——当然，也除了伯父。

志国　哼！

昭阳　也除了大哥。

和平　嗯？

昭阳　除了嫂子。

圆圆　哦，合着在我们家我排最后一个？可不得对我下手么！

昭阳　圆圆，谁要对你下手，昭阳叔叔就对他下手！你就说：平常叔叔对你怎么样啊？

圆圆　呵呵……不怎么样！

昭阳　这平时是看不出来，到关键时刻就得挺身而出！圆圆，从明儿开始，我二十四小时不离你左右——谁要敢动你一小手指头，我跟他玩儿命！

傅老　根据我对昭阳的一贯了解，我看他的嫌疑可以排除。

昭阳　谢谢伯父！谢谢……

傅老　我们家的情况他很清楚嘛，一下子上哪儿去弄两万块钱？

昭阳　伯父，您没注意这信上要求的时间？——明天上午十点。这就给您留出了上银行取钱，或者找朋友借钱的时间……

和平　哎哎，你怎么那么清楚啊？

昭阳　（抽自己）我让你多嘴！

志国　你们都别吵了！咱们首先应该排队找出作案人。

和平　这不是找呢吗？这不是废话嘛……

·296·

志国　不是，这么乱找不行啊，得用排除法——昭阳可以排除。

昭阳　对！

志国　（向和平）咱俩可以排除了吧？

昭阳　那当然！你们自己个儿绑架自己个儿孩子，再自己个儿花钱赎，这不有病么！

志国　咱爸能排除么？

傅老　那当然……哎！怎么还敢怀疑我？

志国　不是怀疑您，这排除法就得一个一个严格排除。

和平　我看爸可以排除。平常爸最疼圆圆，另外，爸也知道咱俩那点儿底儿——真出这种事儿，咱俩也得管他要钱！他折腾这事儿干什么呀？

志国　今儿下午吧，爸最先回来的，然后是咱俩，最后进门儿的是昭阳……

和平　中间儿还有一小桂……

昭阳　小桂！对，一个小保姆，既有作案时间，又有作案动机！

〔众人围拢在一起研究匿名信，圆圆偷笑。

〔时接前场，傅家饭厅。

〔小桂刷碗。众人上，围在小桂四周。

小桂　你……你们咋了？

昭阳　咋了？姓薛的！你就说实话吧！

和平　我告诉你，平常我们可待你不薄啊，你怎么能这样对我们……

志国　（同时）我们也知道你上当受骗，你知道什么说什么就行了……

傅老　（同时）首恶必办……

圆圆　（同时）小桂阿姨你就忍心害我呀？……

小桂　（惊呆）你们……你们怀疑俺？俺死给你们看！（坐，号哭）俺死给你们看哪……

〔和平、圆圆劝慰小桂，其余三人失望下。

〔时接前场，傅家客厅。
〔众人无精打采地坐着。志国来回溜达。

志国　……如果排除了内部作案的可能，就只能把重点放在既熟悉咱们家情况，又和咱们家有仇的人身上，比如说……对门儿的胡伯伯！

傅老　什么？这个胡学范——这么大岁数了还没改造好嘛！就说过去你跟我有仇，有什么你冲我来，我接得住你！怎么可以对我的孙女下手呢？我找他算账去！（欲起身）

昭阳　（拦）伯父，您冷静点儿——事情还没搞清楚呢！我看那姓胡的作案的可能性不大。人家那么有钱，何至于为那区区两万块钱铤而走险？不可能。

和平　没错儿！我瞅着街道陈大妈倒是挺穷的……

傅老　不可能！小陈儿我了解，人穷志不短嘛，绝不可能做出这种伤天害理的事儿来！

和平　伤天害……莫非是他？

众人　谁呀？

和平　为了圆圆，事到如今我也不能不说了，我都告诉你们吧！就是我插队的时候吧，跟志国好以前，我们兵团也有一男的追我……

志国　啊？你还挺招人！你这怎么从来没跟我交代过呀？

昭阳　大哥！咱现在可是为了工作，不要掺进太多的私人感情……

傅老　你快点儿说：他追你了，怎么了就？

和平　我跟志国好以后，他还老没结没完的，追得我没处躲没处藏，满大街乱跑！我也没辙，我一生气，就把他给我写的那么一大摞情书——里面写的那内容，写的那个……（作恶心状）反正，我一生气都给他贴黑板报

· 298 ·

上了！

圆圆　妈，您这可是……真够可以的！

傅老　就是嘛，那个时代，谈情说爱，还在信上写那些……（学恶心状）不过也可以理解嘛！后来是怎么处理的啊？

和平　后来反正他也没脸见人啦，也受了处分啦，团里也没人理啦！后来听说他打了大半辈子光棍儿——你说他这能不恨我么？我没想到他怎么……他怎么害到圆圆头上来了？

志国　那倒不一定。这么多年没联系了，可能性不大。

〔众人沉默。

志国　唉呀……莫非是他？

众人　谁啊？

志国　我们办公室一同志，原先跟我一块儿插过队——我这可都是为圆圆啊，我说出来供大家参考，你们谁也不许说我什么啊……

众人　唉呀，不说你……说说说……

志国　……我没脸说呀，我这比和平还恶劣呢！就是吧，去年我们单位搞民主选举，他选上的可能性最大，其次是我。也不知道怎么回事儿，我鬼使神差地……就把他插队的时候偷看房东女儿洗澡的事儿给透露出去了……

傅老　唉呀，民主选举的时候，群众对这种事情那是再在乎也不过了！

志国　是啊，所以呀，后来我被选上了，他没选上，一直到现在……

圆圆　爸，您这可真是……够缺德的！

志国　我也……我当时不就是……唉……

〔众人沉默。

昭阳　完了，肯定是他！

众人　谁呀？

昭阳　我一哥们儿。我当时还不认识小凡呢，我跟那哥们儿同时喜欢我们院儿一女孩儿。可是他各方面条件都比我强，我没招儿了，我就主动给他当参谋——人家女孩儿爱吃甜的呀，我就告诉他爱吃酸的！人家女孩儿爱听民乐，我就告诉他爱听摇滚！后来我又听说人家女孩儿特讨厌别人跟她侃哲学，我就主动地借我们哥们儿一本《存在与虚无》。我鼓励他在家刻苦钻研了两个星期，弄得是一脑门子哲学，害得那女孩儿只要一见着他，撒腿就跑……

傅老　这小孩子家家的游戏也没有什么嘛！

昭阳　问题是人家上个月结婚啦！我这点儿阴谋全暴露了……

圆圆　昭阳叔叔，你这可真是……够损的！

〔众人沉默。

傅老　唉呀！会不会是……他呀？

众人　谁呀？

傅老　你们还记不记得，原来我们局里有个你们姓张的叔叔，以前经常到我们家里来玩儿？没有想到后来他挑头儿造反，把我给批斗了，还把咱们家也给抄了……事情过去以后呢，我跟他谈话，我说小张啊，你也是上当受骗的嘛！不要背包袱，大胆地工作！

圆圆　爷爷，这事儿不就过去了吗？

傅老　后来正好有一个支援边疆的名额，也不知怎么……就把他给发到青海去了！直到去年他退休才回来，他肯定恨我呀！其实，也不是我拍的板嘛……

圆圆　爷爷，我真不知道说你们什么好了！我算明白了：我能活到今儿个，就算我走运！（向里屋下）

〔深夜，傅家客厅。

第 67 集 罪与罚

〔时钟指向两点半，屋里只开一盏台灯。傅老、志国、和平、昭阳在客厅激烈争论，互相指责。

〔深夜，傅家客厅。
〔时钟指向四点半，傅老、志国、和平、昭阳靠在沙发上一动不动。圆圆、小桂从里屋探出头来观察。

圆圆　（悄声）他们怎么了？

小桂　（悄声）还不是为了你一夜没睡，查那封信呗！

圆圆　现在知道啦？昨儿晚上吃饭的时候呢？我这么一大活人没在，他们就愣没看见！所以我才搁门口一封信，吓他们一大跳——我倒要看看他们什么时候能发现我。然后我就回去，装睡着了。他们还真当真了！

〔圆圆轻轻走上前，拿过匿名信，撕掉，与小桂向里屋下。众人同时坐起，望圆圆的背影，面面相觑。

〔翌日晨，傅家饭厅。
〔众人边吃早点边聊。圆圆上，众人安静。

圆圆　我向大家承认错误。昨天的那封信……

傅老　（打断）什么信？

众人　什么信啊？

傅老　哦，那个事儿啊？小孩子的把戏，我早都看出来了！昨天我喝了一点酒，借着那件事，给大家讲了几个笑话——你们还都记得么？

和平　反正我是不记得了，我也喝了点儿酒……

志国　昨天咱们虽然聊得很晚，但聊的不是这件事哈？谈了些很有趣的事儿……是不是，昭阳？

昭阳　咱们大家伙儿在一块儿，共同回忆了一些非常美好的往事……

·301·

〔众人附和。

傅老　真是这样吗？

众人　是……是啊，没错儿！……

傅老　没有……什么别的内容吧？

众人　没有，没有……

傅老　圆圆，你呢？

圆圆　我也没有，没有没有……我什么都没听见……没有没有……（逃下）

【本集完】

第68集　心病

编　　剧：梁　欢　梁　左
客座明星：金雅琴　英若诚

〔晚，傅家饭厅。

〔小桂布置晚饭，志国、圆圆谈笑上。和平端饭碗自厨房上，张望。

和平　（向志国）哎哎，你该说说你爸了啊——怎么回事儿啊？见天儿往居委会跑，到了饭点儿也不知道回来。

志国　嘻，我爸就这脾气！多少年了，光知道工作，不注意身体。

和平　这什么工作呀？一个居委会，几个老太太，再加上一个你爸，能干出什么正经事儿来？哼！

志国　不干正经事儿干什么呀？依你那意思，我爸跟一帮老太太整天不干正经事儿？

和平　我也没这么说呀……

〔傅老兴高采烈地上，手中举着小本。

傅老　好消息，好消息呀！重大决策！

志国　怎么了？爸，又开三中全会了？

傅老　对！

和平　啊?！真的?

傅老　居委会，第三次全体会议……

众人　嘻！

傅老　……一致通过：要给咱们这个楼的楼道里，统统安上电灯！

志国　早就该安了！省得我们天天晚上摸黑儿。

和平　我说什么来着？居委会有了咱爸，就是比以前正经多了！

傅老　而且我们这次准备要一步到位——要安装那个最新型的、最节能的、最方便的——声控电灯！

和平　知道知道！就是那种一跺脚就亮的——爸还挺新潮！

傅老　我什么时候不新潮啊？一九四五年抗日战争，我在学校里是头一个……

圆圆　爷爷，爷爷！安灯是安灯，战争是战争——您别老给混一块儿啊！

傅老　好好好……这次装灯啊，本来小陈小余她们主张装那个最便宜的十五瓦灯泡，被我给坚决地反对掉了！便宜没好货，装就装好的！我跟她们讲啊：现在生活水平都提高了，各家各户按人头算，每人只交三块钱——算不了什么嘛！到时候，楼道里亮堂堂，居民心里喜洋洋，呵呵……

志国　说了半天，还得我们自己交钱？

和平　那可不么！还不如摸黑儿呢。

圆圆　反正晚上一般你们不让我出去……

傅老　我就知道！一触及到个人利益，准会有人跳出来！又不让你们交嘛，反正都是我一个人掏！

和平　爸，别价，您这不是骂我们呢么？（掏兜）真是的，公益事业咱家什么时候落后过呀？（数钱，递给傅老）得得得，三五一十五——连小桂都算在内。

傅老　也用不了这么些！大家一致决定啊，小阿姨不算人……

小桂　别价呀爷爷。那俺也交三块钱，您呀，还是把俺算人吧！

第68集 心病

傅老　哦，小阿姨算人，是不当人算……不，当人算，是不算人……把我给闹乱了！反正按统一的规定，咱们家就交这十二块。我也不能乱收费嘛……好啦好啦，我现在马上到人家家收去！

〔傅老起身欲下，众人拦。

和平　爸，不是我批评您啊，您在居委会大小也是一个一级领导，您怎么能……大事您抓抓就行了，什么收费呀、收钱呀让他们干去！

傅老　你看看，我不光是收钱，还得向他们解释一下装声控灯的重要意义！居委会里除了小陈小余，就属我年轻了，其他的人啊，平均年龄七十六！枯藤老树昏鸦，古道西风瘦马呀——我派得出人去么？万一要是他们把钱给丢了，那算谁的？（下）

〔晚，楼下小花园。
〔傅老焦急地四处翻摸。

傅老　……这可真是怪了事儿了，怎么就找不着了呢？

〔和平、志国闲逛，上。

和平　这不是咱爸么？（向傅老）练什么功呢，爸？

志国　爸，您这收缴苛捐杂税的工作进行完了？没有抗旨不交的吧？

傅老　不交？不交倒好了！眼看全楼都要交齐了……又找不着了！

和平　哟！那赶紧找找吧，您放哪兜儿了？

傅老　要放在兜儿里我能找不着吗？我最后一个收的是老胡家，出了他家门儿我还数了数，正好是一百零五块。然后我又在院子里聊了聊天，在大门口下了下棋，在胡同儿里遛了遛弯儿，又在……

和平　哎哟，您还想上哪儿去呀？爸，您说您拿着那么多公款不麻利儿地回家，您挨院儿里瞎逛什么呀？

志国　就是啊！

傅老　一楼的老崔不在家，我想等他回来，干脆把钱都收齐了算了，顺便我也深入一下群众，向大家再宣传一下安装声控灯的重要性、必要性……

志国　唉呀，您这钱都丢了还怎么安啊？您再好好想想，丢哪儿了？

傅老　（怒）我要知道丢哪儿了，那还叫丢吗？！我最后一个收的是老胡家，出了门儿我还数了数，正好是一百零五块！楼道里我都找遍啦，还有胡同儿里，院子里，大门口儿……

〔和平、志国也弯腰四处寻找。

〔余大妈上。

余大妈　哎哟，你们这一家子这是玩儿什么呢？

和平　玩儿什么呢——我公公把钱给丢了！

余大妈　啊？钱？什么钱哪？丢了多少啊？

志国　就是刚收上来的安电灯那个钱！

傅老　正好一百零五块……

余大妈　老傅，你怎么搞的呀？

傅老　这都怪我！收了钱还到处瞎溜达……早知道啊，还不如听你们的呢，干脆就安个十五瓦灯泡算了，还不如派个老太太去到处收钱呢，还不如啊……

和平　爸，我看甭找了，别回头把腰扭了更不值当的！

志国　就是，爸，不就一百来块钱的事儿么？咱自己也不是赔不起……

余大妈　嗐！都是为了工作，哪能真让你们赔呀？老傅啊，想开点儿吧，事儿已经出了，咱就多往好处想吧！您瞧，这多亏了是安的声控灯，这要是安霓虹灯那得丢多少钱哪？这得亏派您去收钱，光把钱丢了，这要派小陈去，她连人带钱一块儿都丢了！我们不也没脾气嘛……

傅老　听着倒像是句劝人的话……怎么那么别扭？

余大妈　行了，老傅同志，您是老同志了，我们都了解您，大伙儿也都信任您！

第68集 心病

这几个小钱要真丢了也就算了,没人在乎!老傅啊,快回家歇着去吧!

〔志国、和平扶傅老起身往家走。

傅老 （念叨）……数了数啊,正好是一百零五块……要不就是那个桌子底下……（转身,被拦回）树后边儿……（转身,被拦回）

〔三人下。

〔日,傅家客厅。

〔和平织毛衣,志国在看书。傅老气冲冲上。

傅老 这个小余!

和平 怎么啦,爸?

傅老 幸亏今年把她给选下去了,（向门外）简直就是个糊涂虫嘛!

和平/志国 又怎么了,爸?

傅老 昨天啊,我最后一个收的是老胡家,出了门我还数了数,正好是一百零五块……

和平 （不耐烦）爸,爸,您又来了!不是拢共就一百多块钱么?丢就丢了,又不是什么大钱!

傅老 就是嘛!丢了钱,我可以找嘛,实在不行,我可以赔嘛!谁知道这个小余今天竟然背着我,又挨家挨户去收了个第二遍!

志国 啊?她怎么跟人说的呀?

傅老 还能怎么说啊?就说我把钱给丢了,又不是成心的,让我赔又不合适,只好让大家都分担了——这还是刚才我去拿晚报,听老胡告诉我的……

和平 爸,咱自个儿丢了钱,让人家分摊不合适啊!这么一楼一百多户人家呢,人多嘴杂的,是不是?收三块人家还不乐意呢,还收双份儿?知道的,是您把钱丢了,不知道的,以为您把钱……眯了呢!

傅老 （急,站起）胡说!我傅某人一辈子管钱管物,一身清正!成千上万的公款打我手里过,我动过心吗?! 这区区的一百零五块……就是这个……我……(百口莫辩)冤死我了!

和平　爸,您甭着急!我这就找余大妈去,咱把钱给人家退回去,咱自个儿掏……

〔和平边掏钱边往外走。门铃响,志国开门,余大妈上。

余大妈　哟,都在家啊?老傅啊,(点着手中的一叠钱)除了你们家的十二块呀,这已经都收齐了……(递上)

傅老　好了!小余啊,不要说了……(掏兜)我自己丢的钱,我自己赔!群众是无辜的嘛,不能让群众受损失嘛……(与和平凑钱)一百零五块,(递上)拿走!

余大妈　嘻!老傅啊,您这是干什么呀?您这不是见外了吗?您是谁,群众是谁?群众一听说您丢了钱啊,哭着喊着非要替您补上,我们拦得住吗?

傅老　(意外)真是这种情况?

余大妈　那当然是了!

傅老　那也可以向大家解释嘛……

余大妈　解释了,不听啊!我反复地向大家解释,我说老傅同志不缺这几个钱,老傅同志自己赔也赔得起——大伙就是不答应啊!说了:老傅同志为咱们居委会的工作,那真是操碎了心哪!这次安电灯,又是他老人家忙前跑后的……噢,末了儿让人家自己往里赔钱?我们这心里实在是过意不去呀!这不,实在没办法,我只好收下了群众这份心意呀……(把手中的钱举到傅老面前)没跟您打招呼——老傅啊,不怪我吧?

傅老　唉,还是群众理解我啊……(无限感慨)我们的群众啊,真是世界上最好的群众!战争年代就是他们掩护了我们,和平时期又是他们支持了我们,如今,(指着手里的钱)你看我遇到了这点小小的困难,大家又……

余大妈　(诚恳地)收下吧……

第68集 心病

傅老　这份心意呀……那我就收下了！（接过）

〔晨，楼下小花园。

〔志国、和平、圆圆有说有笑地路过，迎面遇见满腹疑虑、喃喃自语的傅老。

圆圆　哎！这不爷爷吗？

傅老　……他们怎么不理我呀？他们怎么都不理我了？

志国／和平　爸，您怎么了？怎么啦？

傅老　刚才杨老摇着轮椅打我跟前过，愣假装没看见我！还有老胡，在马路上跟我隔得老远……就拐弯儿了！还有一楼的老崔——其实我那一百零五块里根本就没有他的钱！你说他躲着我干什么嘛……

和平　嘻！爸，您都想哪儿去了您……

傅老　我想哪儿去了？我哪儿都没想！我傅某人好汉做事好汉当！我就是通缉在案的在贪污犯，（向远处）也不会株连你们嘛！你们就跟我说两句话怕什么呀！（痛心疾首）

圆圆　爷爷，爷爷，您别多心，人家余奶奶不是说了吗？说那钱真丢了就丢了，那么点小钱没人在乎……

〔志国、和平附和。

傅老　（吼）就属她这句话最气人！什么叫"真丢啦"？难道还是假丢了么？！我记得清清楚楚：我最后收的是老胡家，出了门儿啊我还数了数，正好是……

志国　爸！您看又来了……您整个儿一个祥林嫂……

〔三人下。

傅老　（追）等等！你们让我把话说完——当时正好是一百零五块啊……

〔晚，傅家客厅。

· 309 ·

〔傅老、志国、和平在座。

傅老　（严肃地）……所以说啊：收两遍钱的事，我越想越觉得不妥当……

〔志国、和平二人不耐烦。

志国　那您就别想啦……

傅老　我是可以不想，人家群众能不想吗？今天中午，就有人敢当着我的面儿问我："您吃了么？"听听，听听，就好像我吃饭用的是他们的钱！

和平　爸，人民群众一句随便关心的话，您想哪儿去了？

傅老　还有今天下午，那个叫扣子的小孩儿在院子里捡了一毛钱，当着那么多的老头儿老太太，就偏偏交给了我，就好像我这个人……挺财迷的！

和平　爸，人家孩子对您特别信任！

傅老　用不着！难道我现在已经沦落到需要一个小孩子信任的地步了吗？

志国　爸，您看您又来……您还让不让人活了？

傅老　问题是现在人家还让不让我活了……反正啊，安装声控灯是我出的主意，钱也是我去收的。出了这个事啊，要杀要剐我傅某人没有二话！

和平　哎哟，爸，没人要杀您，就是您这么下去呀——我看倒有点儿自杀的意思……

傅老　我现在还真觉得活着也没多大意思了！我一个老同志，清清白白了一辈子，临了临了，闹了这种不清不白的……经济问题！我这个晚节啊……唉……

志国　爸，您看……您要把事儿想得这么严重……那干脆这么办得了：不就一百来块钱的事儿么？咱们再麻烦点儿，挨家挨户给人退回去，行不行啊？

傅老　（转愁为喜）噢！对对对……

〔晨，楼下小花园。

〔老胡听着收音机，活动身体。傅老拿着钱上。

第68集 心病

傅老　老胡啊！

胡老　嗯？

傅老　我在窗口就看见你了！其实我这一夜也没睡好……来来来，你是头一个，你、你太太——共是六块钱……（递钱）

胡老　什么六块钱？

傅老　安电灯的钱啊！

胡老　（不耐烦）唉呀，有完没完啊？一会儿收，一会儿丢，一会儿再补，一会儿又要退——你还让人活不让人活呀你？

傅老　老胡啊，你看你这样说就不好了嘛！对我有意见你可以提嘛，怎么就叫"不让你活"了？这不把钱都退给你了嘛！再说，你又不靠这点儿钱活命……来，拿着，一共六块，数好啊！本来啊，我收你的钱里面有一块钱的外汇券，我因为把钱给丢了，所以只能还给你一块钱的人民币啦……

胡老　我问你，那钱到底丢没丢？

傅老　当然丢啦！我可以对天发誓……

胡老　既然是丢了你干嘛又要退给我？你搞什么名堂嘛！

傅老　这是我的钱，我赔给你们……

胡老　嘻！不要了不要了，几块钱的事儿……

傅老　（急）不行！你必须得要！（把钱塞给胡老）你一定得要，你不要不成！（扭身欲下）

胡老　嘻！老傅，干嘛这么急赤白脸的你？我明白了！哈，反贪污反腐败，今天是两院通告规定自首最后一天！你想落个宽大处理？哈哈哈……

傅老　什么？老胡你……（气得瘫坐在石凳上，两眼发直）

胡老　（意外）哟！老傅，我开玩笑呢我……

〔晚，傅家客厅。

· 311 ·

〔傅老自里屋上，无精打采，神情呆滞。

傅老　（喃喃自语）……老胡家，出了门儿啊，我还数了数，正好是一百零五块……唉！

〔志国、和平上，见傅老在，立刻装成若无其事的样子。

和平　（赔笑）爸！

傅老　你们上哪儿去了？干嘛老躲着我呀？是不是怕我连累你们——

和平　爸，您想什么呢！真是……

傅老　我想了想啊，觉得那件事还是不妥当！虽然早上老胡说，是跟我开玩笑，可这也确实代表了相当一部分群众的真实想法……

志国　唉呀爸……您说怎么办啊？（装作灵光一闪）您是不是觉得非得把您丢的那钱找回来，才能说明您的清白啊？

傅老　上哪儿找啊？我都找了好几天了！

和平　爸，您别光在外头找啊，您在楼道里也得好好找找啊——什么咸菜缸后头呀，什么纸箱子里头啊，什么犄角旮旯儿啊……万一呢？

志国　就是！爸，您得带上手电！楼道里没灯，上回也没带手电……（递手电筒）

傅老　那我就……再去找找？（接过手电筒，往外走，喃喃自语）我最后一个收的是老胡家，出了门啊，我还数了数……（下）

和平　哎哎，你是不是搁得太往里了？别回头他看不见……

志国　喊，你放心！别的看不见，钱还看不见？再说了，咱搁得也不能太好找了——都找了好几天了，你想想……

和平　也对。行行行，花钱买个清静！

志国　不是买个清静啊，买条老命！要不然，我爸非死这上头不可……

傅老　（画外音，欢呼）找着啦！……

志国／和平　（互递眼色，迎上，假装兴奋）啊！找着啦？！……

〔傅老举着一叠钱上，兴奋无比。

第 68 集 心病

傅老　找着啦！哈哈……

志国　爸，在哪儿找着的？

傅老　就在那个纸箱子后头！上次我怎么没有注意嘛！

和平　真是的……

志国　爸，这回您可以彻底说清楚了吧？

和平　对！我跟志国给您作证！

傅老　这就是我的那个一百零五块……（认真清点）嗯？不对……

和平　不对？！（拉过志国，低声）你是不是数错啦？

志国　没有，我数了好几遍呢……

傅老　这不是我的钱！这是别人的钱！

志国　爸，您这不是一百零五块吗？

傅老　这是一百零五块，可我收的那钱里头啊——有老胡的一张外汇券！

【本集完】

第69集　独立宣言（上）

编　　剧：梁　欢　孙健敏

〔夜，傅老卧室。

〔傅老靠在躺椅上休息。志国、和平上。

和平　爸爸，歇着呢？跟您商量点儿事儿。

傅老　（警觉）你们要干什么？

志国　没什么，就是我跟和平吧……准备离开一段时间。

傅老　什么？（站起）你们要离开？又闹别扭了？唉，我早就跟你们说过，夫妻之间啊……

和平　不是不是，我们不离开——我们离开您……

傅老　我招你们了？

和平　嘻！不是这么回事儿……

〔志国扶傅老坐下。

和平　我爷爷今年过九十大寿……

傅老　什么？你爷爷还……

和平　还活着呢——不过也活不了几天儿了……

志国　啊……你也别怎么说啊，和平！

和平　你就甭客气啦。我爸爸都死了,我爷爷能逃脱自然规律么?老家那地方又缺医少药的,现在早就百病缠身,除了艾滋病什么病没摊上啊——前几天刚染上"百日咳"……

志国　啊……哎?这是小孩儿得的病吧?

傅老　有的时候啊,老年人就跟小孩儿差不多。

和平　听听,听听!到底是同龄人了解同龄人。可不跟小孩儿一样嘛!你说过个生日你就过吧,非得死乞白咧拉着我们过去。我就买了两张火车票,我们得回老家……

傅老　单位上都说好了吗?

和平　嘻,我们单位也就那么回事儿,志国把暑期休假提前了。

傅老　那家里怎么办?

和平　家里?圆圆没放假呢,肯定去不了啊。您工作又……哦,您还没工作……您看您身体……

傅老　我这……

和平　您身体还不错哈……要不然您跟我们一块儿去?

〔志国急忙示意反对。

傅老　(满意地)好好,既然你们都提出来了,我不去也不合适嘛……

志国　别呀,爸!您说您跟着我们俩人算怎么回事……

傅老　嗯?

志国　我不是那意思,我是说呀……您到那儿见了和平她爷爷……管人家叫什么呀您?

傅老　我可以叫"伯父"嘛,或者叫他"亲家爷爷"。

和平　爸,您这么一位老同志管别人叫爷爷我听着痛心!这样得了,九十岁大寿您甭去了,您还是等一百岁大寿的时候再去吧。

傅老　哼,我倒能等,他能等得了吗?

志国　那……（向和平）不是咱不让咱爸去……家里离不开咱爸呀！

〔和平急忙附和。

志国　你说圆圆……一天没人管她，她不知道自己姓贾了都……

〔和平附和。

志国　噢，咱们一走一个礼拜，光剩下小桂一人儿，那……

傅老　怎么光剩下小桂一人儿啊？还有我嘛！我看你们这一走反倒好——平常你们是太溺爱那孩子了，我想管也插不上手——这回我要好好管管她！

和平　爸，太好了！您说那孩子多少毛病啊？晚上不睡，早上不起；专吃零食，不吃青菜；没大没小，疯玩疯闹……这么些缺点，爸，您给改一条儿，您都是本事！

傅老　一条？要改就都改了！这没什么商量的。你们放心吧，在我的严格管理之下，等你们回来的时候，圆圆一定会呈现出一个崭新的面貌！

和平　听听——人才！

〔志国连声附和。

〔日，傅家客厅。

〔圆圆送志国、和平出门。

圆圆　……行了行了，你们放心吧，千斤重担交给我了！

和平　行。你一定想着啊——让爷爷少抽烟少喝酒，别贪吃多运动……

圆圆　行了行了！我看你们走了反而好，平常就是你们太迁就他，我想管又插不上手——这回我好好管管他！

志国　爷爷这人脾气太固执，我们不指望你给管多好……

圆圆　嗯！要么不管，管就要把他彻底管好。你们放心吧，等你们回来的时候，爷爷一定会有一个崭新的面貌！

和平　乖点儿，啊！

第69集 独立宣言（上）

〔志国、和平下。

圆圆　（向门口）哎！见了太姥爷替我问声好，见着亲戚朋友也替我问声好，就说我工作特忙，没时间亲自去……

〔关门声响，圆圆回到客厅。

圆圆　（得意）哼哼！我是家长了。（喊）小桂阿姨！啊不不……小桂同志！……薛小桂！……有姓薛的没有？！

小桂　（自饭厅跑上）来啦来啦……

圆圆　没听见我叫你？！

小桂　是你呀，俺还以为是大姐呢……

圆圆　我爸我妈已经走了——知道这意味着什么吗？

小桂　没人管你了？你妈走的时候还叫俺好好管你呢！

圆圆　嘿！我妈怎么当面儿一套背后一套？告诉你，现在不光没人管我，我还要管人了……

小桂　你想管我是不是？

圆圆　管你新鲜？我本来就管着你！我现在还要管我爷爷！

小桂　啥？你还敢管他？

圆圆　哎！不光我管，你也帮我一块儿管！

小桂　（胆怯）呵……叫俺也管爷爷……

圆圆　嗯？害怕了？我爷爷有什么了不起的？怎么就不能管了？老虎屁股摸不得？我爷爷这老虎屁股我还就偏要摸！而且要经常摸、反复摸！只有少数人摸不行，要让广大革命群众都来摸！你也算一个！

〔门铃响。

小桂　嘘……爷爷回来了，又忘带钥匙了……（欲开门）

圆圆　（拦）别开门！这样他印象不深，下次他还忘。问问他——怎么老丢三落四的？没记性啊？

小桂　（犹豫再三，壮着胆子向门口）爷爷，圆圆让俺问你是不是没记性……

圆圆　告诉他——门可以开，进来以后得做深刻检查！

小桂　爷爷，圆圆让你……深刻检查！

圆圆　告诉他——我们的忍耐是有限度的！

小桂　俺们的忍耐是有限……（抬头看门口，吓得赶紧住声）

〔关门声响，傅老双手提着东西上。

小桂　爷爷……您有钥匙啊？

傅老　那当然了！我就是拿着不大方便……我刚才好像听见有人在议论我的记性？

小桂　不是俺……爷爷，你买了这么些东西呀？（接过）俺帮你收起来，收起来……（向饭厅溜下）

圆圆　（干笑）也不是我……我说错了还不行么？您不是记性不好，您的记性很好……

傅老　哼，这还差不多！

圆圆　您不过就是懒了那么一下……

傅老　嗯？

圆圆　这完全属于剥削阶级依赖思想！

傅老　哼，我没教训你，你倒教训起我来了？看样子，是得好好管管了！

圆圆　（模仿傅老，老气横秋地）对，是得好好管管了！

傅老　（起身）哼，我告诉你：你的爸爸妈妈已经走了！换句话来说——你的黑后台倒了！

圆圆　（模仿傅老）没错儿！您那俩催巴儿已经跑了，没人给您撑腰了！

傅老　告诉你：从即日起，你就由我来接管了！

圆圆　（模仿傅老）没错儿，照顾您的任务移交给我啦！

傅老　你的缺点毛病由我来负责改正！（坐）

圆圆　您的不良习惯我会帮您克服！（模仿傅老）

傅老　哦？冰冻三尺，非一日之寒——我们慢慢地来嘛！（跷二郎腿）

圆圆　锲而不舍，非一日之功——咱们不着急，啊？（模仿傅老）

傅老　我对你的将来还是很有信心的！（拿烟）

圆圆　对您的将来，我更有信心……（模仿傅老，拿烟）

傅老　嗯？！

〔圆圆慌忙将烟扔下。

〔晨，傅家客厅。

〔圆圆领傅老跑步上。圆圆喊着口号，傅老汗流浃背，精疲力竭。

圆圆　一二一！一二一！……别停下来！一二一！一二一！……

傅老　（累得站不住）我实在是……受不了了……（瘫坐）

圆圆　爷爷，突然停下来对心脏不好——起来活动！（拉傅老）

傅老　（挣脱）我还活动啊？我都活动一个钟头了！

圆圆　谁让您不到五点钟就给我叫起来了？

傅老　叫你起来，是为了让你养成早睡早起的好习惯嘛……

圆圆　（做操）对呀，起来干什么呀？不得锻炼身体呀？

傅老　就是啊，你早晨起来跑跑步、打打球、做做广播体操——我这个岁数的人就不一定亲自参加了嘛！你也知道我这个身体不好……

圆圆　身体不好才得加强锻炼呢！您看您现在刚六十多，看着跟九十多岁的差不多了！一天到晚一动不动，进门儿连个钥匙都懒得掏，国家能不让您退休么！

傅老　有这么跟你爷爷说话的吗？尊老爱幼，懂不懂啊？

圆圆　当然懂了——什么叫"爱幼"啊？就是说您得关心我、爱护我、让着我、别招我、别惹我生气……

傅老　啊？我还别惹你生气？我让你早睡早起，这就是关心你，懂不懂啊？

圆圆　对呀，那我让您锻炼身体也是爱护您，对不对呀？

傅老　你还爱护我呢？纯粹是打击报复嘛！一大早就让我围着北京城跑一圈儿——活活要我的老命嘛！

圆圆　那您那是爱护我吗？大早上起来，不到五点天还没亮就给我揪起来，残酷地剥夺我的睡眠时间！我正长身体，我需要睡眠您知道不知道？

傅老　（生气）哼！

圆圆　爷爷！……爷爷？（见傅老不理，转而撒娇状）爷爷，您不理我啦？您看咱俩往日无冤近日无仇的……咱们讲和吧？

傅老　……什么条件？

圆圆　您以后别那么早叫我，我保证上学不迟到就行了；我呢，也不强迫您从事过于剧烈的体育活动。

傅老　呵呵……你这是让我妥协让步投降啊？办不到！不就是剧烈的体育活动吗？我奉陪到底啦！明天早上四点钟我就把你给叫起来！围着北京城跑一圈儿这算什么呀？真要长跑，咱们就直接跑到……天津去！

〔傅老起身走向里屋，腿打软。

〔晚，傅家饭厅。

〔傅老独坐，小桂自厨房端菜上。

傅老　今天晚上我不吃什么了……（打饱嗝）我已经差不多了。

小桂　爷爷，您不该把圆圆……

傅老　什么"我不该"？我告诉你，小桂，你可要认清形势、积极配合，知道吗？对圆圆的帮教工作这才是开头儿，往后的任务还是蛮艰巨的哩……

〔圆圆匆匆跑上。

圆圆　谁趁我上学抄了我的家？嗯？

第69集 独立宣言（上）

〔小桂溜进厨房。

傅老　怎么是抄家啊？我不过是帮你清理了一下东西嘛！

圆圆　清理东西？那怎么越清越少啊？清着清着都给清没了！

傅老　你这话问得就奇怪了——越清越多那还叫什么清理嘛！

圆圆　您交出来！

傅老　什么？

圆圆　我床头柜里的东西呀！甜麦圈儿、咸麦圈儿、锅巴、虾条、大大泡泡糖、"喔喔佳佳"……

傅老　哦，就那些杂七杂八的东西呀？我已经替你消灭了——顺便说一声：实在是太难吃了！不明白你们这些……

圆圆　那是我一星期的零食！您都给吃了？

傅老　我容易吗？我要不是为了你……我现在肚子还不舒服呢。

圆圆　您那是罪有应得！

〔小桂自厨房端菜上。

傅老　我可真是吃不下……（见端上来的是一盘红烧肉）嚯！这个肉烧得不错嘛！我先尝它两块……

圆圆　等会儿！吃肉可以，只能吃瘦的。

傅老　你知道什么？红烧肉就得要吃肥的……

圆圆　（抢过盘子）知道吃肥肉的后果么？高血压、心脏病、动脉硬化……您吃肥肉跟喝敌敌畏的后果完全一样！

傅老　没有那么严重嘛！把肉拿过来……唉呀，我这个岁数还能再吃几口啊？不要虐待老人嘛！

圆圆　怎么是虐待呀？我这是为了您好。您就看您这体型，哪儿还像个无产阶级呀？简直就是一个大枣核！

〔傅老欲夹肉，圆圆将盘端到一边。

傅老　要不……圆圆啊，我们两个谈判吧？

圆圆　什么条件？

傅老　在吃的这个问题上，今后我们就互不干涉，我允许你适当地吃一些零食！我给你钱，（掏钱）你现在就可以买去……

圆圆　（起身欲接钱，又坐回）不行，为了您的健康，我宁可不吃零食。

傅老　那，你就把这个肉都给我吃了！

圆圆　凭什么呀？您知道我从来就不吃这肥肉……

傅老　凡事总要公平嘛！你看我没收了你的零食，可我没有浪费呀，我都给吃了。现在你不让我吃肉，那你也得都给吃了！

圆圆　行！不就几块肥肉么？我吃……

傅老　吃吧吃吧，又肥又腻，可过瘾啦！吃吧吃吧……

〔圆圆夹起肉，几欲尝试，却放不进嘴。

圆圆　您别高兴太早，我这儿还有两包存货，（掏出两包话梅扔到傅老面前）麻烦您给我消灭了。

傅老　这就是那个酸……什么话梅呀？唉呀，看着它我这牙就要倒……

圆圆　吃吧吃吧！（唱）"甜甜的酸酸的，有营养味道好……"吃吃吃……

〔傅老将话梅扔进嘴里，表情痛苦，示意圆圆吃肥肉。圆圆吃一口肥肉，同样表情痛苦……二人你一口我一口地互相折磨。

〔傍晚，傅家客厅。

〔圆圆认真地做作业。傅老自里屋暗上，走近。

傅老　（突然）不要写得那么快！

圆圆　（吓一跳）哼！

傅老　……要认真！世界上怕就怕"认真"二字。

圆圆　哼！（拿起橡皮涂改）

第69集 独立宣言（上）

傅老　用橡皮要慢一点，最好不用橡皮。

圆圆　哼……（开始低声读课文）

傅老　读课文要大一点声——朗诵嘛！

圆圆　爷爷！您在物质上虐待我，在精神上就别折磨我了。一天到晚就这么管着我——有劲么？

傅老　那你说说：肉不让我吃，烟不让我抽，酒不让我喝，《新闻联播》一看完就让我上床，第二天一大早上起来还得跑步……我再不管管你，我心里能平衡吗？

圆圆　没错，您的欢乐从来就是建立在我的痛苦之上的！您别把自己说得那么可怜！我问你：昨天晚上没在家吃饭，上哪去了？

傅老　啊，这个……居委会陈主任找我……

圆圆　哦——居委会改在"全聚德"办公了？

傅老　哦？你敢监视我？

圆圆　监视与反监视嘛！

傅老　那我问问你：今天下午放学为什么回来这么晚？

圆圆　我，我去看军烈属王奶奶……

傅老　王奶奶在"麦当劳"等你们啊？

圆圆　（尴尬地笑）……爷爷，您说咱俩都够累的！

傅老　是够累的！天天跟你这么熬着，生活一点儿乐趣都没嘛！

圆圆　那我呢？一个十二岁的少女，嫩绿的小苗刚出土就让您给踩死了！

傅老　那我呢？一个年过花甲的老人，千年古树刚要发芽就让你给折断了！

圆圆　早知道这样，我当初就根本不让我爸我妈走！

傅老　早知道这样，我还不如跟你爸你妈去看亲家爷爷呢！

圆圆　我不能再沉默了——不在沉默中灭亡，就在沉默中爆发！

傅老　我也要重新闯出一条新路来——世界上本来就没有路，走的人多了，便成了路……

圆圆　哼，您以为我刚才真的在写作业么？我刚写的《独立宣言》！（拿过刚才写的几页东西扔给傅老）

傅老　什么？你要跟我闹独立？（读）"我贾圆圆在此郑重宣布：鉴于傅明同志最近一个时期的恶劣表……"什么？！"……我与他暂时断绝祖孙关系，直到我父母回来再行处理。勿谓言之不预，切切此布。"（发火）怎么着？你要造反啊？！

圆圆　反正我宣布独立了！您管不着我了！

傅老　你独立？！那……我也独立！我宣布……

圆圆　您甭宣布，您以后爱吃什么吃什么！您就是吃一头生猪……（夸张模仿）我也绝不拦着您！

傅老　那以后你要干什么你就干什么！我也不管你了！充其量你能坏到哪去？顶多……我就没这个孙女嘛！

圆圆　一言为定？

傅老　绝不反悔！

圆圆　哼！

傅老　哼！

〔圆圆下。傅老向里屋下。

【上集完】

第70集 独立宣言（下）

编　　剧：孙健敏　梁　欢

〔日，傅家饭厅。

〔玻璃窗上挂着明星海报，餐桌上放几样零食。圆圆与三位女同学齐聚。

圆圆　"少女之友"冷餐会现在开始！大家请随意，别客气！

〔四人落座。

同学甲　冷餐会？总得有点儿……饮料什么的吧？

圆圆　啊，你们知道：我现在是独立生活，我多年积蓄都在这儿了……

同学乙　不过我挺喜欢你们家的气氛——自由！

圆圆　自由总要付出代价。这是我长期斗争的结果！

同学丙　圆圆，你真了不起！我要是敢往我们家招这么多的人，早就让我上墙角儿站着去了！

同学乙　你这还算好的，要是我妈呀，不把我皮剥了才怪呢！

同学甲　我妈也饶不了我！

圆圆　唉，各人有各人的命啊……

同学甲　圆圆，刚才给我开门儿的那个老爷爷是谁呀？

圆圆　他呀……反正不是我爷爷！

同学甲　我想你爷爷也不会那么没礼貌——我叫他，他都不理我！

圆圆　对，没错儿！他耳朵不好使，脑子也有毛病！

同学乙　说的是刚才那个开门儿的老爷爷么？他挺热情的呀，还一个劲儿地把我拉到那屋去，说有好吃的给我吃。

圆圆　千万别去！学坏都是从贪吃开始的。

同学丙　他也请我了，说他们那边是"老年之友"冷餐会。

圆圆　你说你这岁数去那儿也不合适呀。

〔小桂端两盘好吃的路过。

同学甲　哇，这么多好吃的！放中间儿，放中间儿……

圆圆　去！

小桂　这个是那边儿的。你们这边的菜已经上齐了！

同学乙　我们这边儿就这些呀？阿姨可真偏心……

小桂　俺不是偏心，圆圆就这么点儿钱——俺还借给她十块钱呢！（下）

〔圆圆低头不语。

同学乙　我想去那边儿那冷餐会看看——再说人家也请我了，不去有点儿不礼貌，我先去了啊……（跑下）

圆圆　嗯？

同学丙　人家也请我了，我也想去看看——"老年之友"怕什么呀？忘年交，忘年交……（跑下）

同学甲　圆圆，人家虽然没请我……我也去看看！圆圆，你不去么？（跑下）

圆圆　都给我回来……（急）嘿！都给我回来！……（追下）

〔日，傅老卧室。

〔中间小桌上摆着用过的杯盘和空饮料罐等。傅老得意地来回踱步，小桂站立一旁。

傅老　哈哈，想跟我斗？没门儿！我是什么人啊？我什么没有见过啊？我走的桥比她走的路都多，我吃过的饭比她吃过的盐都多……这也是废话！我吃过的盐比她吃过的饭都多……

小桂　爷爷，您吃了这么些盐……您也不怕咸着？

傅老　我这就是形容我的岁数比她大！

小桂　这还用形容吗？您不光比她大，您比她爸都大！要不她能管您叫爷爷？

傅老　看来还是小桂的眼光敏锐呀！小桂呀，你在今天这个冷餐会的问题上表现得不错嘛——争取了大多数，孤立了极少数！我不会忘记你的。

小桂　（叹气，收拾杯盘）圆圆好容易搞这么个冷餐会，还是让您给破坏了……

傅老　这个不奇怪，她没有经济基础嘛！

小桂　说起来呀，小孩子也真够可怜的……

傅老　什么？她还可怜？我告诉你：对敌人的怜悯就是对人民的犯罪！

小桂　圆圆能算敌人么？她刚十二岁啊……

傅老　十二岁怎么啦？儿童团员王二小十二岁就已经光荣牺牲了——许我们有儿童团，难道就不许敌人有少年犯吗？

小桂　那圆圆能算敌人么？

傅老　怎么不能啊？至少我们现在是处于敌对状态嘛！分清敌我友——她就算敌人，你就算朋友——我分析得不对么？

小桂　（无奈）爷爷分析得对……（欲下）

傅老　哎，回来！（小心地关上门）从今天起，你还要密切监视圆圆的动向，有什么情况就及时向我报告！你现在就好比当年我们打入敌人内部的工作同志……

小桂　爷爷，这俺可做不来……

傅老　做不来可以慢慢学嘛，谁也不是天生的地下党啊——（开门向外观察，转身）走！

〔小桂匆忙下。

〔日，傅家客厅。

〔圆圆躺在沙发上玩游戏机。面前茶几上放着几个空的冰激凌盒。小桂自里屋上。

小桂　（大声）圆圆，爷爷让俺告诉你：他现在开始吃第三只鸡腿儿了！

圆圆　小桂阿姨，我记得你今天就买一只鸡呀！怎么出来仨鸡腿儿啦？

小桂　反正就这意思。他说他要暴饮暴食——叫你别管！

圆圆　（拿起一盒冰激凌）我才不管他呢。告诉他，我开始吃第六盒冰激凌了！

小桂　中……（欲向里屋下，停住）俺还是别去了，去了也是这话——爷爷说：他开始吃第四只鸡腿了！

圆圆　那我就开始吃……第几盒了？

小桂　不是第六盒就是第七盒……

圆圆　快告诉他这好消息！

小桂　俺还是别去了！累死俺了……你俩要是有话呀，你俩自己说吧？

圆圆　小桂阿姨，不知道我现在尽量避免跟他说话么？我们现在是极为对立的关系，像火山一样，一触即发！

小桂　圆圆，你别跟他这么对立，他也是六十多岁的老人了……

圆圆　六十多岁怎么啦？八十多岁杀了人也得枪毙！他破坏了我的冷餐会，用稀奇古怪的方法来气我。真要惹急了我，我大义灭亲！告诉他，本小姐不是好惹的！

小桂　你们一家子都不好惹，就俺好惹行了吧？圆圆，俺求你了，看在俺的份儿了，你就饶了爷爷吧？

圆圆　唉呀……我本来打算一万年不理他，看在你的面子上，减一千年——九千年以后我再理他！

小桂　九千年以后？这不跟没说一样么……圆圆，算俺求你还不行？

圆圆　哦，又求我了？那就再减一千年！小桂阿姨，你这面子可不小，一减就是两千年——不能再减了！

小桂　这有啥用啊？圆圆，你应该多想想爷爷平时对你的好处……

圆圆　你站在谁的立场上？替谁说话？亏你还是苦孩子出身！我前两天怎么跟你说的？你都忘了？

小桂　俺也是为你好啊，要是老这么下去，对你也不利呀！

圆圆　（警觉，观察四周）小桂阿姨，他又跟你说什么了？

小桂　说是说了——不让俺告诉你。

圆圆　（赔笑）小桂阿姨，你也饿了吧？来，吃一个冰激凌！快告诉我，爷爷下一步准备对我采取什么措施？

小桂　俺不饿，俺刚吃一个鸡脖子、两个鸡翅膀……

圆圆　我说的呢——吃了别人嘴短！小桂阿姨，把眼光放得远一些！等到我胜利了，鸡脖子算什么？大虾都要用簸箕撮！

小桂　俺就是怕等不着那天喽……

圆圆　你还不老嘛，等不着大虾也会等着小虾的！你不相信我能胜利？

小桂　俺相信，最后的胜利一定是属于你的！

圆圆　（兴奋）你都看出来了？

小桂　那当然了！你爷爷比你大那么多岁——他呀，肯定死在你前头！

圆圆　（生气）你怎么不盼我爷爷好啊？我爷爷才不会死呢！我妈的爷爷都没死呢，哪儿就轮到我爷爷了？

小桂　那你干嘛还这么气他呀？

圆圆　……我哪儿气他了？我这一方面是为了我的自由，另一方面是为了我爷爷的健康——你还不跟我共同战斗？

小桂　咱俩身份不同……你好比小姐，俺好比丫鬟！你犯了错误，撒个娇就过去了，俺要是惹了这么大的事，还不被一脚踢出门外呀？

圆圆　瞅瞅，苦大才应该仇深呢！快告诉我：爷爷他又想什么坏主意？

小桂　（小声）爷爷现在正在起草一份电报稿,说要给你爸你妈发一封加急电报，说你不听话、不服管，每天晚上玩儿到十一二点，白天睡懒觉，每天拿零食当饭吃……

圆圆　真是恶人先告状……差不多倒是实事求是。小桂阿姨，也帮我给我爸我妈发一封电报，就说我爷爷一天到晚胡吃闷睡！他们再不回来我管不了他了。再这么下去，他还有生命危险！

小桂　大哥大姐好容易出去散散心，要是收着两封这样的电报，还不急死呀？

圆圆　那也是我爷爷先要发电报的，他不发我也不发……

〔傍晚，傅老卧室。

〔傅老躺着休息。敲门声响。

傅老　哦，进来。

〔小桂端茶杯上。

小桂　爷爷，你好点儿了么？

傅老　唉，吃得太多，又没怎么活动……觉得浑身不得劲儿。

小桂　爷爷，您要吃啥？俺给你做去……

傅老　（起身坐向沙发）什么我也不想吃……实在要想做呀，就给我熬点儿大米粥，弄点儿咸菜算了。

小桂　中！（欲下）爷爷，您电报写好了么？俺帮你发出去？

傅老　电报啊……电报先放在那儿吧——主要是怕他们着急，再说也显得我不会教育孩子。

第70集 独立宣言（下）

〔小桂偷笑，欲下。

傅老　哎，圆圆放学还没回来吧？

小桂　早回来了。她说天天在外头玩儿也没啥意思，她说鸟倦……鸟倦知还。

傅老　这叫作迷途知返。是不是又在那儿看电视、吃零食呢？

小桂　没有。她说这些她都玩儿腻了，回来就做功课呢。

傅老　（喜）哦！这还差不多。看来经过反思，觉悟还是有所提高嘛！

小桂　爷爷，您忙着，俺给你做饭去！

傅老　不忙不忙，一个人躺了一天了，怪闷得慌的……你再跟我说说圆圆的情况？

小桂　爷爷，您自己问她不行么？

傅老　我问她？哼！

小桂　她刚才还问起您，还叫俺来看您呢。

傅老　（欣喜）哦，她还打听我？……（假装生气）你就告诉她，说我已经让她给气死了！

小桂　爷爷，您别跟小孩子一般见识了！俺把她给您叫来去……（欲下）

傅老　不用不用，我自己去。（起身，面露喜色）这个孩子，真是的……我看看她，到底在干什么……

〔时接前场，傅家客厅。

〔圆圆认真学习。傅老自里屋上，小桂跟上。傅老欲言又止，轻咳一声。圆圆抬头见是傅老，故意扭头不理，傅老也故意扭头不理。

小桂　圆圆，圆圆！爷爷看你来了！

圆圆　（佯装刚发现傅老）噢噢噢……爷爷来了！（起身迎接搀扶）爷爷，我应该去看您，您就别来看我了……您现在知道我是为您好了吧？吃那么些油腻的东西能不生病么！

傅老　胡说，我都是那天帮你吃那么多零食才吃病的！现在你知道吃零食的害处了吧？

圆圆　您要到现在还不承认错误那就没劲了啊……

傅老　我也知道你是心里认错，嘴上不好意思说——不说就不说吧！小桂啊，明天早晨我准备上公园去锻炼锻炼，你要是想跟我去呀，你就去，啊？

圆圆　小桂阿姨，明儿我要早起，你要醒得早叫我一声啊？

小桂　俺不懂：你俩现在算是讲和啦？

傅老　（叫过小桂，低声）小桂，你这都不懂？我这就是教育圆圆的方法——她这次算接受教育啦！上了我的当喽……（笑，向饭厅下）

圆圆　小桂！（叫过小桂，低声）这你都看不出来？一开始我就给我爷爷下一套儿，这回他算上了我的套儿了——中了我的计啦！

〔晨，傅家客厅。

〔志国、和平提行李包上。

和平　圆圆！

志国　爸！小桂！

和平　嘿！……（看表）嘻！还没起呢。

志国　不会呀！我爸这会儿应该起来了，刷牙洗脸正忙活着呢……

〔两人觉得情况不对，分头到各屋呼喊，见无人应答，紧张。

志国　怎么没人啊？

和平　这……会不会离家出走啊？

志国　要不要报案啊？（欲打电话）

和平　等会儿等会儿！咱先分析分析——小桂倒有可能，那爸跟圆圆呢？

〔两人又分头到各屋呼喊。

圆圆　（画外音）一二一！一二一！……

·332·

第70集 独立宣言（下）

〔圆圆带领傅老、小桂跑步上。

〔志国、和平又惊又喜。

傅老　志国和平回来啦？怎么样，看看圆圆起得很早吧？

和平　早早……

圆圆　看爷爷锻炼得不错吧？

和平　不错不错……

志国　（扶傅老坐）爸，您看我们回来时候走得太急，和平她爷爷给您带的腊肉也忘了拿了，真是……

傅老　不用不用！我现在光吃青菜豆腐！

和平　（向圆圆）你说妈也没给你带什么好吃的……

〔志国从行李包中拿出一袋零食。

圆圆　不要不要！我现在已经不吃零食了！

傅老　怎么样？

傅老/圆圆　没想到吧？

〔小桂十分得意。

志国/和平　没想到，没想到……

〔傅老、圆圆笑。

【本集完】

第 61 集 村里有个姑娘叫小芳（上）

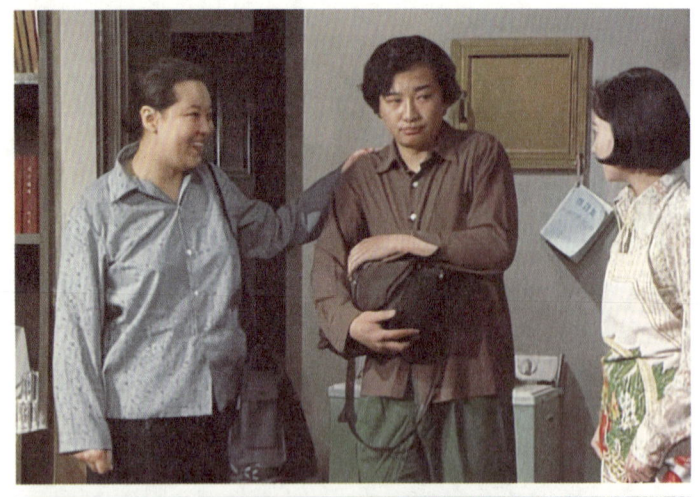

崔秀芳："还有谁呀？俺孩子他爹呗！贾志国住这疙瘩不？"

崔秀芳："别管岁数大小啊，你就看他长得……像不像您？"

崔秀芳称大壮是她和志国的孩子，还说要与和平"分大小"，和平气急一头撞向志国，志国躲开，崔秀芳以手抵挡住和平。

第 62 集　村里有个姑娘叫小芳（下）

圆圆："哥！给我添点儿粥……嘿嘿，再给我添勺儿糖……嘿嘿，再给我拿个勺儿！"

傅老："我既然给你发表意见的机会，你有意见有道理也可以说嘛——干都干了嘛！"

志国："唉，你搞得我很被动啊！这几天我精神恍惚，我甚至怀疑自己是不是当初真的和你有过……"

第63集 捉鬼记（上）

孟昭阳："谁说我光杆儿司令？我们在每个省都有分公司！……当然这是远景规划。"

圆圆："怎么，还不相信我的业务能力？我有那么些同学，那么些同学家长，那么复杂的社会关系……我就不信中间儿找不出一冤大头！"

圆圆："爷爷，这位同志是叶倩文同志。爷爷，欢迎您加入追星族行列！"

第 64 集　捉鬼记（下）

小桂、圆圆装鬼"夜半歌声"，和平闻声而起。

和平："谁呀这是！啊？！大半夜的一点儿社会公德都没有！这么晚了还开电视，实在太不像……"

孟昭阳："今晚八时整，著名法师孟昭阳准时到达一家姓傅的人家，开始从事驱鬼、跳神、看风水等一系列民俗文化活动。"

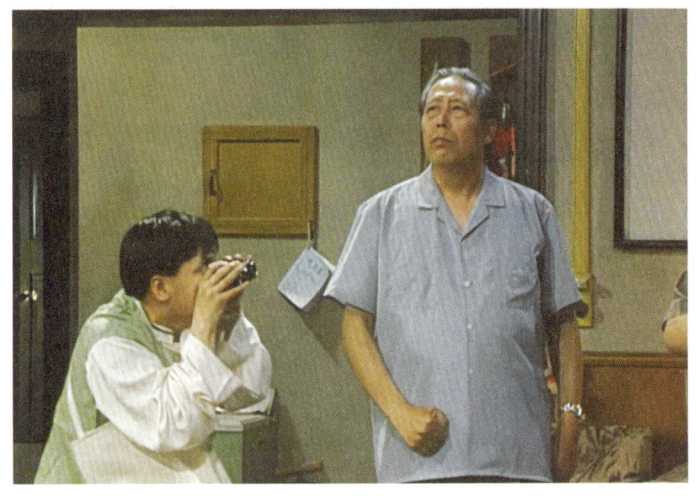

孟昭阳拿着望远镜到处找鬼，望向傅老时，傅老摆出正气凛然的架势。

第 65 集　姑妈从大洋彼岸来（上）

和平的姑妈来信：第一站北京，宜就在吾弟府上小住，与吾弟及家人团聚，谅必欢迎。

胡老："你伯母过去是大家闺秀，还有贵族血统，平日最讲究的就是规矩、礼教！你们这荒唐主意呀，她是一定不肯的！"

胡老大方献上一首英文歌，姑妈、圆圆热烈鼓掌。

第66集　姑妈从大洋彼岸来（下）

姑妈："弟妹呢，我们是初次见面，贤弟那可是我从小看着长大的，那最是能说会道、活泼好动啊！"

胡老搂胡伯母肩膀轻拍。姑妈暗上，看在眼里，故意咳嗽一声，惊得二人赶紧分开。

傅老、胡伯母、圆圆"佣人"打扮，端盘子上。

第67集　罪与罚

孟昭阳查看BP机信息后:"不是说好晚上么?怎么又改中午了?圆圆,实在对不起啊,昭阳叔叔有急事儿,我晚上再陪你玩儿来啊。"

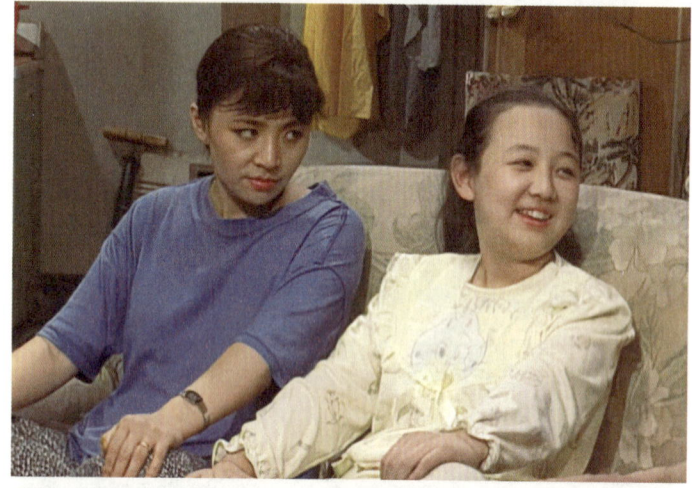

昭阳:"平常叔叔对你怎么样啊?"
圆圆:"呵呵……不怎么样!"

趁众人"睡着",圆圆轻轻走上前,拿过匿名信,撕掉。

第 68 集　心病

傅老:"而且我们这次准备要一步到位——要安装那个最新型的、最节能的、最方便的——声控电灯!"

余大妈:"老傅啊,想开点儿吧,事儿已经出了,咱就多往好处想吧!您瞧,这多亏了是安的声控灯,这要是安霓虹灯那得丢多少钱哪?"

傅老急着退钱给胡老:"你一定得要,你不要不成!"

第69集 独立宣言（上）

和平："您说那孩子多少毛病啊？晚上不睡，早上不起；专吃零食，不吃青菜；没大没小，疯玩疯闹……这么些缺点，爸，您给改一条儿，您都是本事！"

傅老被圆圆拉着跑步，累极："我实在是……受不了了……"

圆圆正在认真写作业，傅老突然说："不要写得那么快！"吓圆圆一跳。

第70集 独立宣言（下）

同学乙："我想去那边儿那冷餐会看看——再说人家也请我了，不去有点儿不礼貌，我先去了啊……"

小桂劝圆圆多想想爷爷平时对圆圆的好处，圆圆警觉地问："小桂阿姨，他又跟你说什么了？"

圆圆和傅老经过一段时间"斗智斗勇"，都改掉了过去的坏习惯，让志国、和平感到分外惊喜。

第71集　一仆二主

编　　剧：梁　欢　梁　左
客座明星：英若诚　郑振瑶

〔日，胡老家。

〔胡老上，小桂抱着一篮子菜跟上。

胡老　唉！太太也不在，保姆也不在，你帮我买菜……表现真不赖！

小桂　胡爷爷，胡奶奶是不是上大连走亲戚去啦？

胡老　是啊！去就去吧，还非把小云也带去，说是路上照顾她——摆什么谱啊？把我一人儿撂家里，谁照顾我啊？

小桂　那您不会也跟着去呀？

胡老　啊？我跟她去？她们家有什么像样儿的亲戚？无非就是些我大清的遗老遗少——我都懒得搭理他们！

小桂　（笑）人家也懒得搭理您吧？

胡老　哼，道不同不相与谋！

〔小桂欲下。

胡老　等等……（掏钱给小桂）这是给你的，拿着。

小桂　还让俺帮你买什么？

胡老　不是，给你的——你不是帮我办了事情吗？

小桂　那……这就算是小费了吧？（放下钱）俺不要。俺爷爷说，这是资产阶级那一套。

胡老　你听他的！社会主义也讲究按劳分配！（拿起钱递给小桂）再说你又不是不劳而获，拿去吧！

小桂　（接钱，笑）听您这么一说俺就理直气壮多了，那俺就下不为例了！

胡老　什么下不为例，下回我多给你！

小桂　真的呀？嘿嘿……反正胡奶奶和小云姐姐也不在家，对门儿住着，照顾您也是我应该做的。您下回再有事儿就跟俺说——您就别找别人了！

胡老　行行……

〔日，傅家饭厅。

〔傅老喝稀饭，小桂自厨房端上一盘馒头。桌上连菜都没有。

小桂　爷爷，现在刚十一点半，离开会还早呢，您能不能慢点儿吃……

傅老　我吃得快么？其实一个居委会，大中午的开什么会呀？无非是邻里团结、爱国卫生——我根本不想去参加！一个基层组织嘛……可是，也不能没人领导嘛！

小桂　（端上一碟酱豆腐）看来胡爷爷说得没错儿——您就是有福不会享！

傅老　啊？这个老胡，背后又说我什么坏话了？

小桂　也没什么，就是说您是"无事忙"，还有一大堆英语，俺也听不明白。

傅老　这个胡学范！年轻的时候就不好好说话，急了他就说英语！叽哩咕噜一大串，也不知道他是骂你还是夸你。国家送你去学英语是让你回来报国的，不是让你回来骂人的嘛！

小桂　胡爷爷说了：他是自费留的洋，没花国家一分钱，再说那会儿的国家也不是咱现在的国家呀——那会儿不归咱领导。

傅老　甭管谁领导……就算他自己花的钱，学了几句洋文，有什么了不起的？年轻的时候我还学过俄文呢！你什么时候听我说过？……当然我也忘得差不多了。

小桂　爷爷，他会羊，您懂鹅，你们都了不起！等哪天见面俺告诉他……

傅老　算了算了，省得他受刺激！万一他要让我说两句，我还真说不出来——让他一个人臭美去吧！这个老花花公子……

小桂　爷爷，俺看他不像"哗哗公子"，倒像"哗哗老爷"——特有钱，"哗哗"地往外给！刚才俺就帮他提了两捆菜，还给俺两块钱呢……

傅老　嗯？你怎么要他的臭钱？他那都是剥削……啊不，他那也是劳动得来的，你也没有劳……你也劳动了——反正你不能要他的钱！

小桂　爷爷，俺劳动了为啥不能要钱呢？您的意思是让俺给他白干？凭什么呀！俺跟他又没啥特别的交情。

傅老　我也没说让你白干——就干脆不要管他！

小桂　那胡奶奶出远门儿了，家里就剩下胡爷爷一个人，那么大岁数多可怜啊，咱就看着不管？您不是老教育俺学雷锋做好事吗？

傅老　当然喽，他要真是那么有困难，真是那么可怜，帮帮他也不是不可以——不能眼看着他饿死在家里，累死在门外——但是不许要他的钱！知道吗？

小桂　知道了——下回俺就要他东西！（下）

傅老　啊？

〔日，傅家客厅。

〔小桂干家务。门铃响，小桂开门。

小桂　（画外音）哈啰！密斯特儿胡爷爷！

〔小桂引胡老上，胡老手提塑料袋。

第71集 一仆二主

胡老　哈啰哈啰哈啰！小桂啊，就你一人儿在家呀？

小桂　嗯，爷爷中午开会去了，现在还没回来呢。

胡老　我老说这老傅——有福不会享，成天是无事忙！

小桂　胡爷爷，您找俺爷爷有事么？

胡老　不是……是这样，（举起塑料袋）今天有人送给我两斤大虾。你看我太太又不在家，我又不会做……

小桂　您的意思是要送给俺爷爷？

胡老　我送给他？我生着吃也不能送给他！我是想请你——

小桂　啊……明白了！那您就放那儿吧，待会儿做好了俺给您送过去。

胡老　好好……那就谢谢了！（放下塑料袋）

小桂　您别谢俺，要谢就谢俺爷爷吧！爷爷说了：胡奶奶不在家，我们不能眼看着您饿死、累死啊……

胡老　啊？

小桂　……还让俺多帮助您呢。

胡老　好吧，既然如此，做好了他可以尝两只。

小桂　中！

胡老　你也可以尝一只。

小桂　好！

胡老　今天晚上电视台直播。我要喝着酒，吃着大虾，看着电视——AC米兰对北京队！哈哈……说不定今天北京队又要来点儿邪的呀！（下）

〔日，傅家客厅。

〔那袋大虾还在茶几上放着。傅老提公文包上，看到大虾。

傅老　呵呵……这个是谁买的呀？这个东西很贵哩……（呼唤）和平！志国！今天晚上算是我有口福！哈哈……（向里屋下）

〔晚，傅家饭厅。

〔小桂布置晚饭。圆圆上，傅老兴高采烈地上。

傅老　呵呵……圆圆，你爸爸怎么不回来吃饭啊？

圆圆　我爸单位有事儿，不回来。

傅老　没口福！今天晚上这么好的菜……

圆圆　爷爷，我倒是有口福——好菜在哪儿呢？

〔和平上。

傅老　待会儿你就知道了！

圆圆　哎？我闻着虾味儿了！

傅老　哈哈，鼻子还真尖！还不快谢谢你妈妈？

和平　啊？谢我？爸，我知道您这是批评我呢！本来是早应该想到了，这不是这两天兜儿里有点儿钱紧嘛，就没下这狠心……

傅老　我知道你们挣那俩钱儿也不容易，有这份孝心我也就知足啦！

和平　哎哟爸，您瞧您还这么体谅我们！我……我下辈子还当您的儿媳妇！

〔小桂端两盘素菜和一盘大虾上。

和平　哟哟……今儿怎么这么多菜呀？这哪吃得了啊！

傅老　就是啊，有大虾还炒什么土豆丝嘛？谁吃它呀！

小桂　你们吃啊。大虾是胡爷爷的——他不会做，是俺帮他做的。

〔众人失望。

圆圆　你说你做就做吧！你别让我看见呀……你这不成心馋我么？

小桂　胡爷爷说了，大虾烧好了送给爷爷两只，送给俺一只——俺那只不吃了，送给你好不好？（给圆圆夹）

圆圆　（高兴，递碗）哎！谢谢小桂阿姨！谢谢胡爷爷！

傅老　（愤然站起，把圆圆碗中的大虾倒回盘中）端走！都给我端走！谁稀罕吃他的破虾！

〔小桂端虾下。

圆圆　（失望，舔碗边儿）爷爷，不带您这么不讲理的啊！您不稀罕有人稀罕！送您那两只您可以不要，送小桂阿姨那只干嘛不许我要啊？

傅老　中国人就要有这个志气！宁可站着死，绝不跪着生！

圆圆　不懂不懂不懂——都死了怎么还站得住啊？

傅老　（欲夹菜，见菜色实在寒酸，拍下筷子）和平！明天你就上银行给我取出二百块钱来！就照这样大的虾，咱们也买它几斤——我就不信，他吃得起，我就吃不起？

和平　爸，您跟人家胡伯伯较什么劲呢？咱跟人比得了么？人家要发明有发明，要专利有专利，在家翻点儿什么都有稿费，在外面顾问顾问就有酬金，七大姑八大姨的在国外还时不常给点儿……咱有什么呀？

傅老　咱们是没什么，就凭我每月儿百块钱的退休金，两斤大虾我还是吃得起嘛——买去！

和平　爸，那您可想好了——今儿他吃大虾，您买去，明儿他吃螃蟹您买不买？后儿他吃甲鱼，大后儿他吃……您说您跟他较个什么劲啊？您经常教导我们，咱不跟人家比吃比穿，咱比那思想境界！

傅老　对对对……比境界！看看：一不留神差点儿连我都庸俗了！

圆圆　爷爷！咱们以后再比境界吧——明儿先庸俗一回行么？

〔晚，胡老家。

〔胡老守着酒菜，投入地看电视。

胡老　……踢呀……射门儿！……这臭啊！

小桂　（上）胡爷爷。

胡老　小桂来了？来来来，坐下坐下，你也吃点儿——你这个手艺确实好，好！

小桂　胡爷爷，您别客气！俺就来看看你吃完了没有——俺刚把他家活儿干完了——你要是吃完了，俺就帮你把碗给拣了。（收拾）

胡老　谢谢谢谢……小桂啊，你还真是个人才，好！

小桂　胡爷爷，您看您……俺不过是个小保姆。

胡老　哟，小保姆怎么了？你可千万不能自己看不起自己。你就说你们傅家那个老傅，他当初不就是个穷学生嘛！后来七混八混的……反正也没混出什么来。你跟他比，你有你的优势啊——你年轻！要懂得抓住机会！机会，知道么？嘿，我当初上美国去，吃了多少苦啊？！ Tough, it was tough! But I made it – I made it!

小桂　呵呵……胡爷爷，您是不是喝多了？

胡老　嘻！要把握住机会……你比方说现在我太太不在家，这就是你学手艺的好机会呀！他们傅家那点儿生活水平我知道，他能吃什么菜？你要真想学做菜，你就给我做。

小桂　中！那这几天您就别自己做饭了——你把钱给俺，俺给你买好菜做好了送过来。你爱吃啥给俺说一声就行……

胡老　什么好吃我爱吃什么！（掏钱包，数钱给小桂）这是五百块！你就按一天八十块钱的标准——多一点儿少一点儿没关系！

小桂　您一天就吃八十块钱啊？这可是俺们全家一个星期的伙食费……

胡老　八十块算什么……我现在是老啦，吃不动啦，要不然一天八百我也花得起！

〔小桂欲下。

胡老　哎……我问你：你天天给我做菜，他们会不会有意见啊？

小桂　不会的。我爷爷净教育俺学雷锋做好事，只要您别给我钱……

胡老　好，不给钱，不给钱！来来来，胡爷爷送你一块外国表……（从柜中拿出一块表）

小桂　（惊喜）俺不要……

胡老　这是迪斯尼乐园的！

小桂　（兴奋）不要……

胡老　拿着吧！我们现在也是朋友了嘛，留着做个纪念嘛！

小桂　不要不要……（接过）这俗话说，礼轻情义重啊，那俺就不客气啦……（下）

〔晚，傅家饭厅。

〔晚饭，傅老、圆圆吃饭。

〔小桂端菜上，把一盘菜放在桌上。特写：是一盘榨菜。

小桂　普力斯……

〔小桂端着丰盛的美味佳肴大摇大摆地下。

〔和平端菜上。特写：是一盘酱豆腐。傅老、圆圆失望。

圆圆　妈爷子！这胡奶奶她什么时候回来？（指门外）天天那么折磨我，我受不了了我！

和平　不许嫌贫爱富！你瞧我：甭管心里怎么想，我嘴上说什么啦？

圆圆　小桂阿姨自从去了有钱人家，说话都不一样了，还什么"普力斯"！

傅老　到这个老花花公子家学不出什么好来——吃中国饭，放外国……哼！

和平　爸您说话太难听了啊，真是的！我也瞧出来了，您也是气人有笑人无。咱不都说好了么？咱不跟人家比吃比穿，咱比境界！

傅老　境界？咱们现在还有什么境界可以跟人家比的？

和平　怎么没有啊？咱自个儿花钱雇小阿姨，天天到他们家去帮他做饭，咱这不是学雷锋么？咱这境界不比他们高？

圆圆　谁说是免费？没发现小桂学雷锋，学出一块儿"米老鼠"来？

傅老　我说这两天看小桂的手腕子怎么直眼晕呢！

和平　我说她怎么这么大劲头儿啊，饭也不吃了，觉也不睡了……

圆圆　爷爷，那是不是就叫"给小费"？

傅老　哼！这个胡学范，把美国资产阶级那一套也搞到我们家来了！我看他当年在美国也没学什么好！美国是什么地方啊？凶杀贩毒，卖淫嫖娼嘛！我看这些乱七八糟的东西，说不定都是他当年带到中国来的！

和平　爸您可不能这么说啊！您这可有点儿诬陷好人……

傅老　他算什么好人啊……我就是在家里悄悄地说一下都不行吗？再说，这个胡学范也太过分了嘛！你吃好东西就在你们家关起门来吃嘛，怎么还让我们家小阿姨给你做好了送去？还天天让我看见！（拍案而起）太欺负人了嘛！

和平　（起）爸您别生气，咱管不了别人，咱还管不了小桂么？（叉腰，晃）

傅老　（也叉腰晃）对对对！这两天街道正在开会，布置邻里团结、互相帮助的宣传活动。等过了这两天，我一定要找小桂好好地谈一谈！

和平　嗯！

傅老　哼！

〔日，傅家客厅。

〔傅老看报，小桂自厨房上。

小桂　爷爷，大姐让我问您：咱晚上吃点啥呀？

傅老　小桂呀，来来来，过来过来。饭待会儿再做，咱俩先开个小会……

小桂　爷爷，俺没干什么呀，咋又给俺开会呢？俺学雷锋做好事又没收钱……

傅老　你是没收钱，你收人家表了！

〔小桂把戴表的胳膊藏到背后。

傅老　小桂，不是爷爷说你，在一家好好干，不要脚踩两只船嘛！

小桂　爷爷，俺没有啊……

傅老　怎么没有？

小桂　不是您让俺去的么？

傅老　我什么时候让你去的？

小桂　那俺下次不去了——反正胡奶奶昨天回来了……

〔门铃响，小桂去开门。

傅老　她就是没回来，你也不许去啦！

小桂　（画外音）胡奶奶！

〔胡老夫妇上，胡伯母手中提着多层饭盒。

胡伯母　（满脸笑容）哎哟，老傅同志，真得谢谢你们！我不在北京，多亏你们让小桂来照顾我先生——我回来一看啊，他都胖了！有这么好的邻居，这叫我怎么表示感谢呢？这是我亲手烧的几样菜——刚从大连带回来的海鲜！（把多层饭盒放下，打开展示）

〔和平自饭厅上。

和平　海鲜？！我瞅瞅……

〔圆圆自里屋上。

和平　（看，兴奋）鲍鱼嘿！爸，鲍鱼……

〔三人兴高采烈吃起来。

【本集完】

第72集 合家欢

编　　剧：赵志宇　梁　左

〔晚，傅家饭厅。

〔傅老、和平吃饭，昭阳推圆圆上。

昭阳　……吃饭，吃饭……进去……走走走……这孩子……

圆圆　（生气）别理我，别理我！烦着呢！

昭阳　你烦我就不烦啦？谁爱理你呀！我要不是受大家的委托……你不吃饭呀——我吃！（坐）

和平　圆圆，坐下！吃饭，这孩子……

〔圆圆坐。

傅老　圆圆，遇到一点小小的挫折怎么就可以不吃饭了呢？我已经让你爸爸去学校了解情况去了，看看这里面有没有什么误会……

圆圆　什么误会？肯定老师成心跟我作对！我什么时候得过这成绩呀？——全班倒数第一！还让不让我活了……（委屈）

昭阳　她到底哪门考砸了，这么要死要活的？

和平　作文小考——61分儿！

昭阳　我还当怎么了呢，61分儿不都及格了么？要搁我小时候，我得乐一礼拜！

和平　嗯，我们圆圆从来都对自己高标准、严要求……

昭阳　是，咱们圆圆平时这嘴挺能说的呀，怎么就写不好这作文呢？肯定是她们老师偏心眼子！你们等着，我把他废了就回来……（起身）

傅老　坐下！胡闹嘛，怎么动不动就杀人放火啊？

和平　爸，您让他去——他也就嘴上说说……

傅老　嘴上说也不成！学校那边我已经让志国去了解情况去了，现在我们要从圆圆自己身上找找原因。她过去的作文我也看过几篇，确实水平不高——胡编硬造、生拉乱扯，缺乏指导嘛！

昭阳　您早说呀——缺乏指导您找我呀！我小时候那作文经常在我们班黑板报上发表，指导个圆圆还不是有富余？伯父，您就放心吧……

傅老　你说，你指导圆圆？

昭阳　啊！

傅老　那我就更不放心了！

〔晚，傅家客厅。

〔家人齐聚。圆圆手拿笔记本低头听志国教训。

志国　（手里拿着圆圆的作文本）……除了上面说的这些，赵老师认为圆圆这次作文当中暴露出来的最大问题就是她对自己身边的事物缺乏观察，对日常生活缺乏了解，胡编乱造想当然！比如说，这次他们的作文题目叫《我的一天》，她是这样开头的：（读作文）"一轮红日映朝阳，我迎着和煦的春风向学校走去……"

和平　这不挺好吗——"一轮红日映朝阳"……几个太阳啊？（向圆圆）你见过这景儿啊你？

圆圆　我就顺手那么一写……

志国　下边还有呢！说"作为北京市的少先队员，我深深地知道北京紧挨着首都……"

昭阳　合着你把那首都给挪到天津去了？

圆圆　我就是说北京和首都挨得挺近的……

和平　什么"挺近的"？北京就是首都！这孩子！

志国　你们看这段啊："一走进商店大门，我就感到人民生活水平确实提高了。你看那位农民老大爷，左手抱着个大彩电，右手抱着个大冰箱，乐呵呵地一溜小跑……"

和平　你倒不怕把老头儿给累着！还左手抱一个右手抱一个——他抱得动吗他？

昭阳　人家不光抱得动，人家还一溜小跑儿呢！

傅老　这就是没有很好地观察生活。我早就说过，生活是创作的唯一源泉。要源于生活，高于生活嘛！

昭阳　这话是您说的？这好像是他老人家说的吧？（作伟人状）

傅老　他老人家说过的……我老人家就不能说了？观点完全一致嘛！

志国　所以我认为：这次赵老师给圆圆 61 分是很公平的，甚至是很宽大的！赵老师说了，下次他们考试的作文题目叫《我的家庭》，希望圆圆提前有个准备。从今天开始，注意观察生活！

圆圆　我观察完了能写嘛？

志国　怎么不能写呀？

圆圆　我的家庭……上次我写你跟我妈打架，你把我作文本都给撕了！

志国　你胡说！我什么时候跟你妈妈吵过架？也就是在她有缺点错误的时候，我才批评她教育她……（见和平瞪自己）你看这不就快吵起来了吗？

傅老　圆圆，这你就不懂了——虽然你爸你妈有时候也吵架，但是你应该怎样来对待这个问题？特别是在作文中，应该怎么反映这个问题呢？

〔圆圆认真记笔记。

第72集　合家欢

傅老　什么是现象？什么是本质？什么是主流？什么是支流？什么是生活的主旋律？什么是生活的阴暗面？这九个指头跟一个指头还是要严格分开的嘛……

圆圆　（迷茫）爷爷，您这儿说什么呢？

昭阳　你爷爷那意思是说呀……跟你这么说得了——你爸和你妈虽然是大吵三六九，小吵天天有……

〔和平志国不悦。

昭阳　……可他们还不是照样在一起过呀？是！他们有没有不吵架的时候啊？有！他们不是还没离婚呢嘛？对！这就是生活的本质和主流，这就是光明面嘛！我们就要歌颂这个……

圆圆　明白了——专拣好听的说，对不对？

傅老　正面教育为主嘛！

圆圆　那我就不写吵架了……

和平　咱们家什么时候吵过架呀？咱们家，那真是好人好事不断涌现，犯罪分子一个不见，精神文明鲜花开，五讲四美结硕果……

圆圆　听着倒还挺顺口，可总得有具体例子吧？

和平　唉呀……（起身，走近圆圆）具体例子这不就挨你身边呢嘛！你就拿你妈妈我来说——一边儿忙工作，一边儿忙家庭，两手都要抓，两手都要硬……我容易么我？啊？这你不得好好表扬表扬啊？你不得大写特写呀？

圆圆　您的意思是说让我在作文里重点歌颂您？

和平　哎！（看众人）那我也就不好说啦……反正事实挨这儿摆着，你自己考虑！你要写你妈呀——

傅老　和平呀！和平……不要做了一点点工作就生怕人家不知道——你看我做了那么多的工作，我自己说什么了吗？直到我退居二线，依然是人在雄心在，虎倒架不倒！身在江湖，心系边关，报国之心未死嘛……

和平　您那是杨六郎！

傅老　六郎七郎的我也记不清楚了，反正我就是这么一个高大形象！圆圆，你可以参照着写。当然了，优点缺点都可以写……

志国　爸，爸……咱们要老这么自己歌颂自己可就没劲了！不就一篇作文么？"我的家庭"，写咱们家谁还不都一样啊？是不是？

圆圆　那……总得有个重点吧？

志国　重点……比如你昭阳叔叔，他虽然不是咱们家的正式成员，可是也没少为咱们家费心啊！脏活儿累活儿随叫随到，平常没事儿了还经常来关心关心咱们，这在你的作文中都应该有所反映……

圆圆　您的意思是说重点写昭阳叔叔？

志国　我是说啊……我是说像你昭阳叔叔这号儿的都可以写，那比他更重要的人——（见圆圆听不明白，急）比如说像你爸爸我这样的！对不对呀？

昭阳　对呀！圆圆，你好好想想，咱们家里里外外哪儿不得指着你爸爸呀？你就说今儿个吧，听说你作文成绩不大理想，连饭都没吃直接就奔了学校了，为谁呀？

志国　为谁呀！

昭阳　圆圆，你写作文要不把你爸爸这种精神给写进去，我们全家人都不答应！当然喽，为了突出重点，把我当作个陪衬那也是可以的……

志国　可以可以……

昭阳　要有详有略……

志国　有详有略！

昭阳　详略得当……

志国　对！

昭阳　一般来说更容易取得好的成绩。

志国　对，这样写啊，它就显得……（与昭阳热烈讨论）

和平　（打断）哎哎……咱们自个儿夸自个儿没劲，俩人对着夸更没劲！这谁不会呀？

小桂　（自饭厅上，向志国）大哥！饭热好了。

和平　（向圆圆）你就说你小桂阿姨，一天到晚手脚不拾闲儿地干，她为谁呀？为咱们！是不是？咱们不得好好报答报答人家呀？

小桂　（高兴）大姐你又要给俺加工资啊？谢谢你，俺可真不好意思……

和平　谁要给你加工资啊？我说让圆圆给你点儿口头表扬！

小桂　（失望）俺让她表扬做什么！（向饭厅下）

圆圆　你倒想让我表扬呢你……

〔志国、和平、昭阳围着圆圆，七嘴八舌发表指导意见。

傅老　好了好了……我看这样吧，不就是篇作文吗？写谁不写谁，批评表扬谁，就由圆圆自己做主——创作自由嘛！我们就不要横加干涉了……圆圆，你要抓紧一点啊，写好了之后，给我们大家都念一念！

〔日，圆圆卧室。

〔圆圆在认真地写作文。昭阳暗上，凑近。

昭阳　圆圆——

圆圆　（吓一跳）哎哟！

昭阳　作文写得怎么样啦？要不要我给你指导指导啊？

圆圆　嗳呀不用不用！你先出去，等会儿我再念给你们听。

昭阳　圆圆呀，写作文嘛——"我的家庭"，你说咱家那么些人，写谁不写谁的，这大主意你自己拿啊！我就是说呀，你写完了之后当着全家人这么一念……要是这里面一句也没提到我，这是不是有点忒

"那个"了？

圆圆　哪个呀？

昭阳　我这面子上不好看呀！反正，圆圆，咱俩这关系……是不是？难道在你前进的道路上，就没有我为你洒下的汗水？

圆圆　你放心！昭阳叔叔，就凭咱俩这深厚感情，我不写谁也不能不写您呀！

昭阳　（高兴）这就好这就好！我也就那么随便一说……圆圆啊，这个写作可属于脑力劳动，得增加一点营养！

〔傅老暗上。

昭阳　……待会儿我给你买两个冰激凌好好地补一补，啊……（回头看到傅老，吓一跳，下）

傅老　（满面堆笑）圆圆，写着呢？

圆圆　爷爷！（欲起身）

傅老　写你的，写你的，我就是随便来看一看……"我的家庭"，我们这个家的情况你是最了解的，群众的眼睛是雪亮的嘛！谁个略谁个不略，谁个最好谁个稍差……你心里总该有一本账嘛！

圆圆　爷爷您放心，我心里跟明镜儿似的——在咱家，您是大拿！我不歌颂您我歌颂谁呀？

傅老　我倒不是那个意思，我就是……对了圆圆，我差点儿给忘了——早就答应要带你去一趟世界公园——

圆圆　没错！

傅老　一直就没抽出时间来。

〔和平暗上。

傅老　不管再忙，这个星期爷爷一定要带你去一趟！忙吧忙吧……（回头见和平，一愣，下）

和平　圆圆，也别一个劲儿地写，该歇着就歇着！啊？饿了吧？妈给你煮俩鸡蛋去……

圆圆　不用不用！妈，人家写得正带劲儿呢，别老打岔！

和平　怎么写的呀？给妈念念？

圆圆　（赶紧合上本）我还没写完呢……等写完了，晚上再给你们读，啊？

和平　行，晚上当着全家的面儿，该突出谁、表扬谁、歌颂谁……我闺女心里边儿——有数！（欲下）

圆圆　我本来有数，您这么一说……我倒没数了。

和平　这不是明摆着的嘛！谁最关心你，我……

〔志国手拿皮包暗上，和平扭头正好看见。

和平　……我也就不说什么了——我得赶紧给我闺女织毛衣去，回头天冷了再给我闺女冻着！（下）

志国　（快速关门，神神秘秘地）圆圆，用功呢？（从皮包里掏出一个玩具）你看爸给你买什么来了？

圆圆　（伸手）谢谢爸爸……

志国　（拿回）哎……先写，写完了再玩儿。

圆圆　（无奈）爸，人家写得正好，别老招我！

志国　不是招你，是奖励你。要写得好，这个玩具就送给你；写不好，爸爸可就送给别的小朋友了——刚才在门口遇上扣子，扣子还管我要呢……（欲下）

圆圆　哎！爸爸您放心，我一定写好，主要是写您！

志国　我也没说你一定要写我嘛……你先写，先写啊，好好写！

〔志国开门，趴在门上的小桂跌入。志国下。

小桂　圆圆，累了吧？想吃点儿啥？俺给你单做！

圆圆　唉呀，你怎么也跟这儿捣乱呀？

小桂　哎？圆圆，咱做人可得凭良心！俺平日里对你那么好，你要是连俺也不

　　　　写进去……哼！（扭头下）

圆圆　　哎……这作文没法写了！

　　　〔晚，傅家客厅。

　　　〔志国与和平在理毛线，傅老陪拿作文本的圆圆自里屋上。

傅老　　正好大家都在……

　　　〔志国、和平急忙凑上前。昭阳、小桂自饭厅上。

众人　　哟！……圆圆……写完了？……

圆圆　　哎哟，累死我了！

　　　〔众人簇拥着圆圆坐。

傅老　　静一静，静一静……我先说几句。上一次圆圆作文考得不大理想，这次提前做了准备，写了一篇，先跟我们大家念一念，题目嘛，就叫作《我的家庭》。所以说大家都要正确地对待，不管是写到谁，不管是批评还是表扬，这都是允许的嘛！创作嘛……

志国　　（打断）爸！……听圆圆的还是听您的呀？（向圆圆）圆圆，把你这作文给大家读读吧。

圆圆　　（拿起本，读）"《我的家庭》，和平里四小六年级（二）班贾圆圆。我的家庭是一个幸福的家庭……"

　　　〔众人连连称赞。

圆圆　　（读）"为什么这样说呢？"

和平　　为什么呢？

圆圆　　（读）"因为在当今动荡不安的世界上，战乱与饥荒的消息不断从四面传来。多少孩子流离失所，无家可归。跟他们相比，无论如何我们家是幸福的……"

志国　　等会儿！你这么个比法，这标准太低了吧？

昭阳　你净跟那没家的比，你可不是比人家强么！

傅老　还是要高标准要求嘛！甭跟国外那些不三不四的家庭比，就跟我们差不多的人家比一比，我们家也算是幸福的家庭嘛！

志国　对嘛，幸福的家庭都是相似的，不幸的家庭各有各的不幸……

和平　哎哎！你们听圆圆先念成不成啊？

圆圆　（读）"我爷爷从不整天唠唠叨叨，自以为是。我爸爸妈妈从不为一点鸡毛蒜皮的小事吵得不可开交。我爸爸也不是一点家务活不做。我还有一位昭阳叔叔，他也绝不是那种无所事事、游手好闲的人。我还有一位小桂阿姨……"

昭阳　（打断）打住，打住！您这是夸我们呢，还是骂我们呢？

傅老　听着倒是在夸咱们——就是……怎么那么别扭？

志国　这叫春秋笔法，明褒暗贬！圆圆，这一套你打哪儿学来的你？……

和平　哎……咱听圆圆念完了咱再说成不成？

圆圆　（读）"我的爷爷是世界上最好的爷爷。他虽然从领导岗位上退下来，但他仍然关心着祖国建设、世界风云。他的胸怀像海一样宽阔，从不为个人得失而斤斤计较。"

傅老　（高兴）很生动，很生动！"像海一样宽阔"这个比喻很新颖嘛！当然了，这都是我自己应该做的事情……

圆圆　（读）"我的爸爸是世界上最好的爸爸。他每天任劳任怨、默默无闻地为国家做着贡献。他的工作非常忙。如果没有他，很多重要工作就无法进行，这将是多么可怕的事情啊！"

志国　（高兴）很贴切，很贴切！"这将是多么可怕的事情啊！"圆圆，如果你能把这个感叹句变成反问句是不是效果更强烈一点儿，就是——"这样的事情难道不可怕吗？"如果你要……

圆圆　（读）"我的妈妈是世界上最好的妈妈。在事业上她是一个很优秀的民族艺术家，在生活中她无微不至地关怀着我的成长。真不敢想象，如果没有她，我的生活将是什么样子？说不定至今还在黑暗中苦苦地摸索！"

和平 （高兴）很真实，很真实！我都没想到，我怎么这么了不起呀……

圆圆 （读）"我的昭阳叔叔是世界上最好的叔叔。他几乎可以算是我小姑的男朋友。虽然还不是我家的正式成员，可他不是亲人胜似亲人！"

昭阳 （高兴）很正确，很正确！"胜似亲人"这个词儿用得好！

圆圆 （读）"我的小桂阿姨是世界上最好的阿姨。她虽然只是我家中的一个家庭服务员，可为我们家的事，她真是操碎了心。在她身上，集中体现出我国劳动妇女的优秀品质和传统美德！"

小桂 （高兴）俺很感动，俺真的很感动……感动极了！

和平 （迷惑）感动是感动啊，可就怎么……不太像咱们家，倒像雷锋他们家……

〔日，傅家客厅。

〔志国看报纸，昭阳凑上来。

昭阳 大哥，来份报纸看看……

志国 今儿刚拿的，还没看呢！

昭阳 看一眼……

志国 给你这份儿——上周的……

〔圆圆低头上，手拿作文本，欲溜进里屋。傅老自里屋上。

傅老 圆圆，作文成绩下来啦？

〔和平、小桂自饭厅上。

众人 （围上来）圆圆回来啦……作文怎么样啊……成绩出来了吗……

圆圆 （低头）别提了！（扭头欲下，被拉住）

众人　怎么了?

圆圆　跟上回差不多……

和平　咦?这次写那么好怎么还差不多……又61分?

圆圆　59分!(扭头欲下,又被拉住)

志国　(抢过作文本,翻)怎么会59……这不是不及格么?

圆圆　(委屈)老师说这回我观察生活,又故意歪曲生活,是她不能宽容的!(向里屋跑下)

〔众人惊讶,七嘴八舌吵作一团。

【本集完】

第73集 聚散两依依（上）

编　　剧：梁　欢　梁　左

〔日，傅家客厅。

〔和平织毛衣，志国拿公文包上。

和平　志国回来啦？你们分房名单下来没有啊？

志国　下来了……

和平　下来了？……

〔志国二话不说，抄起茶几下的一摞报纸扔向半空，回身继续把东西往地上乱丢。

和平　哎哎……你干什么呀？！名单上没你不要紧，咱等下拨儿……

志国　有我有我！

和平　有你……你发这么大邪火干什么呀？

志国　我爸在楼下拿晚报呢，我赶紧趁这工夫布置现场……

和平　什么呀？

志国　咱要不把他弄烦了，他能放咱们走吗？

和平　你干嘛偏把他弄烦了呀？咱能不能想点儿别的辙呀？

志国　是你了解我爸还是我了解我爸呀？……你别愣着了，赶紧帮我干吧！

和平　……哎哎！

第73集 聚散两依依（上）

〔和平搬起录音机欲摔。傅老上。

傅老　干什么呀？要不要我帮你们忙啊？……

和平　不用！我一人儿摔……（见傅老，慌）我……我一人儿收得了……（放回录音机）我这儿正……收拾屋子呢。

傅老　（见到屋里的情形，怒）收拾屋子？有你们这么收拾的么？这不越收拾越乱吗？！

志国　（故意没好气儿）乱点儿好，舒服！

傅老　啊？你们舒服，我不舒服！哼，还不赶快给我收拾好！不像话……

志国　反正我不嫌乱，谁嫌乱谁收拾！是不是，和平？

和平　是！

傅老　啊？！

和平　……不是。

傅老　什么叫"谁嫌乱谁收拾"啊？我嫌乱！我还就让你收拾！你有什么脾气呀？

志国　我……我还真没脾气……（开始收拾）

傅老　这是谁的家啊？这是我的家！我工作了一辈子，贡献了一辈子，这是组织上给我的待遇！你们凭什么留在这儿啊？不就是为了让你们照顾我，帮助我干活儿，让我高兴吗？

〔志国嘴里小声嘟囔，不服气。

傅老　志国你嘟嘟囔囔地……心怀不满是怎么的？我告诉你，跟老辈子人有什么理好讲啊？我不高兴就是你犯错误！我告诉你啊：现在我可有一点儿不高兴了啊……

志国　那您的意思是说我已经犯错误了？那，我还不高兴呢！我找谁说去……

〔和平示意志国冷静。

志国　（放缓语气）爸，您是不是特想轰我们走？

傅老　（边看报纸）谁想轰你们走啊？你们走哪去？我总不能眼看着你们一家

· 367 ·

　　　　三口露宿街头吧？我自己受点儿委屈也就忍了——上辈子欠你们的嘛！

志国　别呀，爸！您都那么大岁数了，您为我们受委屈我们心里不落忍。您甭为我们操心，我们死活都能找着住的地方。

傅老　那我求之不得谢天谢地了……（明白过来）啊？什么意思？……你们什么时候搬走？

志国　我们单位分房名单已经下来了，过一两天就拿钥匙。

傅老　好好——哼！

〔晚，傅家饭厅。

〔全家人吃晚饭。傅老生闷气不吃饭。

志国　（给傅老夹菜）爸，您吃点儿这个……

傅老　你少跟我套瓷！

和平　（给傅老夹菜）爸，您吃口这个嘿……

傅老　你也少跟我拉近乎！

圆圆　（给傅老夹菜）爷爷，您吃点儿这个……

傅老　你也不是什么好……算啦，你也没什么责任，那我就吃一点儿吧！

和平　爸，您是不是特别舍不得我们走啊？您要真舍不得我们，那我们……

傅老　不要自作多情！我怎么舍不得啊？我巴不得你们快一点儿搬走，就剩下我一个人清清静静安度晚年，说不定我还能多活两天呢！

和平　您这话里可带着气儿呢啊，甭以为谁听不出来啊！

傅老　你听出什么来啦？我实话告诉你们：一九四九年国家进入了新社会，我个人进入了旧社会！先是早早地结了婚，接着又早早地有了志国——你们别看志国现在人模狗样的，小的时候淘气淘得让人直想哭！有好多次把我给恨得……真想用手把他给掐死！扔到水缸里把他给淹死！从屋顶上把他摔死！搁到大雪地里把他冻死！……

第73集　聚散两依依（上）

志国　哎爸，爸……您这儿解气呢？您现在下手也来得及！

傅老　后来又有了志新和小凡，也是一个比一个让我操心。好不容易他们算是飞了，你们还赖在这里。现在你们真要搬走了，对于我来说那就是第二次解放！我要高举双手赞成！伸开双臂欢呼！迈开我的双腿……（边说边比划，情绪激动）

志国　（拉住傅老）哎爸，爸……行了行了，知道您高兴就行了，别比划了，回头再摔着！

和平　爸，我们是这么考虑的，您说房子已经分下来了，闲着也是闲着。我跟志国回头两边儿跑跑，把小桂留给您，照顾您，圆圆跟着我们也行，跟着您也行……

傅老　不要不要，一个也不要！带走，都带走！

圆圆　爷爷，您连我也不要了？

傅老　要你干什么呀？长大了像他们一样？忘恩负义的东西！

〔晚，傅家客厅。

〔全家人看电视，傅老拿着遥控器换台。

志国　……好好，就看这球赛挺好！

傅老　哼！（赌气换台）

和平　这歌舞也成。

〔傅老赌气换台。

圆圆　我爱看这电视剧！

〔傅老赌气换台。

小桂　这英语节目，俺也能对付着看了……

〔傅老一摔遥控器，起身欲下。

志国　爸，您不看啦？

傅老　看什么看？！

和平　爸，您再坐会儿，跟我们聊会儿……

傅老　聊什么聊？！跟你们有什么好聊的？哼！（向里屋下）

圆圆　妈，到了新家我是不是能自己一个人有一间屋子呀？

和平　美死你！客厅搭床吧！

小桂　那俺咋办呢？

志国　爷爷不要你，你跟我们走——你也客厅搭床。

圆圆／小桂　（失望）我们睡觉去了……

和平　去吧，睡去吧。

〔圆圆、小桂向里屋下。

和平　志国，你说今儿咱做得是不是有点儿过呀？你瞅你爸那样儿……

志国　过什么过？一点儿都不过！过犹不及！我告诉你，就这样他还不一定放不放咱走呢……

和平　哟，我瞅他可特舍不得咱走啊……

志国　有什么办法呀？我都这么大了，我还不独立？我还跟他耗一辈子呀我？

和平　你说他那么大岁数了，还能活多少年呀……

志国　什么叫"活多少年"呀？我告诉你，我们家可有长寿史，你还甭咒我爸。就我爸这身子骨，活个一二百岁没问题——咱俩都不一定熬得过他。

和平　哎哟，这人要活到二百多岁得什么样儿啊？

志国　甭管什么样儿，咱俩也见不着了。和平，你也为我想想，我好歹也四十多岁了，我这辈子冤不冤啊？到了儿我连自己的家都没有，我这人生一世干什么来了我？

和平　甭说你了，你就说我吧——挨你们这大家庭十来多年了，我受多少委屈呀！咱要搬走了，甭说别的，咱想吃什么咱就做什么，不想做咱外边儿买去！到礼拜天嘿，想起就起，不想起咱睡到中午十二点也没人管——

多滋润啊！

志国　按说咱这要求不高哇，怎么解放四十多年它就愣没实现啊？你说我上班儿看人脸色，回家我还得看人脸色？单位的事我做不了主，家里的事儿我还做不了主？这是谁的主意呀？

和平　谁的主意呀？

志国　凭哪条啊？

和平　凭哪条啊？

〔晨，傅家饭厅。

〔和平盛饭，志国上。

和平　爸怎么还不过来吃饭呢？还没起呢？

志国　早起来了，自己一个人儿占着厕所半天不出来，害得我跑楼下上的公共厕所。

和平　……闹肚子了吧？

〔小桂端一大碗面自里屋上。

小桂　哎？刚才爷爷还让俺给他做碗鸡汤面呢——还卧了两个鸡蛋呢。

和平　早上起来他什么时候吃过这么多呀？

志国　怎么着？改主意了？

〔圆圆上。

圆圆　我发现爷爷从昨天开始就有点儿不大对劲。

志国　是么？

和平　都小心点儿啊，这两天指不定爷爷找谁的茬儿呢。

志国　怎么着？叫板是不是？我怕他呀？过去当牛马，现在要做人了！（理直气壮地）待会儿他来了，我就敢当面质问他——你凭什么一个人占着卫……

〔傅老上。志国连忙赔笑。

志国　爸，您来了……

傅老　（不理志国）小桂，把我那个面端来——要快，不要慢！（坐）

〔小桂端上面。

圆圆　爷爷，这么一大碗面您不一定吃得了，要不然……

傅老　好像我的事儿用不着你管吧？

志国　爸，我们是怕您吃坏了……

傅老　我吃好吃坏跟你有什么关系呀？吃坏了我上医院——我乐意！

和平　爸，志国是瞅着您这面特香，他馋！他……

傅老　他馋不馋的又跟我有什么关系呀？

和平　他好歹也是您儿子呀！

志国　那可不是么！

傅老　是吗？我还有儿子吗？

志国　爸，瞧您说的……您没儿子，那我是谁呀？

傅老　（爆发）我知道你是谁呀！

〔日，傅家客厅。

〔傅老独坐。和平端碗上，赔笑凑近。

和平　爸，您饿了吧？给您做了碗莲子粥——这里边还漂着豆呢……

傅老　拿走拿走！谁稀罕喝你的粥——糖衣炮弹！

和平　爸您别冲我来啊，都是志国啊，我起根儿上就跟您站一边啊！先晾晾吧，知道您早上吃了一大碗面，现在也喝不下。

傅老　（赌气欲喝）你刚才说起根儿就跟我站在一起？不可能！你跟志国一起狼狈为奸，天天晚上关起门来就"嘀嘀咕、嘀嘀咕"——有十好几年了吧？在这转折的关头，你能把立场站到正确的方面来？蒙谁呀！

·372·

和平　爸，人家就不许有个转变呀？我不蒙您，昨天晚上我把门儿关起来，我指着贾志国鼻子问他：贾志国！你拍着心口说，这么些年了，你爸爸哪点儿对不起你呀？

傅老　是啊，我哪点儿对不起他呀？

和平　真是！生了你养了你，把你拉扯大，扶着你学走路，教你会说话，供着你上大学，支持你干四化……他老人家容易吗？

傅老　是啊，我容易吗？

和平　真是！现在翅膀硬了，想飞就飞了？谁同意了？谁批准了？这么大事儿，你也不跟爸商量商量，你就自个儿做主了？像话吗？

傅老　是啊，像话吗？

和平　真是！再说了，爸是一个通情达理的人，什么事你可以好好商量啊。别以为爸就舍不得你走——爸乐不得你走！

傅老　哎……啊？这个……这个问题还可以再考虑一下嘛！

和平　是，爸肯定会再考虑考虑啦——留着你干嘛呀？爸工作这么些年才落了这么一所房子，还被你长期霸占着，你不脸红啊你？

傅老　啊……也不能那么说，他在这儿也是怕我一个人寂寞。

和平　是，一般的老同志都怕寂寞——爸是一般的老同志么？爸一辈子就好个清静！再说了，咱都走了，碍眼的都走了，爸回头想请个……个别女同志啊……

傅老　啊？

和平　一块儿来……探讨探讨政治经济形势啊……

傅老　对对对……

和平　切磋切磋书法绘画艺术啊……多美呀！

傅老　哎……不过我现在还没有考虑……

和平　是，爸肯定现在还没考虑这问题——可是爸闲得住么？

傅老　啊？

和平　不是……老有所为，老有所用！多少事情等着他老人家去做呀？多少工作等着他老人家去干啊？多少穷人盼着他老人家去解放啊？多少……

傅老　多少？……也没多少吧？

和平　是，就算没多少，他老人家也该高高兴兴自个儿挨家养老了呀，对不对？咱一搬走，客房也有了，餐厅也有了，书房也有了，客厅一人独占……那叫什么派呀？多滋润啊，多幸福啊！

傅老　这个……这么大的屋子，就剩下我一个人……

和平　一个人儿怎么了？噢，放着好好的一个人的日子不过，弄你们一大帮人来，白吃白喝，傻不傻呀？

傅老　我傻不傻呀我！

和平　真是！一说也是六十多岁的人了，还养着你们一大家子？吃您的、穿您的、喝您的，还住您的？您有病啊？

傅老　我有病啊我！

和平　该你们的？

傅老　我欠你们的？

和平　冤不冤啊？

傅老　我贱不贱啊！

和平　……您知道就好。

傅老　我知道……我知道什么了我！原来你也是别有用心！你这哪是质问志国呀？这分明是质问我嘛！你哪里送的是莲子粥啊？这分明是烂菜花给何支书送元宵嘛！送就送，我不怕！……我倒要看看这个糖衣炮弹里面装了多少糖！（端粥大喝）

〔晚，傅家饭厅。

〔全家人围坐，等傅老来吃饭。傅老背手上，手拿一包茶叶。众人起立。

第73集 聚散两依依（上）

和平　（毕恭毕敬地）爸，您怎么才回来呀？就等您吃饭了……

傅老　等我干什么？谁让你们等了？我已经在外面吃过了！

圆圆　嘿，爷爷您吃的什么呀？

傅老　不告诉你——反正是很贵的，好吃的，你一辈子都没有吃过的，下次我还准备去的……

圆圆　那您……

傅老　还不带你去的。

圆圆　……您要馋死我呀？！

傅老　你自己非要馋死，我有什么办法呀？小桂啊，去给我沏一碗茶来。（把茶叶递给小桂）我现在想在这儿跟他们聊一聊。

和平　爸，咱家茶叶罐还满着呢，您怎么还买茶呀？

傅老　这是我给我自己买的——八十块钱一两的茉莉大白毫啊！你们谁都不许喝……这要是喝上一口，多滋润啊，多幸福啊！

和平　八十块钱一两？！爸，您不过了您？

傅老　我怎么不过了？我还要过得更好！以前咱们家呀，大锅饭、大碗茶，我自己想改善改善也不可能。说弄点儿好东西，不让你们吃吧——让你们干看着，我心里也过意不去；让你们吃吧——你看你们都如狼似虎的，我还真是抢不过你们。现在好了，你们都走了，就剩下我一个人，我爱怎么吃就怎么吃！

志国　爸，只要您别吃坏了就行……

傅老　这你放心。你们走了以后，我会自己照顾好自己的。

和平　爸，您要不愿意让我们搬走咱可以再商量……

傅老　搬走！没商量！

和平　您可想好了啊，别置气啊？

傅老　跟你们置气？我是那种人么？我今天就在外面转了好几个家具展销会，

那真是不看不知道，一看吓一跳——那个好家具多得很咧！这说明我国轻工业发展的速度还是很快嘛，形势大好啊！

和平　形势是大好——跟您有什么关系呀？

傅老　怎么没关系呀？我买他的！看一看，咱们家——这都九十年代了——这破桌子破椅子的，整整落后了半个世纪嘛，给社会主义脸上抹黑嘛！我要把这些破烂儿统统都扔掉，来它一个旧貌换新颜！

志国　说那么热闹，您有那么些钱么？

傅老　这你放心，我一个人的退休金一个人花，绰绰有余嘛！银行里还存着那么多钱，我都把它拿出来，给我自己搞一个舒适的生活环境。现在是万事俱备，只欠东风啊……

志国　爸，您那"东风"是什么呀？

傅老　你们给我腾地方！

【上集完】

第74集　聚散两依依（下）

编　　剧：梁　欢　梁　左

〔日，傅家客厅。

〔和平织毛衣。志国上。

和平　哟，志国回来啦！钥匙拿着了么？

志国　拿着了！（抄起墩布开始拖地）

和平　拿着啦……嘿！你干嘛呢？

志国　我爸在楼下拿晚报，说话就回来——咱们趁这工夫赶紧布置一下现场啊！

和平　……什么呀？说什么呢？

志国　我路上就想好了——咱要不把他哄顺溜了，他能把咱们留下么？

和平　哎哎，你不是拿着钥匙了么？

志国　是拿着了……

和平　两室一厅？

志国　没错，两室一厅——跟人合住！

和平　什么？怎么又改合住啦？不是说好了吗？

志国　是说好了——它又变了呀！咱那计划再好也赶不上它的变化呀……

和平　你们单位领导怎么说话不算话呀?!

志国　谁说不是呢?当时气得我真想跟他们拼了!

和平　拼了没有啊?

志国　我要拼了还能在家擦地么我?不瞒你说,我们领导啊——侦察兵出身,"奇袭白虎团"的时候他就跟着一块儿去了——打我这样儿的一次八个。

和平　那就别跟人家拼了……那怎么办啊?爸说话就回来,咱怎么跟爸说呀?

志国　赶紧拿出点儿实际行动来吧——收拾收拾屋子呀……

〔和平忙与志国一同干家务。傅老哼着小曲上,满面笑容。

傅老　志国回来啦?

志国　啊,回来了……

傅老　你们这干什么呢?

和平　爸,您歇着您的。我们归置归置——忒乱了!

傅老　乱点儿好啊,舒服嘛!

志国　别呀,爸,我们归置归置吧……

傅老　有什么好归置的?就让它乱着吧……这些破烂儿我也不打算要了!志国,钥匙拿到没有?你们准备什么时候搬家呀?要不要我给你们联系一下搬家公司?只要打个电话,人家是随叫随到!

志国　(干笑)爸,不忙不忙……

傅老　你不忙啊?我可忙!等你们搬走了以后,我还得找人装修房子、买家具、重新布置房子……我可是有点儿等不及了啊!

〔晚,傅家饭厅。

〔小桂布置好一桌丰盛的饭菜。圆圆、志国、和平上。

圆圆　哟!

志国　哟!怎么弄这么多菜呀?

第74集 聚散两依依（下）

和平　小桂！咱不过了咱们？啊？

〔傅老手拿一瓶茅台酒上。

傅老　嚷什么？这是我布置的！来来来，大家都坐下。

〔众人心情忐忑地入座。

傅老　唉，最后的晚餐……就算是我给你们的饯行吧！来，志国，（举起手中的酒）喝点儿咱们俩……看看——茅台呀！

和平　（欲拦）爸，爸……

志国　哎别，我喝，我喝……

〔傅老给志国和自己倒酒。

傅老　喝一点儿……茅台——喝！

〔傅老敬酒。

傅老　（自己喝一小口，见志国一饮而尽）哦？好……（干杯）哈哈……（笑得直咳嗽）这么些年，你们跟我住在一起，为了照顾我受了不少的委屈呀！

和平　嗐，爸瞧您说的——那不都是我们应该的吗？甭管受多大委屈……

〔志国慌忙示意。

和平　……再说我们也没受委屈呀——我们净沾您光了！

傅老　好了好了，你就不必客气了！当然我心里也清楚，受委屈还都好说，关键的是失去了自由……（向圆圆）自由是什么，知道么？

〔圆圆摇头。

傅老　就是当初我们多少革命先烈，想用自己的性命去换取的东西！现在好了，你们渴望已久的自由终于来到啦！（给众人夹菜）欢呼吧！歌唱吧！哈哈……唱起来，跳起来……

和平　（低声）我们跳得起来么我们……爸，跟您说实话吧：像我们这种打小有人管的孩子吧，冷不丁给那么些自由还真不知道怎么使！

· 379 ·

傅老　没有关系，慢慢地就知道了。当然喽，你们搬走了之后，我也获得了相对的自由——来！为我们共同的自由干一杯！

〔众人端杯起立。

傅老　咱们今天就来它个一醉方休！……

〔傅老表现得开心兴奋，其余众人尴尬。

〔晚，傅家客厅。

〔志国、和平看电视。圆圆自里屋上。

和平　（向圆圆）哎……爷爷还挨屋躺着呢？喝多了吧？

圆圆　没有，挨屋收拾东西呢，一边儿收拾还一边儿唠叨。

志国　唠叨什么呀？

圆圆　回父亲的话——女儿不敢说……

志国　恕你无罪！说吧？

圆圆　他说："借问瘟君欲何往，纸船明烛照天烧。"

和平　嗯？

志国　（向和平）拿咱俩比瘟神呢！

圆圆　还说："司徒雷登走了，《白皮书》来了。很好很好，这两件事都值得庆贺。"

和平　嗯？

志国　（向和平）拿咱俩比帝国主义呢！

圆圆　他还说："金猴奋起千钧棒，玉宇澄清万里埃。"

志国　（向和平）拿咱俩比白骨精！（向圆圆）不许再说了！不许外传，防扩散啊！

圆圆　谁扩散了？你们非让我说的。

和平　志国，怎么办呢？你说这……咱怎么收场啊？

第74集 聚散两依依（下）

〔小桂自厨房上。

圆圆　噢，我好像有点儿明白了——个别人站在台阶上下不来了……

志国　胡说！

小桂　大姐，是不是大哥的房子……没戏了？

志国　什么没戏了？我们那是暂时的那个……反正你心里明白就行了。不许外传啊，防扩散！

和平　我看啊，爹死娘嫁人，各人顾各人吧——咱们逃出一个算一个吧。

志国　怎么逃啊？

和平　圆圆跟小桂，你们自个儿想想办法，看爷爷能不能把你们留下来。

志国　那咱俩呢？

和平　咱俩要不先到我妈那儿住几天？

志国　住你妈那儿？那我还不如睡大街上呢！

和平　胡说……

〔傅老哼着小曲自里屋上，微醺。众人连忙起身。

和平　爸！

傅老　啊……都在这看电视呢？看吧看吧，大家一起看——往后像这样的机会怕也是难得喽……（坐）

和平　爸，那您看吧，我回屋了……

傅老　你不看了？

和平　（小声）我看什么看啊？（向里屋下）

志国　爸，那我也先回屋了。

傅老　你不跟这儿聊聊啦？

志国　（小声）聊什么聊……（向里屋下）

小桂　爷爷，那俺也先回屋了。（向里屋下）

〔屋里只剩下了傅老和圆圆。傅老看圆圆，圆圆干笑一声。

傅老　你呢？你不先回屋了？

圆圆　不！他们都回去了，咱俩正好单独待会儿！

傅老　好好……过两天你们就搬走了，跟爷爷待会儿是会儿啊！

圆圆　谁爱搬谁搬！反正我不搬！

傅老　嗯？为什么啊？

圆圆　我怕跟他们学坏了呀！您还不知道我爸？除了好吃好喝，那就是怕苦怕累！整天他能站着就不走着，能坐着就不站着，能躺着就不坐着……我估计要是有比躺着更舒服的姿势他也不躺着了！您说，我跟他在一块儿，我能学好么我！

傅老　看不出——小小的年纪，看问题还是蛮尖锐的嘛！

圆圆　至于我那妈，那就更甭提了！除了没文化，就是没教养。让她教育我？让我教育她我都不爱教育她——我嫌她水平低！就这还不懂装懂，还好意思拿着笔往我那作业本上签字呢，问问她认识那上面写的是什么吗？

傅老　要是摊上水平低的家长——倒霉呀！

圆圆　还有更倒霉的呢——我考虑您的心脏，我就不一一跟您如实汇报了。反正，您要不想看我毁他们手里，就别让我跟他们走了……

傅老　我当然……圆圆，那你就留下！跟着爷爷学点儿好吧？

圆圆　谢谢爷爷……（暗喜）

〔晨，傅家饭厅。

〔傅老吃早饭，小桂站旁边报账。

小桂　……爷爷，这个星期的伙食费一共还剩下二十三块六。

傅老　好好，明天是星期天，你就干脆把它都花了算了！

小桂　那下星期呢？

傅老　怎么还有下星期呀？下星期你们还不搬走啊？

第74集 聚散两依依（下）

小桂　谁爱搬谁搬，反正俺不搬！

傅老　嗯？怎么你也不搬啊？

小桂　俺跟他们也过不到一块儿啊。爷爷，俺早就看出来了——您这一家子呀，除了您以外没一个正经人！

傅老　啊？

小桂　您就说您那儿子吧，大早晨起来吃点啥不好啊？非得一个人喝一大瓶牛奶——这一年下来可就是三百六十五瓶！

傅老　现在生活水平提高了，他就是喝瓶牛奶，你也不能说他就不是正经人嘛！

小桂　可问题是……问题是……对呀，爷爷，您这当爹的还在旁边儿坐着呢，他就一个人在那足喝，都不带脸红的，也不知道让让您！连俺这两姓旁人都有点儿看不下去了！爷爷，俺这可不是挑拨你们父子俩的关系，这要是搁在俺们农村，大嘴巴子早抽上去了！

傅老　这个贾志国也是，我虽然不爱喝牛奶，你就让让我又有什么的？我还真喝你的？

小桂　您再看看您那儿媳妇，整天也不好好上班，在家里瞎混！站没个站相，坐没个坐相，一天诈诈唬唬的——张家长李家短、三只耗子四只眼、瘸腿的蛤蟆跳得远……没她不掺和的事！这要是搁在俺们农村啊，早就把她给休了！

傅老　听听，听听……你听听这群众的意见！

小桂　爷爷，反正当初是你把俺给找来的，现如今您不要俺了，您就把俺一脚踢出门外，俺是死是活您也甭管，可是您千万别把俺往他们家那火炕里送啊……（伏桌痛哭）

傅老　这个……既然如此，那你也就留下吧！

小桂　（立喜）啊？谢谢爷爷！（跑下）

〔日，傅家客厅。

〔傅老边抽烟边看报。和平自里屋探头上，见状连忙拿过烟缸递上。

和平　爸，爸——烟缸……

傅老　我这儿有。

和平　（欲接傅老的茶杯）我给您续点儿水去……

傅老　刚续的。

和平　我给您削一苹果吃……

傅老　我不吃。

和平　……您总得让我给您干点儿什么吧？

傅老　我这儿没什么好干的，你去给那些需要的同志服务吧。

和平　爸，事到如今我也不瞒您了！不蒙您，昨儿晚上，我关上门指着贾志国鼻子我跟他吵了一宿！我跟他说：贾志国，你拍着心口说，这么些年了你爸哪点儿对不起你呀？

傅老　是啊，我哪点儿对不起他呀？

和平　生了你养了你，把你拉扯大，扶你学走路，教你会说话，供着你上大学，支持你干四化……

傅老　等等，等等……你还有新鲜的没有？

和平　……我还真没什么新鲜的……反正他们谁爱搬谁搬，我是坚决不搬！

傅老　嗯？你不搬？——你不搬这算是怎么回事嘛？

和平　爸，您自个儿的儿子您还不了解么？那是个省油的灯吗？您甭瞧这十来多年好像挺老实，那是因为他怕您——您就是咱家镇妖石！您说这要一搬了家，脱离了您的正确领导，他自个儿再来个占山为王，谁敢惹呀？那罪过谁爱受谁受，反正我不受！

傅老　那你的意思是……

和平　他们爱上哪儿上哪儿，我反正死活挨这儿不动窝了！我这十来多年也习

第 74 集　聚散两依依（下）

　　　　惯了，我就挨这儿孝敬您——我跟他们划清界限！

傅老　哈哈！看看，看看：这个贾志国怎么把自己搞得这么众叛亲离呀？真是得道多助，失道寡助嘛！

和平　没错！

傅老　和平啊，你要是想留下……就留下吧。

和平　哎，谢谢爸呗！（行屈膝礼，下）

　　〔夜，傅家客厅。

　　〔灯光昏暗。志国自里屋跑上，伸脖子向里屋张望，然后坐在沙发上掩面装哭。

　　〔傅老身穿睡衣上。

傅老　谁在那儿啊？……哦，是志国呀。怎么啦？

志国　（哭）爸！您也甭管我……反正您也帮不了我！

傅老　到底是怎么回事嘛？……你不说我也知道了：你住房没分到！是不是啊？

志国　……（恢复常态）爸，您都知道啦？

傅老　我为什么就不知道啊？你以为我老糊涂啦？知子莫若父嘛！还打肿脸充胖子，还动员老婆孩子跟我这儿说瞎话……你以为我就相信她们啦？我那是哄着她们玩儿的！跟我耍滑头？你们还年轻点儿——我耍滑头的时候还没你们呢！

志国　父亲见教得是。

傅老　现在北京市的住房暂时还是比较困难的，大家都可以理解嘛！你是哪一年参加的革命啊？你怎么就要分两室一厅啊？比你困难的同志那还有的是嘛！

志国　所以我就主动地把房子让给他们了……

傅老　嗯？

〔志国赶紧低头。

傅老　志国呀，做人嘛，要老老实实！有房就是有房，没房就是没房，能分到就是能分到，不能分到就是不能分到——就不要再提什么主动的事儿了！

志国　那我就下回不提了……

傅老　你是还想留在我这儿，是不是啊？

志国　啊，是是！

傅老　可以嘛！来去自由，既往不咎……可是，想在我这儿啊，就不能像过去那样随随便便的了——明天咱们家开个会，我得给你们立几条规矩！

〔志国连声答应。傅老背手踱步，向里屋下。

〔晚，傅家客厅。

〔众人在座。傅老举着小本，得意地大声念。

傅老　（读）"……第三条，家有千口，主事一人。"谁是家长？我是家长。"今后，只许你们规规矩矩，不许蠢蠢欲动。"谁不愿意可以走嘛！我并没有强迫你们谁留下来嘛……

众人　愿意愿意……不走不走……

傅老　好！"第四条，尊老敬老，传统美德。"咱们家谁老啊？数我最老。人老了图个什么呢？不就是图个心里痛快嘛！今后你们都得顺着我，让着我，谁也不许得罪我。我说东，你们不许说西；我说打狗，你们不许偷鸡……

众人　不偷鸡……谁也不许偷鸡啊……

傅老　这就对了！我说长，你们就说不短！

众人　不短……

傅老　我要说方，你们就说不圆！

众人　不圆不圆……

第74集　聚散两依依（下）

傅老　我说公鸡能下蛋，你们就说……

众人　亲眼见！亲眼见着的……当然了，能下蛋！……

傅老　对对！我说砂锅能捣蒜，你们就说……

众人　打不烂……打不烂……

傅老　"第五条，国有国法，家有家规。"就是住店也得有个制度嘛。"今后你们下班、放学必须准时回家。有事必须提前请假。"

圆圆　爷爷，让我们那么准时回家，我们干什么呀？

傅老　闲不着你们嘛！除了一些正当的娱乐活动，主要是要搞一些丰富多彩的、各种各样的——义务劳动。家务活儿那不是有的是嘛，哪干得完啊？就是干完了，还有院子里的、胡同里的、大街上的……活儿还不是有的是嘛！

志国　（低声）合着上一天班，回家也不让闲着……

傅老　（不悦）……我好像听见有人嘀嘀咕咕，有所不满？

和平　爸！他那是高兴的——终于找着为人民多做贡献的机会了！您这后面还有么？

傅老　多得很啊！一共是二十条……

众人　啊？！

傅老　重要的都在后头呢。下面——"第六条……"

圆圆　哎妈，姥姥家有一小厨房空着呢么？我住那儿了！（跑下）

傅老　什么意思？圆圆回来！

和平　爸，她不认识！我带她一块儿去啊——我也走了……（跑下）

志国　你妈家有小厨房？怎么不早说呀？爸，我也上那儿挤挤去了……（跑下）

小桂　哎！大姐，把俺也带上吧……（跑下）

傅老　回来！你们都给我回来！（追下）

【本集完】

第75集　剧组到我家

编　　剧：梁欢　梁左

客座明星：王丽娜

〔傍晚，圆圆卧室。

〔圆圆独坐生闷气，昭阳上。

昭阳　哟，怎么着，贾小姐，还在这儿想不开呢？

圆圆　（没好气）我当然想不开！凭什么撤了我的小队长？

昭阳　这怎么能说是撤呢？这是你主动地从那小队长的岗位上退下来，把那机会让给比你更落后的同学！

圆圆　听你这么一解释，我心里倒是舒服多了……可老师为什么说我不称职呢？

昭阳　那是她嫉妒你！木秀于林，风必摧之；人高于众，众必非之。

圆圆　这话我虽然听不大懂，但是那个意思！可同学也批评我对工作不负责……

昭阳　怎么叫负责啊？哦，咱当个小队长，非得管那大队长的事儿，能成么？不是咱没那能力，是咱没那机会！

圆圆　太对了！昭阳叔叔，我觉得我当个小队长也有点儿屈才。

昭阳　太屈才了！

圆圆　可是冷不丁地从领导岗位上退下来，还有点儿不大适应……

第75集 剧组到我家

昭阳　慢慢就好了，能上能下嘛。

圆圆　搁往常，我身后还有三五个人围着我转，可往后呢？真不敢想象……

昭阳　你是想让人家都围着你转？这么着吧，圆圆，最近我的一个朋友正在让我帮他筹备一个儿童奶糖的广告，你就受点儿委屈，上我们剧组来当个副导演吧！我们剧组特别需要像你这样的管理人才……

圆圆　（兴奋不已，使劲握昭阳手）太好了！孟导，我正想换个环境！

昭阳　好好……那你准备一下，待会儿剧组开个会！（下）

圆圆　行！（欲跟下，转身）我拿个小本儿记一下啊……

〔晚，傅家饭厅。

〔傅老、志国、和平吃晚饭。圆圆拿本上。

圆圆　（昂首挺胸）静一静！静一静……我宣布，"猫不理"奶糖广告摄制组新闻发布会现在开始！（自己鼓掌）

和平/志国　给我坐这儿吃饭！闹什么呢……吃饭吃饭……赶紧的……

圆圆　（原地不动）首先，请该片总导演兼制片人孟昭阳先生讲话！（鼓掌）

志国　昭阳当导演了？

傅老　往后这电视剧就更没法看了！

〔圆圆落座，昭阳上。

昭阳　谢谢谢谢，谢谢各位的光临……

志国　有没有搞错啊，这是我们家！是你光临我们家。

昭阳　咱们都是一家人嘛……

众人　啊？

昭阳　总之，大家都是熟人喽，咱们可以边吃边谈嘛！接下来呢，我就要向各位隆重推出本片的副导演兼女主角——刚刚从少先队小队长的工作上主动让贤的贾圆圆小姐。

· 389 ·

圆圆　（优雅起身，明星范儿，港台腔）谢谢！谢谢大家！这是我第一次在大陆拍片，也是第一次同孟先生合作，心情怪怪的……希望大家能够喜欢我，接受我，给我更多的支持和鼓励！谢谢！

〔昭阳把圆圆的椅子往前一推。圆圆吓一跳，坐。

昭阳　接下来呢，我要向大家透露一点点儿消息：本片的男主角还没有最后敲定，我们准备公开招考，这个招考工作嘛，当然要由贾圆圆小姐负责了。招考地点，就在贾圆圆小姐的房间。招考时间嘛，就定在下个星期天。圆圆，你还怕没人围着你转？到时候你躲都躲不及！

圆圆　会有很多孩子来求我吗？

昭阳　把你求烦了算！

和平　哎……昭阳，我可得说几句啊。我们圆圆从这小队长的岗位上撤下来，心情肯定是得有点儿"怪怪的"！你劝劝她我没意见，你陪她玩儿过家家我也不说什么——你别往这儿拉孩子啊！你还嫌这家不够乱啊？

志国　真是的，明儿我们家改少年宫了！

和平　真是的，得多少孩子来呀……

昭阳　静一静，静一静……有些朋友对我们这个片子的重要意义还不大了解，甚至怀疑我们是不是真的要拍这个片子。下面，我们有请本片的总顾问——著名的社会活动家傅明同志，为咱们大家讲几句话……

〔圆圆带头鼓掌。

傅老　我？……（喜，起身）总顾问……昭阳，你们这个片子里头有没有什么老领导、老首长这样的角色啊？年轻的时候啊，我还是个业余文艺爱好者呢！两次报考文工团……当然都给刷下来了。不过我在《兄妹开荒》里边还扮演过第三号角色呢……

和平　爸，那戏拢共俩角色，您那第三号角色……

傅老　《兄妹开荒》是怎么开的头儿啊？

· 390 ·

第 75 集　剧组到我家

和平　（唱）"雄鸡，雄鸡，高呀嘛高声叫——"

傅老　在这一句之前，还有一声鸡叫——那就是我学的！

众人　嘻……

昭阳　（按傅老坐下）傅老说得好，角色不分大小嘛！接下来，有请本片的艺术顾问——著名的曲艺表演艺术家和平女士为咱们讲几句话。

和平　（惊喜，起身）艺术顾问……唉呀，我从事文艺工作多年，经验很多啦！我一定从严把关，注意质量……

昭阳　（按和平坐下）说得好！接下来呢，我们还要请著名的……（向志国）大哥，您哪方面比较著名啊？

志国　我多年在机关从事行政管理工作……

昭阳　有请著名的行政管理专家——本片的制片主任贾志国先生，为咱们大家讲几句话。

志国　（意外，起身）制片主任？……临时把我请来，我也没有什么准备——（正色）制片主任嘛，是一个剧组的灵魂！希望大家今后在工作当中配合我嘛……

昭阳　行啦！（拍志国坐下）接下来我们要向大家介绍著名的烹饪专家——本片的剧务薛仁贵小姐……

小桂　（起身，纠正）薛小桂！

昭阳　说得好！（强按小桂坐下）由于时间关系，咱们大家就不都一一发言喽！最后我宣布："猫不理"奶糖新闻发布会——（搬过凳子，坐）圆满结束！

　　　（开始狂吃）

和平　你慢点儿……

圆圆　（起身）全体起立！由我带领大家高唱"猫不理"奶糖广告歌！

和平　你先唱一个我们听听？

圆圆　唱就唱——（清嗓，连比划带唱）"猫不理奶糖，猫不理奶糖，真好吃，真好吃。一块儿一块儿一块儿，一块儿一块儿一块儿，吃不够，吃不够……"

和平　有你那么吃糖的吗——还要你那牙不要了？

〔日，傅家客厅。

〔圆圆坐在书桌后接电话，说话大人口气。

圆圆　（向电话）……你还是很有希望的，明天来面试吧！……我说的话当然是管用的啦……东西就不要带了嘛……实在要带，就把你的变色铅笔带来吧——我惦记它已经不是一天两天的啦……下不为例喽！（挂）

〔电话铃响，圆圆接。

圆圆　（向电话）喂？……是你呀？你就不要来了嘛！……什么画片儿？我不稀罕！……这怎么能叫打击报复呢？你当小队长我并没有意见嘛！（挂）

〔和平提菜篮哼小曲上，走向饭厅。

圆圆　唉呀，什么事儿都得我亲自过问、亲自操心！真是忙的忙死，闲的闲死！

　　　（指一下和平）

和平　嘿！瞧您这意思，您还欠个秘书？你瞧你妈成么？

圆圆　您嘛……岁数忒大了，搞公关恐怕不大合适，当个一般秘书照料一下我的生活还是可以的……

和平　你还来劲了你！（抄起一根黄瓜欲打）

圆圆　（理直气壮）妈妈同志！请你注意——现在是工作时间，我们是同志关系！对待同志应该什么样？应该像春天般的温暖……可你现在这样能让我有春天般的感觉么？

和平　（无奈）我不对，我不对！您有什么事儿尽管吩咐，我一定照办！

圆圆　我现在要回屋整理一下星期天的考题，你给我看电话！有谁找我，问清是谁，能接待的接待一下，实在不行的话——找我！（挺胸背手向

第75集 剧组到我家

里屋下）

和平　哎哎，你就擎好儿吧！德行吧你……

〔和平欲进饭厅。门铃响。

和平　谁呀？来了来了……

〔一位女警官上，手中拿着一个铅笔盒。

和平　（吓一跳）哟……

女警　请问这是贾圆圆同学家么？

和平　您是——

女警　我是公安局的……（严肃地四下观察）

和平　我们圆圆犯什么案了？还惊动您跑一趟……（看到警官手中铅笔盒）哟！连赃物都带来啦？按说不会呀，她两天前确实闹着要买这铅笔盒，后来我们家用诗一样的语言和铁一样的事实教育她，从而彻底打消了她这念头……

女警　（热情）您啊，误会了！我是林小颖的妈妈，我的儿子跟你的女儿在一个学校。他想拍电视，让我来说说……

和平　哎哟，您瞅咱这当妈的容易吗？

女警　说的就是啊！我那儿子就为这事，跟我闹了好儿回了，在地下哭着打滚儿！闹得我……

和平　你放心，我这就……哦，这事儿不归我管。您先坐这儿，我叫她……（向里屋下，画外音）圆圆！赶紧的赶紧的……

〔女警站起。圆圆昂首挺胸上。

圆圆　什么事儿还要我亲自出面？（向里屋）你也别闲着，把桌子上那考题给我整整齐齐抄一份！（向女警，不耐烦地）坐吧坐吧，有什么事儿？请快一点……

女警　您就是贾圆圆同学吧？瞧，这长得多秀气呀！难怪我们家的小颖是天天

　　　　念叨你……

圆圆　您还是叫他不要老念叨我——我们还小！要把主要精力放在学习上——让他过几年再念叨我也不晚……

女警　对对对！那我们小颖的事儿，就请您多帮忙了？

圆圆　刚才我的秘书已经跟我打过招呼了，到时候我会出来讲话的。不过这次是公开考试，不讲私情，否则对别的孩子就不公平了……

女警　这我知道！我们家小颖就是让我来给你解释一下：去年，他往你脖子里放那个"吊死鬼儿"啊，那是他的不对……

圆圆　（不快）好了好了，过去的事，就算了吧！

女警　你瞧……哦，对了！前年他在你背后贴的那个伤湿止痛膏啊——这膏药是他贴的，可背后"我是大坏蛋"那几个字绝对不是他写的！

圆圆　算了算了！过去的事就让它一阵风过去吧……

女警　可是我们小颖心里不踏实啊……噢，对了！大前年，他往你头上泼了一桶冷水，还有大大前年——

圆圆　阿姨！您要这么一说，我可就新仇旧恨，一起涌心头了？

女警　别价呀！我主要是来让你能秉公办事……哦对了！我们小颖说你最喜欢这种能动的铅笔盒，（递上铅笔盒）他特意让我来送给你的！

圆圆　（喜欢，接过）唉呀！这个——这样就不好了嘛……

女警　你一定要收下！这也是为了你更好地工作和学习嘛。

圆圆　那我就收下啦——反正"行贿受贿"这些词儿老师还没讲过，我也不知道什么意思……

〔夜，圆圆卧室。

〔桌上、地上摆满了各式各样的高档礼物。圆圆坐在椅子上，脚跷上了桌，面有得色。小桂一旁参观。

第75集 剧组到我家

圆圆　（一样一样拿给小桂看）……这个，是外国的！这个，也是外国的！这个，还是外国的！……

小桂　你就说哪个是中国的吧？

圆圆　（四下望）……还真没有！最损也是个中外合资的。

小桂　这些都是你同学送的礼？

圆圆　也有别的学校的！消息传得很快……可惜明天就要结束报名了，要不然会有更多的孩子来找我！

小桂　这你还用发愁么？等拍完了这部片子，你可就是大明星、大导演了。

圆圆　那倒也是。小桂阿姨，你参观得差不多了，赶紧帮我收起来，别让我妈看见——我妈虽然说在文艺界混了多年，哪儿见过这阵势啊？

〔和平上。

和平　圆圆，你这功课做完没有啊？……（看到满桌满地的礼物）这都哪儿来的？说！

圆圆　……反正不是偷的。

和平　谅你也没这胆儿——说！

圆圆　（赔笑）妈，您看您喜欢哪样儿？您就随便挑！谁让您是我妈呢……

和平　哼……我喜欢什么呀我？说！哪来的？

圆圆　我现在呢，也算是文艺界的，大小呢，也是个副导演……

和平　啊呸！就算你是进了文艺界，就算你成了副导演，你怎么不学点儿好啊？小小年纪就学会请客送礼这套了？你瞅瞅你妈，挨文艺界十来多年了，这身上多少优秀品质啊！你怎么不学呀？你什么时候见过你妈收别人的礼？

圆圆　您想收也得有人给您送啊……

和平　放肆！站起来！限你一天，把这些东西给我送回去！做深刻检查！要不我饶得了你？哼……（下）

〔晚，傅家客厅。

〔全家人在座。圆圆站着念检查。

圆圆　（读）"……所以，我今天主动地把全部东西都退还给了同学们。"

和平　胡说！什么主动的？那是我教育的结果！（向志国）这是我教育的……

圆圆　是是是。（读）"是我妈妈教育了我。在妈妈的教育下，我深深地感到我的错误是严重的。我对不起老师、同学，对不起爷爷、爸爸、妈妈、二叔、小姑、昭阳叔叔、小桂阿姨……"还有么？

和平　自个儿想！

圆圆　还有……未来的二婶儿，死去的奶奶……还有么？

和平　让你自个儿想！

圆圆　还有……我对不起全中国各族人民，对不起全世界各国人民——外星人还用提么？它们好像跟这事儿没多大关系……

和平　别犯贫！昭阳啊，你说这副导演还让圆圆干么？要不再给她一次机会？

昭阳　还给她什么机会？我宣布——就地免职！

圆圆　（叫起来）昭阳叔叔！您不能把我一棍子打死吧？怎么说我现在身后还有三五十个人围着我转，可冷不丁退下来……真不敢想象……

昭阳　嘻，我跟你直说了吧，那广告根本就拍不成了——那客户他……他早跑了！（下）

【本集完】

第 76 集 冲冠一怒为红颜

编　　剧：梁　欢　赵志宇

〔日，傅家客厅。

〔全家人齐聚。电话被放到了茶几上，昭阳目光呆滞，张着双手全神贯注，随时准备接电话。傅老自里屋上。

傅老　噢？都在等小凡的电话呢？她说美国晚上九点，正是咱们中午一点。（看表）还差六分钟——早着呢！

志国　还早啊？马上就到了——昭阳这姿势都保持六个钟头了！

圆圆　从早饭到午饭都是我端着喂他的！

傅老　昭阳啊，你坐那儿歇歇去，别老跟这电话较劲——该来的总会来的嘛！

和平　得亏咱小凡不常来电话，好家伙，要不然我还真担心昭阳兄弟这身体——这要接一次电话还不得缓个十天半拉月的？

〔电话铃响。昭阳吓一跳，慌。

和平　赶紧！赶紧的……

昭阳　（接起）小……小凡？……（怒）我告诉你打错了！（挂）

和平　邪了，今儿还净是打错的，这么一会儿七八个了……

傅老　找谁的？

昭阳　爱谁谁！今儿只要不是小凡的电话，就算他打错了！

傅老　总该问问是找谁的嘛！

昭阳　没问！好像是找什么叫傅明的……

傅老　找我的？！

昭阳　哎哟，对了，您叫傅明！我都给忘了……

傅老　准是找我打门球的，我说怎么等了一上午都没有信儿呢！起来起来……

〔傅老把昭阳从电话旁边赶走，换自己坐。刚坐下，电话铃响。

傅老　（接起）喂……噢！小凡啊？我是爸爸呀！我一直在等你的电话，都等了六个小时了……

〔昭阳欲上前，傅老拦。

傅老　连吃饭都是圆圆端来喂我的！打门球，我都没有去……

昭阳　我这点儿先进事迹怎么都搁您身上了……

傅老　（向电话）你在美国挺好的？……我不会太牵挂！我知道，你虽然很少写信，但是呢，你很想家……对对对，干了一辈子革命，我是该歇歇啦……好好，有什么活儿就让他们干，自己的孩子有什么客气哒？……

志国／圆圆　爷爷您别老说那闲话……这是国际长途……好几十块一分钟呢……就是……

傅老　（向电话）他们都等急了，我就不多说了啊……替我向美国人民问声好……（欲把电话给一旁焦急的昭阳，又拿回来）哦对了！上次你来信说：你和你的那个波多黎各房东关系紧张——这样不好嘛！都是第三世界人民，总会有很多的共同语言嘛……

志国／和平　爸，一分钟好几十……您就别做报告啦……您快点儿，这国际长途……

傅老　（向电话）什么？你已经搬出来啦？现在跟谁住在一起呀？……格里夫·亨特？……爱尔兰籍警官啊……哦，你们已经交了好朋友啦……

· 398 ·

第76集 冲冠一怒为红颜

〔昭阳急，欲接过电话，傅老却把电话递给了志国。

志国 （对电话）喂，小凡……你挺好的吧？小凡……这爱尔兰警官他们家都有什么人啊？……哦，他已经结过婚了……啊？又离了……

〔昭阳上前欲接过电话，志国却把电话递给了和平。

和平 （向电话）小凡，喂……是我……啊？小凡，我告诉你呀，你跟这种人在一块儿生活一定得小心！……哦，他还挺靠得住的，是啊？……还对你特别好？（背躬）这简直是……

〔昭阳欲接过电话，和平却把电话递给了圆圆。

圆圆 （向电话）喂！小姑，我是圆圆，我特想你……他长什么样儿啊？……哦，他有一双大海一样蔚蓝的眼睛，我明白了……

〔昭阳忍无可忍，夺过电话。

昭阳 （向电话）小凡！这到底怎么回事？……什么？我是谁？你连我都不认识了？……啊？

傅老 小凡也太不像话了嘛！

圆圆 爷爷您别着急，还没弄清楚呢，万一要是……

昭阳 （向电话）……对了，小凡，这位格里夫·亨特是不是位女警官呢？我一猜就是……男警官？……哎，喂！喂喂……

〔晚，傅家饭厅。

〔全家人吃晚饭，昭阳生闷气。

和平 昭阳兄弟，你多少吃点儿——要不让小桂再给你热热？

昭阳 （有气无力）我一点儿也吃不下……

傅老 昭阳，怎么能够一点儿都不吃呢？还是为小凡的事吧？爱情嘛，哪里会一帆风顺啊？当年我追……我和小凡的妈妈自由恋爱的时候……开始也是很不顺利，不还是坚持过来了嘛？受了一点小小的挫折，连饭都不吃了，这怎么可以嘛！

昭阳　伯父，小凡她对不住我！

傅老　是啊，小凡在这件事情上做得是欠妥——一个未婚女青年，今天波多黎各，明天爱尔兰，什么样子嘛！你去美国学习，美国劳动人民的优秀品质，一点儿都有没学到，西方资产阶级那一套倒学了不少！这也怪我，平时对她教育得不严格——回头我写封信得狠狠地批评她！

昭阳　伯父，这么说您是站在我这边儿的？

傅老　也可以这样认为吧——当然喽，你们俩好不好我不管，但是她要跟那个爱尔兰人好，我就不认她啦！起码在这一点上，我跟你的观点是一致的！

　　　（下）

志国　昭阳，在这一点上我跟你的观点也是一致的！

圆圆　昭阳叔叔，我也觉得我小姑她太不够意思了……

昭阳　就是！

圆圆　虽然说这是早晚的事儿……

昭阳　哎……嗯？

圆圆　可她也应该像小凤儿一样一点儿一点儿地吹过来呀，总不能搞突然袭击嘛！

昭阳　你算了吧你！如果早晚是死，千刀万剐不如一枪以毙之！

和平　那歌儿里头是怎么唱的来着？"既然曾经爱过，又何必真正拥有？"小凡跟那个爱尔兰警官过得肯定没你好！

昭阳　不行！我这儿是"既然曾经爱过，就绝不轻易撒手"！他们俩现在过得肯定比我好。只要他们过得比我好……我就饶不了他们！（拍案而起）

和平　坏了，八成要出事了！不是凶杀就是毁容……

圆圆　（害怕）昭阳叔叔，你要把我小姑怎么样啊？

昭阳　算了！我怎么对你小姑下得去手啊……我也知道，她是年轻幼稚一时糊

涂，我也不跟她计较，而且……我也犯不着为这事不吃饭啊！（大口吃饭）

志国　这就对了。大丈夫能屈能伸，提起千斤，放下四两！

和平　生活嘛，就得好了伤疤忘了疼！（与志国下）

圆圆　人生嘛，旧的不去新的不来！

昭阳　我要吃得饱饱的，睡得好好的，打一场大胜仗！

圆圆　你要干什么呀？

昭阳　我宣布，从即日起，中华人民共和国北京市公民孟昭阳，与美利坚合众国爱尔兰籍警官格里夫·亨特——进入战争状态！

〔日，傅家客厅。

〔圆圆举着本书，昭阳在旁练拳。

昭阳　……圆圆，这"金蛇缠腰"以后是什么？

圆圆　左手勾腰，右手掐脖子！

昭阳　对！（比划）我左手勾住亨特的腰，右手掐住亨特的脖子，我脚底下再一使绊儿！什么"亨特"——我把他那"特"字儿给去了，我让他光剩下"哼哼"了！这再下边儿该是什么来着？

圆圆　再下边该……"猛虎扑食"！

昭阳　对，"猛虎扑食"！（比划）我一个虎跃，我扑食！我一口咬下亨特的鼻子——我让他连哼哼都哼哼不出来！再下边是什么来着……

〔志国、和平打球回家，上。

和平　……你怎么打得那么臭啊？

志国　你老顺风儿！

和平　嘿！我还老顺风儿啊我？

志国　那可不？一戗风你就跟我换……

和平　得了吧你……（见手脚乱比划的昭阳）哟！

志国　瞧瞧，我说什么来着，作下病了吧？

和平　兄弟，咱不玩儿这个了！咱玩点儿别的成不成？

昭阳　躲开！留神溅身血！

和平　我能打听打听么？您这是跟谁呀？

昭阳　还能有谁呀？亨特！我准备在北京发动一场"中美孟亨大战"！

和平　亨特要来北京啦？

志国　唉呀，他一病人，你就别逗他了……

昭阳　谁是病人呀？！我这挑战书都寄到美国去了！

圆圆　我证明——还是特快专递呢！

志国　哦，就你那两笔字儿啊？中国人都看不懂，更甭提美国人了。

昭阳　没关系的！我们打入敌人内部的贾小凡同志可以代为翻译。

圆圆　昭阳叔叔，您不觉得我小姑有可能叛变投敌么？

志国　哎，这样你那什么挑战书就如同石沉大海啦，那亨特根本不知道。（向里屋下）

和平　就算他知道，遥远的东方有一条巨龙打算跟他叫板，他大老远的也不会跑来送死啊？

圆圆　我想我那亨特姑父肯定知道怎样躲避犯罪分子对他的伤害！别忘了我那亨特姑父他可是一警官！（憧憬）我想他一定特别棒，而且特别帅……

昭阳　你怎么长敌人志气灭自己威风啊？你还一口一"亨特姑父"，你要叛变投敌呀？我告诉你贾圆圆，战争期间叛变投敌者——斩！

圆圆　哎哟，别呀别呀，我这是向着您，我怕他不来……

昭阳　如此说来，我得改变作战计划——那好！我宣布："中美孟亨大战"时间不变，地点改在美国本土进行！

和平　哎……你要到美国跟人打架去呀？

昭阳　我为正义赴美国！你们就等着我胜利的消息吧！（猛拍门框，下）

第76集 冲冠一怒为红颜

〔日，傅家饭厅。

〔昭阳边看书边啃面包。桌上摆着各种书籍和食品。圆圆上。

圆圆　嗯？这吃的是哪顿啊？午饭还是晚饭呀？

昭阳　加餐。这脑力劳动更需要补充营养。

圆圆　脑力劳动？您那不是练武吗？

昭阳　这个是我刚从胡伯伯那儿借来的有关美国法律的书籍——看来不懂法还是不行啊……

圆圆　哦，准备到法院告亨特去？

昭阳　我告他干嘛呀？我正等着他来告我呢！我正在研究美国法律，看看杀死一个爱尔兰籍警官得判多少年……

圆圆　研究出来了么？

昭阳　我正在研究"过失伤人"部分。

圆圆　过失伤人？您那应该属于"故意伤人"！

昭阳　嘘……（起身关门）别给我瞎嚷嚷啊！我不说谁知道我是故意的呀？我给他制造一个过失伤人的假象！你看啊：（拿起书）这美国法律——（读）"过失伤人，视其情节严重程度，分别处以五天监禁直至二十年徒刑。"

圆圆　那您准备把我亨特姑父伤成什么样儿啊？

昭阳　你怎么又来了？！你别老"姑父姑父"的啊——我才是你姑父呢！

圆圆　对对对！我坚决跟您站在一头儿——您准备把亨特那家伙怎么着？

昭阳　我想，如果我只是擦破他一点儿皮，并且及时把他送到医院，然后我再到美国法院走走后门儿，估计用不了三五天我就出来了……

圆圆　那还不如不去呢！大老远的就为擦伤他一点儿皮儿？

昭阳　那你那意思呢？你让我在里头待二十年？

圆圆　不是，我倒不是那意思！我想呢，给您一次机会，就应该还亨特一个奇

· 403 ·

迹！（比划）您怎么着也得再照他背上"嘿！嘿！"拍两下——还得用内功。让他当时感觉不出来，过后瘫在床上起不来！

昭阳　看不出你小小年纪，如此心黑手毒……也好，将来我被捕了，一定把你招出来——我就说是你教我干的！

圆圆　行啊！那就让他们逮我来吧——反正我这年龄不够判刑的。

昭阳　这书上可说了：美国法律可特别重视少年犯。

圆圆　那就让他们抓我吧——我还正愁去不了那儿呢！

昭阳　那好，那咱们就美国监狱里见吧！

圆圆　监狱里见！（与昭阳握手）

〔小桂自厨房端菜上。

小桂　来了来了，猪排来了！

圆圆　哎……我先尝尝……

小桂　别动！这是专门给前线的战士准备的——

〔盘子递到昭阳面前，昭阳狼吞虎咽地吃起来。

圆圆　我是前线战士的后台，我们是一家人……（抢过一块，跑下）

小桂　味道咋样啊？

昭阳　还可以。重要的是坚持——每天照原样来一份！食草动物为什么打不过那食肉动物啊？关键是这吃的东西盯不住，所以我们在这方面绝不能输给敌人！你吃得好啊？我吃得比你还好！

小桂　可这几个月的伙食费咋办呢？

昭阳　这些小事儿你就自个儿想办法吧！

小桂　中！那你在前方打鬼子，俺在后方炸猪排！俺宁可让全家人天天吃糠咽菜，也把猪排钱给你省出来！

昭阳　很好！不过也不要老是炸猪排，可以经常换换花样儿嘛！像什么奶汁烤鱼、罐焖牛肉、软炸大虾什么的……

· 404 ·

第76集　冲冠一怒为红颜

小桂　昭阳哥，干脆俺替你去打亨特，你替俺做饭中不？

昭阳　那怎么行啊？不要一碰到困难就往后退！

小桂　可打亨特也不是件轻活儿啊！

昭阳　所以呀，危险——我上！

小桂　俺的娘啊！那俺得熬到啥时候才到个头儿啊？（向厨房下）

昭阳　快了！总攻的时候就要到了……

〔晚，傅家客厅。

〔全家人看电视。

傅老　好几天没看见昭阳了，也不知道他现在是死是活……

志国　挺好，身体倒是好好的，就是精神不大正常，老嚷嚷要去美国！

圆圆　他昨儿还跑我们学校门口，卖什么旧书旧玩具，说是为"正义战争"募捐。

和平　还说要把他那音响给咱家，说就收一半儿价钱……

志国　一半儿也不要！

〔门铃响，小桂开门。

傅老　小凡也是的，你倒写封信来呀！

〔昭阳全身迷彩服，背着大迷彩包上，一副大义凛然的样子。

昭阳　父老乡亲们，祝福我吧！我就要迎着茫茫夜色踏上漫漫征途，奔赴为爱情而战的沙场啦！

和平　兄弟！兄弟……你不是要走着去美国吧？

昭阳　为什么不呢？为什么不呢！当然，我觉得在必要的时候，我也会考虑坐船，我觉得坐船更有情调。风萧萧兮易水寒，壮士一去兮不复还……（情绪激动，掩面抽泣）

志国　完了完了，这人彻底疯了！

圆圆　真够浪漫的——周游世界！

傅老　不行，你们赶紧看住他！我马上给精神病院打电话！（走向电话。电话铃响，接）喂，我有急事啊，你先把电话挂上，过一刻钟你再打来……啊？美国……小凡啊？……啊对对……他已经接到昭阳的挑战书啦？……什么？格里夫·亨特现在八十三岁啦？那你就更不应该……他长年瘫痪在床上？……你们是忘年之交啊？好好好……什么？……他要找昭阳讲话……

〔昭阳乍闻喜讯，激动倒地。志国等忙作一团。

傅老　（向电话）他太高兴了！他已经——
和平　晕菜了……
傅老　晕！菜！了！

【本集完】

第77集　妈妈只生我一个（上）

编　　剧：梁　欢　梁　左

〔日，傅家饭厅。

〔和平裹毛巾被上，志国跟上。

志国　和平，你真有……那感觉？

和平　（有气无力地）反正老恶心，老想吃酸的！这不，刚才又顺了两瓶圆圆的果茶……（从怀里掏出两瓶果茶）

志国　（惊，低声）你还真……有啦？

和平　我骗你这干什么呀？孩子都这么大了，我还拿这事儿讹你啊？

志国　哟！那我今天赶紧上妇产医院找熟人去……

和平　没听说过你挨那儿还有熟人啊，你是不是常瞒着我带别人去呀？

志国　谁常带人去呀？我就是带我们单位的小赵、小钱她们去过几回，小孙、小李我根本没带着她们去过……

和平　你带她们去啊！你都带她们去啊！你干脆把你们单位改妇产医院得了！

志国　你看你，我在单位大小也是个领导，这计划生育是基本国策，领导得亲自……那什么，那以后我不抓了还不行么？

和平　谁不让你抓啊？让你亲自抓也并不是说你就得亲自……是不是啊？

志国　行行行,我以后不带她们去了,我光带你一人儿去还不行吗?

和平　这还差不多……啊?光带我一人儿去?你还是让我多活两年吧你!

〔傅老上。

傅老　什么问题这么严重?又遇到什么困难啦?真遇到困难还得我们老同志出面——要不我去试一试?

志国　啊?您试试?您能试得出来吗……

和平　爸,志国说要去找个熟人儿,带我上医院检查检查去!

傅老　现在这个年轻人啊,动不动就怀疑自己这病那病的,哪像我们当年,发烧四十度,照样迎着枪林弹雨……什么都不怕!

和平　我要是烧糊涂了我也什么都不怕!

傅老　嗯?

和平　不是不是,我说我得跟您学,什么都不怕!

傅老　这就对啦!对待疾病历来有两种态度嘛……当然喽,志国在医院里有熟人也不是什么坏事,也不要白白浪费掉这个关系!我看……干脆就让志国陪我去检查检查!

志国　爸,人家那医院根本不治您的病……

傅老　这就怪了,救死扶伤嘛,医院治病还挑三拣四的?再说我不过也就是去检查检查,兴许什么问题都没有……

志国　您放心,您不检查也没什么问题!

傅老　也不能盲目乐观!跟和平一样,我最近胃口也不大好,经常犯点儿恶心……

志国　啊,您?您根本就不是那么回事儿!

傅老　那你说是怎么回事?我就老觉得肚子里面不对劲儿,好像里面总是乱动。(对着自己肚子一通指)这儿、这儿……还有这儿……

志国　那您真跟和平一样?……那可就邪了门儿了!

· 408 ·

第77集 妈妈只生我一个（上）

傅老 （看见和平身边的果茶）和平啊，你怎么又偷喝圆圆的果茶啊？我跟你说过好几次了，喝可以，可以自己去买嘛！还一拿就是两瓶，也不说——给我留一瓶儿！（抢过一瓶，喝）

志国 您真跟她一样啊？这不是见了鬼了吗？……

〔日，傅家客厅。

〔和平独自织毛衣，昭阳上。

昭阳 哟，嫂子，圆圆回来了吗？

和平 没有呢。

昭阳 我跟她约好啦……

和平 嗯？你约她？她这岁数可受法律保护。

昭阳 您瞧您净开玩笑，我约她有急事儿！我表姐下月要生孩子了……

和平 哦，让她看孩子去？她连自个儿还都看不好呢……哎，这样得了，跟你表姐说说，问问她愿意不愿意多掏点儿钱，我帮她看去得了。女同志到了我们这岁数就喜欢孩子，吃多大苦，受多大累——倒贴钱都乐意！

昭阳 对，我表姐也这么说……嫂子您看，我表姐要生孩子，我总该有点儿表示吧？

和平 那是。

昭阳 可是我最近手头有点儿紧……我看圆圆那屋有个小床儿，她这辈子肯定是用不着啦，搁着也挺碍事儿的，您看是不是——

和平 不怕贼偷就怕贼惦记！不就一小床儿吗，拿走。

昭阳 哎！（欲起身进里屋）

和平 慢着！你表姐的孩子不是都上初中了吗？怎么还生啊？

昭阳 忘了跟您介绍了：我表姐夫是鄂伦春族，他们少数民族可以生俩！嫂子，我可就不等圆圆啦，我先把小床搬走了啊……

和平　你等会儿！谁说那小床儿我们不用啦？万一我们家也添一个孩子呢？

昭阳　您是说……我跟小凡？我们怎么着也得再等个一年两年的啊。上级不是号召晚婚晚育嘛！

和平　你呀，你等一辈子也不准能等得上！没说你，说我自个儿呢……

昭阳　您自个儿？别价啊嫂子，您要舍不得那小床儿您就直说，我不要了还不成吗？您可别吓唬我。

和平　吓唬你干什么呀？又没你的责任。

昭阳　那当然！我分析啊：这十有八九是我大哥的责任！

和平　嗯，你分析得还真对……废话！什么叫十有八九啊？百分之百是他的责任！我告诉你吧，我这辈子嫁给他算倒了霉了。

昭阳　那您嫁谁算不倒霉呀？

和平　你瞅你表姐，人家一嫁嫁一个鄂伦春族——十多年前的事儿了吧？你瞧人家，多有超前意识，多有战略眼光！人家到现在一生能生俩！

昭阳　那是，人家少数民族受照顾。

和平　他少数民族，我们也少数民族啊。我妈她们娘家——满族！要不我能姓和吗？我随我妈姓和嘛——你们汉族有姓和的么？

昭阳　要说姓"共和国"这"和"字儿的还真没听说过。

和平　那可不！可惜啊，我是姓了我妈的姓儿，民族随了我爸了，后来又嫁给你们汉族……我告诉你，我这步棋走错大发了我！

昭阳　嫂子，您怎么越说越远啦？这不是民族大团结嘛！再说，老爷子以前没跟您念叨过？他们家也是满族。

和平　嗯？没有啊。他就老说他们是革命大家庭，跟我们封建贵族势不两立——怎么着啊？也是满族？

昭阳　我听小凡跟我念叨过那么一两句——也没准儿她蒙我呢！

和平　昭阳，你说你嫂子我也是奔四张儿的人了，身边就一个圆圆。三岁看老，

・410・

第77集　妈妈只生我一个（上）

你说她现在跟谁最亲？

昭阳　那除了您就属我了吧？

和平　你？美死你！"四大天王"是她活祖宗！你说我好歹也算个名演员了吧？你要问她"你妈是唱什么的"，她愣告诉说她"不好意思"！你说这将来再带回来个着三不着两的男朋友，这孩子，整个儿一个白养！

昭阳　您也不能那么绝对吧？万一将来她要找个像我这么优秀的呢？

和平　像你？那还不如白养呢！今儿我是下了决心了……

昭阳　您下决心好办，您就愣生一个，还怕养不活吗？就咱家这条件，别说养活一孩子了，就是养活一大象也有富余啊……

〔日，傅家饭厅。

〔和平择菜，傅老手拿发言稿上。

傅老　小桂！小桂呀……

和平　小桂出去买菜去了。您什么事儿啊？

傅老　也没什么事儿，就是让你们快一点儿做饭，吃完饭我还要出去开一个会。

和平　唉呀，您赶紧坐这儿歇着吧！都开一天会了，怎么还开呀？

傅老　这不，街道上成立了一个计划生育领导小组，非得让我去当副组长！我说我干不了——能力低、水平差，又多年没有从事这方面……又缺少这方面的工作经验！可他们非……也是群众对我的支持嘛。

和平　您就甭谦虚啦！都让您干点儿什么啊？

傅老　还是抓思想宣传工作。这不，一会儿就先给咱们这片儿的育龄妇女做个动员报告……

和平　哦，动员她们多生快生！

傅老　对啦……不对，动员她们少生优生！

·411·

和平　哦哦，这学习的机会多好啊，回头我也报名参加……

傅老　这个育龄妇女……你恐怕已经超龄了吧？

和平　瞧您说的！我怎么……我有那么老吗？我告诉您，我现在已经……

傅老　啊？

和平　……我已经超龄了！组织上就甭为我操心了。

傅老　你要是实在想受教育的话，我可以先跟陈大妈打个招呼，就算列席旁听，下不为例！

和平　哎爸，您先给我讲讲得啦！省得我晚上跑一趟了……您先给我讲讲：您当年是如何冲破封建家庭，毅然投身革命的？

傅老　我当年……这和计划生育挨得上吗？

和平　怎么挨不上啊？抓什么不得先从思想工作抓起呀？当年咱爷爷也算是大地主了吧？咱爷爷有多少亩地，多少间房啊？逼死过多少长工，强占过多少民女？是不是半夜也得上鸡窝那儿"喔喔喔——"学鸡叫去呀？

傅老　那倒不是。你们的爷爷他也是个读书人……

和平　哦，知识分子——那成分不错呀，那就不能算封建家庭了吧？

傅老　不能算吧？咱们家不过就是跟当时的皇后婉容沾那么一点儿亲戚……

和平　（兴奋）哎哟，我的亲爹呀！我等的就是您这……那咱家得算满族了吧？

傅老　志国的奶奶好像是。可是我们这边儿都是汉族……反正是民族大团结嘛！

和平　爸！爸……您听啊：我也是满族！为了进一步发扬民族大团结的精神，咱是不是把志国那个户口也改回满族来呀？这样对我、对圆圆、对将来圆圆的后代都有好处，我们都永远记住这难忘的一页！

傅老　我看形式主义那一套就不必搞了吧？而且容易引起人家误会嘛！有的少数人，（指手中的发言稿）你看，就是为了捞取好处——像分房啊、子

第77集 妈妈只生我一个（上）

女考大学加分儿啊，甚至于为了多要一个孩子——硬要冒充少数民族，这也是我们今天的报告里要重点批判的内容！

和平　咱人民政府不会让这一小撮人阴谋得逞吧？

傅老　那当然啦！你不是改成少数民族吗？你改成哪个民族，你就到哪个民族的聚居地去生孩子——户口也迁过去，看你还生不生！

和平　今儿我还就豁出去了！

傅老　啊？

和平　爸，北京有满族聚居地么？

傅老　我听说在远郊区有两个满族自治乡……

和平　也不知道咱家挨那儿适应不适应……这俩哪个比较好点儿？

傅老　改革开放以来都是一片大好吧……你问这个干什么？

〔和平溜下。

〔夜，志国和平卧室。

〔和平躺在床上，志国准备睡觉。

和平　……我就不管它了，我就愣生了！我看他们能把我怎么着吧？

志国　和平，这可不像你说的话，听着倒像愚昧落后的"超生游击队"。

和平　我就当"超生游击队"了，怎么着吧？我听爸说了：北京有满族聚居区——我到那儿生去！

志国　你冷静点儿好不好？甭管怎么说咱也算国家干部……

和平　国家干部的觉悟就一准儿比农村妇女强？我还就生了！

志国　没不许你生啊，咱不都有圆圆了吗？

和平　（温柔地）国，坐这儿。（拉志国坐在床上）你说实话，你喜欢不喜欢要个儿子？（依偎在志国身旁）

志国　要说实话吧……我还真喜欢。

413

和平　德行！

志国　儿子女儿我都喜欢。（猛地起身，躲开和平）这不国家号召"只生一个好"嘛？

和平　那是对你们！对我们少数民族政策放宽！

志国　你甭张嘴闭嘴"少数民族的"啊。你算什么少数民族啊？甭说你是假冒伪劣的，就是真的——销户口、上户口，找工作、换单位，转学、换房、搬家、迁移……没个十年八年你干得下来么？等全办完了，你少说也得六十八了，让你生，你生得了吗？

和平　那我再想别的辙，反正我得生！

志国　你看，我大小是个领导，这违反基本国策的事你让我……

和平　行行行！不拖累你，成了吧？你是领导，我是群众吧？政策是死的，人是活的吧？今儿我还非生不可了！（灵机一动）哎？坐这儿，我告诉你啊，生这孩子咱得分四步走……

志国　我的天！咱国家实现小康分两步走就到了，到你这儿生个孩子分四步？

和平　分四步都不准能到！第一步，咱俩先离婚！

志国　（惊）离婚？……你想干什么呀你？

和平　假离婚！咱俩离婚，孩子归你；第二步，我找个别人结婚，然后我把那孩子生下来；第三步，我再跟这人离婚，孩子归我；第四步，咱俩人复婚——咱俩两个孩子啦！

志国　亏你想得出来！你这不是明目张胆欺骗组织吗？

和平　这是为了革命后代——你干不干？

志国　这结婚……能结了离离了结的么？

和平　这年头，要有比结婚离婚更容易的事儿——我还真没听说过！

志国　是啊，我前脚跟你离婚，你后脚找一个比我年轻的……

和平　你瞧瞧，这不是假的吗？你别往心里去呀！

第77集 妈妈只生我一个（上）

志国　我能不往心……你有初步人选了吧？

和平　这事儿还真不能找外人——你觉得孟昭阳怎么样啊？我瞅着这小伙子是怪不错的……

志国　（怒）好啊你！我早觉出来你看他怪不错的了！我早就看出你们眉来眼去的了！现在居然公开提出来了！（开门）走！咱去法院！什么假离婚？要离就真离！

和平　（委屈）干什么啊你？瞧你急的，这不都为了孩子吗？

志国　孩子？（激动）你说实话！这孩子到底谁的？！

〔和平委屈，蒙被大哭。

〔日，傅家客厅。

〔和平与昭阳对坐。

昭阳　……嫂子，您别绕来绕去的了，您想让我帮您干什么您就直说！

和平　（欲言又止）我还真有点儿不好意思说……

昭阳　这有什么呀？不就为咱大侄子的事儿么？您说吧！

和平　那……我可就说了？

昭阳　您说。

和平　我想跟你大哥离婚……

昭阳　（惊，起身检查四周无人）嫂子，这事儿您一定可得慎重！虽然说我大哥这人有很多缺点，可是我从小凡这角度出发，怎么也得站在他那边儿劝您两句……

和平　你别着急呀！我这刚第一步。第二步：咱俩结婚……

昭阳　（吓得一屁股坐到地上）我说嫂子！这，这事儿不行！您的情意我领了……

和平　情意？我跟你有什么情意呀？

昭阳　我早就知道您喜欢我……

和平　我喜欢你什么呀？

昭阳　您喜欢我什么我就不知道了……我呢，对您也不能说完全没有那方面的意思，有时候我也想过……

和平　你对我有哪方面儿的意思呀？啊？你想过我什么呀你？！

昭阳　我，我没想什么……我没什么意思啊！您非说要跟我结婚，我这不是跟您……客气呢嘛！

和平　我说的是跟你假结婚！

昭阳　假结婚？甭管真的假的，让我大哥知道了也得跟我动刀子。

和平　昨儿我劝了他一宿。他说了：他不管这事儿！

昭阳　他不管我也不管……这不是活要我命么！

和平　怎么说话呢这是？甭说假结婚，就是真结婚我哪点儿配不上你啊？怎么就要你的命啦？我还没挑你呢，你倒先挑我了？！

昭阳　不……我不是那意思！我是说，这要传出去……这以后您可让我怎么做人啊？

和平　怎么不能做人啊？婚姻自主！我都不怕，你怕什么呀？

昭阳　你一老娘们儿当然不怕了……我的意思是说：您也是徐娘半老风韵犹存的主儿，结了婚咱就得住一块儿，您想我这人……我意志薄弱，又禁不住考验，万一弄假成了真……我不是为我，我也对不住我大哥不是吗？嫂子，要不您干脆另考虑别人得了——我们邻居有一小伙子挺不错的，我给您介绍介绍？

和平　免啦！我还就瞅上你了。我告诉你，结了婚也是你住你的家，我住我的家——还想跟我住一块儿？美死你！

昭阳　我没想跟您住一块儿啊！嫂子，您饶了我吧。我给您作揖！（作揖）我给您鞠躬！（鞠躬）我给您磕头？……

第77集 妈妈只生我一个(上)

和平　你不帮忙是不是？成，以后你什么也甭求我！我告诉你，小凡是我一手带大的，我说什么她听什么——你自个儿考虑吧！

昭阳　别！别价啊，嫂子！（急得没办法）哎哟，这可让我怎么办啊……为了爱情，我就被迫向您求婚啦！（单腿跪地，向和平求婚）

【上集完】

第78集 妈妈只生我一个（下）

编　　剧：梁　欢　梁　左
客座明星：金　昭　唐纪琛

〔日，傅家客厅。

〔和平接电话。

和平　（向电话）……贾志国没挨家！我是他爱人……哦，您是他们单位工会主席？（谦恭）噢，主席，您好……不不，您甭来了！这两天家里没断了来人，他们把您要说的话都已经跟我转达啦……好好好，我一定考虑……好，您放心吧……哎，再见！（挂电话，自语）一说要离婚，怎么来这么些人啊？比结婚来得还多！

〔门铃响。和平去开门。

和平　哎哎，来啦！……（画外音）谁呀？哟……

陈大妈　（画外音）和平！

和平　（画外音）陈大妈！……啊？

〔陈大妈焦急关切地强行搀扶和平坐在沙发上。

陈大妈　和平……你还挺得住吗？别怕啊，有大妈给你做主呢！我早就看出来了：贾志国这小子不是个好东西呀！他想在我的地面儿上当陈世美啊？

没门儿！我告诉你：我们居委会的几个老姐们儿已经决定，为了你这事儿成立个"临时妇联"——排好了队，不分白天黑夜挨个儿找他谈话，直到他低头认罪……

和平　大妈，我求求您——您别价行吗？

陈大妈　你怎么着？你还怕他打击报复啊？有你大妈我看他敢？

和平　大妈……这事儿是我提出来的。

陈大妈　啊？！（态度立转）和平同志啊，这可就是你的不对啦——孩子都那么大了嘛……

和平　我不好——我不离了不成么？

陈大妈　不离？这就对喽！一日夫妻百日恩嘛，凑凑合合地怎么都是一辈子……

和平　（起身）大妈，我就不送你了，回见！

陈大妈　好的好的，甭送……（欲下）哎！我没说我要走啊？也是，你们不离了我还在这儿干嘛呀？我走吧！走了走了……

和平　我送送您——楼梯忒黑了！赶明儿咱们这里装个灯……回见啊！

〔和平送陈大妈下。回身进屋，门铃又响。

和平　嘿！又回来了……来啦！

〔和平开门。昭阳上。

和平　（焦急）昭阳啊，这事儿闹大了都……

昭阳　我早就跟你说过了：这离婚是好玩儿的么？你不闹个天翻地覆就想离婚？天真！

和平　别的倒没什么，这一天到晚往家来老太太我可受不了……

昭阳　这你就受不了啦？幸亏老爷子这两天在外头开会不知道这事儿，要让他知道了，得天天给你做思想工作，只怕你连寻死的心都有喽……

和平　怎么办啊？

昭阳　赶快打住。咱不就要一个孩子么？干嘛非用这招儿啊？再想想别的招儿。

和平　什么招儿啊？你有什么招儿啊？

昭阳　只要咱不提那离婚结婚的事儿，什么招儿都成！

和平　我反正是没招儿——一对夫妇只生一个好，我们已经有圆圆了……

〔圆圆放学暗上。

昭阳　对呀，那要是没有了圆圆……

〔圆圆一惊，赶紧躲起来偷听。

和平　嗯？

昭阳　那不是就……（对和平耳语）

和平　啊？你是说……（对昭阳耳语）

昭阳　不是！……

〔昭阳一边对和平耳语，一边做出各种"快刀斩乱麻"的动作，圆圆看得心惊肉跳。

和平　（喜）……那不就等于没有她了吗？

昭阳　对呀！

和平　哎哟喂！昭阳兄弟，咱到里屋说去……

〔和平推昭阳进饭厅。圆圆走进客厅。

圆圆　啊？他们要除掉我？！

〔夜，圆圆卧室。

〔小桂已经入睡。圆圆独坐台灯下读"遗嘱"。

圆圆　（读）"爸爸，妈妈，女儿一点儿都不怪你们，真的。你们想要一个儿子，难道我就不想要一个弟弟吗？我要有个像林志颖那么帅的弟弟，这辈子就算没白活。可惜，我是见不到他了……"（提笔修改）"万一他要平庸，那也不要紧，那就更能衬托出我的伟大——因为为了他，我已经做出了最大的自我牺牲。只是不知道你们打算怎么处置我。要掐死我，我可坚

420

第78集 妈妈只生我一个(下)

决不同意——太憋得慌了！要淹死我——我可会游泳。要不，让我吃安眠药或者"敌杀死"……管它呢！具体措施你们研究吧，我都快死的人了，别让我操那么多心！你们准备什么时候动手？我还能活多长时间？"（抽泣）"我马上就满十二岁了，虽说在这花季般的年龄告别人生不是一件愉快的事情，可为了爸爸、妈妈和未来的弟弟，我也只好……含笑九泉了！能不能让二叔、小姑他们都回来一下？我想他们，临死以前让我再最后见见他们。多么美好的生活，结束了！多么壮丽的人生，永别了！中华人民共和国万岁！世界人民大团结万岁！"（扑在床上大哭）

〔睡在上铺的小桂惊醒。

〔日，傅家客厅。
〔圆圆伏和平身上哭，昭阳在一旁劝慰。

圆圆　呜呜呜呜……

昭阳　不是这意思，圆圆——

圆圆　呜呜呜呜……

昭阳　这不是没影儿的事儿么！

圆圆　呜呜呜呜……

和平　你踏踏实实活着——

圆圆　呜呜呜呜……

和平　谁要杀你，妈跟他急！

圆圆　呜呜呜呜……

和平　昭阳！你劝劝她成不成？你别让我这儿干着急成不成？（哭）呜呜呜呜……

圆圆　呜呜呜呜……

〔母女二人哭成一团。

· 421 ·

昭阳　你们别哭了……（大喝一声）别哭啦！

〔和平、圆圆止住哭声。

昭阳　圆圆，昨天我跟你妈商量，我们听说如果第一个孩子要是有残疾，就可以生第二个，所以我们想……

圆圆　我明白了！不让我死……（起身欢呼）生活真美好！（坦然大方地）说吧：你们要我胳膊呀还是要我腿儿啊？拿走！

昭阳　你怎么净往歪处想啊？我是想到医院找个熟人儿，给你开一个残疾儿童的证明——当然那是假的了……

圆圆　是真的。我本来就有残疾！

和平　啊？

圆圆　上次我们学校体检——医生说我有沙眼！

昭阳　嘻！那不管事儿！必须得特严重，像什么生活不能自理、丧失劳动能力……你先给我们装个半身不遂看看？

圆圆　半身不遂？怎么装啊？

和平　你将来还想搞文艺呢？一点儿都不观察生活！前楼那个中风的杨爷爷怎么走路啊？学一个。

圆圆　（笨拙地学）咳！咳……

和平　让你学他走路，谁让你学他咳嗽了？

昭阳　你这是半身不遂吗？你看我的，我给你学一遍！

和平　学学昭阳叔叔——

〔昭阳四肢并用，夸张地模仿。

昭阳　我学得也不大对……圆圆，过来，照着我这先练！

和平　照这先学着，好好学……

〔圆圆照着昭阳的动作模仿，和平在一旁不断指点。

和平　对，走……头再歪点儿……对，那手哆嗦着……

第78集　妈妈只生我一个（下）

圆圆　这可真是个危险的游戏，弄不好我找不回来啦！

和平　胡说……转回去！接着走……嘴再歪点儿……有点儿意思……好，屁股还可以……嘴往那边儿够……

〔圆圆被折磨得难以忍受。

圆圆　我不练啦！你们还是杀了我算了！

〔日，圆圆卧室。

〔和平上。

和平　圆圆！贾圆圆……嘿，这孩子！不好好挨家练半身不遂，又溜哪儿去啦？

〔志国跟上。

志国　和平，我告诉你：你趁早打消这念头！明天老老实实跟我上医院，比什么都强！

和平　我告诉你啊：贾志国，这孩子我要定了！

志国　和平啊，咱们国家目前的人口形势非常严峻，弄不好直接影响实现小康的战略目标……

和平　又不多咱家这一个。

志国　要人人都像你这么……真是宁跟明白人吵架，不跟糊涂人说话！（欲下）

和平　你站住！（凑上前，温柔地）国……

志国　你少跟我套近乎！

和平　我跟你套什么近乎啊？说好了你不管这事儿……

志国　我是说离婚那事儿我不管——法院要判离你就离！我就不信你能骗得过我，还骗得了咱们人民政府！可谁知道你今天……你是一计不成又生二计，狗急跳墙你变本加厉！居然让圆圆冒充残疾人——这我能不管吗？

和平　我这也是瞒上不瞒下的事儿……

志国　你谁也瞒不了！街坊、邻居、单位、学校……谁不知道咱圆圆是一个活蹦乱跳的孩子啊？怎么好好的就半身不遂啦？

和平　天有不测风云！理由咱可以自个儿编嘛……

〔敲门声响。

志国　进来！

〔昭阳推门上。

和平　进来！这孩子你跑哪儿去了你……（见是昭阳）哟，昭阳啊？

昭阳　嫂子！

志国　昭阳，你来得正好！我可得批评你：这都是你跟你嫂子搞的鬼！

和平　管得着吗你？

昭阳　大哥，我这不也是没法子嘛！

和平　甭理他。

昭阳　嫂子，置下来了！（将一张纸条递给和平）

和平　哎哟喂……（读）"贾圆圆，女，年龄十二岁。因车祸造成严重脑震荡……"（高兴）嘿！（读）"严重影响思维，日后生活将不能自理。特此证明。"

志国　（惊）姓孟的！你把我们圆圆怎么着了你？

昭阳　没怎么啊！她挺好的，就是半身不遂装得实在是不像，我看倒像是脑震荡后遗症，所以我就找了个人给开了张脑震荡的证明……

和平　那她现在练得怎么样啦？

昭阳　初步过关！（向门外）圆圆，进来！

和平　进来！

〔圆圆一瘸一拐地上，一副口眼歪斜、智力低下的样子。

志国　（大惊）圆圆？！几天不见你怎么让他们给折磨成这样了？圆圆，你这……

昭阳　（得意地）圆圆？（指和平）她是你妈妈吗？

和平　是吗？

〔圆圆脑袋乱摇。

第78集 妈妈只生我一个（下）

和平　不是？……是？……嘻，是不是啊？

昭阳　（伸出两根手指）这是几啊？

圆圆　……八。

和平　这孩子……平时让她学点儿好难着呢，学这不三不四的还真快！行，明儿就跟妈上单位去，到主管计划生育的李阿姨那儿，去见见她……

志国　圆圆，装神闹鬼地干什么你？！收起这一套吧！

〔圆圆想恢复表情，但发现自己嘴还是一直歪，用手反复往回扳。

和平　怎么啦？怎么啦……啊？

圆圆　爸，对不起，我一下儿还真有点儿找不回来……

〔圆圆不由自主地又口眼歪斜。众人大惊。

众人　哎哎？……怎么回不来啦……

〔日，傅家客厅。

〔傅老、志国对坐。

傅老　……岂有此理！我在外面开计划生育工作会议，你们倒把"超生游击队"给搞到家里头来了！说，谁的主谋？谁的胁从？

志国　我揭发！主谋是和平——还有昭阳和圆圆一块儿干。我一直和他们坚持面对面的斗争。

傅老　为什么不早向我汇报呢？

志国　我不是看您这两天开会挺忙的么……

傅老　再忙能够忙过这件事情吗？我在外面开会，也是为了计划生育嘛！

志国　再说我也怕您听了生气呀！我开始觉得他们弄不起来，后来谁知他们越弄越当真了。我一看情况比较严重，这不就赶紧向您反映啦？

傅老　说说，他们的具体计划是什么？

志国　开始是想冒充少数民族……

傅老　怪不得和平这几天总是跟我打听呢！

志国　后来又想用假离婚的方法……

傅老　这简直是骇人听闻嘛！

志国　还说，实在不行就干脆躲到农村愣生下来！

傅老　这简直……还有没有王法了？！

志国　现在又想让圆圆……（模仿口眼歪斜的圆圆）

傅老　不要再说下去了！我现在就上街道还有和平她们单位去反映情况……

志国　哎爸，爸……我看咱这家丑就别外扬了。咱们是不是给他们……内部处理？

傅老　不行！这还能算家丑吗？国家提倡一对夫妇生一个，这是我们的基本国策，人人都知道嘛——亏你还是国家干部！要不是看你刚才主动揭发问题，我本应该也上你们单位去反映反映……

志国　别别，您可千万别……我先上班吧我！（下）

傅老　不像话！十分不像话，非常不像话！

〔门铃响。小桂自里屋跑上，开门。

小桂　来啦来啦！

李阿姨　（画外音）和平家住这儿吗？

小桂　（画外音）对。

李阿姨　（画外音）好……

〔李阿姨上。

傅老　您是？

李阿姨　我姓李，我是和平他们单位计划生育办公室的。

傅老　哦……你好你好。（握手）

李阿姨　您老人家是？

傅老　我是和平的公公。请坐请坐。我正要到你们单位去。

李阿姨　哦，您不用去了，和平已经领圆圆去过了。

426

第78集　妈妈只生我一个（下）

傅老　已经去过了？（背躬）她去干什么……还带着圆圆？

李阿姨　我就是想来进一步了解一下贾圆圆的情况。

傅老　了解圆圆的……对对对，计划生育是应该先从娃娃抓起……这个是不是太早了一点？我们就是给圆圆宣传晚婚晚育的问题，那也是将来的事嘛……

李阿姨　唉呀，贾圆圆这个情况恐怕将来也不能够结婚——更不要谈到生育了！

傅老　她妈的错误，她也不能生育啦？

李阿姨　老人家，您说话不应该带脏字儿啊……我就是想来了解一下：贾圆圆她生活上能不能够自理？自己能不能够穿衣服呢？知道一加一等于几吗？她能不能够认识您是她的爷爷？

傅老　（啼笑皆非）这……笑话嘛！

李阿姨　另外呢，我还想了解一下：除了外部原因以外，她这个智力是不是在遗传基因上有什么缺陷？

傅老　嗯？

李阿姨　当然啦，和平的脑子是没有什么问题啦——她会不会是隔代遗传？

傅老　隔代遗传？隔代的遗传……我？岂有此理嘛！我这……

李阿姨　老人家，我明白了：圆圆的情况您还不知道吧？

傅老　怎么啦？

李阿姨　唉呀，您……您情绪一定要镇静，您坐好了我跟您说——贾圆圆出车祸了！

傅老　（大惊失色，站起）什么？！……伤得怎么样？有没有生命危险？

李阿姨　没有生命危险，来来来，您坐。生命危险倒是没有，不过……也够呛了！您看看这个医生证明吧……（递上昭阳弄来的假证明）

傅老　（看）……啊？怎么会出这样的事情呢？！

〔圆圆自里屋跑上。

圆圆　爷爷，快给我书包！我都迟到两节……（见李阿姨）

李阿姨　贾圆圆？

　　〔圆圆赶紧装口眼歪斜。

李阿姨　（怒）行了行了，贾圆圆，你不要再装了！

傅　老　（起身，关切地）圆圆，圆圆，你没有事吧？

李阿姨　唉呀，老人家，您也不要再装了！哼，有的人为了逃避计划生育，耍
　　　　这种鬼把戏，我们见得多了！

傅　老　我装什么呀？我根本什么都不知道嘛！

李阿姨　您知道也好，不知道也好，以后您多注意着点儿吧！（欲下）

傅　老　你先不要走，你听我给你解释清楚……

李阿姨　解释什么呀？

傅　老　说起来我们还是同行嘛……

李阿姨　啊……那您就更不应该了！（下）

傅　老　哎，你一定要听我把话……

　　〔关门声。

傅　老　真是天大的冤枉嘛！

　　〔和平上。

傅　老　（气极）你……你……你搞的什么名堂嘛！

和　平　什么呀？爸……

　　〔傅老气得要晕，被和平扶住。

和　平　爸！爸……您怎么了？！啊？

圆　圆　爷爷！爷爷……

　　〔二人手忙脚乱地扶傅老向里屋下。

　　〔晚，傅家饭厅。

　　〔小桂准备好饭菜。

· 428 ·

小桂　（向客厅）开饭喽！

〔志国上，坐下开始大口吃饭。

小桂　爷爷呢？

志国　哦，气病了，不想吃。说他家教不严，明天就到街道引咎辞职。

小桂　那大姐呢？

志国　写检查！来不及吃。明天先到单位交检查，然后我陪她去医院。

小桂　圆圆也不来啦？

志国　不舒服，吃不下！唉，这几天胆战心惊的，弄不好落下什么毛病了。

小桂　昭阳哥也不来了？

志国　来了又走了！说这两天……都这会儿了，谁还没心没肺地吃得下饭哪……

〔小桂看着狂吃的志国。志国醒悟，扔下碗筷。

【本集完】

第79集　享受孤独

编　　剧：梁　欢　梁　左
客座明星：刘静容　唐纪琛

〔日，傅家客厅。

〔茶几上放着一包杂志。傅老接电话，手拿一本杂志。

傅老　（向电话）……保姆费总算批下来了？好好好……小章啊，我现在很忙，没有时间到局里去，你派人把钱给我送到家来吧……我现在啊，主要是写作……对对对，我的处女作叫《享受孤独》，写完以后我就直接寄给了《少女益友》……那当然喽，他们肯定不给我发表啦！后来还是《老年益友》第六期给我发表了——这是这么多年我第一次以个人的名义发表的文章，影响很大呀！看过了没有？……没看过啊？……我买了二百本，回头每人都送你们一本……对啦，编辑部还说要继续约我写文章……啊？什么？我根本就没有后门嘛！我根本就不认识他们！我很忙，再见！

〔傅老挂断电话，端详着手里的杂志，笑个不住。和平、圆圆手拿球拍上。

和平　爸，又一个人挨这儿偷着乐呢？咱不带这样的啊！

圆圆　爷爷，不就发表了一篇文章嘛？我去年还在《青少年益友》上发表了一

第79集 享受孤独

篇文章，比您那篇多出一百二十五个字——我说什么了？（坐下玩游戏机）

傅老　（抽出两本杂志）好好……等我的稿费寄来以后，我请你们大家出去——咱们撮它一顿！

和平　稿费？爸，您里外里拢共挣四十块钱稿费，倒买了二百本杂志，再请全家撮一顿儿——这不得从舅舅家赔到姥姥家去啊？（看圆圆玩游戏机）

傅老　（在两本杂志上签名）怎么啦？我乐意——有钱难买人乐意！来来来，每人送你们一本，留作纪念……（将杂志递到二人手里）

和平　爸，我们都看过了……（翻杂志）嘿，（读）"和平同志指正。"爸，您瞧您还这么客气……（拿过游戏机）

圆圆　（翻杂志，读）"圆圆共勉。"爷爷，这《老年益友》我怎么和您共勉呀？（看和平玩游戏机）

傅老　你也会老嘛，将来这些问题你也会遇到的，不信你就念念第一段！

圆圆　（心不在焉地）我信，我信……

和平　（心不在焉地）爸，她信，她信……

傅老　那就……（抢下和平手中的游戏机）你给我念念——从头儿。

〔圆圆赶紧拿过游戏机玩儿起来。

和平　（不情愿地读）"夕阳无限好，人间重晚霞。莫道枯藤栖昏鸦，千年的老树要发芽。作为一个无儿无女病魔缠身的孤寡老人，我的心依然呼唤着春天。"爸，我对您这开头就有意见——虽说允许艺术夸张吧，您也不能把我们儿女都夸张没了啊？（看圆圆玩游戏机）

圆圆　就是的呀，您咒我们不要紧，您别自个儿咒自个儿啊。您每天吃得不比谁少，怎么就病魔缠身呢？

傅老　哎！这个就涉及到我的创作经验了。来来来，我给你们好好地谈一谈——

和平　（一把抢过圆圆手中的游戏机）噢！对了对了……圆圆！（向傅老）圆

圆作文老写不好……（向圆圆）好好听爷爷讲讲！……（拿游戏机向里屋溜下）

傅老　（凑上前）圆圆，爷爷给你讲一讲这个创作——

〔门铃响，圆圆赶紧跑去开门。

圆圆　哎，来了……（画外音）陈奶奶，陈奶奶……

〔圆圆推陈大妈上。陈大妈腋下夹着一摞信。

圆圆　来来来……（把陈大妈按在沙发上）我爷爷正找您呢，想跟您谈……

陈大妈　哎哟！谈？……

〔圆圆把杂志塞给陈大妈，向里屋溜下。

傅老　小陈啊，我这篇文章你看见了没有啊？我特意给你留了一本儿……（起身拿一本杂志给陈大妈签名）

陈大妈　老傅啊，您写的文章还用看啊？准保错不了！肯定说的都是我们群众的心里话。对了，老傅啊，有一个急事儿——电视台《老有所为》栏目啊，要采访咱们这片儿的一位老同志。时间忒紧，没跟您商量，我就推荐了您……（接过傅老热情递上的杂志）

傅老　老有所为？咱们这片儿老有所为的不止我一个嘛！

陈大妈　嘻，代表嘛！也有人推荐了老胡……

傅老　嗯？

陈大妈　说他退休以后写了不少的著作——可听说净是外国字儿，这谁懂啊？您刚才说您发表的文章是中国字儿吧？

〔傅老得意地把杂志翻开给陈大妈看。

陈大妈　没错不是？一水儿的中国字儿！

傅老　中国字儿，没错啊！

陈大妈　那就这么定了啊！等拍的时候我通知您……（欲下）对了，老傅啊，这儿还有您一封信，是什么编辑部转来的。（递上一封信）这就叫那"读

第79集 享受孤独

者来信"吧？看看，我说什么来着？您这文章一发表啊，全国震动还真不小！我走了啊？

傅老　你慢走啊！

〔陈大妈下。

傅老　读者来信！呵呵……（高兴得合不拢嘴，拆信）

〔晚，傅家客厅。

〔傅老自饭厅上，神色焦急，手握杂志来回踱步。

〔圆圆自饭厅上，傅老差点撞上。

傅老　圆圆，你爸爸加班什么时候回来呀？我有要紧事要跟他商量！

〔和平自饭厅上，傅老又差点撞上。

和平　哎哟……爸，您怎么了？这一晚上跟丢了魂儿似的——您能跟我们说说吗？

〔小桂自饭厅上。

傅老　事关重大啊，你一个妇道人家，（向圆圆）你一个小孩子家家，（向小桂）你一个……小保姆家家……

和平　一个好汉三个帮，相信群众相信党！您怎么就知道我们给您出不了好主意呀？

圆圆　您还得看我们乐意不乐意呢！

傅老　一个好汉三个帮……既然你们承认我是好汉，我就跟你们说说吧！（关上电视）是这样的：我这篇文章在全国公开发表以后——就是这个《享受孤独》啊……

圆圆　爷爷，我求求您了，别再提那文章了行不行啊？烦死我了！劳您大驾，让我享受会儿孤独吧……

和平　就是！爸，文章都发表了，你就踏踏实实挨家自得其乐吧，您干嘛还着急忙慌的啊？

傅老　我踏踏实实得了吗我？群众不答应啊！我刚接到一封读者来信，我本来想啊，就是再忙也要抽出时间来给人家回一封信——总不能让人家说我们这个当作家的架子太大嘛！可是当我看完这封信以后，我突然觉得这个女同志是不是……有一点儿过于热情了？

和平　啊？

〔和平接过信看。圆圆、小桂也凑上来围观。

和平　嚯！这可不光是"热情"了，这可有点儿那……"爱情"的意思了！您听这段儿——（读）"一想到您现在是孤身一人，我的心情就难以平静。我在冥冥之中仿佛感到一种强烈的呼唤。"

圆圆　爷爷，您什么时候呼唤人家来着？

傅老　我呼唤她？我认识她是谁呀？！

和平　爸，您再听这段儿——（读）"您当然不认识我，但我知道您就是那个我一直在找您而您也一直在找我的同志。"爸，这同志说您老在找她？

傅老　我干嘛找她啊？她是不是认错人了？

和平　（读）"虽然您不好意思承认，也许您还会说我认错了人……"

傅老　我怎么不好意思啊？我傅某人一辈子光明正大……

和平　（读）"但我们俩光明正大，我们又怕什么呢？"

傅老　（急）唉呀，我是说我一个人光明正大，谁跟她一块儿正大呀？！

和平　（读）"您也许不愿意跟我一块儿……"

傅老　怎么我想什么她就说什么呢？还真有点儿那个知音的意思……

圆圆　别逗了爷爷，您刚读过她这信，肯定已经接受了她的某种暗示。

傅老　你是说我受到她的错误思想影响，还不知不觉？可怕呀……

和平　太可怕了！瞧这酸劲儿嘿！爸，您瞅瞅这署名：小兰——板板儿一精神病人啊！您说您好好挨家待着吧，您写什么文章啊？给自个儿找麻烦了

第79集　享受孤独

吧？回头人家再找上门儿来，到时候您解释都解释不清。

圆圆　没准儿这正是爷爷所希望的事儿……

傅老　（一跃而起）什么"我希望的"？！我知道她长什么样我就希望？！

圆圆　您听听这名——小兰——肯定错不了！

小桂　小兰？今天下午有个女的来电话，说她叫小兰，说她要找爷爷，还问咱家咋走呢……

圆圆　啊？！您告诉她了？

小桂　她说，爷爷一直在等她，她老不来也不合适啊！还说今天晚上一定来。

和平　完了完了……肯定是一精神病人，弄不好还是一个——（比划）武疯子！

傅老　武疯子？！就是那个——见谁打谁，打完了还不负刑事责任？

和平　对！

傅老　我没招她啊我！我就是在杂志上发表文章，宣传两个文明，我没错啊！她凭什么要找到我家来，还……还要打我？好好……好汉不吃眼前亏，我先躲一躲——你们三个给我顶住！（逃下）

〔时接前场，傅家客厅。

〔和平、圆圆、小桂看电视傻笑。傅老暗上。

傅老　（笑）呵呵呵……

和平　爸，您怎么又出来了？赶紧回屋里躲着去！

傅老　我为什么要回屋里躲着去？这是我的家，我爱在哪儿就在哪儿！现在我还就愿意跟你们大家在一块儿待着！

和平　您不是"享受孤独"嘛？

傅老　什么"享受孤独"？我这辈子还就是好个热闹。

圆圆　没错，待会儿那小兰一来更热闹了。

傅老　小兰？我怕她做什么？她能把我怎么着？我还真就不信她……

〔门铃响。

章女士 （画外音）傅局长在家吗？

〔众人紧张慌乱。小桂去开门。

傅老 （慌）说来还真来了？我别不信……我还就信了！万一出点儿什么事，我还真说不清楚！她打了我还不负刑事责任……我先撤！你们掩护！

（逃下）

圆圆 我掩护！你们也别撤……

〔章女士上，满面笑容。和平等三人紧张躲避。

章女士 傅局长在家吗？

圆圆 （低声）我说怎么上赶着呢——知道我爷爷是局长！（凑上前）傅局长没有，傅局长的孙女倒有一个！你能把我怎么样吧？

〔章女士伸手欲打招呼，吓得圆圆一蹿多远。

和平 （凑上前）傅局长没有，傅局长儿媳妇有一个！您能把我怎么样啊？

〔章女士欲握手，吓得和平远远躲开。

小桂 傅局长没有，傅局长家小阿姨倒有一个，你能把俺咋样？

〔章女士伸手欲打招呼，吓得小桂躲远。

章女士 （疑惑，自语）这家人……怎么了？病啦？（向三人）傅局长不是好好的吗？怎么没了？我今天下午还给他打过电话……

圆圆 知道你打过电话！说吧：什么事儿？

章女士 也没什么事儿。我先自我介绍一下：我姓章……

〔章女士上前，三人躲避。

和平 噢，章小兰同志？有话直说吧！

章女士 谁是章小兰啊？我是来给你们送钱的……

和平 我们又不认识你，谁要你的臭钱？

章女士 不要了？好不容易批下来，不要了？

和平　哼！

章女士　哎哟！我说呢，傅局长真有风格，为老同志做出了榜样！谢谢你们啊，那我就走了。再见，再见……（下）

和平　有病！

圆圆　有病！（向里屋喊）爷爷！小兰儿让我给赶跑了！

小桂　咋是你一个人赶跑的？俺还有一份功劳呢！

傅老　（上）好好好！其实我倒不怕什么……你们大家都很英勇嘛！

圆圆　她刚才还骗我们，说给您送钱……

和平　企图用金钱来收买您的灵魂，被我当面大声痛斥！

傅老　等等等等……送钱的？是不是姓章，从局里来的？

和平／圆圆　嘻……假的呗……她骗人呗……

傅老　（急）真的！她是给我送保姆费来的！

〔时接前场，傅家客厅。

〔傅老气愤地批评众人。

傅老　……我这个级别、这个年龄，保姆费好容易才批下来——瞧你们给闹的！你们也应该问问清楚嘛！

圆圆　爷爷，我们这是本着对您负责的精神——宁可错杀一千，绝不漏掉一个！

和平　就是的！我们哪知道您除了小兰之外还跟那么些女的有来往啊……

傅老　别的女同志我根本就不认识！

〔门铃响。

李女士　（画外音）傅明同志住在这儿吗？

〔众人紧张。

傅老　这回真的来了！赶紧把她给打发走……（欲回里屋）

和平　爸，您不先见见？别回头又弄错了……

傅老　不会不会！除了小兰，别的女同志都不认识我……小兰我也不认识！（向里屋下）

〔小桂开门，迎一位手拿杂志的女子上。

李女士　我找傅明同志。

圆圆　傅明同志刚刚教导过我们：他不认识您！

和平　（低声向圆圆）圆圆，别回头又弄错了。（向李女士）呵……我公公他认识您吗？

李女士　我们还没见过面，不过见了面就认识了……

和平　哦！（低声回头）那八成就是这个了。（向李女士）您找他有什么事啊？

李女士　这期杂志你们都看到了吧？傅明同志这篇文章写得很不错……

小桂　（低声向和平）大姐，这次错不了了，就是为爷爷的文章来的！

和平　嘿，可是我瞅她不像是神经有毛病啊……

李女士　哟，您还真看对了。我这人有点儿神经衰弱，有时候还睡不着觉，记性还不好……

圆圆　那您有病看病啊，您跑这儿干嘛来呀？我爷爷又治不好您的病。

李女士　（不悦）这位小朋友怎么这么说话呀？我来自我介绍一下，我姓李……

和平　李小兰！

李女士　什么……李小兰？

圆圆　（向和平）妈，您瞧她病得不轻！连自己叫什么都忘了……为了她还把刚才那章阿姨给冤枉了！

李女士　我知道，我今天有点儿贸然闯入，可是我只是想约傅明同志……

和平　我知道您想约他——他不想约您！如果您要没什么事呢，那我们就不留您了，不欢迎您再来了。再见，再见……

〔李女士气愤地摔下杂志，下。

圆圆　（向里屋）爷爷！出来吧，李小兰被我们给赶跑了！

·438·

第79集 享受孤独

傅老　（上）走了？

和平　走了！这回我们全问清楚了：此人姓李，不认识您，还想约您……

傅老　啊？姓李，不认识我，还想约我……那是编辑部来跟我约稿的！

和平　啊？

〔时接前场，傅家客厅。

〔傅老批评众人。

傅老　……好不容易人家才来约稿。你们几个啊——有眼无珠！

圆圆　爷爷，您也不能都怨我们呀——我们哪知道您到底认识多少个女的呀？您也不跟我们交个底儿！要不然您把您那相册给我，我们拿着照片挨着个儿地给您对……

傅老　什么相册？我那个相册里只要有女的就是你奶奶，没别人！

和平　没有就没有呗，您着这么大急干嘛呀？

傅老　不是我着急，你们实在是耽误事！好了好了，不跟你们说了，我要去歇歇去，还是享受一下孤独吧！（向里屋下）

圆圆　我有一种预感——小兰马上就要出现了。

〔门铃响。

圆圆　啊，真来了？！

〔三人紧张。小桂开门。

陈大妈　（画外音）老傅在吗？老傅！……

〔三人失望。陈大妈风风火火地上。

陈大妈　老傅呢？我找老傅……

和平　行，我给您叫去……（欲下，回头）陈大妈，您大名是不是叫陈爱兰呢？

陈大妈　是啊！我没改名啊！

和平　您小名儿是不是叫小兰呢？

陈大妈　你怎么知道啊？你没事儿打听大妈小名儿干嘛呀？

圆圆　啊？小兰是您呀？我爷爷那篇文章您看了？

陈大妈　看不看的，反正他亲自送了我一本儿。

和平　（低声向圆圆）你听听！我就知道，一天到晚挨一块儿早晚得出事儿……
　　　（向陈大妈）那，那封读者来信……

陈大妈　读者来信？没错儿，是我亲自交到他手里头的！

和平　哎哟，陈大妈哟，您不知道您让我公公着了多大急呀！您说他现在哪有心思想这个呀？再说这事儿也得自觉自愿，您不能非强迫他呀……

陈大妈　谁强迫他了？他不自愿早说呀！这个老傅啊，就是一会儿一个主意。算了算了，我不找他了，我找老胡去……（下）

圆圆　陈奶奶，胡爷爷也不合适——人家有胡奶奶！

傅老　（上）吵吵闹闹的……怎么回事？谁又来了？

和平　爸，爸，过来……她还真来了。您猜是谁？您绝对猜不着！连我们都差点儿没猜着！陈爱兰——陈大妈！

傅老　是小陈儿来了？又让你们给轰走了？

和平　（得意）那可不！我一眼……

傅老　到对门儿老胡家去了？

和平　对……

傅老　（气极）她那是让我拍电视的！

〔时接前场，傅家客厅。

〔四人围坐，傅老一脸气愤。

和平　……爸，您别着急，下回我们一定问清楚喽……

傅老　还下一回？你们今天给我耽误多少事啊？！

〔门铃响。小桂起身开门。

· 440 ·

〔和平、圆圆示意傅老回避。傅老整理衣服，欲亲自见客。

小桂　（画外音）你等会儿啊！（上，向傅老）爷爷，又有个女的找您，您见不见？

圆圆　不能见不能见……

傅老　为什么不见？见！

〔小桂引上一位衣着怪异动作反常的老大妈。

小兰　（直眉瞪眼地）傅明，我是小兰！请收下这一束花！（捧上一大束"干枝梅"）

〔众人吓得四散奔逃。

【本集完】

第80集　老有所为

编　　剧：孙健敏　梁　左

客座明星：李　丁　王志鸿　唐纪琛　英若诚

〔日，傅家客厅。

〔傅老独坐。门铃响。

傅老　来了来了……

〔傅老开门，陈大妈风风火火地上。

陈大妈　老傅……

傅老　里面坐，里面坐……

陈大妈　老傅，你快点儿……快点儿！电视台的同志来了！

傅老　什么电视台？……哦，《老有所为》栏目啊？你不是带他们去老胡那儿拍了么？又找我来干什么？哼！

陈大妈　后来我把你们二位的事迹一研究，还是觉得您更有典型性！您想啊，老胡他当过兵么？没有吧？他打过仗么？没有吧？他担任过领导职务么？没有吧？他热心过街道工作么？没有吧？还听说这个片子要向国外宣传——他能代表咱们新中国么？他代表不了哇！您说是不是？

傅老　那倒是！他代表不了！我……也代表不了吧？

陈大妈　您这是客气！您还代表不了？那小日本儿是谁赶出去的？那新中国是谁打下来的？都有您一份儿！您不上镜头谁上镜头啊？您不露这脸儿谁露这脸儿啊？

傅　老　（得意）那都是过去的事啦——你自己知道就行了，不要外传……

陈大妈　瞧您说的，过去您是了不得，现在您更是了不得！咱们这片儿居委会工作搞得这么好，哪儿不是洒下了您的汗水呀？您就别谦虚了！我去了啊……（欲下）

傅　老　我本来呀，确实不想去……

陈大妈　啊？你确实不想去？那可就真的找老胡去了……（欲下）

傅　老　（拦）哎，小陈儿……这涉及到对外宣传，你看老胡那个样子，鬼头鬼脑的，让人家外国人看了笑话嘛，还以为咱们中国真的就没正经人了。关系到我们国家的荣誉，小陈，这个事情要慎重哩……

陈大妈　说得是啊。外国人看了您倒不笑话，可是您不肯帮忙啊……

傅　老　这个……个人事小，国家事大！虽然我这个人不爱抛头露面……好！那我就勉为其难吧！

陈大妈　这就对了！（向门口拍手）进来吧！

〔一伙人上。为首的是一位与傅老年龄相仿、手拿蒲扇的光头大爷，后跟一男两女三位工作人员，手拿各种影像器材。

陈大妈　来来……我介绍一下：这位就是电视台刚退下来的冯导演！人家也是老有所为重新出山，专门宣传咱们老同志的。

傅　老　（握手）久仰久仰……

冯　导　初次见面，请多关照。我这也是头一次独立拍片……

傅　老　头一次？不会是头一次吧？我看你岁数跟我差不多嘛，在电视台也工作了很长时间啊……

冯　导　对，我在电视台主要是搞传达室工作——怀才不遇！这不，退下来之后嘛，反倒有个机会，让我能够展示自己的专长了！老傅同志啊，请你多帮助啊？

傅老　老冯同志这也是老有所为嘛！可喜可贺……

冯导　彼此彼此，同喜同喜……（满屋观察，构思拍摄）

女主持　（递过一份稿子）冯导，是这个吧？

冯导　对！（将稿子递给傅老）老傅同志，这是我们的拍摄提纲。您先照着这个准备一下，化化妆，背背词儿，待会儿咱们马上就开始。

傅老　放心放心，拍电视我也算半个内行——我经常看电视，看也看会了。

冯导　谁不是看会的？我在传达室待着没事儿，整天看他们拍——就会了！（向工作人员）来来……准备，准备……

〔时接前场，傅家客厅。

〔栏目组四人各就各位。陈大妈坐一旁看热闹。

冯导　演员注意！演员注意，准备……

〔傅老穿一身中式衣裤，手托鸟笼，迈着很不自在的步子自里屋上。

傅老　我在家里……从来不是这个样子嘛！

冯导　演员不要随便说话。（高声）准备——开始！……停！（向摄像师）哎，之欣，你怎么又忘了把镜头盖儿打开了？

〔摄像师慌忙打开镜头盖。

冯导　你别干了！你还是回电视台呀，烧你的锅炉去算了……好！（向女主持）解说开始！（向摄像师）开始！

女主持　（用生硬造作的播音腔读稿）"各位观众，现在您看到的这集叫'老傅的一天'。我们向您介绍老有所为的傅明老人的工作、学习和生活情况。"

〔傅老夸张地把鸟笼举高。冯导示意他放下。

第80集 老有所为

女主持 （读）"傅明老人每天早上起来的第一件事，就是到公园去遛他的鹦鹉，这一习惯已经保持了好几十年了！"

傅老 睁着眼睛说瞎话。我今天这是头一回嘛……

冯导 演员不要随便说话！演员往前走，往前走……不要往两边儿看，一直往前走，一直走……您对您笼子里的鸟儿要表现得亲热一点儿，再亲热……您怕什么？它又不咬你……对，您提着这笼子，要让观众感觉到您不是头一次提它，您要让观众觉着您一辈子就是提着它过来的……

傅老 你才一辈子提着它过来的呢！

冯导 你是怎么知道的？我这一辈子就是提着它过来的，我就好这个呀！

傅老 你好这个，我不好这个！

冯导 好好好……有意见待会儿再提啊。（向女主持）解说跟上！

女主持人 （读）"看得出来，傅明老人今天的心情不错。瞧，他一边准备出去遛鸟，一边哼起了他心爱的中国传统京剧。"

冯导 老傅同志，起唱，起唱啊……

傅老 不会唱！

冯导 哎！这……

傅老 那我就对付两句吧。（荒腔走板地唱）"劝千岁——杀字——哩个儿哩个儿愣个儿咚……"老冯同志啊，我这个人对京戏从来没多大兴趣，尤其对传统京剧，我根本就不爱听！

冯导 嘿，不要瞎说嘛！传统京剧，人人爱听！往下唱！

傅老 下边儿怎么唱……什么词儿来着？

冯导 你问我呀？我知道什么词儿啊？要不这么着，您拣一段儿您熟悉的唱，来来来……

傅老 我熟悉的……（唱）"我坐在城楼观山景——哩个儿哩个儿愣个儿咚……"停！

冯导　谁喊停？哎，导演没喊停你怎么敢随便喊停啊？

傅老　我怎么是随便喊停啊？老冯同志啊……冯导演，我觉得你们这个拍法很不真实嘛！我在家里从来不是这个样子。

冯导　是你拍还是我拍？我就喜欢这样！

傅老　是拍我还是拍你嘛？我就不是这个样！（怒，坐下罢演）

冯导　你……好好好，老傅同志，艺术——懂不懂——源于生活高于生活嘛！你不遛鸟人家遛鸟，你不爱唱人家爱唱。你不能光考虑自己不考虑别人嘛……

傅老　你这拍的是"老傅的一天"，不是别人的一天嘛！要不，你干脆找别人拍去得了！

冯导　（怒）哎！你当我不敢找别人是怎么着？！这简直岂有此理……

陈大妈　（急拦）哎，冯导演……（向傅老）老傅，老傅啊，你就将就点儿吧，机会难得！（向冯导）冯导演啊，我们老傅同志他也是从工作出发，为了把片子拍好嘛，您说……

冯导　（急）我不是从工作出发？！我不想把片儿拍好？！我这么大岁数了，拍这么个片子容易么？！（气得拍自己脑袋）我又没让他拍反动黄色，我又没让他拍床上戏！

傅老　你想拍啊——我也得会演啊！

冯导　嘿！你会演——也得有人看啊！

陈大妈　行了行了……不是提笼架鸟唱京剧么？这怎么拐到别处去了？

傅老　什么"提笼架鸟唱京剧"！我这一辈子就从来不搞这个！我过去是个革命军人，后来是个领导干部，我的形象绝不能跟没落的满洲八旗子弟搞到一起去！

冯导　好好好，我服了你了，服了你了……唉呀，真麻烦啊！（向工作人员）我在传达室看人家拍电视没他妈这么麻烦啊！得了，我服他了！（向一

第80集 老有所为

女工作人员）我说小吴，您干脆就按军人的形象，给咱们这位大演员再重新设计一下……

〔时接前场，傅家客厅。

〔在冯导的指挥下，开始重拍。

冯导　……各部门准备一下。（向里屋）演员！好好……准备——好……开始！

〔傅老身着发黄旧军装，提宝剑，以冲锋架势快步上，站定。

冯导　好好……好极了！老傅同志，再往前一点儿，亮相！

〔傅老摆出英勇无畏的姿势。

冯导　好！解说开始！

女主持　（读）"观众朋友们，现在你们看到的是'老傅的一天'。傅明先生在反法西斯战争中是一位出色的游击战士。至今他身上仍然保留着当年的传统和习气。瞧，他每天早晨起来以后的第一件事，就是到公园去练武！"

〔傅老配合着解说，拿剑做出一连串的刺杀动作。

冯导　老傅，别拿剑老杵啊……老傅同志！精神一点儿嘛……

傅老　我很精神啊！

冯导　练武嘛，是你去打别人，不是别人打你……

傅老　我就是去打别人啊！

冯导　好好……往前来,往前来。开始！往前走,往前走……好,把剑舞起来……找一点儿跃跃欲试的感觉……

傅老　跃跃欲试的感觉？……（比划几下，放弃）我跃得起来么我？

冯导　合着什么都不行……来，解说跟上！

女主持　（慌忙翻手中的稿纸）我我……我这儿找不着了……

冯导　啊？你怎么又找不着了？你要再这么着你也别干了，你还是回电视台扫厕所去得了！

女主持　别呀别呀，冯大爷，人家好容易盼到今天……哎哟，我找着了！

冯导　找着了？开始！

女主持　（读）"傅明老人出身于太极混元门，是一位武林高手！瞧，临出门时，他正在情不自禁地来一个仰体后空翻，接转体三百六十度！"

〔傅老跟着解说一通乱比划。

冯导　转，转……转啊……

傅老　三百六十度啊？……三百六十度我转不了！

冯导　唉，演员基本功太差了！好了好了，老傅同志，这么着：咱们待会儿到公园拍练武镜头啊，我给你找个替身吧。现在……（看拍摄提纲）对，现在咱们还是在这间房间里拍，咱们拍老傅您集中学习的镜头。（示意工作人员）来来……

傅老　这还差不多，老有所为嘛！正好我前几天刚在《老年益友》杂志上发表了一篇文章，我这就找出来，你们给我拍一个特写。

冯导　你是导演还是我是导演？让你怎么拍你就怎么拍——坐下！（向女工作人员）小吴，你去给他找一本……对了，找一本《英汉大词典》！咱们就让老傅同志在这儿集中精神苦学英文，好不好？

傅老　这个……英文啊？我不会啊……

冯导　知道你不会，不会才学嘛！现在是改革开放的年代，你一个老同志不学英文，那能拍出时代特色么？来来，准备准备……

〔时接前场，傅家客厅。

〔傅老坐在书桌后，戴着花镜，手捧《英汉大词典》。

傅老　这还差不多！我平常确实经常坐在这里学习……

冯导　哎，演员不要嘀嘀咕咕的！各部门都准备好啊，准备好……老傅，准备好……准备——开始!

女主持 （读）"手不释卷、追求新知是傅明老人离休以后的最大特点。瞧，他已六十高龄才开始自学英语，几年以后居然运用自如了!"

冯导 （低声）老傅同志，老傅同志，随便说两句英语……（探身入画，被摄影师推开）

傅老 随便说两句? 随便说两句啊……我也得说得出来呀!

冯导 （急）你这不耽误事儿么!……

傅老 老冯同志，我看这样吧，我听说拍电视可以对口型? 反正你们这个片子也是胡编乱造的——要不你说几句，就算我说的?

冯导 我说几句? 我也得会说啊! 不错，我过去在传达室接触过很多外国人，净说那什么"沃次由尔内姆""好阿优""古德猫宁""阿里嘎多古匣以玛"……我说的那个无非就是："您好啊。""您找谁啊?""您登记一下吧。""您进门往东走。"我就说这个……

傅老 老冯同志，您说的这个英语是不是……专业性太强了一点?

陈大妈 要说那英语呀，你们谁也说不过人家老胡。老胡那英语呀，好家伙，那说得比法国人还好呢!

傅老 法国人好像是说法语吧?

陈大妈 什么英语法语的，我就是那个意思，反正人家那个外国话就是说得好!

冯导 大妈，您是不是把这位老胡给请来，让他配配口型?

傅老 不不不……我要谁也不能要他!

冯导 老傅，找谁不找谁的是听你的还是听我的? 我告诉你，再这样我不找你了，坐下! （向陈大妈）大妈，您还是找一下那个老胡同志……

〔时接前场，傅家客厅。

〔胡老坐在书桌前。众人各就各位。

冯导　准备……好，开始！

胡老　I'm very happy to speak to you over the television tonight.

〔傅老举着书，跟随胡老的语速胡乱张嘴对口型。

胡老　The program you are going to see is called "One Day in the Life of a Chinese Retired……"

冯导　停！停！老傅同志，你怎么搞的？你说这些英语一点儿也不像你说的嘛！

傅老　本来就不像我说的么！假的就是假的，伪装必须剥去，隐瞒是不能持久的，早晚有一天要暴露出来……

冯导　好好……好极了！老傅同志，你那个嘴动得这么快就行了！来来……好……准备，开始！

傅老　假的就是假的！伪装必须……

冯导　停！停！我让你嘴动得快，谁让你出声儿了？

傅老　哦，光嘴动不出声？好好……

冯导　好。准备，开始！

傅老　（尝试张嘴不出声）……这个我弄不了！

胡老　导演啊，导演，他弄不了，我弄得了！要不，让我坐他那儿，我给你们演演试试？就算我扮演他，不就得了么？

冯导　行啊，太好了……

傅老　你扮演我？我长得是你那模样？

冯导　好好……老傅同志，我说句实在话：您那模样是不如他……

傅老　……是我老有所为，不是他老有所为嘛！

〔冯导示意胡老坐到傅老的座位上。

冯导　对对对……是您老有所为，不是他老有所为！艺术嘛，他就扮演你嘛，源于生活，高于生活嘛，对吧？（向众人）来来……准备，准备……好，

· 450 ·

老胡同志，您准备……好，开始！

女主持　瞧，这才几年时间，傅明先生的英语已经运用自如了——

胡老　A lot of my work is involved with the teaching and study of English. Of course in early days I did speak English. But for obvious reasons I've dropped it for many many years. But when I was 60, I made up my mind—I'll pick it up and brush it up!

〔众人鼓掌欢呼。

冯导　好极了……唉呀，老胡同志啊，太好了！您这才叫老有所为嘛！老胡同志，您看，您还有什么特长？

傅老　怎么是他有特长？你应该问我嘛！

冯导　他扮演你嘛！

胡老　我这个特长嘛……那很多啦！我最关心咱们国家的建设，前几天我还写信给有关部门，关于三峡工程高压输变电的技术，提出了不同的意见。

冯导　唉呀，太好了！关心国家大事……您请坐您请坐。（向工作人员）这样啊，咱们拍一组老胡同志写信的镜头，好不好？

傅老　写信我也会写嘛！就不要他代劳了……（让胡老让位）

胡老　我写信的时候还要自言自语，你知道我说什么呀？

傅老　那你演的是我，你知道我说的是什么吗？

冯导　好了好了，两位老同志不要再争了。这个信还是请老胡同志写。关心国家大事嘛——三峡工程人民群众还是很关心的哩！

傅老　我也很关心！

胡老　我不光是关心，我还献计献策。你献得出来么？

傅老　我怎么献不出来呀？我可以向他们建议……

胡老　啊？什么？

傅老　这个……百年大计，质量第一嘛！我还可以告诉他们，要把安全生产放在首位……

胡老　就这个？你不说人家也知道！

傅老　他知道怎么样？我可以再提醒提醒嘛！

胡老　根本用不着！

〔冯导已经伏在摄像机上睡着了。

傅老　怎么根本用不着？我看你那才根本用不着呢！不管怎么说，这是在我家，你得让着我，起来……

胡老　（起身）好好……这是在你家，你家……（呼唤）导演，导演……

〔冯导惊醒，迷迷糊糊。

胡老　导演啊，我们家那书房比他这儿大得多呀，光线也亮，环境也好。我说干脆改我那儿去拍吧！怎么样？

冯导　唉呀，那太好了！（向工作人员）来来来，收拾收拾……

傅老　我不同意！这是在拍我，为什么要上他们家去呀？……哦，好好！算了，那就先过去看看……

胡老　老傅，我看你就不一定去了……

傅老　我怎么不一定去了？这是拍我嘛！

冯导　老傅同志，你看啊，在他家拍，又是他演，他再扮演您——有这个必要么？我看啊，（向女工作人员）小吴，干脆，这个片子名字也改了，就叫"老胡的一天"——走！

〔众人一拥而下，傅老束手无策。

傅老　（向往外走的陈大妈）小陈儿，你看……

〔陈大妈掩面而笑，下。

傅老　（怒）搞什么搞嘛！

【本集完】

第 71 集　一仆二主

小桂:"反正胡奶奶和小云姐姐也不在家,对门儿住着,照顾您也是我应该做的。您下回再有事儿就跟俺说——您就别找别人了!"

小桂:"胡爷爷说了,大虾烧好了送给爷爷两只,送给俺一只——俺那只不吃了,送给你好不好?"说罢给圆圆夹。

小桂每天给胡老做菜,为表感激,胡老想送给小桂一支外国表。
胡老:"这是迪斯尼乐园的!"

第72集 合家欢

志国:"赵老师认为圆圆这次作文当中暴露出来的最大问题就是她对自己身边的事物缺乏观察,对日常生活缺乏了解,胡编乱造想当然!"

傅老:"我看这样吧,不就是篇作文吗?写谁不写谁,批评表扬谁,就由圆圆自己做主——创作自由嘛!"

在全家的"指导"下,圆圆新写的作文得了59分。
志国惊讶地抢过作业本:"怎么会59……这不是不及格么?"

第 73 集　聚散两依依（上）

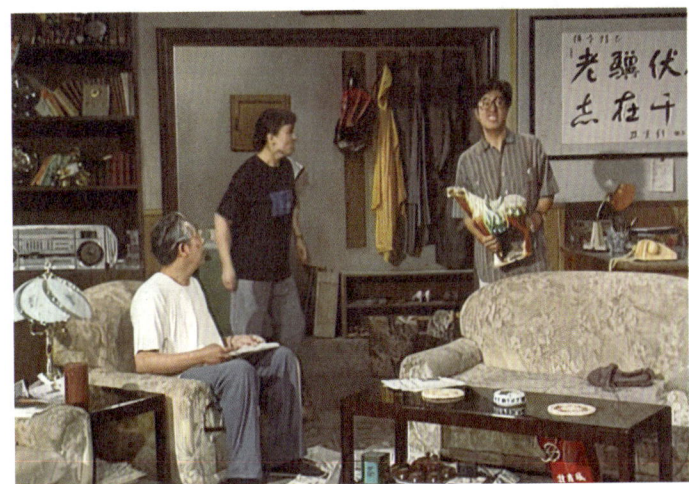

志国："反正我不嫌乱，谁嫌乱谁收拾！是不是，和平？"

志国："爸，瞧您说的……您没儿子，那我是谁呀？"
傅老："我知道你是谁呀！"

和平："一个人儿怎么了？哦，放着好好的一个人的日子不过，弄你们一大帮人来，白吃白喝，傻不傻呀？"

第74集　聚散两依依（下）

傅老给志国、和平饯行，举杯畅饮。

和平："昨儿晚上，我关上门指着贾志国鼻子我跟他吵了一宿！我跟他说：贾志国，你拍着心口说，这么些年了你爸哪点儿对不起你呀？"

和平："您这后面还有么？"
傅老："多得很啊！一共是二十条……"

第 75 集　剧组到我家

圆圆："谢谢！谢谢大家！这是我第一次在大陆拍片，也是第一次同孟先生合作，心情怪怪的……"

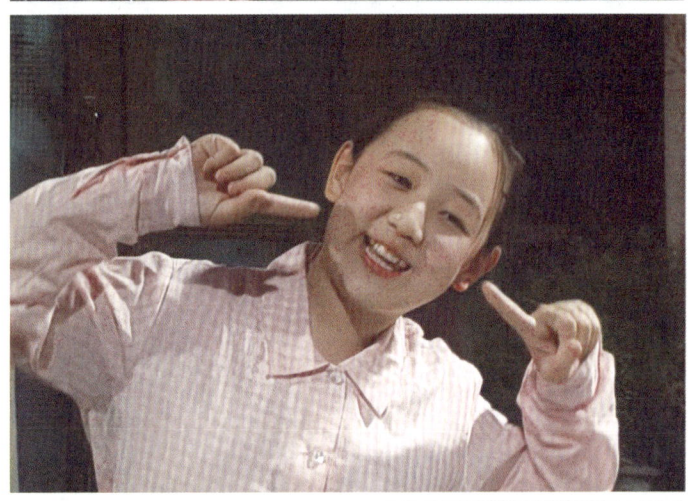

圆圆唱起"猫不理"奶糖广告歌："猫不理奶糖，猫不理奶糖，真好吃，真好吃。一块儿一块儿一块儿，一块儿一块儿一块儿，吃不够，吃不够……"

圆圆："阿姨！您要这么一说，我可就新仇旧恨，一起涌心头了？"

第76集 冲冠一怒为红颜

傅老："噢！小凡啊？我是爸爸呀！我一直在等你的电话，都等了六个小时了……连吃饭都是圆圆端来喂我的！打门球，我都没有去……"

孟昭阳："我左手勾住亨特的腰，右手掐住亨特的脖子，我脚底下再一使绊儿！"

孟昭阳："父老乡亲们，祝福我吧！我就要迎着茫茫夜色踏上漫漫征途，奔赴为爱情而战的沙场啦！"

第77集　妈妈只生我一个（上）

傅老："现在这个年轻人啊，动不动就怀疑自己这病那病的，哪像我们当年，发烧四十度，照样迎着枪林弹雨……什么都不怕！"

和平："你说实话，你喜欢不喜欢要个儿子？"

孟昭阳："哎哟，这可让我怎么办啊……为了爱情，我就被迫向您求婚啦！"

第78集　妈妈只生我一个（下）

陈大妈："贾志国这小子不是个好东西呀！他想在我的地面儿上当陈世美啊？没门儿！"

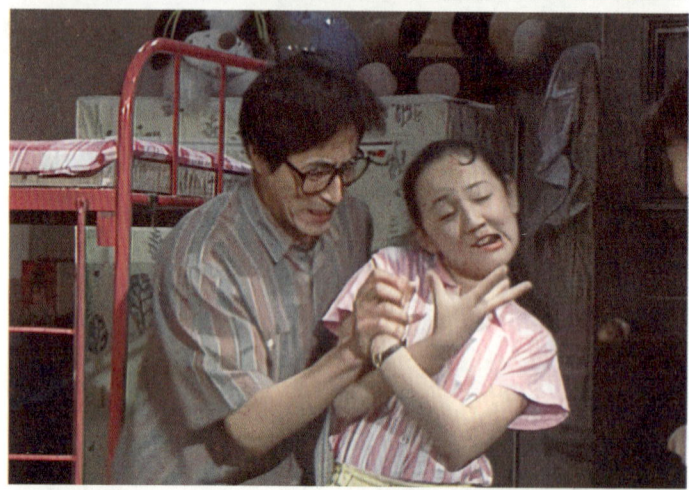

志国："圆圆？！几天不见你怎么让他们给折磨成这样了？！"

傅老对计划生育干部李阿姨说："说起来我们还是同行嘛……"

第79集　享受孤独

陈大妈捧着傅老刊登文章的杂志钦佩道："没错不是？一水儿的中国字儿！"

小章："这家人……怎么了？病啦？"

一位衣着怪异动作反常的老大妈向傅老捧上一大束"干枝梅"："傅明，我是小兰！"

第80集 老有所为

冯导："您对您笼子里的鸟儿要表现得亲热一点儿，再亲热……您怕什么？它又不咬你……"

傅老身着发黄旧军装，提宝剑，以冲锋架势快步上前。
冯导："好好……好极了！老傅同志，再往前一点儿，亮相！"

胡老问傅老："我不光是关心，我还献计献策。你献得出来么？"